李志国 — 著

清代田园诗研究

The Study on
Qing Pastoral Poems

社会科学文献出版社
SOCIAL SCIENCES ACADEMIC PRESS (CHINA)

中文摘要

和传统意义上的田园诗不同，清代田园诗不仅数量巨大，且内容丰富多彩，艺术形式上也不无创新。本书在尽可能全面、系统地发掘清代田园诗的基础上，对这些诗歌作了系统的研究。

第一章，清代世风转移与田园诗之流变。本章对清代田园诗的创作情况作阶段性分析和概述。清代田园诗的创作，大体可划分为清初、乾嘉、道咸同及光宣朝四个时期。在这一章里，通过探研每个历史时期的田园诗特点，展示清代世风对田园诗创作的影响。本章可以说是从纵的角度，结合田园诗创作的时代背景，探寻清代田园诗繁荣的原因，展现清代田园诗发展的脉络，总体呈现清代田园诗的基本状况。

第二章，乡村政治的诗歌参与。本章联系清代农村社会特点，探研清代田园诗的社会功用。作为传统知识分子，清代诗人们秉承儒家"诗教"理论，系统宣扬传统道德，以诗歌参与乡村事务。在他们的田园诗里，诗人们体现农本意识，积极参与"荒政"，崇尚传统礼仪，自觉维护农村社会秩序。

第三章，深厚富赡的文化展现。本章介绍了清代田园诗的文化内涵，探索其文化价值。乡村有着丰富的文化资源，清代田园诗既留存了原生态的乡野文化，也体现出诗人的文化使命感。清代诗人们从多个角度，记录生活与生产文化，传承耕读文化，弘扬乡村隐逸文化。本章力图对此类清代田园诗加以学理性的探讨与价值评判，为继承这笔丰厚的文化遗产做初步的工作。

第四章，贴近生活的诗意观照。出于对农民生活的关怀，诗人们描绘各式乡野场景，赞美了人民乐观积极的生活态度。如有清一代，民间娱乐昌盛。乡村的歌舞表演，不仅丰富了人们的文艺生活，也成了田园诗里的一道靓丽景观。此外，清代疆域广大，诗人足迹达于四方，开阔了视野。清代有很多边地田园诗创作，描绘绚丽多彩、瑰丽奇异的少数民族区域风情。

第五章，清代田园诗艺术论。本章结合清代田园诗的艺术特点，分析五古体田园诗、七绝体田园诗、"新乐府"体田园诗和田园诗的创作视角。在五古体田园诗里，诗人既发挥了这一体裁的"讽兴"精神，也使作品具备质实的内容。七绝具有轻捷流利的艺术风格，同样是诗人歌咏生活、抒发怀抱的主要体裁。加了诗人自注的大型七绝组诗，在清代田园诗中颇为多见，这是清代田园诗歌的一大创新。"新乐府"体便于表达民生关注，也在清代田园诗中大放异彩。清代田园诗的创作角度主要有诗人"身处其中"视角和"身处其外"的"他者"视角，这对诗歌的抒情、叙事、写景等的艺术表达，有明显的影响。

目 录

引 言 …………………………………………… 1

第一章 清代世风转移与田园诗之流变 …………… 12
第一节 清初田园诗：王朝兴替的折射 …………… 13
第二节 乾嘉朝田园诗：盛世转衰的冲击 ………… 41
第三节 道咸同朝田园诗：外患内忧的激扬 ……… 59
第四节 光宣朝田园诗：时代变革的浸染 ………… 78

第二章 乡村政治的诗歌参与 ……………………… 93
第一节 朝野务本，劝农重耕 ……………………… 93
第二节 利他济世，解构"荒政" ………………… 102
第三节 诗行教化，正风励俗 ……………………… 113

第三章 深厚富赡的文化展现 ……………………… 124
第一节 文质兼尚，体现生活文化 ………………… 124
第二节 以学为诗，记录生产文化 ………………… 149
第三节 关注教育，阐释村塾文化 ………………… 170
第四节 远绍高风，弘扬隐逸文化 ………………… 179

第四章　贴近田园的诗意观照 …………………………………… 191
第一节　融汇乡野生活，抒写田园景况 …………………… 191
第二节　摹绘娱乐生活，歌咏民间文艺 …………………… 210
第三节　图写异族生活，尽展奇丽浪漫 …………………… 224

第五章　清代田园诗艺术论 …………………………………… 236
第一节　五古田园诗艺术论 ………………………………… 237
第二节　七绝田园诗艺术论 ………………………………… 248
第三节　"新乐府"体田园诗艺术论 ……………………… 268
第四节　"身处其中"与"他者"视角 …………………… 285

结　语 …………………………………………………………… 301

参考文献 ………………………………………………………… 304

后　记 …………………………………………………………… 325

引 言

一 本书的研究对象

本书的研究对象，是有清一代（1644~1911）以田园为题材的诗歌，本书称之为"田园诗"。这里所说的"田园题材"，包括田园的生产、生活、风光以及乡人的思想感情、精神面貌等等，涵盖田园的方方面面。

《诗经》作品中，田园题材频见，如《豳风·七月》等《风》诗即属此类。汉乐府诗歌中的《陌上桑》等，也是描写田园题材的。东晋时期，陶渊明堪称田园诗创作的集大成者。在其作品中，朴实的民风人情、充满自然之趣的景色、恬淡安谧的生活，构成一个宁静和谐的空间，与喧嚣恶俗的官场，形成鲜明的对比。盛唐以后，许多诗人在陶渊明影响下，竞相创作田园诗，消解"仕与隐"造成的某些情结。中唐以下，白居易等人的田园诗中，较多的反映乡间的民生疾苦，寄予了对乡间百姓的深刻同情，由"田园乐"转向了"田家苦"，体现他们"新乐府"运动之旨，与陶渊明的田园诗有所不同。宋代诗人范成大，以写作田园诗著称诗坛。他的《四时田园杂兴》

等，既描写"田园乐"，也描写"田家乐"及"田家苦"，是对前人此类题材诗歌的继承与融合。其《腊月村田乐府》七古组诗，则是写乡间民俗，虽然也是"田家乐"，但由此开出写乡间民俗一路的田园诗。由于这些诗人的田园诗千百年来得到人们高度的推崇和大力的研究，因此，人们对"田园诗"就有了比较固定的认识，即局限于陶渊明等这些诗人所作的此类题材或内容者，才是典型意义的田园诗。《中国文学大辞典》"田园诗"条云："诗体名。指以歌咏田园生活为主的诗歌。立意闲适恬淡，格调清新安谧，是其主要特点。诗人歌咏田园生活，各有用意。或寄不与污浊的高洁操守，或寓超凡脱俗的逸雅情致，或借以表达对劳动人民的同情和关切，其间亦有消极避世的成分。并且，有时上述数者交杂一处，如东晋著名诗人陶潜的一些作品。"[①] 很明显，这样的概念，是无法覆盖以乡村为题材的所有诗歌的。例如，在宋代，梅尧臣《和孙端叟蚕具十五首》和苏轼《秧马歌》。分别是写蚕具、农具的诗，就不是"田园诗"能够覆盖的。

　　清代以田园为题材的诗歌作品里，自然也有传统意义上的"田园诗"。但是，这仅仅是其中很小的一部分，而更多的，则是传统意义上的"田园诗"所不能包括的。当然，"田园诗"应该是发展变化的，其内容也是如此。本书将以田园为题材的所有诗歌，称之为"田园诗。"

二　文献综述

　　目前学界尚无关于清代田园诗的专著和学位论文，但清诗

[①]《中国文学大辞典》，上海辞书出版社，1997，第1837页。

研究一直是学术界的热门领域，研究成果不断涌现。研究有清一代诗学或诗歌的著作主要有：吴宏一《清代诗学初探》（台北学生书局，1986），王英志《清人诗论研究》（江苏古籍出版社，1986），孙立《明末清初诗论研究》（广东高等教育出版社，1999），张健《清代诗学研究》（北京大学出版社，1999），朱则杰《清诗史》（江苏古籍出版社，2000），李世英、陈水云《清代诗学》（湖南人民出版社，2000），李剑波《清代诗学主潮研究》（岳麓书社，2002）、《清代诗学话语》（岳麓书社，2006），刘诚《中国诗学史·清代卷》（鹭江出版社，2002），严迪昌《清诗史》（浙江古籍出版社，2002），周邵《清诗的春夏》（中华书局，2004），傅璇琮、蒋寅总主编，蒋寅分编《中国古代文学通论·清代卷》（辽宁人民出版社，2005）等。这些论著或反映清代诗歌的全貌，或梳理其流程与演变，均具卓见。其中朱则杰《清诗史》不仅揭示清诗的发展源流，在田园诗研究领域，也有所突破。如第六章第一节，结合清初诗人钱澄之的思想心态、人生经历等主、客观条件，详细研究其田园诗代表作《田园杂诗》《田间杂诗》《夏日园居杂诗》等。作者认为钱澄之的这些诗歌"从具体的劳动本身到抽象的主观态度，相当全面地展现了钱澄之归田以后的躬耕生活"①，并论定"在清初田园诗中，钱澄之无疑是一位具有代表性的作家。"② 严迪昌所著《清诗史》篇幅宏大，不仅勾勒出清诗发展全貌，还密切结合清代世风与士风，分析大量清代田园诗，探研其成因与艺术特色。如该书上编第三章，评黄宗羲的田园诗《五月二十八日书诗人壁》二首，是"清婉多味且又

---

① 朱则杰：《清诗史》，江苏古籍出版社，2000，第120页。
② 朱则杰：《清诗史》，江苏古籍出版社，2000，第122页。

不无感喟。"① 在第五章中，作者认为查慎行《麻阳田家二首》是"将黔中民俗民风与特定的时代和时势组合起来，是初白诗极成功处。"② 该书第六章说赵执信《门外菜花大放》是"守持在野不卑、自成风光的心态。"③ 在下编第一章里，作者认为沈德潜的《江村》是"语诚挚而辞清朴。"④ 书中还涉及顾炎武、吴嘉纪、钱澄之、王士禛、李沂、李瀚、王苹、蒋廷锡、周容、李杲堂、李邺嗣、萧诗、顾与治、吴之振、敦诚、吴锡麟、朱休度、郭祥伯等众多清代诗人的田园诗，堪称广泛。

　　清代诗派与诗人研究也取得了可观的成果。如刘世南《清诗流派史》（台湾文津出版社，1995）、孙之梅《钱谦益与明末清初文学》（齐鲁书社，1996）、马卫中《光宣诗坛流派史论》（苏州大学出版社，2000）、赵杏根《乾嘉代表诗人研究》（韩国新星出版社，2001）、王英志《袁枚评传》（南京大学出版社，2002）、潘承玉《清初诗坛：卓尔堪与〈遗民诗〉研究》（中华书局，2004）、陈玉兰《清代嘉道时期江南寒士诗群与闺阁诗侣研究》（人民文学出版社，2004）等。特别是刘世南《清诗流派史》，在论述清代重要诗派时，对各诗派代表诗人的田园诗多所涉及，并能予以深入分析。如该书第六章指出"秀水诗派"的朱彝尊"关心国计民生"，其《捉人行》《马草行》等，"是他学习杜甫创作新乐府的代表作。"⑤ 在第十一章里，作者结合沈德潜的《山中杂兴》《食豆粥》等乡村诗，探寻其

---

① 严迪昌：《清诗史》，浙江古籍出版社，2002，第214页。
② 严迪昌：《清诗史》，浙江古籍出版社，2002，第585页。
③ 严迪昌：《清诗史》，浙江古籍出版社，2002，第640页。
④ 严迪昌：《清诗史》，浙江古籍出版社，2002，第693页。
⑤ 刘世南：《清诗流派史》，台湾文津出版社，1995，第158页。

"提倡格调说的主客观条件"①，认为沈德潜所以关心民瘼，是"出于巩固地主阶级统治的需要，出于他身家性命安全的考虑，他是一贯注视民生疾苦的。因此在他僻处草莱之时，就学习杜甫、白居易写了很多忧国忧民的诗篇。而在他发达以后，由于机遇好，碰上了喜欢了解民情的乾隆帝，就更是民瘼频陈了。"②此类真知灼见，对研究清代田园诗有重要参考价值。该书还提道："清初宗宋派诗人可分为两派，其中一派偏于清婉。清婉的诗主要摹绘田园生活或闲适情趣。他们崇尚黄庭坚、范成大、陆游等，只取其田园景色、闲适情趣，同时还上溯到白居易。"③这些论述，也有助于梳理清代田园诗的衍变流程。

在古代文学硕士、博士研究生的学位论文中，有关田园诗的研究也逐渐增多。硕士学位论文有张莲《清初诗人施闰章研究》、孔敏《施闰章诗歌研究》、官禹平《清代湖北黄州诗歌研究》、陈凯玲《广东省级清诗总集研究》、赵娜的《好奇狂客风云歌诗——洪亮吉诗歌研究》、李文静《清初遗民诗人阎尔梅研究》、汪朝勇《钱载诗歌研究》、刘延霞《舒位诗歌初探》、肖红《宋琬诗歌研究》、刘崎岷《王豫〈江苏诗征〉研究》等；博士学位论文有于慧《清代嘉庆道光之际诗歌研究》、宁夏江《清诗学问化研究》、程美华《孙原湘诗歌研究》、陈国安《清代诗经学研究》、张丽华《清代乾嘉时期唐宋诗之争流变研究》、宫泉久《清初山左诗歌研究》、赵娜《清代顺康雍时期唐宋诗之争流变研究》等。这些论文在有关章节，探研了部分田

---

① 刘世南：《清诗流派史》，台湾文津出版社，1995，第282页。
② 刘世南：《清诗流派史》，台湾文津出版社，1995，第288页。
③ 刘世南：《清诗流派史》，台湾文津出版社，1995，第211页。

园诗作品，但都篇幅有限，论述亦大多不够深入。

在期刊论文方面，据笔者考察，自20世纪80年代以来，涉及清诗研究的有百余篇论文。其中有些成果中虽对清代田园诗作了一定程度的探研，但大多还是结合社会情势，对描写民生疾苦的作品进行分析，所采用的诗歌资料亦多来自选本，如《清诗铎》《清诗别裁集》《清诗纪事初编》《清诗纪事》等。这样的研究常局限于某些诗人的作品，呈现分散和片断化状态，没能从一个宏观的视野上对清代田园诗进行整体把握。如刘炳涛、石正伟所作的《〈清诗纪事〉中的乡村社会》，"对《清诗纪事》中有关乡村社会的诗歌进行统计，概括其所载乡村社会的总体状况并对其乡村景观进行分析，从而描绘出在清代诗人眼中乡村社会的面貌。"该文认为，"清代诗人眼中的乡村社会主要表现为对乡村灾害和对酷吏、苛政杂役两个方面的描写，它们的比重占到总数的60.6%。"可见文章重在探究诗人对百姓苦难的描写，以揭示诗人关注民瘼的创作倾向。这些期刊论文中，还有些是对描写民俗的清诗的研究，如朱则杰《清诗丛考 再续》介绍了舒位从军西南时所写的《黔苗竹枝词》。文章认为这一大型组诗"广泛反映当时贵州苗族人民的社会生活，特别是那些特殊的风俗习惯，具有文学史与文化史的双重意义。"① 张琼的《为百姓写诗——黎简田园诗简论》②，则探讨了黎简田园诗与广东风物的关系。张永堂《方以智与湖湘文化》③，提及方以智《苗腊迎神歌》《听芦笙作》《牛角饮》

---

① 朱则杰：《清诗丛考 再续》，《湖州师范学院学报》2002年8月，第14页。
② 张琼：《为百姓写诗——黎简田园诗简论》，《广西社会科学》2005年第4期，第136~138页。
③ 张永堂：《方以智与湖湘文化》，《湖南大学学报》（社会科学版）2004年第6期，第64~69页。

等乡村诗,涉及湘西苗地民俗。杨逢春《清诗咏青海 下》①,提到杨应琚《乐都山村》、张恩《东溪春色》和杨汝楩《湟中牛疫颇甚,早春大雪,其患当止,喜叠〈大风〉、〈独酉〉原韵》等作品,这些诗歌展现了青海田园的奇异风光。陈庆元《不染闽派气习的清初诗人黎士弘》② 论及黎士弘的《闽酒曲》,该诗是写闽西长汀一带的酒品制作。高万湖《清代初期的湖州诗歌》③ 指出,清代归安诗人沈炳震、董蠡舟各有《蚕桑乐府》都是用新乐府的形式描写湖州蚕农生活。这些期刊文章联系具体诗人,对清代贵州、湖南、广东、青海、浙江等地的一些民情风俗类诗歌进行研究,从一个侧面,反映出清代田园诗数量之丰、地域分布之广,较为可贵。

总的来说,尽管清诗研究已经取得了很多成就。可是,对清代田园诗的研究还是零散的、片断的,没有形成规模,更缺乏全面性和系统性,更为重要的是,许多研究成果,在选取研究对象方面,具有随意性和偶然性。本书的研究旨在弥补这些诗歌研究领域的不足。

三 本书的研究方法与主要思路

首先是研究对象的全面发掘与整理。清代诗歌总集、别集数量巨大,前人未曾进行过全面彻底地整理。要将清代田园诗全部发掘出来,在目前的情况下,凭笔者一己之力,明显是不

---

① 杨逢春:《清诗咏青海 下》,《文海拾贝》2008年春季号,第62~64页。
② 陈庆元:《不染闽派气习的清初诗人黎士弘》,《龙岩师专学报》(社会科学版)1995年第2期,第13~15页。
③ 高万湖:《清代初期的湖州诗歌》,《湖州师专学报》1990年第3期,第23~29页。

可能的。笔者只能尽力为之。于是笔者采用最为基本的办法，将苏州大学所藏清代诗歌总集、别集和其他载有清人诗歌的文献，一册册、一种种翻阅，从中发现清代田园诗，就记录下来。用这样的方法，笔者翻阅了馆藏的所有清代诗歌总集、别集等文献，共计1500种左右。这番发掘之功，不仅为本书准备了尽可能丰富、全面的研究对象，使本书的研究，在研究对象的选择方面，不再是偶然的或零碎的，而是具有了一定的规模性和科学性。此外，还激活了大量的田园诗，使它们可以为学界同好共同关注、共同研究，使它们的价值被最大限度的发掘出来，并为世人所用。

将清代诗歌中的这些田园诗发掘出来后，笔者认真研读，将他们分门别类，然后用"知人论世"等研究古代文学作品常用的传统方法，对它们进行研究。具体的主要思路如下。

除了引言、结语外，全文分为五章。

第一章是从纵的方面，即经的角度或史的角度，对清代田园诗展开研究，主要探究清代田园诗的变迁与社会政治、士风等之间的关系。清初前期的遗民诗人和贰臣诗人，尽管他们的政治立场和出处有所不同，但是明清易代，对他们生活和心灵的冲击，都是巨大的。他们笔下的田园诗，其内容都或多或少涉及于此。如遗民诗人钱澄之的《田园杂诗》和贰臣诗人吴梅村的《直溪吏》分别是其代表。活跃在清初后期的所谓"国朝"诗人，他们笔下的田园诗，当然有许多也与明清易代有关，但大量的是体现此类感情的消解，有些则是很明显地体现出与清王朝合作的口吻。这是和他们政治上与清王朝合作的选择所一致的。此类作品以朱彝尊的《鸳鸯湖棹歌》为典型。到清中叶，就群体而言之，士人早已认可清王朝并与其合作，应科举考试出仕朝廷已成为士人们的普遍追求。清统治者则以严酷的政治、思想统治,以及科场的牢笼与官场的钳制等手段,来控制士人,士人失意者多。其时,社会经济发展到高峰,统治者开疆拓土,社会经济遂走下坡路,社会弊病不断发生并日趋严重,各种矛盾相继出现并愈演愈烈。与这样的社会状况和士人的生活状态、精神状态相应,这时的田园诗,就内容而言,大致有这样几个方面:实行对乡民的教化,如沈德潜的《吴中棹歌》、钱载的《晨起课种桑》等诗;消释仕途或科场的失意,前者如杭世骏《霍家桥道中》,后者如黎简的《临溪小屋成咏》;对边远地方风物的纪录,如国梁《早发扬老驿过黄丝塘》《旋都有日黔中志别五首》等。对社会弊病的揭露,如李化楠《种田户》、李调元《石壕》等;对当局或社会的某些建议,即"补天"的尝试,如刘开《桑叶》、史善长《募乡兵》等。值得注意的是,清代中叶,许多士人由于对社会政治的失望,对在官场实现自己人生价值的缺乏信心或失望,遂转而研究古代典籍,试图在文化上有所建树,实现自己的人生价值。于是被后人称为"乾嘉之学"的文化现象就出现了。此风浸染于文学创作,在文学作品中表现学问,一时成为风气。就诗歌创作而言,"以学为诗"风靡一时。当时的著名诗人,多少总会写一些"学问"诗。就田园诗而言,最为常见的,就是以农学为诗。例如郭麟的《食梅酱戏作》《合酱三十韵》等,详细叙述农副产品及其加工。晚清时期,战乱频繁,列强入侵,社会经济遭到了很大破坏。士人对社会失望者有之,奋起寻找救国救亡之路者有之,彷徨痛苦者有之。与这种状况相应,这时的田园诗有徐嘉《江行杂诗》、汪贡《织女叹》、郑观应《劝农歌》等,呼吁民族振兴,表达了对国家命运的关注。

第二章至第五章，从横的方面，亦即纬的角度，展开对清代田园诗的研究。前面三章是对其内容的研究，最后一章是对其诗歌艺术的研究。

清代田园诗中，不是没有传统意义上的田园诗那样的作品。但是，从总体上看，在思想内容方面，清代田园诗和传统意义上的田园诗，有显著的不同。这就是，除了写"田家苦"的那一部分诗歌外，传统意义上的田园诗，其总体倾向是对田园的赞美和享受，以此来消释在田园以外的领域所产生的种种负面的情绪，如怨愤、悲伤、不平之类失意的感情，有明显的"出世"或"逃避现实"的倾向，辞书对"田园诗"的界定中，就明确揭示了这一点；可是，在清代田园诗中，从总体来看，都与此相反，"入世"的"经世意识"纵然无法贯穿或覆盖所有的田园诗，但明显是主流。在清初后期的田园诗中，尤其如此。

诗人们在认可清王朝统治后，传统知识分子自觉的社会责任感，表现为自觉的经世意识，并与对清王朝的忠诚结合起来，指导着他们的社会实践和文学实践。这些也明显地在他们的田园诗中表现出来。例如，清代许多田园诗，教化的意味非常明显，宣扬孝悌忠信、礼义廉耻等儒家道德观念，提倡勤劳、节俭、谦让、尚礼、好学等美德，这和当局对百姓的教化是一致的。大量的劝农教农诗、荒政诗，以及数量更多的批评现实、揭露黑暗的田园诗，更是诗人参与乡村政治的诗歌表达。

这样一个突出现象，是值得我们充分重视的：清代田园诗所写地域之广，是前所未有的。写边远地区田园的诗很多，几乎成一大观，如查慎行《麻阳田家二首》、赵翼《土歌》、孙尔准《番社竹枝词》等。诗人们到那些地方，这个事实本身，就是当局或民间开发和经营这些边远地区所致，是"经世"实践所致。他们以诗歌的形式，描绘那里的事物，有宣传那些地方的作用，这无疑在客观上，也是有助于那些地方的开发和经营的。

甚至清代田园诗歌的艺术形式，也是与诗人们的"经世意识"有关的。此类诗歌的体裁，主要是五古、新乐府和七绝组诗。较多的以五古体裁，与陶渊明的田园诗都是五古有关，但也和五古宜于以朴素质直的语言表达翔实的经世内容有关。"新乐府"当然是直接继承白居易"新乐府"体的田园题材诗而为之，其中"为民""为事"的精神，也一脉相承。最值得注意的是七绝组诗的形式。七绝组诗如竹枝词之类，唐宋元明也是常见的。在清代田园诗中的七绝组诗与此前组诗相比，有两大显著特点：一是规模特别大，动辄好几十首，甚至一百多首；二是许多诗有自注。这两个特点，都使这些七绝组诗大大增加了容量。以注释诗这样自由灵活、容量大的载体，宜于翔实地表现丰富的内容，且不为诗歌本身所限。此外，七绝宜空灵流利，神韵卓绝，而不宜记叙具体翔实的内容，小注则有效地弥补了这一不足。如纪昀的《乌鲁木齐杂诗》、姚燮的《西沪棹歌》等作品，就是如此。

第一章
清代世风转移与田园诗之流变

　　田园诗作为农耕生活的写照，也与社会政治状况、农村经济形势有着密切的关联。清代可大体划分为清初、清中、清晚三个历史时期。清初指顺、康、雍三朝，是清政权逐步巩固的时期，农业生产在战乱后得以恢复，并有所发展。乾、嘉两朝是为清中叶，也是清王朝由鼎盛走向衰弱的转折时期，随着大清王朝的江河日下，中国农村开始由繁荣走向萧条，面临破败。从道光二十年（1840）鸦片战争开始，历经咸、同、光、宣朝，合称为清晚期。此间，鸦片战争与太平天国运动接连爆发，内忧外患不断，清政权已处于江山摇落的边缘。根据这一历史发展趋势，清代田园诗的演变脉络大体是：由清初遗民和贰臣诗人的沧桑之音，逐步转为"国朝"诗人的"盛世元音"。后经乾嘉朝政治高压，文人埋首故纸堆，以学为诗之风渐趋突出。道光直至宣统年间，随着社会步向危机，经世致用之学再度抬头，田园诗体现出以天下为己任的情怀。下面，我们按照清代田园诗发展的时间段落，对其基本创作进行概述，以求呈现清代田园诗的内在特点和发展轨迹。

第一节　清初田园诗：王朝兴替的折射

清朝以异族取代朱明，这一改朝换代的大动荡，给社会各阶层以深广的冲击，也直接引发诗人分化，使清初诗坛出现遗民、贰臣和"国朝"三大诗人群体。一批遗民诗人如顾炎武、黄宗羲、王夫之等人，面对宗社丘墟，若有溥天沦丧之感。他们严夷夏之防，不认可清廷统治，或奋起抗争，或隐居田园，表现出他们的民族气节与尊严。同时，也有一些诗人，如钱谦益、吴伟业、龚鼎孳、彭而述、陈殿桂、方拱乾等人，相继出仕清朝，成为贰臣。康熙中后期至雍正年间，社会总体呈现由乱趋治的态势。这时期成长起来的大部分诗人，已属于新一代的"国朝"士大夫。这三大诗人群体的田园诗取材真实，有诗人们的亲身经历和情感流露，蕴藏着丰富的时代内容。

一　遗民诗人田园诗

遗民诗人深切追思前明故国。他们在田园诗里，述说黍离之悲，抨击清廷暴政，直陈文化使命感，乃至展露复国壮志，呈现深沉阔大的情感意境。此外，遗民诗人还以富具现实性的创作，发扬了"新乐府"关注民生的精神，反映易代之际的生灵涂炭，为人民苦难鸣不平，这也使他们的田园诗蕴有深厚的人文情怀。

遗民诗人在田园诗里抒发亡国后的情慨，多道兴亡乱离，抒写世事沧桑，有"诗史"特色。"诗史"之称，源于杜甫。

宋人胡宗愈云："（杜甫）以诗鸣于唐，凡出处、动息劳佚、悲欢忧乐、忠愤感激、好贤恶恶，一见于诗，读之可以知其世。学士大夫，谓之'诗史'"①王得臣《麈史》也说："予以谓史称子美为'诗史'，盖实录也。"②杜诗"善陈时事"的"实录"性，也在清初遗民田园诗里得以体现。这些诗歌反映朝代更替，记录下那个动荡年代的风貌。黄宗羲说："夫人生天地之间，天道之显晦，人事之治否，世变之污隆，物理之盛衰，吾与之推荡磨砺于其中，必有不得其平者，故昌黎言：物不得其平则鸣。此诗之原本也。"③在这段话里，黄宗羲阐明诗歌创作应该反映世事变迁，强调了诗风与世风的关联。这一观点也在其《三月十九日闻杜鹃》里得以体现。其诗曰："江村漠漠竹枝雨，杜鹃上下声音苦。昔人云是古帝魂，再拜不敢忘旧主。""杜鹃"相传为蜀帝魂魄所化，象征"旧主"。诗题中的"三月十九日"，为崇祯帝自尽之期，也是朱明王朝灭亡之时。诗人以此为题，隐寓鼎湖之思。王夫之则有首《刜蕨行》："清晨上南阪，芜草深没腰。……朦胧犹见伶仃影，伶仃相扶过眼前，黄棉袄子雀儿毡。"此诗描写郊外刜蕨时的凄迷景色，实记崇祯帝于煤山自尽时的情境。只是囿于时势，诗人只得婉曲表达，可谓沉痛之至。陈璧《听农歌》："东皋三百唱农歌，血汗声声泣碧蓑，我亦遗民耦耕者，听来荷插泪谁多。"明亡之际，诗人心系前朝，无法安定地从事生产。他的《粮折耗增四倍本朝而酷吏敲扑又并征五载血肉遗民罔不涕泣思汉有感而

---

① （宋）鲁訔撰《成都草堂诗碑序》，见（宋）蔡梦弼会笺《杜工部草堂诗笺》，王云五主编《丛书集成初编》，中华书局，1985，第17页。
② （宋）王得臣撰《麈史》卷中，见王云五主编《丛书集成初编》，上海商务印书馆，民国二十六年（1937），第33页。
③ 黄宗羲：《黄梨洲文集》，中华书局，2009，第247页。

作》道："年来民膏已枯憔，四倍加征五载敲，却令东南千万亿，一时恸哭望前朝。"抒发悯农之情，也毫不掩饰对前明的思念。侯方域的《又见》《村西草堂歌》、杜依中《夏日村居》、陆世仪《春日田园杂兴六首》等也是这样的作品。侯方域为明末诸生，入清不仕，对前明有着深厚的感情。他的《又见》道："又见空村月……汉妾乌栖泪，秦封鼠谷丸。普天皆战伐，清照好谁看。"流露出对前明故国的思念和对动荡社会的感喟。《村西草堂歌》："村西尚存五亩宫，归来何不葺高墉。脱冠自执白木柄，落日平原伐短菘。斩根整齐覆垣墙，蓬门颇有五柳风。隔岁阴鸷土始牢，清霜冻草发烟红。稚子馈我苍精饭，饱暖亦与广厦同。君不见东邻老翁顿胸哭，至今野处思茅屋。少年曾居三重堂，咸阳一炬归平谷。旄头照地二十秋，万家旧址生苜蓿。玉华妖鼠潜古瓦，珠帘画栋胡为者。行人夜过钟山下，但见双门立石马。"这首诗作于明亡之后，诗人退居于田园，以耕种为生。全诗不仅展现了清初战乱后的田园破败，末句更难掩对明王朝的深切眷恋。杜依中《夏日村居》："今古纷纭未易评，松间石上暂移情。驱愁任我排棋阵，破恨同人共酒兵。新法已经残海内，清谈自是误苍生。近来司马多征战，曾否当年细柳营？"汉代名将周亚夫治军严整，他曾屯兵于细柳营。诗中引用这一典故，针砭那些易代之际甘充清军前驱之辈，对前明的覆亡深感沉痛，对明朝的思念也溢于言表。陆世仪《春日田园杂兴》其三："一夜东风春雨賒，起看流水入沟斜。篱头未下丝瓜种，墙脚先开蚕豆花。稚子凿池浮乳鸭，老翁摊箔晒新畮。已知身世无余乐，聊尔徜徉未是差。"身为亡国遗民，诗人了无生趣可言，即便面对着田园景致，也感毫无兴味。其四："春社才过雨水中，灌园初学问山翁。新成芥辣旋栽苴，既落瓜壶不用葱。衣履已知非晋代，蚕桑聊自说《豳风》。高原小麦青青秀，不见歌声起故宫。"清朝衣冠迥异于前明，这令诗人触目伤怀。末句用"黍离之悲"的典故，表达出对故国的怀念。其五："野水滩头长荻芽，池塘处处起鸣蛙。一春多雨占三白，二月无茶摘五加。寒食沓来惊汉腊，塞歌时起接边筘。春郊风景还如旧，添得伤心是短鬘。"春郊风景依旧，但物是人非，江山易主。诗人面对似曾相识的田园景致，思及沧桑之变，难抑忧闷。其六："舍北村南雨又晴，倦抛书卷漫游行。山鸠逐妇每双唤，苍鼠窥人时独惊。种秫拟成千日酒，腌菘聊当一春羹。月泉甲子依稀是，读罢遗编泪暗倾。"慑于严酷的政治压力，诗人对前朝的眷恋不敢明显表达，只能暗自垂泪。这些田园诗从各个角度感怀故国，贴近时代主旋律，有较强的纪实性和叙事性。

一些田园诗里记录下遗民图谋复国的经历。为复明大业，有些诗人不顾个人安危，奔走各地，结纳抗清志士。其田园诗融合艰苦的田园生活与强烈的爱国精神，具有豪壮凝重的风格。清军进入北京后，南明小朝廷还前后绵延18年，可看作是明政权的延续，也使遗民诗人看到复国的希望。如顾炎武曾遥领弘光朝兵部司务，也曾积极为复明大业奔走，他"东至海上，北至王家营（今属江苏淮阴），仆仆往来"①，其《出郭》道："出郭初投饭店，入城复到茶庵。秦客王稽至此，待我三亭之南。"诗中所提到的"王稽"，是战国时秦人，任河东太守，曾与诸侯联络反秦。可见此诗实记诗人抗清的秘密活动。甲申之变后，陈璧"逃归南都，……拜三疏，陈救时八策"，

---

① 邓之诚：《清诗纪事初编》，中华书局，1965，第2页。

并继续联络抗清志士,奔波于江苏、浙江与桂林之间。这段经历在他的《闻大鸟攫祭作》中得以记录,其诗写道:"疲驴千里走银铛,百亩污邪一半荒。"反映了诗人从事抗清的秘密活动。《次韵和亮之并示勉》:"我栽栗里千株兰,子埋淮阴百丈纶。名字岂容时辈识,一鸣谷口自惊人。"诗人和同道之士互相劝勉,以比兴寄意,诗中的"千株兰""百丈纶",暗指他们仍在为恢复故国积蓄力量。他的《顾宁人自孝陵来作孝陵图兼示诸忠义传赋赠二律》:"柴门雨歇故人开,身带钟山紫气来。"描写顾炎武到访,二人共商复明之事。其《和王古臣言怀诗十首次原韵》之七:"娱老园林聊息足,课儿功业且埋头。东行万里休乘兴,波浪掀天恐覆舟。"由诗中可知,诗人后来在隐居乡野期间,仍与抗清志士有所来往。此诗即是暗示友人要注意自身安全,说明王古臣此次东行是负有特殊使命的。《赠王总戎》其二道:"戴笠披蓑独自耕,杜门数载绝逢迎。何恬飞羽称干信,忽听扬帆破浪声。"1659 年,郑成功率水师攻入长江,诗人闻讯后亦为之欢欣鼓舞。

  清军南下期间,钱澄之曾起义兵抗清,兵败后奔福州隆武朝。不想隆武朝旋又被清军灭亡,他幸免于难后潜居于闽西乡村。在这段日子里,诗人机智地与清军周旋,备尝人世艰难,并赋诗感怀,创作了《独坐》《独步》《阻雨乏粮》等田园诗,以抒孤独寂寞之情。这些诗歌真实客观地反映了特殊环境中的田园生活,也再现了诗人遭遇和内心思绪。钱澄之颇推崇杜甫,在《叶井叔诗序》中说:"至杜子美出,而复见三百篇之遗,其诗慷慨悲壮,指陈当世之得失,眷怀宗国之安危,一篇之中,三致意焉。"他认为杜甫"眷怀宗国之安危",故其诗慷慨悲壮,可堪接武《诗经》。在杜甫精神的感召下,钱澄之

《独坐》等诗篇融合自己的亲身经历，流露了对明王朝的眷恋和不屈不挠的斗争精神。如《独步》："春原闲纵目，暝色满山村。野雉冲人起，田蛙对客蹲。樵归烟火处，僧掩夕阳门。徒倚苍茫里，幽心谁与论？"诗中抒发了独行村野的百无聊赖之感。其《独坐》："独坐浑无赖，开书送寂寥。双禽鸣水槛，一鸟抱春条。水懒溪边难，风闲树顶瓢。偷生兵火内，莫叹鬓华飘。"为躲避清兵追捕，诗人在村庄里深居简出，内心也是焦急不已。避难期间的生活是艰苦的，其《阻雨乏粮》诗证实了这一点："布谷声中春雨浓，竹林僧去哑晨钟。炊烟不起村常静，野碓忽喧水自舂。鸡犬远移先上寨，丁男潜伏只栖峰。朝来绝粒饥堪忍，莫使耕时误老农。"兵荒马乱的岁月，又加之自然灾害，诗人生活可谓极其不堪。另有《入水口寨病中杂作诗四首》其四："奄忽卧经旬，寒燠茫无主。气力向衰颓，有杖何由拄。所暖园圃荒，百蔬成焦土。屋上双鸿鸣，飒然暮来雨。至夜有余寒，辗转不眠苦。"诗中刻画了诗人的贫困生活状况，真实抒写出抗清失利后的艰苦遭际。

清初"遗民"诗人也把笔触投向百姓生存处境，写下了不少关注民生的田园诗。他们以写实的手法，描绘出易代之际的田园苦难，反映异族残酷统治给老百姓带来的伤害。这些诗歌反映民间疾苦，是"遗民"乡村诗中最为贴近民众的内容。如钱澄之有《田家苦》《大水叹》，批判清廷对灾民的漠视。潘柽章《吴农叹》、任源祥《熟荒叹》是对重赋的控诉。顾景星《当石壕吏》《当新安吏》是对清朝贪官污吏的讽刺。另外，也有一些田园诗选取典型人物或事件，对当时的农家苦展开描写，如陈瑚《蚕妇怨》、毛师柱《田父词》《催花谣》《西乡叹》等，就是这样的作品。顾文渊《忧麦行》《水田谣》、陶季《饥民谣》、申涵光《插稻谣》，以通俗的民间口语入诗，传达出百姓反抗异族盘剥的心声，有浓郁的生活气息。刘城《村居杂感用所南郊行即事韵》其二："屣重泥沾齿，风高雨欲沱。刑天方舞戚，蜗角尚称戈。群计田分耦，谁言海不波。荣期虽有乐，带索未成歌。"首句即给人一种沉闷、压抑之感。接着诗人点出创作背景，由"刑天"和"蜗角称戈"的典故，道出当时的社会情势，可知当时刀兵遍地。这种兵祸横行无疑给农业生产带来恶劣后果，令诗人忧心忡忡。钱澄之《忆武水》："……半年潜复壁，尽室徙南村，乱后频婴难，今知尚几存。"乱兵扰民现象非常严重，诗人为避祸，有半年多时间要躲藏在家中的复壁内。此诗即是对兵祸殃民的控诉。

东台诗人吴嘉纪也用诗歌记录下时代巨变中的百姓苦难，特别是反映了受剥削、压榨的灶民生活。明亡后，吴嘉纪"绝口不谈仕进，蓬门蒿径，乐以忘饥"，颇工诗歌。吴嘉纪也很推崇杜诗，曾道："不有杜诗，谁与说胸臆？"（《望君来》）他哀叹民生苦难的思想，与杜甫关怀百姓疾苦的精神更是一脉相通。吴嘉纪的家乡属清初的重要盐场。他长期生活在煮盐的灶民中间，并以灶民的悲惨生活为素材，创作了很多诗歌。如《绝句》："白头灶户低草房，六月煎熬烈火旁。走出门前炎日里，偷闲一刻是乘凉。"详写煮盐工作的繁重，而烈火加暑日的炙热，更是令灶民难熬。《东台县志》反映了灶民的处境："缚草限坎，数尺容膝，寒风砭骨，烈日烁肤；葬霍尘析，不得一饱……晓霜未稀，忍饥登场，刮泥汲海，伛偻如泵……"也可以说是此诗的生动注解。《德政诗五首为泰州分司汪公赋》其一："荒荒濒海岸，役役煎盐氓。终岁供国税，卤乡变人形。饥儿草中卧，蟋蟀共悲鸣。"可见官吏们的横征暴敛，令灶民的生活雪上加霜。《临场歌》其四：“堂上高会，门前卖子，盐丁多言，垂折牙齿。”辛辣揭露了胥役对灶民的凶狠，也展现了清初社会的贫富悬殊。其《赠张蔚生先生》诗云：“早夜煎盐卤井中，形容黎黑发蓬蓬。百年绝少生人乐，万族无如灶户穷。”展现了灶民的艰苦劳作场景。这些诗歌都是为灶民的痛苦振笔鼓呼，堪称"盐场新乐府"。

遗民诗人还以田园诗痛斥清军杀戮，反映战乱中的民生疾苦。八旗军入关后，与李自成、张献忠农民军和南明抗清势力倾力鏖战，百姓难免池鱼之殃，哀鸿遍野悲惨至极。诗人们也以诗记之，他们的这些作品皆堪称实录。如常熟诗人冯舒《雪夜归村中即事》：“前年扰扰惊北兵，城南万室成榛荆。”此诗直斥清军在常熟的杀戮。太仓诗人顾湄的《己亥六月杂诗》其二：“戎马江乡路，搜牢日再过。”其四：“巢车望远道，窟室避残兵。”当地乌龙会起义反清，事败后遭清兵屠城。顾湄的这两首诗便是对这一事件的描述。湖州诗人魏耕有《湖州行》：“君不见湖州直在太湖东，香枫成林橘青葱。山川迢迢丽村渚，秋城淡淡遮苍穹。亭皋百里少荒土，风俗清朴勤桑农。充肠非独多薯蓣，宴客兼有锦鲤红。白屋朱邸亘原野，黔首击壤歌年丰。今岁野夫四十一，追忆往日真如梦。腐儒营斗粟，闾阎挽长弓。盗贼如麻乱捉人，流血谁辨西与东？又闻大户贪官爵，贿赂渐欲到三公。豪仆强奴塞路隅，狒猦豺狼日纵横。皇天无眼见不及，细民愁困何时终？安得圣人调玉烛，再似隆庆万历中。天下蛰蛰安衽席，万国来朝大明宫。”顺治二年六月，魏耕在湖州率众起义抗清，终因兵少粮乏而败走。原本富饶的湖州，在经历兵火后也成了一片废墟。此诗对比战前与战后的湖州田园，抒发亡国之悲，毫不掩饰对前明的思念，显露强烈的抗清意识和爱国精神。

即便在复明无望的情况下，一些遗民诗人仍致力于民族文化建设，这也在他们的田园诗里得以表现。钱穆说："正值国家颠覆，中原陆沉，遗民逸老，抱故国之感，坚长循之心，心思气力，无所放泄，乃一注于学问，以寄其守先待后之想。"①可见遗民们有意传承故国文化，既是出于自觉的使命感，也是一种积极的抗争。其中顾炎武、王夫之、钱澄之和屈大均等人，不仅是清初诗人，也是著名学者。他们将故国之情蕴于深沉的历史反思，坚守民族气节，努力从事文化建设。顾炎武说："启多闻于来学，待一治于后王。"这是诗人联系明亡的现实，对文化建树的理解。屈大均说："昔者《春秋》之未作也，其义在《诗》，《诗》亡而其义乃在《春秋》。故《春秋》者，夫子所以继《诗》者也，其义皆《诗》之义，无《春秋》则《诗》之义不明。《诗》为经，《春秋》乃其传也。……《书》曰：'《王风》亦所以尊周室'，此《诗》之义也。"②屈大均指出诗文创作的意义，不仅在于能够发扬"《诗》之义"，还应像《春秋》那样，达到"尊王攘夷"的目的。可见故国沦亡后，这些遗民诗人并没有消沉，他们超越了一己坎坷之悲，以保存故国文化，匡济天下为己任，将国亡家破的悲愤郁勃，消释为深厚蕴藉。这些，也写入他们的田园诗中。如顾炎武《刈禾长白山下》："黄巾城下路，独有郑公山。"他称扬东汉大儒郑玄，隐寓己志，暗示自己要继承发扬故国文化。钱澄之在学术领域的探研，也见于其田园诗，如《田园杂诗》之七云："驾牛东皋上，有客问我经。我牛依田转，客亦随我行。请问大《易》

---

① 钱穆：《国学概论》，商务印书馆，2003，第246页。
② 屈大均：《屈大均全集》第3册，人民文学出版社，1996，第37页。

旨，此理不易听。乾卦冠潜龙，遯世去其名。奇门称遁甲，乃能役九星。只兹无首义，可农亦可兵。八卦周天转，六位以时成。时哉不可背，亦岂容将迎。朝为辇上客，夕为陇上耕。斯义如转圜，指出子应聆。顾客且安坐，吾牛不肯停。"诗人在耕田时，也有人前来与他切磋学问、拜师求教。诗人一边驱牛耕田，一边谈论深奥的《周易》，学问耕作两不误。《四库全书总目提要》指出："盖澄之丁明末造，发愤著书，以《离骚》寓其幽忧，而以《庄子》寓其解脱，不欲明言。"说明钱澄之一意学问，其实也有不合作的政治动因。屈大均《贫居作》之一说："徒然书甲子，讵足当《春秋》？"诗人始终拒绝仕清，一生著作甚夥，皆不署清朝年号。他的这种做法，既保存了故国文化，也传达出不臣清廷之志。

　　随着清政权的日趋巩固，"遗民"诗人知晓明王朝已难再兴。但他们仍不肯出仕新朝，转而归隐田园。诗人的隐逸之举，其实是一种不屈不挠的反抗。大势已去，不是遗民诗人所能改变的。他们所能做的，就是保持自己的浩然之志，不失对前朝的忠诚。在当时有很多遗民诗人甘处草莽却不失皎然之志，所谓一息尚存，其志不失，身处荒村斗室，而不为异族所屈，并在田园诗创作中尽情抒发着对故国的眷恋。如陈璧《读柳宗元诗有休将文字占时名之句有感而赋十绝即用名字》、李盤《姚永言感赋》、陆世仪《春日田园杂兴》、申涵光《长安杂兴》、潘耒章《虎林军营漫成四首》等。陆世仪《春日田园杂兴》其一："墙角春风吹棣棠，菜花香里豆花香。看鱼独立小池影，数笋闲行竹筱长。白眼望天非是醉，科头混俗若为狂。莫嫌世外人疏放，彭泽情深胜沅湘。"诗中首先铺陈春日的田园景致，接着塑造了一个不同流俗的诗人形象，随后点出，诗人外似疏狂，内心其实是因故国沦亡而痛苦无比。其二："闻说山中好问津，桃花如梦水如尘。乍看幕燕成新垒，谁忆泥牛换早春。（时新历先旧历二日）打鼓吹箫今岁社，更衣脱帽旧时人。门前柳色依然绿，陶令年来避葛巾。"他赞扬陶渊明所隐遁的"彭泽"，传达出国亡之后的人生趋向。当年的陶渊明正是对刘裕代晋心怀不满而归隐，由此更可想见陆世仪决绝隐退的深层动机。黄居石《督耕》："不耕受其饥，食力宜末粗。春有事西畴，入夏共耘耔。所望在秋成，终岁勤如此。上以输征赋，下以宁妇子。埋名畎亩间，河清或能俟。东邻华盖新，已闻书怪字。北里紫骝骄，昨报沙场死。荣枯易朝昏，何如荷锄子。堪笑南阳人，一出终多事。"全诗述说农耕之乐，铺陈自食其力的欣慰，使全诗末句"一出终多事"的结论顺理成章，诗人向往隐逸的情怀昭然若揭。萧中素《述怀寄佘峰董得仲先生》："南村有遗叟，寂寞居河滨。一褐常见肘，数椽聊寄身。所志在不苟，食力其苦辛。闲来把直钓，终日无纤鳞。晴霞映眉宇，野水光粼粼。坐久发清啸，怡然全我真。古树落高荫，远水怀故人。于此颇有得，毋谓於陵贫。"诗中先描写贫困的生活景况，接着笔锋一转，道出不以贫贱易志的心声，创作了安贫乐道的"南村遗叟"形象，实则是诗人自身的写照。李世熊《和陶归园田》其一："自古养志者，遁迹于深山。一往将终焉，岂复知岁年。有时罹世网，如鱼脱于渊。归来不争里，治此无竞田。邈然云霞姿，潋滟眉睫间。相逢共谈笑，乃在羲农前。试语宠辱事，寒灰久无烟。紫芝出磵底，元木生岩巅。心随麋鹿远，迹与鸥鸟闲。我愿从之游，朝夕同悠然。"诗中极力渲染隐逸生活的美好，"治此无竞田""潋滟眉睫间"烘托出诗人心情的快慰，"紫芝出磵底，元木生岩巅。"更写出隐逸环境的清雅闲奇，令人向往。所以诗人愿从之而游，远离这个异族统治的社会。徐夜原名徐元善，明亡之后，慕嵇康（字叔夜）之为人，遂更名为徐夜。王士禛曾在《徐诗序》中评价徐夜的诗歌："五言诗似陶渊明，巉刻处更似孟郊……写林木之趣，道田家之趣，率皆世外语，储、王以下皆不及也。"徐夜一生以前朝遗民自居，晚年生活困顿，"曾无隔日粮，笑见仓间鼠"（徐夜《饥颂》），"老屋三间，雨久穿漏，若将压焉"。但即便是生计艰难，徐夜也不肯与清廷合作，于康熙十七、十八年，两次推辞了山东有司和王渔洋的举荐。他在《答友人劝赴科第》中写道："一瓢一衲野云间，绕屋清流学种田。欲向此中寻乐趣，梦魂不到铁牛山。"表明甘于田园的志向，展现了贫贱不能移的民族气节。

　　遗民诗人胡承诺在明朝中过举，入清后，隐居终生，不曾出仕。他也创作了很多田园诗，流露出故国覆亡后的隐逸之志。明亡后，他不再问及世事，终老田园，接触的多是生活圈子内的田园景物，写入诗歌里，颇显精巧细致，别有一番风味。这些田园诗见证了他不臣异族的民族气节，消释着诗人的激烈情怀，彰显出不屈的遗民之志。如《田家》其一："村巷犹未白，众鸡喧我庐。有生宜相养，夫耕妇亦锄。夫妇勤力作，教儿强学书。一饭常苦饥，唧唧倚门闾。潦深云梦野，直临万顷余。露下荷花香，蝉鸣稻叶疏。吾身聊自适，人世复何如。"此诗结合乡间生活经历，渲染了田园隐居的情趣。诗中所描写的农事活动，也见其创作取材的真实。此诗大量采写田园景致，不仅言明己志，还显示了不俗的人生追求。其二："渚田蒲稗深，蓊郁若溪洞。荷锄来长风，偶作还成梦。杖藜者谁子，颇怀阮公恸。曾游燕赵间，金组色不动。偃息归茅宇，开径期二仲。方池百余步，清浅可玩弄。游女采荷芰，我心能无恫。"可知诗人曾游燕赵之地，并不为权势折腰。诗中的"二仲"是汉代退隐之士，曾为陶渊明所称道。诗人引用这一典故，道出不以富贵萦怀的心声。其三："田雀非一种，小大相追随。决起十步中，窃食播谷时。墙头连阡陌，瓜熟豆离离。竭力营宿饱，岁晏常苦饥。东邻多嘉树，西邻多枯枝。柔条鲜且绿，顾我终不移。"此诗采取了比拟的艺术手法。诗人以"西邻枯枝"自比，不羡"东邻嘉树"的郁郁葱葱，甘处平淡，可见诗人隐逸之志的坚定。其四："田家尽东作，闭门荫桑榆。鸡犬原无猜，群雀来哺雏。柳下闲筐笼，井边虚辘轳。我亦采上药，褰裳渡前湖。仙经秘黄精，玉女洗菖蒲。不见汝南翁，跳身入玉壶。"《后汉书》记载，汝南费长房曾在市上见一卖药老者，散市后，常纵身跳入所悬壶中。诗人采此典故，看似是对神仙的企羡，实际上还是描绘出自己对现实的逃避心理。这四首诗或写实，或想象，内容不同，风格各异。但都传达出明亡之后诗人的避世心理，在当时具有一定的普遍性。

二 "贰臣"诗人田园诗

满族入关后，一方面大肆镇压抗清武装，另一方面采取怀柔政策，广泛招徕明朝官吏，使一批在前明为官的诗人相继降清。然而"任何一个历史人物，大抵都有长夜反思、扪心自问的时刻，何况名节大事对于深受传统教化的士人来说，当知重于生命，更何况时值视为大防的'夏夷'之变。"[①] 这批诗人

---

① 严迪昌：《清诗史》，台湾五南图书出版公司，1998，第355页。

因背弃传统道德,成了贰臣,难免有愧悔之感。此外,这些贰臣诗人虽受职清廷,但也自知不被认同,等同客居。这使他们无不心情忐忑,生存的也不轻松。种种复杂拘迫的境遇,使贰臣诗人们心绪凄楚,其田园诗多怨艾之叹,饱含愧疚情绪。

(一) 有负国恩的愧吟

贰臣诗人自知有悖于忠节观念,故而无不抱愧含羞。在他们的田园诗里,亦饱含戚楚之音。这一特点在吴梅村作品里表现得很突出。崇祯四年(1631),吴梅村参加会试,遭人攻评为舞弊,幸得崇祯帝亲阅试卷,并批以"正大博雅,足式诡靡",方得高中榜眼。同年,吴梅村又奉旨归里娶亲,"特撤金莲宝炬,花币冠带,赐归里第完姻。于明伦堂上,行合卺礼。盖自洪武开科,花状元纶后,此为再见。士论荣之。"[①] 可见崇祯对吴梅村的知遇之情。然而明清异代后,以吴梅村在前明的政治地位和诗坛名声,终在顺治十年(1653)被清王朝威逼出山。他虽仅在清廷为官三年,但这已成为他一生最大的政治污点,令其懊悔不已,并反映在其田园诗里。

作为"清初诗坛三大家"之一,吴梅村在田园诗创作上也取得了很高的艺术成就。吴梅村生活在明末清初,当时叙事文学已然成熟,他不仅熟悉而且自己就创作过《秣陵春》等传奇作品。这样,一些叙事文学的成功创作经验,如场景设置、情节安排等,也运用在他的诗歌里,提高了其作品的艺术水平。在诗歌里,吴梅村善于抓住社会大事件作背景,敷陈演绎诗篇,描写自己在沧桑变迁之际的遭遇,展露其内心情感。他的

---

① 郑方坤:《名家诗钞小传》卷1,中华书局,1991,第14页。

《矾清湖》《遇南厢园叟感赋八十韵》等田园诗，以铺叙见长，既传达天崩地解时的隐痛，又隐现有负国恩的心声，烙印着深重的时代色彩。顺治十年，总督马国柱荐吴梅村出山。吴梅村无奈动身，在路过南京时，作有《遇南厢园叟感赋八十韵》，其诗曰："寒潮冲废垒，火云烧赤冈。四月到金陵，十日行大航。平生游宦地，踪迹都遗忘。道遇一园叟，问我来何方。犹然认旧役，即事堪心伤。开门延我坐，破壁低围墙。却指灌莽中，此即为南厢。衙舍成丘墟，佃种理租粮。谋生改衣食，感旧存园庄。艰难守兹土，不敢之他乡。……顾羡此老翁，负耒歌沧浪。牢落悲风尘，天地徒茫茫。"明亡后，吴梅村未能殉节，此时又无奈出仕，其内心是痛苦不堪的。此诗描述金陵的败落景象，可见昔日龙盘虎踞之地，已笼罩着一层末日的昏暗。在这一强烈的对比后，诗人咏叹道："顾羡此老翁，负耒歌沧浪。"他羡慕老翁的轻松，反衬自己的心理重负，在诗歌里流露出有负国恩的悲愧，可谓感慨深沉。另外，吴梅村还有一首《矾清湖》，这首诗作于顺治十三年（1656）。在这首田园诗里，诗人回顾了清初的避兵经历。矾清湖位于苏州。据传春秋时期，范蠡辅越灭吴后全身而退，曾取道于此，故湖也名"范迁"。与范蠡的归隐不同，吴伟业是前朝大臣，为避异族屠戮而出逃至此。诗人以"矾清湖"为题，颇耐人寻味，既有避祸远身的寓意，也隐含无救国亡的愧疚。清顺治二年（1645），为躲避清兵的烧杀焚掠，吴梅村也携家逃难，举家仓皇乘小舟入湖。诗中回顾这段遭遇，并周密地写入诗歌里。其诗曰："嗟予遇兵火，百口如飞凫。避地何所投，扁舟指菰蒲。"这段描写捉摸不定的路况，更显诗人心绪的茫然悲凉。"沙嘴何人舟，消息传姑苏。""或云江州下，不比扬州屠。"此处写到朋友家安顿下来，本应戛然而止。但吴梅村另辟蹊径，笔锋一转，写自己出门探听情况。诗人得到的消息是江州已被清军占领，方知晓江南大部已落入清人之手。这一转折，将读者视线带入民族与社会的浩劫中，更显诗人愧对国运之情。

（二）身世沉沦的咏叹

贰臣诗人的田园诗，也反映了他们入清后的坎坷遭遇。身为贰臣，诗人既遭世人指摘，承载着社会舆论的压力，也屡历宦海风波，难免失意惆怅。顺治年间，"江南科场案"发，"师生牵连就逮，或立就械，或于数千里外银铛提锁，家业化为灰尘，妻子流离，更波及二三大臣，皆居间者，血肉狼藉，长流万里。"① 此案堪谓士林一场浩劫。方拱乾便是因此案被贬至宁古塔。给事中阴应节奏疏称："江南主考方猷等弊窦多端，物议沸腾。其彰著者如取中之方章钺，系少詹事方拱乾之子，玄成、亨咸、膏茂之弟，与猷联宗有素，乘机滋弊，冒滥贤书，请皇上立赐提究严讯。"② 顺治下旨："方猷、钱开宗……如此背旨之人，若不重加惩治，何以警戒将来！方猷、钱开宗俱着即正法，妻子家产集没入官。……方章钺……吴兆骞、钱威（原举人八人）俱著责四十板，家产籍没入官，父母兄弟妻子并流徙宁古塔。"③ 对此案，孟森评论说："至清代乃兴科场大案，草菅人命，甚至弟兄叔侄连坐而同科，罪有甚于大逆，无非重加其罔民之力，束缚而驰骤之……明一代迷信八股，迷信科举……满人旁观极清，笼络中国之秀民，莫妙于中其所迷

---

① 徐珂：《清稗类钞》，中华书局，1984，第988页。
② 徐珂：《清稗类钞》，中华书局，1984，第984页。
③ 徐珂：《清稗类钞》，中华书局，1984，第987页。

信,始入关而连岁开科,以慰蹭蹬者之心,继而严刑峻法,俾忮求之士称快。……士大夫之生命眷属,徒供专制帝王之游戏,以借为徙木立信之具。"① 此评揭露了清初统治者的权术手腕,可谓一针见血。

在宁古塔期间,方拱乾作有《宁古塔杂诗百首》。在这组诗歌里,诗人记录下边地田园生活的艰苦,从中不难看出诗人内心的凄凉,也是其身世沦落的写照。如其十四:"边寒场圃晚,白露黍才登。碾钝晨炊晏,餐廉木碗增。提携劳瓮酱,荒蔓抱瓜藤。麻麦山中味,为农半似僧。"宁古塔地区"四时皆如冬。……八月雪,其常也。一雪,地即冻,至来年三月方释。"这种气候,令远来的诗人很不习惯,也加剧了生活的困难。其八十二:"何处山查子,名同味亦同。故乡霜落后,童稚摘盈笼。入口如逢旧,伤心是转蓬。神农应惮远,诠注有时穷。"在饥寒交迫下,诗人只得以山楂充肌。他联想起家乡也有这种山果,难禁思乡之感。此诗通过故园与戍所物产的对照,更显其心情的落寞。其八十四:"遭兹时与地,况复拙而贫。屋破赊营土,佣饥缓伐薪。"由生活细节入手,突出"拙而贫"的窘困,传递出诗人惶恐失落之情。其八十七:"陶潜曾乞食,疑矫复疑迂。此地竟常事,人家半有无。"诗人连起码的生活资料都难以获取。苦难的生活,使其内心波澜起伏。他在《宁古塔杂诗》六十六中慨叹:"力困稻粱少,命从刀俎分",有噤若寒蝉的意味。可见诗人深刻体会到政治的险恶,他通过荒凉景色的描写,烘托心情,衬出遭流放后的心态。

如果说,方拱乾的《宁古塔杂诗百首》是诗人政治失意后

---

① 孟森:《心史丛刊》1辑,见沈云龙主编《近代中国史料丛刊》第94辑,文海出版社,1973,第23页。

的创作。那么，吴梅村的《赠学易友人吴燕余》《直溪吏》等田园诗，则以"江南奏销案"为背景，写出遭受经济打击后的郁闷。顺治十八年（1661），"奏销案"起。清廷借此严行催科缴征，打压江南士绅的经济实力，使许多江南巨室迅即破落。顾伊人撰《吴梅村先生行状》云："复以奏销事，几至破家。"① 可知吴梅村也身受其殃。这段经历，也见于吴梅村的田园诗。如其《赠学易友人吴燕余》："注就梁丘早十年，石壕忽呼荜门前。范升免后成何用？宁越鞭来绝可怜。人世催科逢此地，吾生忧患在先天。从今陴上田休种，帘肆无家取百钱。"可见诗人还要受各级官吏的催科盘剥。其《直溪吏》也是以"奏销案"为背景写就。其诗曰："直溪虽乡村，故是尚书里。……穿漏四五间，中已无窗几。屋梁幻月日，仰视殊自耻。昔也三年成，今也一朝毁。……短棹经其门，斗声忽盈耳。一翁被束缚，苦辞囊如洗。……旁人共唏嘘，感叹良有以。东家瓦渐稀，西舍墙半圮。……吏指所居堂，即贫谁信尔，呼人好作计，缓且受鞭捶。……明岁留空村，极目唯流水。"可知直溪的"乡绅"之家，因无法完税，一样受到酷吏的困辱。此诗通过"乡绅"生活的今昔对照，感慨兴亡，反映家国故地的变迁，流露出诗人对往日生活的怀念。

三 "国朝"诗人田园诗

"国朝"即本朝之意。"国朝诗人"虽活跃于清初诗坛，但从感情上，他们对前明谈不上有多少故国之思，从道德上，他

---

① 孟森：《心史丛刊》1辑，见沈云龙主编《近代中国史料丛刊》第94辑，文海出版社，1973，第12页。

们出仕清朝既不悖于传统伦理,也不会惹人非议。这使得他们异于遗民或"贰臣",也影响到他们的田园诗创作。

康熙亲政后,重视农村经济的发展,推行以农立国之道,封建经济开始全面恢复。同时,清朝统治者采取一些措施,开始了对诗风的整饬。康熙帝稽古右文,崇儒重道,能够意识到诗歌的教化作用。他说:"从容讽咏、感人最深者,莫近于诗。……孔子曰:温柔敦厚,诗教也,虽风格不一,而皆以温柔敦厚为宗。其忧思感愤,倩丽纤巧之作,虽工不录,使览者得宜志达情以范于和平,亦用古人以正声感人之义。"① 这样,康熙就以"温柔敦厚"的创作趋向,为治下的诗风划定了基调。康熙朝辅相冯溥、李光地、张英及文学侍臣王士禛等人,便成了贯彻这一主张的代言人。这些人里,在推行诗教方面最得力的还是文华殿大学士冯溥。李天馥在《〈佳山堂诗集〉序》中,记载了一段与冯溥的对话:"间者不佞侍坐政事之堂,暇与商榷风雅,乃得谓曰:今上好文章,而公久以文章名敷扬休美,正十五国之风,公有事焉,请以诗授简。公曰:吾向以仕者不复诗也。并心于职守,且惧弗逮,而何以诗为?即诗亦以发吾情,达吾之志与事,而过则已焉。今乃闻吾子之言是也。然则诗亦吾职守乎?"② 冯溥平素忙于政务,本不怎么在意诗歌创作。后来李天馥以"今上好文章"提醒他,冯溥才开始意识到"诗亦吾职守"。在康熙朝,冯溥积极贯彻官方文化政策,注意发挥诗歌的政治功用,以此打消文人的抵触情绪,维护清廷的统治。徐嘉炎在《〈佳山堂集〉跋》中,记载了一些冯溥

---

① 玄烨:《御制唐诗序》,《御制全唐诗九百卷》康熙四十六年(1707),扬州诗局刻本,第1页。
② 冯溥:《佳山堂诗集》,康熙十九年(1680)刻本,第7页。

论诗的观点:"吾师(冯溥)之言曰:'诗之为教也,温柔敦厚,文已尽而意有余。是道也,四始六义而降,楚骚汉魏靡不由之。岂不以指事造型,穷情写物,味之者无极,闻是者感心,舍是则无以为诗耶?'"① 冯溥要求以诗歌鼓吹政治清明,并将此作为创作标准。他的这一主张,明显是出于巩固清廷统治的目的。可见清政府上层,开始有意识地推行歌咏升平的诗歌创作,倡导"盛世元音"以整顿诗风。

(一) 盛世元音

康熙时期,民族矛盾得以缓和,诗风也相应地不那么激烈慷慨。魏僖就深有感触地说:"方乙酉丙戌以来,初罹鼎革,夫人之情怅怅然若赤子之失慈母,士君子悲歌慷慨,多牢落菀勃之气,田野细民亦相与思慕愁叹,若不能终日。及天下既一,四方无事,而向直慷慨悲叹亦鲜有闻者。"② 说明清初诗风在现实政治影响下有明显嬗变。"国朝"诗人们也开始以诗歌为政治"喉舌",唱响"盛世元音",促使田园诗的格调也渐由苍凉转为平和。

一批围绕在康熙身边的亲信臣僚,认同大清子民身份。他们以诗歌为统治者服务,积极歌咏田园乐事,点缀太平盛世,润饰鸿业。如曹寅任江宁织造,汪绎系康熙朝状元,郭棻于康熙年间曾任礼部侍郎,钱芳标为康熙朝内阁中书,沈荃曾向康熙讲解书法。他们都属于清政权的重要人物,其田园诗自然是歌咏盛世,描写村落风光和安居乐业的农家生活,也颇具自然醇厚的风格光彩。如"麦熟午风轻,轻舟信水行。"(曹寅《渔

---

① 冯溥:《佳山堂诗集》,康熙十九年(1680)刻本,第7页。
② 谢正光、范金民主编《明遗民录汇辑》,南京大学出版社,1995,第1190页。

村》其一)"树树著霜色,村村打稻声。"(汪绎《舟中作》)"霜后叶铺丹锦,雨晴稻熟黄云。"(钱芳标《秋日田家》其二)"睍睆一群过绿水,参差几树带黄金。豳风句可编新调,拟去田家社里吟。"(郭棻《东皋观种麦》)"桑柘村村熟,香秔处处登"(沈荃《横陵道中》),等等。他们以田园诗赞咏清平的社会环境,吟唱人们安居乐业的生活,展现一片和谐安定的美好景象。

"国朝六大家"无疑是"国朝"诗坛的代表,其中又以王士禛和朱彝尊的成就最为突出。赵执信说:"余门人桐城方扶南世举,尝问曰:'阮翁其大家乎?'曰:'然。''孰匹之'?余曰:'其朱竹垞乎?王才美于朱,而学足以济之;朱学博于王,而才足以举之。是真敌国矣'。"[1] 可见二人齐名。王士禛在《池北偶谈》中道:"窃惟国家值休明之运,必有伟人硕德,以雄词钜笔,铺张神藻。……铿乎有声,炳乎有光,耸功德于汉唐之上,使郡国闻之,知朝廷之大,四裔闻之,知中朝之尊,后世闻之,知昭代之盛。然后文章之用,为经国之大业,而与治道相表里。"[2] 这说明诗人意识到,身为国朝士大夫,有义务以诗歌点染升平。所以他的田园诗也写得风神蕴藉,有含蓄淡远的风格。如"江干多是钓人居,柳陌菱塘一带疏;好是日斜风定后,半江红树卖鲈鱼。"(《真州绝句》其四)"田家无面势,茅屋各东西。细雨开蔬圃,流泉入稻畦。水牛风处卧,沙燕浦边低。农圃吾生拙,飘飘愧杖藜。"(《江浦道中田家》)这些田园诗勾画秀美的村落景致,讴歌安居乐业的乡野

---

[1] 赵执信:《谈龙录》,见王云五主编《丛书集成初编》,中华书局,1991,第7页。
[2] 王士禛:《〈佳山堂诗集〉序》,载《佳山堂诗集》卷首。

生活，艺术工整，俨然是"神韵"诗的样板。朱彝尊也是当时的著名诗人，并写了一些田园组诗，其中有《岭外归舟杂诗十六首》《夏日杂兴二首》《紫溪道中二首》《西湖竹枝词》《东湖八曲》等等，颇具民歌情调和乡土气息，可谓清新秀丽。如"五月新苗绿上衣，农人占雨候荆扉。"（《夏日杂兴二首》之一）"归田最是分湖好，我亦相期作钓师。"（《为魏上舍坤题水村图二首》之二）"新添十亩种荷田，也向山根吐细泉。"（《紫溪道中二首》其二）"最喜蛛丝捎竹尾，牵牛花翠晓来添。"（《酽舫即事二首》之一）"蛮江豆蔻一丛丛，牡蛎墙围半亩宫。"（《岭外归舟杂诗十六首》之二）这些田园诗歌咏了风土人物，显示出诗人游刃有余的诗歌创作水平。但此类作品已消隐淡化了故国之思，难见激烈之风，客观上也点缀了康熙年间的繁荣与安定。

"国朝"诗人选择一些清丽的田园景观，用清新的诗笔，表现田园景物之美，塑造出情景交融的意境，展露至真至纯的情感，也给读者留下丰富的艺术想象空间。诗人观察与创作的视角是丰富多变的，有近观、有眺望，有实写，也有想象，使那些秀美的田园风物一经入诗，就带上了诗人惬意生活的烙印，令诗人欣赏美、体察美的能力得到充分的体现。王又旦字幼华，他的诗歌享誉当时，为"操当代文柄者，津津乐道。"王士禛就誉之为："幼华诗一变而清真古淡，再变而为奇恣雄放。及归龙门，读书太史公祠下，而其诗益沦泫澄深，渺乎莫窥涯涘。"他的话也许不无溢美，但时人确也认为王又旦堪与王士禛齐名。姜西溟就说："今京师以诗名家者，称'两王先生'，一为新城阮亭少詹，一为郃阳黄湄给事也。其后新城予告归省，而都下之言诗者乃专归郃阳。公生平与阮亭周旋最久,故阮亭序先生诗曰:'幼华之诗凡数变,而予皆能道其所以然。'然公诗与阮亭豀径自别,古体老而益肆,外露奇倔而内涵静穆,非学醇而功力深至不易臻斯境界,宜阮亭亟称之也。"可见王又旦的诗歌相较于王士禛,又是别有一番面目。他的《怀杨树滋山居》其二:"茅舍连千嶂,风林自一家。晴窗交薜荔,昼户掩桃花。……"《村居》:"老树浓阴水一方,满村槐柳间青杨。时平且纵花前酒,地僻能容醉后狂。……"上述田园诗从视觉角度,将动与静态的事物作巧妙的搭配,使场地变换与季节更移,都成了绝佳诗料,描绘出美丽的田园风景。诗歌的语言也很平淡自然,可谓是洗尽铅华,有晓畅平易之致。

曾任贵州巡抚的田雯有《古欢堂诗集》等,在诗坛上也有一定的地位。郑方坤在《国朝名家诗钞小传》里说:"先生享盛名四十年,从游半天下,学者因其所名书屋尊而奉之山姜先生,坛坫之盛,几与渔洋埒。"田雯与王士禛为同乡,又同官京师。但田雯并不曲从附会其"神韵说",他在诗歌创作上有自己的主张,这才能形成"齐鲁二贤并峙"的地位,有"文峰两地峙荣甚"的称谓。田雯在诗界开拓时体现出了一个政治家的开阔心胸,他说:"世之论诗者,拘官阀,限南北,裈虱井蛙也。"(《西田集诗序》)"学诗者何分唐宋?总之以匠心求之风雅之归而已。"(《鹿沙诗集序》)他不为"宗唐祖宋"所限,持论平正通达,力主兼收博采。其田园诗以乡情民风为主要内容,如《野行》《途中偶占》《九日同惠元龙作》《洧川县》等,凝练传神,意简情深,点染了康熙盛世的田园美景。其《野行》道:"流水村村浅,斜阳树树生。"《雨后出右安门自祖园至丰台看花》其二:"葚垂桑刺眼,穗直麦齐腰。"《南行即事》:"黍地村村熟,蝉声树树同。"这些诗歌绘写田园景况,有才华艳发,文采风流之致。田雯六十余岁辞官退隐于田园,而康熙皇帝钦名其堂为"寒绿堂",这更使田雯有种衣锦还乡的荣耀。这时期的诗歌有《河村杂咏五首》《村居杂诗二十首》《瓜隐园杂诗》等,透露出对家乡生活的热爱和赞美,也表露出摆脱官场后的轻松愉悦心情。如《瓜隐园杂诗》其九:"偶欲跨驴入城去,楝花风下立多时。遍询村口三叉路,林鸟潭鱼总不知。"《村居杂诗二十首》其十九:"吾村合是烟霞窟,雌霓平铺万树红。"《村居杂诗》其五:"春光较比前年好,布谷声喧社鼓挝。"描写静谧的田园环境和恬静的生活,流露出怡然自得的愉悦心情。他致仕后曾亲自从事一些农事活动,也在其田园诗里得以反映。如其《淘井辞》:"汲少井水清,汲多井水浑,我欲汲之愁空碗,井师立脱犊鼻裈。铁插竹屏手自扣,朝煮豆粥夕灌园。老农汲长耻绠短,荷蓑独坐井栅晚,斜阳在树一鸿远。"《种瓜辞》:"种麦麦两岐,种瓜瓜五色。大斑小青莫轻掷……东陵之瓜美无俦,邵平元来是故侯。"《瓜隐园杂诗九首》其四:"瓜圃宽长二亩余,东陵野老较何如?绝奇觅得西洋种,皮色斑青蝌蚪书。"描写了诗人参与劳动的欣悦,他种麦、种瓜,对自己的劳动收获很是自豪。这些田园诗风格闲淡,勾勒盛世田园安宁,也是为康熙朝粉饰太平。

一些诗人描写自己所参与的农事活动,拉近了作品与田园生活的距离,增强其真实感,使田园诗与田园生活的结合更加自然、紧密。当然,作为盛世士人,他们更多的是把农事作为日常生活的一种调剂。这也使此类诗歌的风格较为闲适,有美化农事活动的趋向。在这些田园诗里,诗人不再是一个农事的旁观者,而是以亲身参与者的视角,对春耕、夏耘等农事作描写。这些生产劳动，在诗人笔下，也饶具诗情画意。在参与农事的诗人里，不乏浓厚文化修养的士人，如顾贞观，还有些清廷高官如文华殿大学士蒋廷锡，也有已被田园生活所同化的普通士人如曹鉴仁等。他们虽身份、处境不同，但都曾积极参加田园生产，并以此为素材，创作了很多内容详实的诗歌，肯定劳动的意义，对生产活动作诗意的升华。从中可看出，清代士人对农业活动的态度已有了很大的转变。这些田园诗有蒋廷锡《家园消夏三首》、顾贞观《灌园》、曹鉴仁《田家》二十四首等。曹鉴仁字榖山，在田园诗创作领域取得了很高的成就，胡云仔曰："榖山隐居乐道，杜门撰述，以吟讽自娱。暇辄从田夫野老话桑麻，课晴雨，葛巾野服，风致洒然。久之，成《田家》诗二十四首，自钼种以致获输，分题各咏，能状农家作苦，不愧《豳风》《小雅》之遗。"可见曹鉴仁有亲身从事农事的经历，所以其二十四首田园诗能够写得亲切有味，在当时就获有盛誉。他的《田家》其一道："谚云四月天，阴晴最难作。蚕桑及豆麦，其性有好恶。濒海无桑麻，豆麦乃本务。收之须及时，莫为阴晴误。晨出硕中田，抱归日已暮。广场恣堆积，不妨越宿露。掼床与连耞，籯把诸农具。家人分执事，留精粗使去。所防风扬沙，更畏雨成潲。金气未坚甲，生芽一似怒。……"诗人不仅参与生产劳动，还历数自己拿手的农活，并熟练地引用农谚俗语入诗，增添了田园诗的生活气息。

节令是田园生活不可或缺的部分，属于民间文化的重要组成。当佳节来临时，诗人兴会淋漓，借节日生活的描写，烘托田园的惬意，记录下各式节令娱乐和相关民俗活动，为诗歌增添了浓郁的乡野文化内涵。在田园诗里，节令不仅是节候变迁的关节点，也融入了丰富的人文色彩和意蕴，展现丰富多彩的清代田园生活。诗中既描写节令期间的一些民俗活动，也传达节令本身所独具的内涵和魅力，借此抒发诗人感情，赋予诗歌独特的意义，可谓是情境相融，给人以强烈的感染。《风土记》载："晚岁相与馈问，谓之馈岁；酒食相邀，为别岁。"可知在除夕前一天人们相互馈赠礼物、设宴欢聚，称"馈岁""别岁"。韩菼《和东坡馈岁别岁诗三首》就是描写这一节令生活的场景。其一道："《木瓜》知苞苴，厚意聊以佐。滥觞自古人，后来乃以货。如闻暮夜间，取印如斗大。岂知幽栖者，岁晚只高卧。狼藉惟琴书，芳尘凝满座。借问腐儒餐，无乃出马磨。敢波及父老，简略诚吾过。清风傥可赠，于喁请君和。"《诗经》有句："投我以木瓜，报之以琼琚。匪报也，永以为好也。"诗中首句借用此典故，感谢友人的馈赠，并对双方的友情表达美好的祝愿。

（二）批判现实的田园诗

"国朝"诗人群体中，也包括一些中下级官员和布衣平民。他们或知晓官场内幕，或接近社会底层，较了解民生疾苦。这使他们的田园诗歌富于写实，在一定程度上揭露了政治黑暗，也流露关注民生的情怀，是"国朝"田园诗的重要组成部分。民生疾苦在封建社会普遍存在，康熙盛世也不例外。康熙年间，时遇黄河连年决口，更有蝗旱相伴而生。如"康熙九年，河决淮安府归仁；十年，再决桃源；三十五年，又决淮安府；三十八年，又决淮扬。"① 此类自然灾害，虽人力无法抗拒，但也沉重打击了农业经济，使百姓生活陷入困境。此外，清初连年用兵。清政

---

① 潘承玉：《清初诗坛：卓尔堪与〈遗民诗〉研究》，中华书局，2004，第49~99页。

府标榜的减赋政策，往往是口惠而实不至，也使百姓难以承受，纷纷逃亡。这些景况，令诗人无法漠视。他们在田园诗里，批评社会不平等，指斥官贪吏败，揭示了天灾人祸下的百姓苦难。如赵执信的《氓入城行》，记述了人民反抗压迫的场景。沙张白（1626~1691）的《逸民诗》《续春陵行》《农桑悔》《蚕妇叹》等，也能联系社会不平等现象，道出村夫野老的苦难。

作为"国朝六大家之一"，查慎行的田园诗中也有些批判社会现实的作品。一方面，诗人能够依据自己坎坷的人生经历，抨击官场的黑暗；另一方面，查慎行也是个"身行万里半天下"的诗人，他结合自己广博的见闻，写出了各地百姓的苦难生活，不为粉饰，使其诗歌富具写实性。

查慎行自幼文才过人，但他仕途蹇蹙，极不顺利，直到三十五岁才入太学。不久，他又因国丧期间观《长生殿》而被革斥监生。但清廷统治者对他的打击并未就此终止，雍正四年（1726），查慎行已七十七岁，其"叔弟润木坐讪谤罪削职逮问"。他也"以家长失教，被逮入都诣刑部狱"。至第二年方得"奉赦出狱南还"，不久即与世长辞。这样的人生经历，使其"于人情物理，阅历甚深，发而为诗，多为警悟。"（张维屏《听松庐诗话》），在田园诗中屡屡表述仕途坎坷的痛苦挫折，反映出对官场险恶的体验。其《豆棚为风雨所坏》中写道："平生乏鲜肥，肉食非所慕。偶然营口腹，蓄念计必误。"可见诗人虽涉足官场，但内心颇有懊悔之意。《村童笼致黄雀二十尾，用六十钱买之放生，口占一首》云："孰出樊笼外？并生天地间。"用巧妙贴切的比喻，表达对樊笼的痛切之感，形象地刻画出了诗人的内心世界。这些诗歌结合其人生遭际，对我们了解封建社会的官场黑暗和腐败有警醒的作用。

查慎行游踪甚广,他先后"至夜郎之地,以及齐鲁燕赵梁宋之区","又尝渡彭蠡,过洞庭,登匡庐之巅,探岘山、黄鹤之胜"。出仕期间,诗人更是"比岁西巡扈跸者再,常在属车豹尾之间。涉大都之河,穷瓯脱之境,荒邈幽岨,从来诗人之所未到之所,皆曾一一涉足。"在旅途中的诗人,也写了许多田园诗,如《淮浦冬渔行》《苦旱行》《飞蝗行》《海塘行》等,描写了下层人民的苦难。《淮浦冬鱼行》道:"自从十年淮泗满,平地下受滔天湖。谁驱鳞介食人肉,漏网幸脱鸾刀诛。……小船冲冲凿冰去,冰面跃出黄河鱼。冲寒捕鱼作渔户,手足皲痕无完肤。……三时转徙一冬复,渊薮偶寄蜗牛庐。"诗里描写大水淹没了村庄和田地,一些无地可种的农民过着凄惨的生活。查慎行在《麻阳运船行》里写道:"麻阳县西催转粟,人少山家闻鬼哭。一家丁壮尽从军,老稚扶携出茅屋。朝行派米暮催船,吏胥点名还索钱。"官府在民间大肆抓伕运粮,以供军需,使百姓骚然,此诗便是当时场景的写照。其《麦无秋行》:"三春雨多二麦荒,裔卷尽萎田中央。……我为老农语鸦鹊,明年好收从尔食。明年好收理则那?只愁无种将奈何?"因雨水频繁,农民一年辛苦却颗粒无收,连粮种都没有,他们面临逃荒乞食的命运。他还有首《吴江田家行》:"高田去水一尺许,低田下湿流泪洳。半扉潦退尚留痕,两足泥深难觅路。土墙颓塌茅屋倒,时见牵船岸上住。"记录水灾后的惨况。虽然"朝廷闻下宽大诏,今岁江南免田赋",然而并未产生实效,人民仍有纳不完的赋税,诗人写道:"野老犹供计亩赋,官仓自货输粮户。"可知农民的悲惨遭遇依然如故。查氏好以议论为诗,在其田园诗中,他不仅揭示百姓苦难生活,还分析其原因。他曾大胆地写道:"一钱亦征入世税,末世往往多穷搜。"可见诗人愤激的程度。

明亡清兴的特殊时势,对清初田园诗创作产生重大影响。遗民诗人不以坎壈易志,崇尚气节,其田园诗是贤人失志之作。贰臣田园诗则多抒写穷通出处之感,随着清政权日渐巩固,清廷统治者更力倡歌咏开国气象,采取种种措施,导致慷慨悲歌的诗风止歇。"国朝"田园诗的格调已相对不那么激烈,虽有一些描写"农家苦"的作品出现,但已与民族矛盾无关,这既有世风转变的原因,也是政治干预诗坛的结果。

第二节 乾嘉朝田园诗:盛世转衰的冲击

"诗文随世运"(赵翼《论诗》),诗风与世风声息相通。乾嘉年间,盛世转衰,诗风也有所衍变。乾隆中前期,清朝达至鼎盛阶段。"格调说"禀承官方意旨,歌咏太平,顺理成章地风行田园诗领域。乾隆晚期至嘉庆朝,暴露出一系列社会问题,清廷自顾不暇,对诗歌领域的控制力相应减弱。诗人们出于社会责任感,大胆抒写"性灵",揭露王朝痼疾,使田园诗重现生机与活力。"诗虽小道,然实足以觇国家气运之衰旺。"[1]乾嘉田园诗作为特定历史时期的产物,草蛇灰线般的隐现社会兴衰,也是这个时代的风向标。

一 歌咏盛世的田园诗

乾隆意识到诗歌的社会作用,他说:"且诗者何?忠孝而

---

[1] 洪亮吉:《洪亮吉集》,中华书局,2001,第2313页。

已耳。离忠孝而谈诗，吾不知其为诗也。"①他要求诗歌创作须有俾于政教风化。在这样的背景下，当时有很多诗人，特别是一些受乾隆恩宠的诗人。他们一方面绘景抒情，多"鸣盛"之作；另一方面力行说教，积极维护清朝统治秩序。如沈德潜论诗倡"格调"，力主"温柔敦厚"，协助朝廷收拾人心。钱陈群与沈德潜同为文学侍从，并以田园诗歌咏升平，在一定程度上反映了物盛人丰的景象。还有一些馆阁诗人包括彭启丰、钱载等人，也积极响应"格调"诗说。彭启丰曾为乾隆朝礼部尚书，也是沈德潜的同乡。他在其《芝庭续稿自序》中说："予少好为诗，自为诸生，即入城南诗社。与沈归愚先生及徐龙友、陆学起诸子比切宫商，寄傲风月，诚乐之。"这说明他早年与沈德潜过从甚密，并有向沈德潜学诗的经历，其诗风自然深受"格调"说影响。钱载是秀水诗派代表，曾在乾隆年间充《四库全书》总纂，颇受弘历优渥，其诗也多歌颂升平，以雍容和贵之音，奠定他馆阁诗人的地位。洪亮吉就曾评论说："近时九列中诗，以钱宗伯载为第一。"② 上述这些诗人拥护"格调"诗说，其田园诗里，也充斥着"温柔敦厚"之音。

乾隆四年（1739），沈德潜终于考中进士，并因乾隆赏拔而屡次加官。他感戴皇恩之浩荡，自觉维护盛世文教，倡导"温柔敦厚"的诗风。"温柔敦厚"一词出于《礼记·经解》，原文是："温柔敦厚，诗教也。……其为人也，温柔敦厚而不愚，则深于诗者也。"③ 沈德潜以此论诗，既是继承传统儒家诗

---

① 《清史列传·沈德潜传》卷19，中华书局，1987年，第1457页。
② 洪亮吉：《北江诗话》卷1，苏州大学古籍室藏书，第19页。
③ 《五经礼记》卷8，扬郡片善堂惜字公局刻本，清道光十六年（1836），第68~69页。

说，也体现出明白不过的诗教意图。他说："温柔敦厚，斯为极则。"① "诗之教大矣……盖所以纳天下瑰玮闳达之才于规矩准绳之内，使平其心，和其志，以形容盛德而润色太平，非苟焉已也。"② 他非常明确地指出，诗歌创作应以讴歌升平为主旨，为清廷统治服务。与其诗论相应，他的田园诗也点缀盛世，力行说教，充斥着歌功颂德的笔调，如《洞庭橘枝辞》其二："一夜青霜颗颗丹，吴侬生计满林峦。上方久却扬州贡，不使包山有橘官。"《储太祝田家》其二："官家免租粮，村无吏如虎。"《田家四时辞》其一云："杏花着雨半村开，陇亩声声布谷催。父老连年输税早，料无县吏打门来。"赞美统治者体恤民情，而"村无吏如虎""无县吏打门"等句，更描画出太平气象，讴歌了政治清明的盛世。他的田园诗也积极教化民众，维护王朝统治。如《田家杂兴》："家计依田畴，播种毋感慢。贫贱寡所欲，饱腹仰藜苋。但须风雨时，满望在岁晏。丰歉邻里知，勤苦一家惯。所期丁男长，娶妇礼粗辨。子孙世为农，吾族自无患。"其二："卖薪不嫌贱，买牛不嫌老。山野多朴诚，平生守直道。子弟善力作，无烦藉庸保。种药钼自携，灌畦瓮能抑。闲行过古坟，墓门半荒草。及时须作达，岂必长寿考。归来饮美酒，暂令容颜好。"《储太祝田家》其一："草具味偏旨，劳力情弥欣。"这些诗歌都是劝告农民知足常乐、安分守己，进而勉励人们安于现实生活。沈德潜也有些诗歌描写田园的秀美风光。如《青阳镇》："弥望修竹林，人家住丛绿。日午炊烟生，鸡声出茅屋。"《过毗陵闻吴歌》："几年人海

---

① 沈德潜：《说诗晬语》，《原诗 一瓢诗话 说诗晬语》合刊本，人民文学出版社，1979，第191页。
② 沈德潜：《归愚全集》，乾隆年间刻本，第2页。

听《边关》（曲名），水宿还余尘土颜。忽讶歌声是吴语，始知身已近家山。"《野渡》："孤村摇飏酒旗风，野圻人家绿柳中。略似江南渡旁渡，一湾秋水晚霞红。"这些诗歌里有诗人的回忆，也有对水乡实景的描绘，虚实结合，从不同角度展现了生机盎然的田园景物，也点染了太平景象。

作为乾隆信臣，钱陈群把儒家诗教作为其诗歌创作的主导，注意发挥诗歌的风化功能。他在《衍圣公孔裕斋停轩集序》中说："夫诗以言志，志犹水也，诗犹舟也；……至若二南诸诗，小雅鹿鸣以下，大雅卷阿以上，诸什依永各声，音谐伦理，何异澄川如练，风正扬帆时景象。"他倡议效仿"二南诸诗，小雅鹿鸣以下，大雅卷阿以上"，这自易使诗歌"音谐伦理"，有其维护封建统治的意图。如其《朗陵道中》："石户家家歌帝力，不知自古有丰年。"《重过杨村》："不断河流明似镜，常将此水比臣心。"《水车行》："圣人仁天下，岂一手足利。"《棉花》："王稷见之拜，摅德颂无涯。"这些诗歌与"格调说"的用意如出一辙，纯是歌功颂德的笔调，也是诗人的地位经历所决定的。他的田园诗也多方赞美"盛世文明象"，如《津水早春词》："殷勤馈遗道相望，连畛接陌无空村。"《春日言怀》："泼瓮鹅儿酒，缘溪燕尾船。"《午日感怀》其一："已过熟梅雨，又听缲丝车。"《后九月九日即事》："堆盘黄甲自爬沙，秋老园蔬缀晚芽。"诗中根据不同节气的景物变换，构筑出生机勃勃的田园氛围，反映了国泰民安的社会大环境。诗人或因游历，或因公务，在行役之际也颇有些田园诗作，描写沿途村落风物。如《曲周道中用香山韵》："林喧村社散，水响估帆来。"《东安晓发》："缭垣城郭通鸡犬，赛鼓喧阗催杏蒲。"《自宝坻玉田至丰润作》："有约春犁早，家家播谷忙。"《夜过塘栖》："年丰婚嫁早，近局想朱陈。"《南徐道中》："村田仍葛税，渔唱带吴音。"《自白鹿原至田家宿》："林深足鸣禽，村静有眠犊。"这些诗篇如同速写镜头，将田园景致展现在我们面前，不无对盛世生活的歌颂。

彭启丰、钱载等馆阁诗人，也自觉以歌功颂德的笔调，响应"格调"诗说，赞美田园安乐。出于"鸣盛"的政治目的，他们大力点缀升平，其田园诗不仅尽显田园美景，还力行说教，维护统治秩序。如彭启丰《观莳》："昨夜雨霏微，平畴水浸长。朝来倚柴关，云开旭初上。黄鸟鸣高枝，乌犍耕沃壤。……"从农事角度，赞美世宁岁丰，描写人们乐于耕作的愉悦。钱载《城西》："村日明高鸟，畦烟动碧蔬。"《西平村舍》："柳叶露何浓，蓼花风不急"，等等，描绘了乾隆朝富足景象。他们的田园诗也有颂扬君明臣贤的内容，有一定的教化功效。彭启丰《纪事二首》："天子日咨问司农，频年轸念唯苏松。贷尔积逋弛正供，偕尔父子同时雍。"诗里赞美政治清明，县无追租，全是一派欢乐图景。钱载《山东秋》："圣调玉烛岁有秋，如天之仁覆九州。赈蠲屡顾东民筹，亦惟刍牧分乃猷。"歌颂清朝官吏勤于恤民之政，这是为统治者张目，替朝廷说话。其《晨起课种桑》："老民来诫细民荒，五架三间出主张。杏萼元随柳丝碧，麦苗须及菜花黄。天阴阴未鸡头鹘，日暖暖先雀口桑。坐享太平能不感，永丰乡里九丰堂。"此诗以老农口吻，劝诫、安抚青年人，维护农村社会稳定。

相较于沈德潜等人的一意鸣盛与说教，"吴中七子"的田园诗多题咏赠答之类，但措辞渊雅，有中正和平之致，也符合"格调说"标准，颇受沈德潜推奖。乾隆十四年，沈德潜辞官回乡，"归田后，与山泽之胜，从容文酒，后生小子有一艺之长,务吹嘘送上。故海内之士,尊若山斗,奉为圭臬,翕然无异词。"① 可见他时时以诗文奖导士人学子。"吴中七子"就曾深受沈德潜影响,"俱以文章气节重天下。文悫汇其诗,刻'吴中七子集'。"② 七人中,成就最高的当属王昶,其田园诗有《过吴江》《田家杂诗》《村居杂咏》等。《过吴江》其一道:"烟村一路鹧鸪啼,油菜花残豆荚齐。几日东风微雨过,春芜绿遍画桥西。"其四:"枳篱宛转护柴门,书屋斜临水竹村。一曲澄湖平似镜,棹歌声里月黄昏。"点染途中美景,有音调谐美之致。其他人的田园诗也有很多,如王鸣盛(1722~1797)《村舍坐雨简邻翁》:"……数家依柘影,一径积苔痕。赖有忘机客,翛然共酒尊。"吴泰来(?~1788)《宿水竹居连日风雨偶赋短歌简黄芳亭赵升之》:"林深无人掩茅屋,棐几湘帘净尘俗。……"钱大昕(1728~1804)《读曲歌》其一:"红豆向春种,黄蘗向春生。薄雾隐三星,有心不分明。"曹仁虎《梁溪舟中》:"梨花如雪柳如丝,新水初生拍橹枝。长爱黄公涧边路,一篷疏雨品茶时。"这些田园诗既摹绘农村社会的繁荣安定,又展现诗酒风流的生活,客观上也点缀了盛世。

"格调说"不专属于台阁诗群,还影响到在野诗人。这也与沈德潜的提携指导分不开,说明他有意识地以"格调说"引导诗风。"海虞诗社"便由在野诗人组成,诗社成员王应奎(1683~?)有《柳南诗草》,便是沈德潜为其作序。序文说:"海虞之结诗课者四人,为侯子秉衡,陈子亦韩,汪子西京,王子东溆。四人皆以道自重,发为文辞者也。余先后得而友之,秉衡诗骨干开张,亦韩诗清腴近道,西京诗绮丽精深。而

---

① 钱仲联:《清诗纪事·乾隆卷》,南京凤凰出版社,2004,第5047页。
② 钱仲联:《清诗纪事·乾隆卷》,南京凤凰出版社,2004,第5047页。

穿穴今古、格合气谐，锵然而玉应，蔼然而春温不为知为东溆之诗也。夫诗道之壤在性情，境地之不问而务期乎苟同。……东溆清洁自好与三人略同，而言志永言彼此不袭一章一句，自有真精神面目存乎其间。既非折杨皇荂之词，亦无黄茆白苇之诮，於乎是为东溆之诗也。"① 可知诗社成员有四人，为王应奎、侯铨、陈见复、汪西京。他们的创作风格堪谓"境地之不问而务期乎苟同"。四人中除侯铨为嘉定人外，其余皆常熟籍。这个诗社的规模虽不大，诗歌创作活动却很活跃。如《柳南随笔》记载："洪梦梨，号白云道人，……来往多名士，而尤与吾友汪西京沈琇昵。吟社诸君以西京故，间以诗与道人相倡。记壬寅春，亡友吴静川（理）招同人集三影轩，分韵赋诗以寄。……（道人）和王露湑（誉昌）'青'字云……和孙陶庵镕'花'字……和周以宁（桢）'蘷'字……和许南交（永）'春'字……又是岁之夏，西涧先生招同人集尊道堂，分韵赋诗……（道人）和孙丽明（阳光）'然'字……"② 可知诗社外围还有洪梦梨、王露湑、孙陶庵、周以宁、许南交等人。此外，宋乐为陈亦韩弟子，《柳南随笔》记载："宋乐，字玉才。年少有才，诗笔兼工，吾邑后来之秀也。……玉才诗天才超逸，笔无点尘。所著《愿学集》二卷，吴门沈确士（德潜）选定。"③ 可知宋乐诗歌也曾为沈德潜所指导。作为诗社骨干，四人不仅诗风接近，也是莫逆之交。王应奎自道："余同里号称

---

① 沈德潜：《归愚文钞 王东溆柳南诗草序》，见《清代诗文集丛编》第234册，古籍出版社，2011，第563页。
② 王应奎：《柳南随笔》卷3，王彬、严英俊点校《清代史料笔记丛刊》，中华书局，1983，第55页。
③ 王应奎：《柳南随笔》卷3，王彬、严英俊点校《清代史料笔记丛刊》，中华书局，1983，第65页。

莫逆者不过三四人。……家西涧（材任）先生闻之，以为大类汝南月旦，遂各因其字以韵之曰：'光明俊伟侯秉衡，秀发飞扬汪西京，淡泊宁静陈见复，短小精干谢廷岳。'见复者亦韩自号，廷岳者宪南自号。先是余亦自号曰云北山人，宪南因续之曰'轩豁呈露王云北'。"① 他们不仅互相品题，还时有雅集，分题拈韵，颇多唱和。他们田园诗多取材于个人生活，抒发悠游闲适的人生情趣。如《柳南诗钞》中收录有：《冬日田园杂兴社集限韵五首》《诸同人和予前诗再叠原韵六首》《清明后三日集亦韩郊居分韵赋春日田间杂兴得十蒸》《戊申除夕同西京分韵得除字》《立夏前二日亦韩招集日华堂送春分韵得鱼字》《冬日露湄丈招同侯秉衡吴静川小饮话山堂赋谢》等，可见四人情谊深厚，频兴诗会，堪谓风雅。王应奎《怀陈亦韩》写道："论文复几时，好剪江村韭。"《怀汪西京》曰："我家海上村，君客横塘路。"《亦韩既和予赠句因再叠前韵》道："寒夜倘寻联句约，（今岁孟春君招余同以宁秉衡西京夜饮联句）草堂鸡黍未应悭。"另有《秉衡故居在盘龙白鹤之间，水深土肥地产木棉香稻可给衣食久客虞山眷然思归偶得玉粒红莲吉贝村之句图之于右而命予足成绝句以当息壤》其一："玉粒红莲吉贝村，此中别具小乾坤。水三屋一丛篁二，更种垂杨绕荜门。"这些诗歌不仅反映他们唱和之盛，也透露出生活景况。四人皆属布衣，悠游无事，在田园生活的陶冶下，有暇萃心文藻，点缀盛世。

---

① 王应奎：《柳南随笔》卷1，王彬、严英俊点校《清代史料笔记丛刊》，中华书局，1983，第7页。

二　考据学风影响的田园诗

清朝统一华夏后，既利用汉族士人，又防治甚严。他们或以科举官位笼络，或以牢狱刀斧威胁，生怕汉人威胁其统治地位。乾隆也采用软硬兼施的文化政策，一手怀柔笼络汉族文人，如他所说："自古曾闻观国彦，从今不薄读书人"；另一手却实行高压，大兴"文字狱"。此外，乾隆三十八年（1773）开始编纂《四库全书》，既是一次文献的整理，也禁毁了大量图书。种种现象，都表明清廷对文化领域的钳制日益加强。为免贾祸，乾嘉文士只得远离政治，进行一些训诂考证工作，促成了考据学风的形成。

乾嘉学术重考据的特点，也在田园诗里体现出来。如描写西域田园的诗人，在作品里详考地理沿革，强化了田园诗与舆地考证的联系。清朝统一新疆不久，乾隆帝谕令编纂《西域图志》，一时西域地志学氛围颇为浓厚。诗人褚廷璋就曾参与《西域图志》编撰，他在《西域诗》自序中云："璋备员史局，八载于兹，承修《西域图志》。"褚廷璋熟悉西域地理，这也在他的《西域诗》中反映出来。地志学家祁韵士有大型组诗《西域竹枝词》，其中不乏地理沿革的考证。洪亮吉更是学问宏富，"其学于经史、注疏、《说文》、地理，靡不参稽钩贯，穷日著书，老而不倦。"[①] 可见他精研舆地之学。嘉庆初年，洪亮吉曾遭遣戍新疆。他在出嘉峪关至伊犁途中，有诗作46首，其中有不少田园诗，如《乌兰乌素道次》《初四日至节节草店露宿》

---

① 《清史列传》卷69，中华书局，1987，第5561页。

《初八日乘月行四十里至三个泉宿》《月夜自马连井至大泉》《三台夜宿》《发二台》《将至七个井宿》《朝发七个井雨》等等。这些田园诗皆详记地名，如某日朝发某村，夕至某地，很是详细。这些作品连贯起来如行役日记，可与其《遣戍伊犁日记》并读，有明显的地志学色彩。此外，他还在《伊犁纪事诗》二十五里写道："伏流百尺水潺湲，地势斜冲北斗垣。高出长安一千里，故应雷雨在平原。"这首诗亦属考证之作，诗人有对地形的实际考察。他曾在《伊犁日记》中说："伊犁地形高出陕西西安府八百一十里。自精河至乌兰乌素数百里中，杨柳夹途，草香花密，与戈壁中风景绝异。"这段话可与前诗作对照，说明诗中的描写基本属实。

三 揭开"盛世"面纱的田园诗

乾嘉年间，一连串的社会问题已开始不断暴露。军役频兴、吏治腐败和人多地少的矛盾，成为乾嘉朝三大痼疾。乾嘉诗人禀承民本思想，有针对性的希望改善统治秩序，反对兵役妨农，主张轻徭薄赋。他们的田园诗勇于针砭时弊，揭示出"盛世"生活的另一面，甚至指出官逼民反的社会现实，体现民苞物与的情怀。

（一）反对穷兵黩武

出于爱民意识，诗人们指出不误农时关乎社稷，反对军役扰民。据赵翼《檐曝杂记》统计："上（指乾隆）用兵凡四十五次，共费银一亿一千三百六十七万两。"[①] 繁重的兵役让百姓

---

① 赵翼：《檐曝杂记》卷 2，沈云龙主编《近代中国史料丛刊》第 89 辑，台湾文海出版社，1973，第 14 页。

无法安定生产，也引起诗人不安。如陆继辂（1772~1834）《秧马》："不须苦忆横门道，壮士归耕鬓已苍。"咏叹百姓服军役时间之长。言朝標《利州雨》："况今用兵犹未已，催租方急旋催庸。"诗人自注："时钦使入蜀征民夫甚急，官给雇值，民以农忙不愿也。"他说得比较委婉，其实农民的不愿岂止于此。刘开（1781~1821）《桑叶》："风飘阴雨归何处，九月征人未授衣。"诗人站在平民立场，为百姓军役之苦而咏叹。史善长（1768~1830）《募乡兵》："朝募兵，夜募兵，府帖火急无留停，排门比户抽强丁。一丁百钱米一升，官为支给以日程。宜施郧介山峥嵘，下游黄汉上襄荆。水陆拦截繁于星，追逐逋寇绝乱萌。费帑百万不得赢，要使旷野皆坚城。椎埋恶少多窜名，磨刀霍霍喧相争。十里五里险隘凭，路难涩棘敢漫行。杀人为功官所令，手毒渐觉躯命轻。肉肥酒大罗膻腥，饱食且赡妻儿生。一贼不获官不刑，有时斩馘群矜能。告身百道飞如蝇，羊头狗尾彩长缨。一笑目已无公卿，昨者大将方南征。瓜期未代烽烟横，尔曹击贼吾亦惩。借力终恐违师贞，何当弯弧射欃枪。销甲散伍归春耕，勿忘轩鼙歌太平。"此诗开篇即语调急促，强调征集乡兵的仓促，接着批评服兵役时间之长，替百姓传达出对安定生活的渴望。

乾嘉年间，张问陶、舒位、王昙等性灵派诗人，也把创作目光投向田园民生，表达了对军役频兴的不满。这使他们的田园诗摆脱了空疏笔调，发抒出百姓们的心声。张问陶学习杜甫，有忧国忧民的精神。符葆森《国朝正雅集》言道："船山太守为蜀产，其诗以放翁门径，上攀少陵，取其雄快之作，而芟其飘滑之篇，斯太守之真诗见矣。"他称赞张问陶的诗歌具有杜诗的风格。这是因为张问陶的诗歌表达出了对民生的关注,有深刻的现实内容。舒位"不独以诗称,而胸次博大,志行雅洁。"① 可知诗人的人品高尚,具备关怀社稷民生的精神。王昙与舒位齐名,也有一些感叹民生之作。他的这些作品被誉为:"情繁而声长"②,堪谓情韵深厚。虽然三人风格不同,但对军役累民皆不曾讳饰。如张问陶《马耕》:"道旁有人诧奇绝,独惜骅骝汗流血。只闻潞水驴挽船,如何猛马能耕田?世人少见遂多怪,我笑先生只偏爱。君不见去年西征救梵王,乌拉不足羊运粮。"(西域呼牛曰乌拉)舒位《草短短》:"问渠不得耕田故,去年田为战场路。"王昙《穮田述》":何当诞旅谷,省我春莳秧。"由上述诸诗可知,繁重的兵役使劳力流失,物资稀缺,以至农村连耕牛都没有,人们只得用羊运粮、以马拉犁。这三位诗人,以直抒性灵的笔调,披露战争对田园的破坏,痛陈兵役妨农,揭开开疆拓土背后的民众辛酸。

江苏藏书家吴翌凤(1742~1819)则是位学者型诗人,他的《平苗篇》能忠于事实,不为粉饰,更无阿谀奉承之调,公正客观地揭开军功背后的民众血泪。吴翌凤的《平苗篇》创作于嘉庆初年,以镇压贵州石柳邓领导的苗民起义为背景。其诗道:"……推厥起衅由,积渐非无自。熟苗入版图,供役如奴隶。生苗职赋税,深藏若魑魅。布寨众星罗,缠腰一刀利。恃山以为险,桀骜本难制。峒长苦诛求,恐吓百其计。有司不时察,汉奸复旁炽。激为走险心,遂成负嵎势。……卷荝功既成,善后事非易。勉哉守土官,惠政起凋敝。"诗中分析了官

---

① 宋思仁:《瓶水斋诗集序》,舒位《瓶水斋诗集》,上海古籍出版社,2009,第1页。
② 龚自珍:《定庵文集 定庵文续集》卷4,浙江亦西斋刻本,清同治七年(1868),第2页。

逼民反的原因，指斥清政府无谓兴兵，可谓秉直而言。诗人痛心地认为，往事已矣，死者已不可复生，此时统治者应"涕泣行诛"，而不是自我陶醉。可见诗人能够站在民众的立场上，客观评议穷兵黩武的恶劣后果。

（二）批判"催科吏"

乾隆晚期至嘉庆年间，统治者对文坛的钳制力日益削弱，诗坛的创作风气还是较为自由的。诗人大胆抨击吏治腐败，揭露统治者加派催征的行径，如陆继辂《催科》、刘开《催科吏》、朱葵之《吏下乡急催科也一首》、袁翼《催科谣》等。这些田园诗仅从诗题看，已经不再是旁敲侧击，而是直接批判"催科"现象，并不加掩饰地痛斥各级"催科吏"。而且诗歌的手法写实，语气也更显激烈。诗人们从"催科"缴征现象入手，在作品里刻画众多悲惨场景，从不同层面揭示百姓困境。乾隆中叶以后，官场日益黑暗。洪亮吉说："今之吏胥，非复古之吏胥，不过四民之中，桀黠狡猾者耳。……是以其权上足以把持官府，下足以鱼肉乡里。"① 说明吏治腐败现象之严重，也引起了诗人们的针砭。如李化楠（1713~1769）《种田户》："又况讼师胸有矛，顷刻海市与蜃楼。清白良民受冤枉，签拿械系陷法网。……"李调元（1734~1803）《石壕》："浥水唤舟渡，石壕剪灯宿。何处催租吏，又来打人屋。"诗人深谙官场内幕，揭示官吏勾结，欺压平民，抨击催租吏的蛮横行径。陆继辂《催科》："催科沿陋习，县官利赢余。"刘开《催科吏》："借问逃者意云何？官领百人亲催科。"朱葵之（1781~

---

① 洪亮吉：《卷葹阁文甲集》卷1，见《清代诗文集丛编》第413册，上海古籍出版社，2010，第386页。

约 1845)《吏下乡急催科也一首》:"官粮半饱奸吏橐,三日五日限期促。"这些诗歌揭示出"催科"之所以普遍存在,是因为官吏的贪欲。郑燮《悍吏》:"县官编丁著图甲,悍吏入村捉鹅鸭。县官养老赐帛肉,悍吏沿村括稻谷。豺狼到处无虚过,不断人喉抉人目。长官好善民已愁,况以不善司民牧。山田苦旱生草菅,水田浪阔声潺潺。圣主深仁发天庾,悍吏贪勒为刁奸。索逋汹汹虎而翼,叫呼楚挞无宁刻。村中杀鸡忙作食,前村后村已屏息。呜呼长吏定不知,知而故纵非人为。"诗中有句道:"索逋汹汹虎而翼,叫呼楚挞无宁刻",立场鲜明地批判官吏勾结,共同鱼肉百姓的行径。沈学渊《瘦狗行》:"乌台雌乌子八九,深山龙蛇作渊薮。猰㺄饕餮皆人形,赤股狺狺惟瘦狗。石门开,瘦狗来。官符不避五百里,妖狐夹道迎狼豺。职方何尝如狗贱,狗戴进贤学人面。胡床踞坐忽大嘷,手掷银铛飞雪练。甲寅秋冬乙卯春,大无麦禾东海滨。沟瘠已腐不可食,深巷豹吠无居人。无人犹尚可,有钱急赍青苗神。催逋赋,瘦狗怒,二月新丝一尺布,游徼啬夫使要路。要路不已要入城,入城从此无馀生。磨牙砺齿啮残骨,堂下犬子群相争。猜量黔首瘦,莫是青衿肥。朱封一纸钩党籍,宫墙四匝成圜扉。东村明经夜方读,马箠挝破读书屋。仓皇对簿莫置辞,两颊淋漓飞血肉。肉满几,瘦狗喜。狗食遗民胜食秭,虎馋狗馀醉若死。我闻猎狗喙长守,狗警食狗体肥不服猛奈何?汝狗独披猖,安得瓠卢缚汝颈。乃知天狗堕地为天殃。譬如历劫歌红羊,瘦狗到,居民遘,瘦狗行,民得生。斑螯、芫青(方书:中瘦狗毒者以二药治之)镇蠹,以汤沃狗伐毛髓,华氏之门不容汝,昼伏夜行狗似鼠。"将贪官污吏比作疯狗,刻画出"悍吏"们贪婪凶狠的嘴脸,传达出诗人对这类人的憎恶。袁翼

(1789~1863)《催科谣》其一："县符四出官下乡,滚头里长传呼忙。鸣钲聚族开祠堂,数家顽户先远飏。……"其三:"风雨催租吏打门,鸡犬寂寂声不闻。乌犍毂觫老且病,牵来不值钱十缗。山田皮骨已尽卖,犹代完粮抵余债。一女两嫁讼到官,鹄面鸠形向官拜。……"其四:"林密山深古猺砦,桑麻别有桃源界。一吏抱册坐墟场,趁墟按额来完粮。老拳必报睚眦怨,昨夜杀人血溅刃。催租有吏宿其家,摇手嗫声不敢问。"诗中写差役持县符下乡催科,在村庄里草菅人命,作威作福。老百姓无力支应,只得弃家远遁。上述诸诗,从不同角度描写"催科吏"的恶劣行径,描写吏治腐败对田园造成的不良影响。

(三) 揭露人多地少的矛盾

土地资源紧张也令诗人忧心忡忡,针对这一社会问题,诗人们忧国如家,予以客观真实的描写,揭开盛世面纱,展现社会真相。乾隆时期,人口数量迅速增长,再加上愈演愈烈的土地兼并现象,这都使地不足耕的现象日益明显。洪亮吉在其《意言 治平篇》里叹道:"人未有不乐为治平之民者也。人未有不乐为治平既久之民者也。治平至百余年,可谓久矣,然言其户口,则视三十年以前增五倍焉,视六十年以前增十倍焉,视百年百数十年以前不啻增二十倍焉。……而户口则增至十倍二十倍。是田与屋之数常处其不足,而户与口之数常处其有余也。又况有兼并之家,一人据百人之屋、一户占百户之田,何怪乎遭风雨霜露饥颠踣而死者之比比乎?"[①] 这种情况在田园诗

---

① 洪亮吉:《卷施阁文甲集》卷一,见《清代诗文集丛编》第413册,上海古籍出版社,2010,第380页。

里也有所反映。如赵翼《山行杂诗》之四："遥山最深处，想必无人居。一缕炊烟起，乃亦有室庐。始知生齿繁，到处垦辟劬。虎豹所窟宅，夺之为耕漊。尚有慵丐者，无地可把锄。民生方愈多，低力已无余。不知千岁后，谋生更何如？"此诗描写生齿日繁，而地不加增，令诗人忧心忡忡。赵翼还在田园诗里指出，此类现象是普遍存在的，如其《十月朔日抵贵阳，闻官兵自滇入蜀路经威宁，余未及受代，即赴宁料理过兵，途次杂咏》记贵州："万山深处都耕遍，始觉承平日已多。"其《宁德道中》记福建："万山深处总犁荒，始信民生瘠土良。"《树海歌》写内地："我行千里半天下，中原尺土皆耕稼。"可见各地都有人多地少的矛盾，以至他在《米贵》其四中感叹："海角山头已遍耕，别无余地可资生。"乾嘉诗人也注意到，因人多地少，农民的生活每况愈下。一些无地可耕的农民，只得到荒僻的山区开垦。这些人在山上伐木架棚而居，故称"棚民"，他们披荆斩棘，"攻苦茹淡，于崇山峻岭，人迹不可通之地，开种旱谷以佐稻粱。"① 棚民的贫困生活，也在田园诗里得以反映。如陈斌《种山户》诗称："十十五五，聚不知数，来不知何所。"其序："数年来有曰棚民曰厂户者，偏踞浙西山场，总有万人。"可见情况的严峻。毛国翰（1772～1846）《垦山谣》："朝垦山，出畏虎。猛虎避人山有土，长铲垦山趁山雨。终朝垦山不成畦，半亩挦挦丛蒿藜。负儿荷锄夫与妻，山南山北多种豆。山猪有牙雀有味，长竿御之如御寇。高岩石累累，泉壑多凫茈。可怜终岁食菽芋，儿号女啼常苦饥。嗟尔山中人，勤俭为生计，但求一饱何其难，下山买田有官税。"描写鄱县垦

---

① 梅曾亮：《柏枧山房文集 书棚民事》卷10，光绪二十七年（1901）铅印本，第4页。

山户的艰苦生活。诗人在自序中说："鄜故多山，闽粤流人佃垦为氓。艺粟豆薯芋，防山猪雀鼠之害必时巡之。男女力作以食，每数十年不尝稻味……毛子嘉其勤俭，悯其生计之艰，作垦山谣。"此诗披露入山垦荒的普遍，细致描绘"棚民"处境之艰难。人多地少的矛盾，也带来社会不安定因素，如杨芳灿（1753～1815）于乾隆五十二年知灵州，任内作有《山田讼》，取材于他亲自处理的一宗土地纠纷。其诗写道："灵武多山田，广袤无阡陌，其阳皆石岗，其阴半沙碛。圣朝尚宽大，轸念边氓瘠。制赋从其薄，数畜计牛只。任民自耘耔，不复论丈尺。至今土附者，赋一还占百。雨泽或愆期，连山地皆赤。商量负锄耒，舍此复他适。数年归故里，地址不能识。探囊得旧券，转辗相寻索。不谓南舍侵，定讼东邻匿。""愚民贪天功，妄冀千钟获。乘间越畛畦，向夜驾车轭。播种犹未竟，黠者抵其隙。什伍呼其曹，彼此相交格。""争竞浸成风，本业转抛掷。尔各田尔田，尔其食尔力。苦口为尔陈，不忍操束湿。归矣事耕耘，农时真可惜。"清代招垦条例规定已垦之田"若有主，给还原主起科"。这就给不法之徒巧取豪夺之机，致使"无人承种之荒地，耕熟后往往有人认业"，此诗描写农民为了争夺土地，多次引发大规模械斗。面对错杂的情况，诗人也感觉颇为棘手，也只能从珍惜农时角度，苦口婆心地调解诉讼双方，以求稳定社会秩序。

（四）反映天灾人祸带来的"农家苦"

诗人们在田园诗里秉笔直书，反映旱、蝗、河患，刻画灾民们饥寒交迫的生活，秉笔而书农村不合理现象。由这些诗歌可知，在重重压榨下，农民纷纷破产。岭南诗人黎简详实记载了田园生活的凋敝，其《官放仓》道："朝朝曙鸦啼，啼上城四门。朝朝籴米人，腰牌来近村。仓吏居上头，饥人畏如虎。……"此诗反映饥民还要受赈灾官吏的压迫。其《藤县》："或云昔南征，亦有从役民。至今山上田，穑种无人芸。"写出兵役造成的农村劳动力缺乏。《围市桥》道："四郊几年来，鸡狗不得宁。贼穷贼入城，贼远贼杀兵。官军围市桥，里正日点兵。里正跪大官，玉石诚不分。……愿官早归衙，春田试肥犊。"写官兵的凶暴，他们在下乡剿匪时，不分青红皂白，一味杀戮。这令诗人很是愤怒。洪亮吉说："于近日诗人，独取岭南黎简及云间姚椿耳"，就是指他这些崇真求实的作品。柳树芳（1787~1850）有《水村新乐府》，包括其一《揾豆食》、其二《吃麦种》、其三《剐水稻》等。其中《揾豆食》写道："雨绵绵，淹此一顷田。一顷之田种不得，豆贵如珠勿浪掷。"写大雨成灾，豆如珠贵，使农民无以为生。顾鸿生《七鹭诗》有序曰："嘉庆九季，吴田没于水，百姓大饥，目见耳（闻）之际有足悲者，为作七诗。"这一组诗全面展现了水灾后的民众疾苦。其中的《鹭田》写道："剜我肉，充我肠，肠才饱，身旋亡。剜肉亦何惜，易米米难易。土偶语桃人，尔我同水厄。"诗人以悲辛之语，诉出农民困境。相较于"格调"式的讴歌，这类田园诗更接近农村生活真相。

  作为清代大儒，朱珔虽学问渊博，但自始至终有很强的平民意识，这使他的田园诗真实反映了民生疾苦。乾嘉诗坛上，"温柔敦厚"的"格调说"及重"考证学术"的"肌理说"先后而起，但大都缺乏一种关注民生的悯世之情，造成诗歌领域存在脱离现实的倾向。朱珔不满于这种一味逞才而不关心民瘼的诗风，并予以含蓄的批评道："世人诗变态百出，好驰才任气。"(《香芷诗赋钞序》)"言诗者尤众,大抵各随其性之所近,箸声一时,若弱冠骤希坛坫谈何容易。"(《忍冬斋赋诗合稿序》)他认为这些无关百姓痛痒的诗歌是"每襞绩华藻以博时誉,近乎浮。"(《思无邪室集序》)朱琦还在其《诗娱室诗集序》更直截了当地说:"诗之作,上供郊庙而下察伦物。至衢巷歌谣古太师犹陈之以观民风,岂徒为娱志之具哉?"所以,朱琦田园诗着眼于下层百姓生活疾苦,直面较尖锐的农村社会问题,如《秋日斋居杂咏十四首》其十二:"社谷输成已发困,乡园强半聚流人。"《苦雨篇》:"昔惧为旱今惧涝,田中水深难击菒。"《悯疫行》:"纷纷谁计穷闾氓,流传讳语苦难省。"《数日酿雨不成偶作短歌》:"浓云蔽天天欲重,长风卷地地欲重。……高田叟,祝瓯篓,未识秋来有几斗。低田夫,引沟渠,曲防毋或私为潴。"这些诗歌关心农时耕作和"流人"的社会隐患,体恤民间疫病之苦,在一定程度上有裨于人民生产和生活,体现出以天下百姓安乐为己任的儒者之风。

乾嘉时期,诗说纷起,流派多样,既有"格调派"的理论,也有"性灵派"的诗说。田园诗创作开始是受"格调说"影响,润饰太平盛世,也反映了部分士人的自足心态。随着盛世转衰,诗人们以富具现实性的创作,抒写真情,表达性灵。大胆揭示社会弊端,为龚自珍等开启先声,也让整个乾嘉诗坛呈现多元的格局。

第三节 道咸同朝田园诗:外患内忧的激扬

道咸同时期,鸦片战争和太平天国运动相继爆发,清政府内外交困,整个社会也动荡不安。在举步维艰的时刻,诗人们意识到危机的严重。他们摆脱模山范水的形式主义诗风圈囿，在田园诗里呼吁抵御外敌入侵，努力稳定统治秩序，展现出强烈的经世意识。同时，诗人们还超越了阶级立场，勇敢揭露政治黑暗，批评畏葸昏聩的清朝官吏。他们在田园诗里记录评议时代事件，展拓了田园诗境，使作品富具现实性，体现出诗人的社会责任感。

一 反帝爱国的田园诗

道光年间，清政权逐渐没落，鸦片战争接连爆发。诗人们面对国运危殆的现实，迫切希望改良政治，提升国力，共御外侮。这种爱国情怀，在鸦片战争前后的田园诗里得到充分反映。鸦片战争之前，诗人们忧心国运，勇于参政；战争爆发后，他们积极抗敌，讴歌民众爱国行为。鸦片战争后，国运日衰，更令诗人们忧心如焚。他们的田园诗虽内容、风格不同，但究其根底，皆出于诗人对国运民生的关怀，体现了诗人对当时社会现实的思考与反省，其底蕴是积极的经世意识。

针对鸦片之害，清代诗人们揭露西方列强的经济侵略行径，探寻救国救民之策，也在田园诗里提出建议主张。这使他们的田园诗振聋发聩又耐人深思，体现出诗人对国事的关注。魏源《国朝古文类钞》中说："故百川止于海，百家笯乎道，畸于虚而言之无物，畸于实而言无心得，是皆所不存，不可以为文，即不可以权衡一代之文。……文之用，源于道德而委于政事。"[①]此论虽是强调文章的社会功用，但也适用于这时期的田园诗。

---

① 魏源：《默觚上 学篇二》，《魏源集》上，中华书局，1976，第5页。

诗人们忧时感事，积极建言献策，揭露鸦片输入中国的险恶用心，体现了关注时势的创作趋向。如钱泳"于灌园之暇，就耳目所睹闻"，常有诗歌创作。他的《罂粟》《鸦片烟诗》等乡村诗，反映鸦片对田园生活的恶劣影响，具有很强的现实针对性。此外还有张际亮，他曾作有《食肉叹》《浴日亭》等诗，针对农村烟祸日烈的情况，提出切实的措施，倡议扼制西方的经济侵略。林昌彝称："亨甫留心世务，蒿目疮痍。其《浴日亭》云云。此诗作于道光十二年前，时英夷尚未中变，亨甫可谓深谋远虑，识在机先者矣。"[1] 赞其为"天才俊逸，腾骧变化，雄视一代。其于诗刻意为之，而性情气格两两俱胜。"[2] 林鸿年也有《咸阳道中见罂粟花感赋》："浓红淡白间禾麻，流出膏脂几万家。原隰畇畇田上下，可怜栽遍米囊花。"罂粟花形似"米囊"，故而得名，诗里用来指代鸦片。由诗中可知，陕西一带已是鸦片肆虐，占去了大量的良田，造成粮食产量锐减，这自然会给民生带来威胁。这一时期，因鸦片大量走私进口，造成整个社会凋敝不堪。林则徐上奏《钱票无甚关碍宜重禁吃烟以杜弊源片》《密陈办理禁烟不能歇手片》等，极力主张禁烟，得到士人们积极响应。然而一些被鸦片贩子们收买的贪婪官吏，为了维护自己的利益，以各种理由阻挠禁烟。田园诗也反映了诗人在禁烟争议中的立场，如董平章《奉大府檄查禁罂粟花循行郊野口占书所见》其一："劝农才罢又防奸，麦陇蔬畦镇往还。赢得长官清兴好，连朝策马看青山。"当禁烟

---

[1] 林昌彝：《射鹰楼诗话》，王镇远、林虞生标点本；上海古籍出版社，1988，第22~23页。
[2] 林昌彝：《射鹰楼诗话》，王镇远、林虞生标点本；上海古籍出版社，1988，第21~22页。

派占上风时，诗人奉命巡行乡里，查禁罂粟，心情很是舒畅。

　　两次鸦片战争期间，诗人们述说如火如荼的反侵略斗争，一齐唱响反帝爱国的时代强音，赞扬了民众抗敌行动，表现出高昂的爱国热情。他们的田园诗不仅是抨击侵略者的武器，还详实记载了反侵略战争进程，堪称"诗史"。1840年7月，姚燮的家乡镇海失陷，此后约一年时间，诗人都是在逃难中度过，他有很多田园诗，反映了这段生活，谴责侵略者的强盗行径。如其《北村妇》《山阴兵》，是以具体的农家人物遭遇，反映动乱时世，有杜诗的特色。缪南卿评为："北村妇、山阴兵等篇，与工部新婚、石壕诸制真挚飞动，如出一手。"① 可谓盛誉。此外，诗人身经乱离，描写自己的逃难生活，也为他的田园诗增色不少。刘瘦芗说："（梅伯）辛壬之难，俯仰身世，愤郁无聊，而一托于诗，故又变为悲凉顿挫。"② 汤鹏说："梅伯自迷辛壬间海夷之乱，出入干戈，备尝艰苦。……其为诗也，一变为苍凉抑塞，逼近少陵。"③ 可知姚燮在鸦片战争期间的诗歌，融汇了诗人的切实经历，也在创作上取得了较高的成就。如姚燮《后倪村》："荒野楼连树，菜粟日半饱。……屏绝鸡犬声，炊烟亦稀少。隔篱逢所亲，如获意外宝。"（"村在镇城西十里，诸父暨妹氏张谢多避乱就居者，过访信宿为作此诗。"）《邻人于野田获马招予试骑之感得二章》："乱后田园都失主，弃余兵甲半沈河。人间何处塞翁在，穷壤应无伯乐过。"诗人出语沉痛，揭示侵略战争对人民生活的破坏。番禺诗人梁信芳（1778~1849）有《螺涌竹窗稿》，收录大量反帝爱国诗歌，痛

---

① 姚燮：《复庄诗问·诗评》，上海古籍出版社，1988，第1309页。
② 姚燮：《复庄诗问·诗评》，上海古籍出版社，1988，第1311页。
③ 姚燮：《复庄诗问·诗评》，上海古籍出版社，1988，第1307页。

斥侵略者，记录国难。其《夷氛逼近猎德，羊城居民逃避纷纷。不得已，余亦挈家避入平洲，依陈宝田亲家。三鼓抵螺涌，寓燕翼堂别墅》、《夷船由虎门入内河》二首、《牛栏冈》、《卖饼艇》、《村居得冯默斋教授（奉初）来书，即事代柬却寄》等，皆出于诗人亲身经历。这些田园诗堪称第一次鸦片战争的实录，也能评议战争得失，反映深广的社会内容。曾国藩赞其曰："自海上用兵三年，中朝士大夫往往感激，作为诗歌。美者陈《无衣》之义，讽者等《清人》之章，忠愤之词，彼此相发。……唐杜甫驰驱戎马之间，其述边事、筹回给，议论多有可采；白居易自述作诗之旨，亦曰多询世务，阅事渐多。然则有关时事者，其必身亲履之者乎？"① 他指出梁信芳的诗歌有慷慨论事的倾向，不仅详"叙边事"，而且"议论多有可采"。罗文俊言道："我香浦亲家以所作螺涌近稿寄示，所言乃当日虎门失守避地平洲诸情事。盖夷衅肇于香港，闯入内河，故被扰于吾粤者为最甚。乡居密迩，目击离乱，其言尤详且确。炮台、蟹艇诸篇，为指陈得失，足补前人防海御俊议略所未及。"此论指出梁诗能"指陈得失"，堪补前人"防海议略"，有一定的经世意义。如梁信芳的《夷船由虎门入内河二首》其二："榄村休筑万人城（原注：乌涌新筑泥城），浪卷涛翻阵马惊。岂有蚝梁能断海（原注：猎德载蚝壳塞海），更无虎旅可屯兵。干戈满地家难定，魑魅当冲路未平。谁料丰穰逢乐岁，流离还觉可怜生。"诗人忧时念乱，评议海防策略，既讥刺了昏聩的清军将领，也表达了对侵略者的憎恶。

鸦片战争期间，许多诗人在田园诗里热情讴歌乡民的抗敌

---

① 曾国藩：《〈螺涌竹窗稿〉序》，道光二十九年（1849）刻本，第2页。

斗争。如张维屏、陈超群《过三元里有怀义民》、陈璞《经三元里忆辛丑乡民杀虏事》、曹伯巢《三元里》、梁信芳《牛栏冈》等。三元里抗英主战场在牛栏岗，梁信芳《牛栏岗》诗，便是反映此役的宏大场面，渲染了民众勇拒英军的气势。其诗曰："十三乡人皆不平，牛栏冈边愤义盟。……主、伯、亚、旅步伐明，一一皆可称雄兵……自从航海屡交锋，数万官军无此绩。……寓兵于农且自卫，策勋何必鹰飞扬。君不见，牛栏冈。"描写十三乡群众联盟抗英，展现了民众不惧外侮的精神和力量。这首诗也为张维屏所激赏，他赞道："萝甫太翁亲家见示螺涌近稿，诗虽不多，体则咸备。……抒情则语必由衷，赋物则妙能入理。事本骇闻，意或形其愤激；言者无罪，义总归于和平。作于此日，聊为纪事之辞；传之他时，可备考古之助。"[①] 顾翰有《俞家庄歌》："英夷声势不可当，到处焚掠咨披猖。闻风畏惧争逃亡，挫衄乃在嵊县乡。嵊县乡民有何长？终年力田薿稻粱，入水捕鱼以为常……瞥见海舶高帆樯，乘势突入夷船舱，举手夺得刀与枪。夷人多半被杀伤，仅有一二得远飏。拆毁船板如排墙，抛弃毒土无遗殃。……"1842年，宁波失陷，与宁波接壤的嵊县一日数惊，人心惶惶。嵊县俞家庄乡民未雨绸缪，提前作好战斗准备。他们以捕鱼为掩护，在海上同英军打游击，接连歼灭来犯之敌，打击了侵略者的气焰，使英军再不敢靠近俞家庄。顾翰《俞家庄歌》便是记载村民的光辉战绩，称赞俞家庄人民的勇敢和智慧。

诗人们还从多个角度，在田园诗里品味鸦片战争的苦果。如徐嘉在乡居期间，作有《六月歌》叹五口通商事："去年甘

---

① 张维屏：《螺涌竹窗稿 题辞》卷首，道光二十九年（1849）刻本，第1页。

松许互市,今年博望闻奉使。……楼前明月照溪水,露气萧条禾黍秋。"社稷飘摇,国运堪危,虽当六月盛夏,诗人却是满怀秋意。他们还从地域角度,剖析鸦片种植之害,描写战争失利的直接恶果。严恒叹道:"(鸦片)一名阿芙蓉膏,西夷携入中国,居为奇货,用以蛊人而擅利。闽广人多有食之者,今则遍地皆是矣。"(《咏鸦片》序)可见鸦片传播的迅速普遍。此时期,在一些边远省份,还出现种植鸦片的情况。沈寿榕任职云南期间,有《滇人谣四首》,其中的《栽罂粟》写道:"圃不栽瓜,农不播谷。草木为妖,产此罂粟。晴天雨天花开,满田积膏为土。如药而煎,名鸦片烟。即阿芙蓉,心腹之病。呼吸相通,初来外洋,流毒我疆。民力既竭,国脉且伤。设抽厘官,官受私钱,去来不问,过眼云烟。"(自注:"罂粟膏产于滇者曰云烟曰云土曰南土"。)揭示官吏接受贿赂后,放纵云南鸦片种植,造成"民力既竭,国脉且伤。"诗中有"过眼云烟"句,写出鸦片泛滥之害。沈兆霖(1801~1862)《罂粟叹》:"连山开田土膏沃,不种禾麻种罂粟。春晚花开织锦成,白白红红照岩谷。不爱好花开,惟盼好花萎。结子绽缃苞,累累倚深翠。晶莹露气团莲房,如拳实大擎朝阳。铅刀细剖裂琼浆,盛以瓷瓯冰雪光。风炙日暴成元霜,呼吸化作烟霞肠。我闻栽花炼土由海国,载来内地施鬼域。远物居奇索价高,夷人贪利华人惑。奈何华人今复自为,夷嗜利害仁心险巇。深林大箐蔽山谷,郡守县官都不知。或云知之亦且利其租,此田不用烦追呼。又云豪家种此利有余,岁岁得钱供吏胥。相隐遂成俗,相残何太酷。人情如此亦难回,天心未必甘流毒。安得严霜杀尽罂粟种,一埽蘖芽如卷箨,还汝良畴殖嘉谷。"此诗是写贵州鸦片种植的。可知贵州开始出现大规模种植鸦片的状况,而且吸食者渐众，令诗人痛心疾首。

二　维护皇朝统治的田园诗

　　太平天国起义爆发后，曾国藩、李鸿章等为首的清朝官吏，组建湘、淮军，极力镇压农民起义，挽救了摇摇欲坠的清王朝。在两大阵营生死对决期间，诗人们的经世之志有了用武之地。他们将诗歌创作与时势相联系，以议为诗，多方评论社会动乱，呼吁政治改良，抒写治国安邦之策。

　　江苏诗人江湜身逢太平天国起义，其家乡苏州更是清军与起义军交兵的战场，这令诗人的生活受到严重的冲击。王韬说："杭垣陷贼，弢叔脱身还苏乡。俄而吴门亦陷，四出焚掠，一家中双亲弱妹同日殉难。弢叔先十日挈弟穿贼营出，得达于浙。既遭奇惨，痛不欲生。旋复自浙至闽。友朋助以赀，刻其所著《伏敔堂诗》十三卷，而卒以忧愤陨其生。文人之厄，至弢叔而极矣。"[①] 因有这一经历，江湜的田园诗或表达对亲人的思念，痛陈死生离别之感；或于途次写景即事，真实记录下动荡的社会现实和他自己的坎壈人生。诗人自言："余穷于世，晚而以诗人自现，乃遭逢离乱，婴千古诗人未有之惨，将终身为礼崩乐坏之人，以何肺腑更吟风月？"[②] 可见他这期间的田园诗，真实描写了战乱中的民众苦难，也记载下诗人流离穷苦的情状。如《有自杭城来者道经浙东各郡县述所闻见无涕可挥采

[①]　王韬：《瀛壖杂志》，见钱仲联《清诗纪事》，上海古籍出版社，1997，第1657页。

[②]　江湜：《伏敔堂诗录自序》，见江湜《伏敔堂诗录》卷首，同治元年（1862）刻本，第1页。

其语为绝句十首》其七云:"燕巢于树略知春,投宿无从问水滨。裹饭疾行义乌县,百三十里始逢人。"可见战争造成大量人员流失,使各地人烟稀少,满目凄凉。其《志哀九首》之八:"廓廓乾坤中,几处免锋镝?故里既为墟,危邦亦难过。甘从道路行,处处望乡国。痛哭白日下,泪添海水溢。生为无家人,死作他乡鬼。"描述一家生离死别的景况。《寒食日作》:"燕语他乡社,糜游故国台。烽烟遮眼处,丘垄上心来。半世愁为客,佳辰强举杯。无家今日我,天与尽悲哀。"江湜的故乡已为太平军所占领,他无法回乡扫墓,心情很是痛苦。限于阶级立场,诗人也表达了对起义者的不满,如其《闻官军进攻苏州》:"此时投笔起,欲去助挥戈。杀贼为京观,平吴奏凯歌。无惊我邱垄,重履汉山河。只作农夫殁,余生幸已多。"清军进攻苏州,眼见家乡收复在即,诗人很是欣喜,此诗便是为清军唱赞歌,此外,诗人也表达了对这场战争的反思,如其《送友人之官》中说:"一千三百县,积成天下形。每县得好官,天下长治平。何缘有盗贼?盗贼非天生。天生不为盗,为盗谁激成?"另有《偶书二首》之二:"食于民者多,易由民不扰?"直接揭示官逼民反的真相。又道:"使民不为盗,盗乃不日羸。"认为平定起义的最佳策略,首先是稳定农民的生活,使他们不加入起义者队伍,这体现了诗人的见解超卓之处。

太平天国时期,战火燃遍大半个中国,人们逃奔避居,惶恐不安,很多诗人的书斋生活也被打破。他们结合亲身经历,在田园诗里描写战乱造成的社会动荡。这些田园诗都反映出战乱现象之普遍,连偏僻的山村都免不了战火的蹂躏。郑珍有《避乱纪事》诸诗,被评为:"凡所遭际,跋涉之窘艰,友朋之聚散,室家之流离,与夫盗贼纵横,官吏剥削,人民涂炭,一见之于诗。"① 顾翙《村居》其一："顿作无家客，偏为间道行。艰难脱贼手，辛苦出危城。破甑悲身世，虚舟任死生。凄凉《穷鸟赋》，弓影莫频惊。"《初冬避居东乡感赋》其一："三月孤悬斗大城，四邻俱陷绝援兵。重关尚设颠当守，一穴潜通蠮螉营。君子空悲化猿鹤，天公未肯戮鲵鲸。腐儒纵复从宽政，七十头颅悔幸生。"诗人用《穷鸟赋》的典故，形象传达出奔走无路的窘境。而"杯弓蛇影"的典故，则说明在逃难生活中，其心情也很紧张。由这两首诗歌可知，战争年代，诗人家园遭到破坏，只能携眷而逃，居无定所，尝尽人世的辛苦。董平章《登村东高坡作借用苏句为发端》："山中信美少旷平，四面楼橹皆削成（《成县志》称：四面壁立自然有楼橹却敌之状）。居人筑室傍山脊，高低敧侧开柴荆。我来逾月值冬序，杖藜欲出愁涧阬。今朝风日信和燠，强学登陇随村氓。聚足却输鹿麋捷，矫身欲与猿猱争。浑疑脚底涌云气，但觉耳畔来风声。崖腰遥凝冻瀑白，鸟背下视斜阳明。嵇山围绕迷向背，茫茫何处秦州城。滞秦昔飞海东梦，去秦今系渭北情。鸿飞虽冥未尽室（时余眷尚多在秦），狼暴方肆空连营（皆为贼所愚，其畏死辱国情形直令人眥裂）。当局自嗟时事剧，旁观谁识愁绪萦。凛不可留步归缓，候门稚子群欢迎。"诗人避居山村，闲暇时登高望远，感慨油然而生。他不仅思念远在异地的亲人，也叹喟时事日坏，不禁心生愁绪。这首田园诗生动反映出诗人身当乱世的心境。还有些诗人本身就是清朝官吏。他们敌视农民起义，心存干济之志，不仅与起义军抵死作战，帷幄谋议之余，还创作有田园诗。如彭玉麟是湘军大将，在围攻

---

① 唐炯：《成山庐稿 巢经巢遗稿序》，《清代诗文集汇编》第 710 册，上海古籍出版社，2010，第 294 页。

天京期间,写有《收复宁国丹阳溧水东坝带感赋》。诗人自序:"壮者逃死四方,老弱饿死丘壑。每入一村,人腊相枕,籍骸骨若邱山。而丧家犬食人尸血,眼赤毛竖,数十成群。我兵须队行,否则为其害。屋有未焚者厅房中树大如椽,穿楼而出,目不忍睹。"此序详述南京周边惨景,真是怵目惊心。其诗曰:"横尸华屋多人腊,食血荒郊尽犬精。村里断烟凄冷灶,屋中长树破雕甍。千家一二馀生在,虎口归来哭失声。"彭玉麟为湘军水师统帅,对太平天国无疑是敌视的。诗中有"虎口归来"句,即说明他镇压太平军毫不手软。但他也痛感民众死亡的景象,以坦言直述之笔,抒发悲悯之情,有壮阔激荡之慨。因此,他的这首田园诗既有写实性,也有时代动荡带来的风云之气。

太平天国时期的田园诗,不仅表明了诗人的政治立场,还以丰富详实的内容,记载下整个起义过程。从1843年洪秀全创立"拜上帝教"起,至1864年天京陷落止,整个太平天国的兴亡脉络,都能从这些田园诗里梳理出来。如张应兰(1805~1854)《老魅行》,讥洪秀全传教活动。彭玉麟《悲粤西》和秦焕《哀江头》分别写金田起义和永安突围。太平军进入湖南后,杨彝珍有《贼围长沙三月不克窜益阳将犯常德窥吾有备遂东走喜而有作》《见徙家避贼者纷纷慨然有作》,冯桂芬有《述乱七首》,堪称当时实录。太平军攻下南京后,有北伐之役,吴昆田《涂次闻官军收复冯官屯时方旱得雨车中口号》、张金镛(1805~1860)《连日行满城望都境北氛既歼民气熙荣二邑皆先伯父深州府君旧治地感赋》,便是记载冯官屯之战。另外,吴昆田《旧居夜雪感事述怀二十韵》、华翼纶《集团》、陈昆《湘勇歌》等诗,详述了湘军兴起与内部建制。吴昆田

《得家乡消息怅怀时事怃然有作》，记湘军水师鄱阳湖之败。太平天国运动后期，陈昆《三虫》影射天京事变，彭玉麟《收复宁国丹阳溧水东坝带感赋》是以围攻南京为创作背景。南京被湘军攻陷后，何兆瀛（1809~1890）《观野烧作》记屠城之举。从这个意义上说，这些田园诗，也可构成一部镇压太平天国起义的简史。任道镕曾在其《襄国咏》小序中说："余练襄国军一营。"其诗第十八道："草木馀兵气，萧条井里残。书生疏将略，义愤激村团。（'官军久未得手，督属筹办民团'）但使人心固，能令贼胆寒。背城须借一，作气尚桓桓。"其十九："有勇更知方，登登版筑忙。划沟横铁锁，团土作铜墙。（'乡团非纪律之师，力行坚壁清野，筑土寨百数十处，以小村并入大村，因寨立团。'）战士空貔虎，饥群聚犬羊。霜风凄夜柝，灯火动新隍。"这些田园诗更是诗人组织民团的写照。王拯《拟古》其二："……村墟尚团结，城邑动破徒。吾郡夙雄军，健儿多敢死。"潭溥《岁晏行用杜工部韵同王壬秋作》："江州耕凿少生事，田园坐废生悲风。……水师熊熊尽英烈，计扫寇逆知谁工？"这两首诗歌分别反映了湘军初起和长江水战的情景。在一些田园诗里，诗人不遗余力地维护清朝统治，对起义者极尽丑诋之能事，直至将太平天国妖魔化。如吴昆田（1807~1882）《得家乡消息怅怀时事怃然有作》：其一："岂意红羊重造劫，忽闻青麦起悲歌。"彭玉麟《悲粤西》："人民血染三江赤，妖孽烽飞万里红。底事金田兴杀运，楚南燕北遍兵戎。"《收复宁国丹阳溧水东坝带感赋》："底事红羊浩劫成？大江南北惨难名。"古人称杀伐之灾为"红羊之劫"，太平天国领袖洪、杨姓与之谐音。诗人探寻起义爆发的原因，在田园诗里作出牵强附会的解释，认为太平天国起义是一场人间浩劫。

太平天国虽被镇压，但作为王朝柱石的湘军，同样付出了惨重代价。诗人们追亡悼逝，出语沉痛。王闿运《马将军歌》和沈毓桂《古诗》，便是这样的田园诗作品，在一定意义上，说明战争没有完全的胜利者。沈毓桂在《古诗 序》中写道："舍人王羲亭先生言曩有戎事，楚省派夫湘潭。百人往无一得生还者。先生道出长沙，见一客匆匆行李入村，颇有喜色。其行且驶，有弱者当门见而返奔曰：'兄归矣，兄归矣。'其母以为妄也，客及门彳亍不前，少焉入室，旋闻室哭声，殊为悽怆。盖从兵戈中得归者。思一形容之未果也。余感今追昔，用以敷陈聊志兵徭之苦云。"在这篇序里，诗人道出诗歌的创作原由，说明此诗是根据朋友口述创作，反映了当时真实的田园状况。全诗借一户湖南农家的描写，塑造战争中的幸存者形象，娓娓道出作者内心的感伤。其诗曰："折股不须吊，折臂冀苟延。嗟嗟兵戈丛，难为斯民怜。羽书征调急，启处遑恤旃。杨柳及雨雪，蹉跎催暮年。伤哉屺岵思，迢递隔山川。幸闻歌杕杜，事捷身已捐。里闾此同行，累百将盈千。招魂黯湘水，蒿里茂新阡。忽焉万中一，有客得生全。修途困跋涉，负担安驰肩。入村疑不似，依稀辨炊烟。载欣复载奔，到门翻不前。彳亍有深意，岁久存亡偏。沧桑一弹指，喜心成忧煎。当门有弱弟，遥识喧狂颠。返奔慰阿母，再云阿兄旋。阿母见欺惯，得闻颇不然。但嗔儿狡狯，问儿何所传，檐头鹊声噪，阶下人行遄。排闼竟有客，造床肃拜虔。相对不敢认，拭目频缠绵。既真却疑梦，反覆诘因缘。事实语亦信，疑怀始得蠲。执手乃一恸，万籁惨寥天。萧萧下落木，回声咽寒泉。哀猿动三峡，血泪啼杜鹃。路旁有行客，亦为涕泪涟。生归尚如此，况复闻死还。三吏与三别，往事叹前贤。悲夫彼苍昊，畴能弭戈铤。盛世太平久，蟊贼德化悛。黔首乐安堵，耕织事蚕田。塞翁复何虞，祸福空谈禅。长谢香山老，乐府无新编。"兵兴以来，湖南乡村有大批壮丁魂逝他乡，仅湘军史上著名的"三河之败"，就曾使湘乡有"户户招魂"之景。白居易曾作有《新丰折臂翁》，感叹兵役之苦。此诗作者更进一层，他说能活着归来，就算"折臂""折股"，也还属幸运，言下不无痛心。在这首田园诗里，诗人以一位幸存者的刻画，联系到社会背景，展现战争年代的田园生活。他以高超的艺术手法，借喜写悲，表达出对这场战争的反思。

三　抨击黑暗政治的田园诗

　　道咸同年间的诗人，针砭清政府弊端，评议重大事件，反思战乱责任，语气激烈的进行批评，增强了田园诗的现实针对性和社会功用。整个鸦片战争期间，清军的腐败充分暴露。贝青乔说："计自将军南下以至蒇事，征兵一万一千五百人，募乡勇二万二千人，用饷银一百六十四万五千两，筹划一载而卒收功于通商之议。"（《咄咄吟》自序）可见清朝兵将之无能。诗人也在田园诗里予以辛辣讽刺，斥责避战畏敌的清军将领，希望清军能摆脱萎靡状况，真正起到国家柱石的作用。如汪承庆有《白茅哀》道："斯时兵退贼愈狂，纵骑四出焚村庄。骷髅沙中作人语，鬼马夜啸灯无光。道旁流民仰天哭，运筹谁实居帷幄。吾闻用兵不在多，肉食无谋可奈何。吁嗟乎，肉食无谋可奈何？"反映清兵作战不力的后果。梁信芳有《乌涌兵》，其序曰："乌涌新筑炮台，以湖南兵守之。二月七日，夷船闯入内河，犯乌涌，各兵逃散入村。乡人苦兵扰，驱之，直奔羊城。感赋。"说明此诗是感于败兵扰民之事而作。其诗云:"仓卒失水鱼,泥沙徒跳掷。又如避箭鹿,蹄急心尤疾。"诗中有句:"谁知深村人,捉兵如捉贼"二句,更显出百姓们对溃兵的憎恨。

  鉴于清政府已充分暴露其腐朽本质,诗人们开始抨击清朝官僚体系的腐败。叶燮说:"大凡人无才则心思不出,无胆则笔墨畏缩,无识则不能取舍,无力则不能自成一家。"[①] 强调了诗人的识见在创作中的作用。在一些田园诗里,诗人针砭政治弊端,表现了自己的才识与胆识。如杨彝珍《四责诗》、姚济《塚木哀》、赵铭《乡团曲》,周寿昌《拟新乐府四首》等,都切中时弊,大胆揭露了清朝官僚的腐朽无能。杨彝珍(1805~1898)《四责诗》是由四首诗组成,系统展现了清政府官吏的昏庸。诗人在自序里说:"余畜一厥尾犬,甚猛,乡里苦之。畜一猫,馋不事职,鼠辈嚣然。畜两彘日愈瘠,无以供馔。群鸡不安于栅,日游庭室。闲作四责诗。"诗人在序中,分别谴责家中的犬、猫、猪与鸡,无疑是一则寓言,为下面的组诗作铺垫。其《犬》曰:"我有厥尾犬,犷悍非驯种。出入藩溷间,巧穴篱垣孔。食馀苦不足,妄觊粱肉奉。摇尾媚僮仆,跳踉跃且踊。居间渐喜事,意欲要恩宠。剥啄到村客,泥踝沾两踵。迎门啮彼足,见者神皆悚。继至抵以骨,帖耳杀其勇。主人日晏眠,深居聪若聋。岂知三家村,发怒声讻讻。鞭箠不可贳,弃矣何轻重。"写家养的犬,看似凶猛,但只要喂它一根肉骨头,便帖耳听命。这首诗看似责犬,实际讽贪婪的清军将领。诗中有句:"主人日晏眠,深居聪若聋。"更是把批判的矛头指

[①] 叶燮:《原诗 内篇》,《原诗 一瓢诗话 说诗晬语》合刊本,人民文学出版社,1979,第16页。

向了当时的最高统治者，可见诗人的政治勇气。其《猫》道："我性有殊癖，爱此不捕猫。食馋苦无厌，嗑炙时叫号。洗耳咒客至，馀沥沾丰庖。晴日宿瓦沟，时有非意遭。猛虎借爪牙，毛血充常肴。飞鸟不敢低，绕屋怨声高。鼠辈独无惮，白昼群喧嚣。无端巧相值，去死不容毛。亟委所盗食，投彼饕与饕。拜赐喜过望，遑暇追捕逃。嗟哉张大夫，为尔难解嘲。"此诗名为写猫不捕鼠，却是有力地讽刺了无能的官僚们。诗人批判这些官僚不顾国事，只图私利，如同无用的家猫一般。其《彘》写道："我守鲁叟戒，酒脯不资市。醅头糟新压，取以豢两彘。杂彼糠与糜，速望如瓠美。何为日愈瘠，不得膏砧几。朝暮类侏儒，肠肚饱欲死。濡需处广宫，安室无焦毁。可怜高廪粟，十夫费耘耔。投弃不知检，主妇亦失理。几日庖无肉，斋厨荒于水。绕苙三叹息，枯腹生荆杞。伏腊无几时，终取供刀匕。"诗人批评官场冗员，空縻帑饷，无益世事。其《鸡》曰："群鸡不栖桀，窗间日相向。颇自炫毛衣，舞镜无愁状。矜豪忌胜已，挺斗不少让。岂足任为牺，自负亦云妄。等闲穿槿篱，晴瞰花光放。高飞集庭树，所栖无乃亢。爪地捉阴虫，洒泥污屏障。朱朱呼不至，翻来覆瓶盎。昨暮惊鼠狼，晨鸣已减唱。失去何足惜，漠不系得丧。会当招近局，举烹佐嘉酿。"此诗嘲讽内战内行，外战外行的清朝官吏。这四首诗笔锋辛辣，讽刺到位，可谓诗歌版的《官场现形记》。此外，诗人还用"弃矣何轻重""终取供刀匕""举烹佐嘉酿"等，表达对误国殃民者的蔑视，揭露昏聩官吏营私逐利的丑恶情态，从中透露出诗人对吏治腐败的焦虑。另有王拯《拟古》其二道："东南厌兵革，厥衅肇边鄙。鄙人昔椎朴，官至缩如猬。觥法自贪夫，黉缘墨胥起。……可怜彼官司，畏匿面如纸。由来坐此辈，养恶致兴痈。不然金田村，贼胆何由肆。"诗中抨击官吏贪墨，使民不堪命，只能铤而走险。而当农民起义爆发后，庸碌的官员又不能妥善绥抚，造成更严重的社会后果，令诗人很是愤慨。赵函《傀儡行》："郭郎登场鲍老笑，竿木一身任颠倒。居然歌哭蔡中郎，但少心肝陈叔宝。都昙答腊乍一声，胡琴羌管咿嘎鸣。羡君玲珑体骨轻，掉臂直上屏风行。……獐头鼠目行处有，五官虽具徒尔为。虎贲将军木居士，举世纷纷窃其似。扶娄狡狯亦大奇，能令公怒令公喜。市人一哄傀儡止，偃师之技只如此。"诗人借木偶剧表演，讽刺"少心肝"的官员，认为他们巧于仕宦而对民生漠不关心。全诗对木偶的演技动作有着形象生动的描写，进而联系到那些空靡官饷的无能官吏，将诗歌的讽刺艺术发挥得淋漓尽致。

诗人们也敢于指摘清政府的赏罚不公，在田园诗里，发其不平之鸣。太平天国运动期间，一些诗人曾积极协助清政府镇压太平天国，但事后遭到清廷冷落。这使他们心怀不满。吴昆田有首《余家有白马，颇雄骏。归田后不复乘，马见人辄嘶鸣不已，意似不甘久闲者，作此以告之》道："有马有马白于雪，耳似竹筒蹄似铁。自余归里近三年，髀里肉生骑不得。骐骥由来惯驰走，伏枥多时难自守。见人振鬣辄长鸣，意中似恨废弃久。我为汝告怜汝痴，人生安闲得几时？驰驱虽是骅骝志，老大徒为驽骀悲。即今中原战争息，河朔风尘渐肃清。将军功成画麟阁，谁为驾驭沙场行？孰令背负郭令公，收复两京成大功。箭瘢刀创纷满眼，阴雨痛彻能无恫？君不见燕昭高筑黄金台，天下良骏自西来。死骨亦卖千金价，千金价今安在哉？又不见唐帝当时乘六马，削平僭伪定天下。昭陵石上仅一镌。至今谁是和年者，人世知几苦不早。涧有清泉原有草，追随黄犬青犊间。昼游夜卧胡不好？昼游夜卧胡不好？从我田间以终老。"诗人劝说的对象，是匹"颇雄骏"的战马。"有马有马白于雪，耳似竹筒蹄似铁。"使一匹千里驹的形象跃然纸上，但这不是诗歌的主旨，其下"髀里肉生"一典，方道出诗人内心的感伤。全诗名为劝解战马，实际上是诗人自劝。全诗多处发问，似在质疑，似在申诉，最后无奈地说：还是终老田间，悠游终老吧，不难看出诗人内心的感喟。

为维持战争，清廷大肆征收巨额军费，加剧民生凋敝。因此，批判兵兴以来的横征暴敛，也是这一时期田园诗的主题。姚济《田捐叹》写道："春秋履亩税，史氏有必书。良以上下间，弗贵争锱铢。吾乡田赋定以则，七亩高腴粮一石。厥后仓收三倍之，官胥尽食民之力。今年五月寇氛来，东南万户纷逃灾。秧田水旱不相恤，坐视沟洫生蒿莱。生蒿莱，鲜有获，附郭曾无斗米收，远者亦只亩盈斛。尔时民力剧可怜，更遭淫雨日连绵。自秋徂冬阅四月，淋漓湿稻半在田。幸邀宵旰忧民切，蠲免钱漕弭其劫。无奈公私乏食何，纷纷倡作田捐说。田捐之说制所无，亩派三百青铜蚨。被灾较重特减半，犹赖司牧恩罩敷。吾思江南之民困征赋，犹苦丰岁无余裕。矧值流离兵燹余，万斛穷愁哀莫诉。今交腊月天未晴，连村时有打门声。火急官府等催赋，有田转羡无田轻。吁嗟乎，贼兵犹在境，逋逃未还家。及时抚恤且未暇，胡为乎催捐之吏到处声喧哗。"由此诗可知，太平天国期间，农民非死即逃，田地荒芜。但清政府仍不顾百姓死活，在定额之外，加数征粮，以至有田可种的农民，居然羡慕起无田的游民来，因为游民不必被农业税逼得走投无路。郑珍有《抽厘哀》《南乡哀》等九首诗，评之者以为"耳闻目见，疾首痛心。少陵《石壕吏》、《新安吏》之作不是过也。"①其《南乡哀》道:"提军驻省朴军粮,县令鼓行下南乡。两营虎贲二千士,迫胁富民莫摇指。计口留谷余助官,计赀纳金三日完。汝敢我违发尔屋,汝敢我叛灭尔族。旬日坐致银五万,秤计钗镯斗量钏。呜呼南乡之民哭诉天,提军但闻得七千。"批评清将借征军粮而中饱私囊的行径,表达对人民不幸遭遇的同情。这种"竭泽而渔"的行径,在当时就产生了严重后果,如郑珍《避乱纪事九十韵》:"城中设大局,捉人劝输将。养练名五千,千少还屡氓。将贪又持饷,纵掠增虎狼。湄民绝控告,贼至甘俯降。"反映清将克扣兵饷,横征暴敛,以至人民投向起义军。《十一月二十五日挈家之荔波学舍避乱纪事八十韵》:"八月探丸起,大呼据桐梓。扬旗娄山关,饮马板桥水。……游惰日景从,纷如肉附蚁。遣徒散四乡,谓我不汝伤,助我一石米,免汝三年粮。愚民顾身首,何惜竭盖藏。担负日尽至,露积高于冈。冈头娶子妇,歌舞陈优倡,朝杀千头豨,暮杀千头羊。……"此诗创作于农民军围攻遵义城时期。诗人客观记录了起义军以免除苛捐杂税为号召,故能获得百姓欢迎的情景。吴昆田也曾在《得家乡消息怅怀时事怃然有作》其六中警告:"釜中亦有游鱼泣,莫使萑苻尽揭竿。"诗人目睹繁重的赋税,难抑隐忧,提醒清政府莫要把百姓逼得走投无路。此诗也从一个侧面,说明人民实已不堪重负。

道光至同治年间,文禁相对松弛,呈现较自由的创作风气,推进了健康积极的诗歌创作。经世思潮的风起云涌,也为田园诗注入了反帝爱国,复兴民族的新内容。诗人们不仅勇于参政,还勇于议政,在乡村诗里针砭时弊,议论改良,直至建

---

① 凌惕安:《郑子尹年谱》,上海商务印书馆,1941,第23页。

议救世，体现出强烈的社会责任感。这些作品是诗人经世思想的结晶，整合了思想性与艺术性，令人耳目一新，也揭开近代的序幕。

第四节　光宣朝田园诗：时代变革的浸染

光宣时期，列强环伺，清政权已处于江山摇落的边缘，中华民族也正在多事之秋。面对空前的危局，诗人们并未置身事外，他们摆脱了"天朝上国"的盲目自大，客观清醒地判断形势，从而做到理性爱国。光宣田园诗也摒弃吟风弄月的陋习，深刻反思国家落后的现实，积极肇端思想启蒙，探索强国之道，渗透着强烈的反帝情绪。这些诗作在很大程度上，启发了民智，推动了观念变革，有救国图强的进步作用。

一　反映政局时势的田园诗

在晚清特定的历史背景下，有经世之志的诗人密切观察时政风云，透彻判清局势，以田园诗反映时势，表达出对光宣社会现实的见解与思考。这些诗歌发扬坚韧的斗争精神，展现不屈不挠的反帝爱国运动，为民族兴衰而呐喊，反映出救国图存的时代追求。

相较于清代田园诗的前三个阶段，光宣田园诗不仅反映重大政治事件，还更触及政治核心，密切了政治题材与田园诗的关系。诗人们持论公正，在田园诗里融入更独立的政治意识，他们不为朝廷论调所限，敢于在田园诗里发表自己的独到见解，客观评议政治人物、事件，使诗歌的现实针对性相对增强。如陈锐喜论议时政，故为陈三立赏识。陈三立在《褎碧斋集序》里说："光绪初，余居长沙即获交武陵少年陈君伯弢，其时伯弢方选为校经堂高才生，才锋俊出，歌吟烂漫压湖外。从湘绮翁游，益矜格调而好深湛之思，奇芬洁旨，抗古探微，渐已出入湘绮翁自名其体矣。"他指出陈锐"好深湛之思"，并能以议论入诗。义和团运动时，陈锐有《庚子之变，乡居传说多失实之言，诗成不能辄改，姑存之以志》："金风已骚骚，笛声何切切。能吹战士魂，又冷中秋月。……犷夷复藉口，势欲偪京阙。岂惟外御难，内忧亦云烈。自今满郊畿，游骑日剽忽。民贼且未分，剿抚竟安设？谁为六国谋？诛晁蹈汉辙。于我则无权，于夷又焉悦？念此动悲愤，何时起疲苶。……"义和团进入北京的时候，诗人还在家乡。此诗是他根据传闻而作，但与事实无太大出入。诗人大胆指出，列强的欺凌和清政府的无能，激化民间排外情绪，触发义和团运动。之后，清廷举措不当，终于酿成祸变。此外，东北也为沙俄所觊觎。袁昶曾向朝廷上条陈提出："俄自西北至东北，与我壤地相错，蒙喀四十八部将折入异域，其祸纡而大。"指出俄国处心积虑的侵占我国土。诗人的担心并非杞人忧天，1900年，俄军向东北发动全面进攻。对此，袁昶（1846~1900）在田园诗里痛陈其事，他在《碣石行次前韵》里写道："开渠灌田迹久废，戾陵鄢上鹄民饥。"诗人自注："时有俄警，大军屯山海关一带。"此诗反映东北战乱时，人民流离饥寒的情状。诗人描写国土日蹙，借以批评清政府武备废弛。范当世也很关注国家大事，桐城姚永即在为其所作的《范肯堂墓志铭》中说："孔子曰'诗可以兴'，兴于发愤也。维我大清载逾二百……酿为甲午、庚子之再乱,于时范君起江海之交,太息悲伤,无所抒泄,一寓之于诗。"可知范当世素日关注时事,也致力于振兴国运,赢得了人们的敬仰。其《出门所遇多京师间道流落不堪之人,舟中连榻一人谈尤痛》《耦耕吟申前诗沮溺之义》等皆流露出他的爱国主义思想。其《耦耕吟申前诗沮溺之义》道:"忠孝既尽身其余……欲得澹友同居诸。"诗人以"忠孝"之士自居,愿与同道共为中华振兴贡献一分力量。徐嘉也是这样的诗人,以田园诗积极探究时政之利病。俞樾赞为:"质其而有味,清疏而有物。记载时事,敷陈义理,无不曲尽。"可见徐嘉的乡村诗对时事多有针砭,具有振聋发聩的作用。如晚清时朝,清政府为了挽救颓势,假意实施"新政"和立宪,以掩世人耳目。徐嘉对此颇不以为然,其《有叹》之四道:"养蚕宜树桑,养民宜树谷。……越王苦卧薪,商君信徙木。虚言人所讥,实践人所服。……"诗人冷眼旁观,指出清政府不务政本,只是以虚言欺世。他引"商鞅立木取信"事,认为清廷已失去人心,虽行"新政"亦无补于大局。

二 显现变革意识的田园诗

光宣年间,"八荒骚然",多数诗人都希望通过变法图强。这些进步的诗人们扬弃传统艺术形式,用田园诗传达政见,表明立场,为革新思潮推波助澜。这一时期,赞同变法维新的诗人有翁同龢、袁昶、张之洞、陈宝琛等人。他们在政界有一定的地位,不仅坐而论道,还起而行之,发挥其政治影响力,积极贯彻变革理念。如翁同龢利用其帝师身份,支持变法图强。因此,康有为赞翁同龢为中国维新第一导师。此外,执变革观念的诗人在学术界也颇有影响。如徐嘉曾任昆山教官,主讲书院十余年。袁昶师出刘熙载门下,并曾修缮芜湖书院。张之洞任地方官期间,也很注重兴办教育事业。他们不仅博学多识,也已摆脱空疏的学究气,有意传播变革政治的观念,在很大程度上影响了士风,也影响到诗风。这使很多田园诗里,也咏唱出对变革政治的执著追求。

沧海横流之际,部分诗人既主张革新,又禀承传统忠君思想。他们一方面主张政治改良,另一方面又把御侮平乱的希望,寄托在重振皇权上。在其田园诗里,也体现出新旧交织的复杂性。如翁同龢作为帝党领袖,很关心国事,深感"士大夫立身不能济天下之变,徒以区区苟免为幸,亦可耻矣。"[1] 即使是他在遭勒令致仕而退居家园后,仍关注朝政,不失忠君意识。其《门人陆吾山观察浙江便道见访赋诗为赠次韵答之》其一:"我相三千士,惟君一个臣。区区稻粱事,夙志未云伸。"诗人虽闲居在乡,仍寄厚望予门人,勉励其不仅要建立功业,还要忠于光绪,恪守臣节。百日维新时,翁同龢有《次韵除夕元日两首》其二:"今岁欣逢甲子春,绥丰有兆谷陈陈。济时须仗调元手,作颂犹余健饭身。会见隆平能复古,侧闻学术已更新。吾皇宵旰吾民乐,惭负耕田凿井人。"明显是在为维新变法唱赞歌。身为政治家的张之洞,有首《蜀葵花歌》曰:"田间野客爱蜀葵,谓是易生兼耐久。娟若芙蓉斗秋霜,直如枲麻出蓬蒿。……花光喷溢充虚堂,最好旭初及雨后。我欲表微张此花,为集嘉客倾美酒。此花虽贱君子贵,君子为谁?司马君实号迂叟。"此诗借赞美野生葵花,将宋代改革家司马光

---

[1] 翁同龢:《灵飞经书后》《瓶庐丛稿》,见《清代诗文集丛编》第713册,上海古籍出版社,2010,第480页。

引为同调。诗中隐寓改良政治之志,展现了诗人勇于任事的气魄,但也不失传统士大夫习气。

进步的光宣诗人支持政治变革。他们的田园诗也多有支持革新的论调,说明戊戌变法虽然夭折,但变法图强的意识深入人心,蔚成潮流。如徐嘉《江行杂诗》其四:"酒星上天千仞高,近村远村鸡乱号。神州多少不平事,夜起谁握昆吾刀?"国家危机日益深重,诗人忧心不已,希望能有英雄站出来,拯救水深火热中的民族。诸宗元也同情维新志士,他的《戊戌秋中寄东虚》:"有舌尚存言变法,此心未死莫悲秋。种瓜自是君家事,莫向青门问故侯。"诗人深切怀念维新党人,并认为若不变革旧制度,恐怕会有亡国的危险。南社诗人的思想更激进。南社的"宗旨是反抗满清,它的名字叫南社,就是反对北廷的标志了。"[①]"戊戌六君子"的英勇就义,足见顽固派之凶残,也使"南社"诗人彻底清醒,他们认识到,若不推翻清政权,国事必无可为。如陈子范为"南社"成员,他积极以田园诗启发民智,希望推翻腐朽的清政府。桐城潘寿元序其诗集曰:"畏友大楚闽人也,慷慨尚侠,卓荦有大志,性疾恶如仇。……其为诗悲壮苍凉,一如其为人,所著有芜湖新乐府及柳青青、徐丽娘小说,皆愤世嫉俗之作,颇为识者所推许。……常曰:'世俗颓靡,文文山一点正气保存之责,我辈当以铁肩担任之云云。'"这说明诗人注意从思想上唤醒民众,故其田园诗也积极宣传排满意识,洋溢着不屈不挠的斗志。如陈子范创作有《三山新乐府》组诗,多揭露时弊,抨击清朝地方官吏,暴露出他们的无耻嘴脸,可见其强烈的反清情绪。他

---

① 柳亚子:《南社纪略 我和南社的关系》,上海人民出版社,1983,第100页。

甚至还在《狂吟》其三中写道:"断发佯狂类楚囚,忽看新诏泪齐收。故乡禾黍离离长,朝市争趋事国仇。"陈子范以"黍离之悲"的典故入诗,重提满汉之别和亡国之痛,与"帝党"诗人形成鲜明对比。

三 "睁眼看世界"的田园诗

光宣时期,社会生活有了很大的变化。"清戊戌维新,迄于民国,远沿五口通商之旧,近经辛亥与丁卯革命之变,文物典章,几于空前,生活之因革,虽或矛盾杂陈,要其于人情与风俗之推移,实为有史以来之创局。"① 其实,在戊戌变法之前,中国社会已有与国外潮流接轨的态势。一些进步的文人士子开始觉醒,抱着"师夷长技以制夷"的态度,勇于学习西方先进文化,促成了"西学东渐"大潮的暗流汹涌。梁启超曾自承:"简单说,我们那时认为,中国自汉以后的学问全要不得的,外来的学问都是好的。"(《亡友夏穗卿先生》)随着东西方联系日益密切,社会上不仅新思潮层出不穷,外来新事物也大量涌入。人们的生活节奏、秩序,起了很大变化,为田园诗创作提供了新的契机,使田园诗的内容起了很大变化。如范钧《咏洋葵》、汪贡《织女叹》、郑观应《劝农歌》、徐时栋《谢郑竹溪观察惠洋烟》等,分别咏到西洋葵花、毛呢布料、酵田饼和洋烟,这些都为前人所不曾道及。光宣年间,也有些诗人如朱铭盘、邱履平、康有为、黄遵宪等,引领时代风会,走出国门,游历异国。他们的田园诗,记录下了光怪陆离的域外田

---

① 林庚白:《丽白遗集》下卷,中国人民大学出版社,1996,第976页。

园风物，也加强了东西方的沟通交流，让光宣田园诗具有了迥异于前的特色。

光宣田园诗响应社会新气象，表达新观念，进一步开拓了田园诗境。诗人借描写新事物，反映出国人的观念变革，其剧烈程度，不亚于一场革命。洋务运动后期阶段，火车、轮船等开始引进。进步诗人热情颂扬科学与进步。但仍有保守诗人视这些交通工具为洪水猛兽，予以盲目排斥。如王庆善《洋鸭歌》："碧笼栖山鸡，红豆饵鹦鹉。试问主人将何为？鹉能人言鸡能舞。璚梁巢紫燕，绣幕飞黄莺。试问主人将何取？燕知杜日是莺知鸣，彼栖埘者尔何物？寄人篱下甘抑屈。冠红可傲乘轩鹤，羽碧居然射屏雀。鹤不为人作近玩，雀岂与禽争饮啄。尔乃乞怜来穷乡，冠羽犹然辉文章。不飞不鸣竟寂寂，摇尾掉头颇自得。吾闻鸭能自呼名，尔更己名都不识。噫嘻吁，不能冲天飞，徒自夸文蔚。列鼎以待予其杀，人兮人兮鉴鸭。"诗人自注曰"恶虚声也"，又在诗前加序称："邻有禽，红若冠，碧若羽，喙似鹅，距似鹜。其鸣无声，呦呦焉，其飞不及咫。主人宝而名之曰洋鸭。王子怪焉，作是诗也。"更是传达出外来事物在诗人眼中的怪异，流露出诗人对外来事物的排斥情绪。另外，我们再比较一下徐凤鸣的《铁路行》和陶方琦的《坐火轮车至吴淞》，大体也可再现当时的激烈论争，进而了解这种论争对田园诗的影响。如徐凤鸣《铁路行》自序："壬辰五月，正谊书院课有此题，诸卷皆形容铁路之便利，鄙意不以为然，因拟作此。"由此序可知：（1）作为学术前沿，正谊书院以"铁路行"为题试诸生，是有意识地引导学生讨论新事物。（2）"诸卷皆形容铁路之便利"，可知大部分学子倾向"新学"，这其中不排除书院教育之功。（3）诗人自道："鄙意不以为然",则守旧势力仍有市场,革新与守旧派的争端仍在。其诗曰:"铁路行,铁路行,误国殃民实堪伤。君不闻变夷倍师斥陈相,又不闻尽东其亩,无顾土宜非先王。洋人重利欺君皇,私图自便逞鼙狂。须知斯民安居乐业乃为良,世守田宅保土疆,一朝夺其畎弃道旁,有钱难买寸土尺宅与糇粮。纵云由官给价计工,方废时失业群仓皇,坐耗帑藏千万强。国计日蹙民心惶,吾恐饥民流寇同为殃,幸有良臣同时启奏达天阊,(恩中堂,翁大司农)暂停工作杜奸商,奸商阴谋莫可量,托言绕道民无慌。民为邦本古训垂,煌煌井田良法犹恐启抢攘。纵夷病民无乃非王纲。吁嗟乎今日开银矿,明日筑煤场。利不在国在戎羌,徒令书吏饱囊橐。小臣计利大臣悯能详。辄谓调兵运饷捷于转丸蛦。不知山川丘陵地险周易有明章,守险屯田方可固金汤。新疆边塞节节可屯藏。关山难越万里长,以逸待劳形势彰,设或中彼诡计削平险阻失其常,无异开门揖盗撤堤防,纵彼长驱直入无所防,如谓转输百货便服箱。窃恐偷漏越飞难追偿。言利诸臣何渺茫,惑圣听,恣诪张,下臣久已摧肝肠。痛哭缮成铁路行,安得大吏据情入告息蝴蟷,鬼蜮技巧缄口不敢扬。庶几庙廊巩固同苞桑,庶几庙廊巩固同苞桑。"徐凤鸣这首《铁路行》长篇大论,指责铁路占用田地,冲击田园百业,是"误国殃民实堪伤",从而得出结论:"守险屯田方可固金汤。"可见诗人不明时势,盲目排外,将外来事物异化,臆断为百无一用。后来陶方琦(1845~1884)有首《坐火轮车至吴淞》,持论与之针锋相对,描写乘火车经过田野时的惬意感受。其诗曰:"喷烟喝水鼓锐气,铁路一道开平畴。远眺甸睦若电掣,俯瞰枪累如江流。……自予不守安步戒,西人于汝夫何尤?"诗人乘坐火车旅行,田园景观在眼前飞掠而过,新奇的感觉让诗人很是陶醉。他夸赞乘坐火车可节约时间，也能减轻旅途疲劳。最后诗人总结说，只要驾驭得法，西人并不足惧。诗中有句："自予不守安戒，西人于汝夫何尤？"可见诗人依据亲身实践，消除了盲目恐外心理，增强了变革观念，提高了田园诗的思想性。

一些田园诗也反映了外来事物对中华本土经济的冲击。如汪贡酷爱作诗，有《蜗隐庐诗钞》。徐兆玮为其作序称其："以学诗之故，废弃科举之业，日从事于五七言。……昔孟浩然苦吟，眉毫尽脱，裴佑袖手，衣袖至穿，王维构思，走入醋瓮。孟郊枯坐，曹务多废。伯琛殆将于数子乎？"可见汪贡对诗歌创作的痴迷。汪贡有首《织女叹》写道："唧唧复唧唧，促织鸣东壁。贫家作生活，低头长叹息。自顾蓬门女，女红从小识，十一学针线，十二事纺绩。十三弄机杼，流光梭一掷。一梭又一梭，得寸复得尺。丈八合成区，抱布售贩客。好丑判低昂，换钱三四百。十指敢惮劳？八口休交谪。赖兹有衣穿，藉是有饭吃。自从番舶来，通商互交易。西夷工制造，机巧非人力。不独羽毛呢，变化能组织。即如棉纱布，花样亦奇特。人皆爱精微，重价购不惜。中华失利权，土货销路窄。度日愈艰难，生理谋不得。穷巷日萧条，救援无良策。"诗中首句源自《木兰辞》，更见女织的历史悠久。但这一田园经济的重要支柱，受到了西方机器文明的冲击。机织布的质量远优于土布，诗中形象地描写道："即如棉纱布，花样亦奇特。人皆爱精微，重价购不惜。"这直接影响到农民的家庭收入。诗人对此也觉得无可如何，只能慨叹为"中华失利权"。这首诗在一定程度上反映了西方文明传入初期的中国田园情状，有一定的纪实性。

光宣时期，更多的诗人还是步出国门，积极接纳、认同并吟咏异域文明，在诗歌里点染上了异国情调，促进域外田园诗的繁荣。光绪八年七月，吴长庆曾奉命率军援朝，镇压了朝鲜农民起义，此即为"庆军援朝"之役。吴长庆为湘军宿将，喜延士类，幕府中多能诗之士。陈诗在《皖雅初集》中称其："统援护之师，记室海门周彦升广文（家禄）实从……幕府萃一时才俊，如通州张季直（育才，后改名謇）、泰兴朱曼君（铭盘）、闽县林怡庵（葵）、海州邱履平（心坦）、江都束畏皇（纶）暨彦升广文，皆是也。"这些人随军在朝期间，不废吟咏，颇有些田园诗。其中朱铭盘随军入朝后，在朝鲜待了大约两年。邱履平与朱铭盘同在朝鲜军幕，二人对朝鲜民间艺术也都很感兴趣。朱铭盘《朝鲜柳中使小园听土人杂歌》和邱履平《朝鲜柳中使园听土人杂歌》，就记录了朝鲜地方曲艺。朱诗曰："歌声未作先打鼓，十声百声不可数。一人发响数人追，一人中间沐猴舞。时连复断或大笑，应是歌间带嘲语。小亭四月花飘摇，垂墙拂地千柳条，借问译者顷何唱？但云啁哳同讴谣。岂知中有唐诗曲，散入蛮荒化歌曲。龟年幡绰尔何人，漫对空弦叹幽独。众中邱生尤好古，忽闻此言喜欲舞。但觉黄河眼底流，如聆剑阁宵中雨。白鸟檐前三五飞，野人歌罢醉还归。座中听曲成萧瑟，歌者心中无是非。"此诗详细描写歌词、表演动作、艺术效果等，再现了朝鲜民间艺术表演场景。邱履平的同题之作则侧重抒情。其诗曰："气月何骎骎，韩城四月春始深。我生具双耳，嘲弄那得清人心。小儿歌声杂腰鼓，座中不识小儿语，（只）缘衣译为我言。知有唐时旧乐府，在昔开天全盛时，千丝万竹争翻飞。却惭公谨能知曲，翻似江州先湿衣。杜鹃花发碧桃重，池水沉沉山影动。不愁头上失蝉貂，犹夸天际闻啰嗊。酒阑人散与花别,归途月映沙如雪。游子乡愁不可论,况闻戍角声悲咽。"诗人也注意到曲中有"唐时旧乐府",证实了朱诗的考证,但诗人主要是抒发乡愁。悠扬的朝鲜族音乐,强化了人在天涯的惆怅,使诗人思乡之情更深。

在域外田园风物诗领域,黄遵宪、康有为等"诗界革命"巨子,也都有些名什佳制。1899年,梁启超在《夏威夷游记》中说:"以为诗之境界,被千余年来鹦鹉名士(余尝戏名词章家为'鹦鹉名士',自觉过于尖刻)占尽矣。虽有佳章佳句,一读之,似在某集中曾相见者,是最可恨也。故今日不作诗则已,若作诗,必为诗界之哥仑布、玛赛郎然后可。……欲为诗界之哥仑布、玛赛郎,不可不备三长:第一要新意境,第二要新语句,而又须以古人之风格入之,然后成其为诗……若三者具备,则可以为二十世纪支那之诗王矣。"① 这一论说,为中国传统诗歌的发展,指出一个新的方向。梁启超进一步强调说:"支那非有诗界革命,则诗运殆将绝。"在具体做法上,梁启超也进行了阐释,他说:"宋、明人善以印度之意境、语句入诗,有三长具备者。……然此境至今日,又已成旧世界,今欲易之,不可不求之于欧洲。欧洲之意境、语句,甚繁富而玮异,得之可以陵铄千古,涵盖一切。"② 在这段话里,梁启超虽然是希望以诗歌创作影响到思想变革,但他的这一观点,也确实为田园诗创作开出了一片新的天地。黄遵宪与康有为便是采用传统诗歌形式,吟咏海外田园事物,取得不俗的成绩。在域外田

---

① 梁启超:《夏威夷游记》,王文光、段炳昌、吴松等点校《饮冰室文集点校》,云南教育出版社,2001,第1826页。
② 梁启超:《夏威夷游记》,王文光、段炳昌、吴松等点校《饮冰室文集点校》,云南教育出版社,2001,第1827页。

园诗创作上，黄遵宪可谓多产作家。诗人做过驻外大使，有机会接触域外风物。同时，黄遵宪还有自觉的创作意识，他说："吾粤人也，搜辑（集）文献、叙述风土，不敢以让人。"故能积极收录异域田园风物，萃为华章，尽展海外田园景致。如光绪年间，黄遵宪出任新加坡总领事，作有很多描写新加坡田园风物的诗歌。康有为在《人境庐诗草序》称之为"精深华妙，异境日辟"。[1] 梁启超盛赞曰："公度之诗，独辟境界，卓然自立于二十世纪诗界中，群推为大家，公认不容诬也。"[2] 在黄遵宪的域外田园诗里，当以其《养疴杂诗》为杰构，其序云："病疟经年，医生劝以出游，遂往槟榔屿、麻六甲、北蜡等处，假居华人山庄。所见多奇景，随意成吟，亦未录草。病起追忆之，尚得数十首。"南洋风物令诗人印象深刻，过后亦念念不忘。他通过回忆整理，以大型组诗的形式，记载下所睹所历。如其八："处裈残虱扫除清，绕鬓飞蚊不一鸣。高枕胸中了无事，如何不睡又天明？"其十二："单衣白袷帐乌纱，寒暖时时十度差。冬亦非冬夏非夏，案头常供四时花。"这些诗里写昼长夜短的情况，反映四季如春的气候，记录果木繁茂的景致，展现了诗人在域外田园的生活。另外，其《新加坡杂诗》其九："绝好留连地，留连味细尝。侧生饶荔子，偕老祝槟榔。红熟桃花饭，黄封椰酒浆。都缦都典尽，三日口留香。"其十："舍影摇红豆，墙阴覆绿蕉。问山名漆树，计斛蓄胡椒。黄熟寻香木，青曾探锡苗。豪农衣短后，遍野筑团焦。"他惟妙惟

---

[1] 梁启超：《饮冰室诗话》，王文光、段炳昌、吴松等点校《饮冰室文集点校》，云南教育出版社，2001，第3817页。
[2] 梁启超：《饮冰室诗话》，王文光、段炳昌、吴松等点校《饮冰室文集点校》，云南教育出版社，2001，第3803页。

肖地详记南洋风物，扩大了田园诗的描写领域。陈三立在《人境庐诗草跋》赞为："驰域外之观，写心上之语，才思横轶，风格浑转，出其余技，乃近大家，此之谓天下健者"，赞扬黄遵宪开拓诗境之功。戊戌变法失败后，康有为逃到国外，直到1913年才回国。在这期间，他也作了很多田园诗，描写域外风物。康有为曾自言："新世瑰奇异境生，更搜欧亚造新声。"① 其《游西贡》《游爪哇杂咏》等田园诗，可以说是这一诗论的体现。其《游西贡》道："河曲千环成海港，稻田三熟望塍阡。"《游爪哇杂咏》道："烟蓝满目带青芜，沃野满山千里腴。"诗中描摹异域田园风景，相对于传统田园诗，称得上是"异境"。

开放的光宣诗坛风气，加深了中外田园诗交流。光绪年间，越南入贡。陈豪负责接待越南使节阮荷亭，二人之间有田园诗赠答，留下一段诗坛佳话。陈豪《题画》其四道："不断荷香十里栽，板桥西畔画图开。使车一去无消息，从此朝正不再来。"诗人自注："光绪辛巳，余充护送越南贡使之役，使臣为侍郎阮荷亭，出示旧作有'十里荷花香不断，板桥西畔是吾家'之语。曾属为写图，使臣归国而法兵已据矣。"可见田园诗成为中外友好交流的桥梁，从中见证了两国诗人间的友谊。1910年，朝鲜被日本占领。一些朝鲜诗人不愿作亡国奴，前后迁居中国，并带来他们的诗作。如朝鲜诗人金泽荣（1850～1927）有《沧江集》，曾嘱俞樾作序。俞樾写道："乙巳之夏，有自韩国执讯而与余书者，则金君于霖也。书意殷拳，推许甚厚。余感其意，赋诗二章赠之。是岁九月，君来见我于春在

---

① 康有为：《与菽园论诗兼寄任公、孺博、曼宣》，见陈永正编注《康有为诗文选》，广东人民出版社，1983，第331页。

堂，面貌清癯，鬚髯修美，望而知有道之士，出其所著诗文见示。……诗则格律严整，唐音也。句调清新，宋调也。吾于东国诗文亦尝略窥一二，如君娴，殆东人之超群绝伦者乎。君自言于本国虽有纂修之职，区区鸡肋固不足恋已。弃家挈眷而来，将于吴中卜一地而居焉。余承君雅意，不以疏远而外之，因亦不敢自外，辄以数言效朋友忠告之义。谓：'君以异邦之人航海远来，衣冠不同，言语不通，寄居吴市，踪迹孤危，似乎可虑。与其居苏，不如居沪上，沪上多贵国之人旅居于此，有群居之乐，无孤立之忧，所谓因不失其亲也。'君颇韪其言，异时遵黄浦而问焉，其有先生之寓庐乎？昔明代有陈芹者，诗人也，本安南国人，避黎氏之乱，卜居秦淮，邀月步一时名士皆从之游，著有《陈子野集》，朱竹垞《静志居诗话》详载其出处，君以东国儒官，为中华旅客，颇与之同，吾知君之诗文必与陈子野集而并传矣。"（《沧江集序》）在这篇序里，俞樾回顾了二人的交往过程。在晤面之前，双方已有所唱和。直至金泽荣迁居中国后，俞樾方得读其诗集，评为唐宋兼备，可称盛誉。然后从中外文化交流角度，认为诗人此次来华，堪比明代安南国人陈子野，算得上是一件盛事。作为亡国遗民，金泽荣《沧海集》收录很多田园诗，如《临津刀鱼词》《八月十四日宿丰德田舍作田舍叹二首》《平山贡隅村》等等，皆借家园风物的写照，寄托对故国的眷恋与思念。他在《临津刀鱼词》序中说："朝鲜刀鱼惟产于临津江，汉江之间，方言谓之苇鱼，无鲠而味绝腴。余至通州食刀鱼患其多鲠，然后知东产之为尤美，且奇其同中有异，作词以扬之。"点出刀鱼间的区别，为诗歌的咏怀寄托作铺垫。其诗曰："中州刀鱼满身鲠，一斤贵或千青蚨。奇哉一鲠不到汝，三月临津甘作奴。"诗人借咏朝鲜刀鱼，寄托亡国之痛，也使这首田园诗，成为光宣诗坛的一个组成部分。

　　光宣时期，虽有国内强大的保守势力，但变革图强的观念仍在潜移默化中，改变着旧思维，也给诗坛带来巨大的冲击。多数诗人也已不再固步自封，他们放弃旧思维，转向新思潮，开始放眼看世界，并以田园诗启发民智，救亡图存，张扬起高昂的人文精神，吹响时代进步的号角。他们的田园诗抒写时事变迁，体现变革意识，记录域外风物，积极建构新的世界观和人生观，展现了一代诗人的爱国之情和上下求索的进取精神。

第二章
乡村政治的诗歌参与

清代诗人们，在逐渐认同清王朝的统治以后，在传统知识分子的社会责任感和文化自觉的驱动下，他们开始积极地参与社会政治。除了亲身直接参与政治事务，例如为官、当幕僚等外，他们还往往以诗歌的形式对政治起作用，辅助政治、批评政治等，都是其不同的形式。那些亲身直接参与政治事务者，例如地方官吏等，也往往把诗歌作为表达政治意图乃至政治操作本身的工具。在清代田园诗中，也有许多以田园政治为题材的作品。

第一节 朝野务本，劝农重耕

清朝是以农立国，上至最高统治者，下到布衣诗人，为促进农业发展，都有一些重农题材的诗歌，以示劝课耕桑之意。如康熙、雍正以及乾隆、嘉庆等皆有《耕织图》的题诗，便是传达重农信息，以达到劝农目的。康熙题曰："豳风曾著授衣篇，蚕事初兴谷雨天。"雍正诗道："驱犊亦何急，平田敢告劳？"乾隆写有："带雨扶犁一夕周，作劳终亩敢辞休。"嘉庆则道："耕耨序咸度，方施碌碡平。""上有所好，下必甚焉。"这些帝王亲示重农的诗歌，既说明农业为民生社稷的基础，也使很多诗人深刻体会到"农为邦本"的意义。诗人以自己的方式将"农为邦本"的思想付诸实践，其最为直接和显著的诗歌表达，便是劝农诗和教农诗。在这些田园诗里，诗人劝导人们勤谨力田，安于耕作，还能联系具体农事，以通俗易懂的方式，提建议，想办法，指导生产。这些诗歌既是朝野重农的体现，也带有鲜明的农耕社会特点，可谓重农观念的诗歌思辨。

一 劝农诗

清代许多地方官在任内积极劝农，也为诗人所讴歌。这些田园诗展现官员劝农过程，反映统治阶层对农村社会的有效管理，既弘扬了重农观念，也具有美化政风的意义。如李调元《题袁春舫劝农图》："减从驾平畴，农功课勤怠。"反映官吏轻车简从至田间劝耕的场景。吴省钦（1729~1803）《沈太守劝农图》："上有劝农主，下有劝农使。"歌颂清政府对农业的促进。顾光旭（1731~1797）《田家诗》其一："官吏行劝农，冠盖满川陆。"描写官员劝农场景，说明农业生产受到重视。何兆瀛《教织歌》："蓝侯来，棉花开，花开如雪光皑皑。侯亲教织，机杼催千家万家，轧轧喧如雷。一灯一柴门，门前花成堆，五日织一匹，欢喜寒衣裁。衣被遍城乡，遂使寿阳冷去阳春回。近今三百年，蓝侯之泽留。台骀祀侯泮宫前，祠宇新畏佳，祠外棉吐花。珍如麦与秫，升香伐鼓陈金罍，仿佛云车风马光徘徊，烛花开，侯灵来。"原诗自序称："肤施蓝公尚质宰寿阳，以邑民不谙纺织，乃教以织布法。三年四境皆纺织之户矣。至今享其利，建祠祀之。春圃师相作歌征诗。"此诗歌颂了官员对民间纺织业的促进，关爱民生之情溢于纸上。刘超凡《劝农图》："我闻召父治南阳，往来阡陌劝农桑。又闻张堪莅渔阳，劳民劝稼称循良。我侯今之治陆良，课农间与看插秧。轻减驺从易绣裳，携壶挈酒饼饵香。穆然立马在田旁，满袖仁风肩井疆。耕者馌者仰容光，汉民夷猓安如常。公不见侯王侯伯举趾忙，辱在泥涂胼胝将。又不见荷蓑笠杂闺装，襁抱携儿遥相望。牧童短笛一声长，烟村云村共苍茫。乃召黎庶命传觞。劝尔勤耕勿怠荒。老稚欢呼醉且狂。拜舞中田颂声扬，我民自今有盖藏。丰年食德讵敢忘。此日预借祝尔筲觥，绘作邠风共八章。"诗中先列举了前代重农的官员，以之比拟时任地方官的贤德，赞扬其劝农之举。诗人还描写了百姓对劝农官员的欢迎，有美化政风的意义。还有些官员自己写的劝农诗，如王汝璧（？~1806）《赴正定任途中口占》："下车何以酬民望，为祝农祥劝早耕。"诗人忠于所守，以促进农业为本职。杨二酉《东郊劝农》："时雨既已足，命驾东郊行。岂不嗜游览，所重在民生。"出于对民生的重视，诗人亲自行郊劝农。唐仲冕（1753~1827）《行乡二首》其一："偶缘徒步稳，亲课莳秧来。"其二："与民同祝雨，如我合归耕。"这些诗突出诗人下乡劝农的细节，很是生动，体现官方力量对农业生产的促进。

还有些并不担任地方官职的诗人，尽管他们并没有劝农之责任，但是，他们出于社会责任感，自觉地作劝农诗，以诗歌劝农。从这些劝农诗中，我们也可以看到当时的社会政治经济状况，以及诗人就当时社会问题提出的对策。如明末清初，战乱造成大片土地荒芜。这自然影响到清政府的税赋收入。为解决这一问题,"岭南三大家"之一的梁佩兰有《耕田歌》,呼吁人们勤奋耕种。其诗曰:"三月谷雨春鸠呼,地脉井水占有无。此而不耕田,胡为乎?此而不耕田,胡为乎?壶中有酒,盘中有鱼,水中有蒲,此而不耕田,胡为乎?此而不耕田,胡为乎?尧舜大圣在上治天下,容我巢许在下安其愚。此而不耕田,胡为乎?此而不耕田,胡为乎?后羿弯弓封九日,徒使万世大笑空尔劳。此而不耕田,胡为乎?此而不耕田,胡为乎?"诗里反复宣讲耕田的重要,劝告人们致力于农耕,明显是为清统治者服务的笔调。到乾嘉时期,由于社会长期安定,人口数量迅速增长。人多地少矛盾,日益凸显。对此,洪亮吉在《治平篇》中,已然明确指出。于是,官方或民间,都有扩大耕地的举措。开垦湖田,就是其中一项。嘉庆间,宋湘作有《湖耕歌》,便是鼓励开垦湖田,弥补土地不足。其诗曰:"且酹洞庭酒,来听湖耕歌。""借问利几何,且勿算鱼虾。青菱为城苇为郭。高粱下稻生中阿。""借问年几何,儿孙皆发华。""湖流汩汩膏湖禾,天子仁圣吏不苛,湖农生不惊催科。"此诗赞扬围湖造田,津津乐道耕垦湖田的各项便利。如平日水退湖涸时,农民可支木盖庐,种稻麦、青菱,编苇为墙居于湖中;湖水涨时则撤墙而舟居,以打鱼自给。这样且耕且渔,一举两得,获稻、麦、苇菱之利颇丰。诗人认为这样的农作方式,"其乐殆倍陆耕者"。所以他在诗歌里建议加以推广,使湖耕有利于天下。

为了发展田园经济,诗人极力肯定农耕的意义,并在诗歌里劝农勤耕。正如陈斌在《劝农歌》序中说:"圣人以农为本,贵粟菽安田亩,教化之所兴也。长吏不暇出入阡陌,学子以歌辞风谕是亦其职,则并以闻于谣谚,习之乡土者著于篇云。"诗人们心系家国社稷,从保障衣食角度创作劝农诗,宣扬农本理念,其关注民生之情力透纸背,提高了诗歌的思想价值。如张鹏翮(1649~1725)《劝农》写道:"鸡鸣唱彻五更初,晓露沾衣积雨余。良耜于田耕泽泽,嘉禾出水绿渠渠。十千钱镈能劳止,百室盈宁自不虚。小憩甘棠勤劝相,更教孝悌识诗书。"诗人启示农民要勤奋耕种,不可耽于逸游荒醉,方能一家衣食无忧。钱泳《右江行》:"田家岁作劳,丰歉宁逆睹。左江方阻饥,荒村卖儿女,右江幸有年,天泽流膏乳。晚稻犹在仓,早麦又栖亩。春江富鹅鸭,夜市足酒脯。大造岂偏私,人情异乐苦。饮水须思源,食毛思践土。毋群群而游,毋晏晏而处,毋粲粲而衣,毋芬芬而茹,毋奔奔而鹑,毋逐逐而虎。鸡豨乐父兄,输将报明主。余粟莫自丰,还以通商贾。"通过"左江"遇灾与"右江"丰年对比,提醒人们努力生产,谨防荒年悲剧重演。诗人固然是为统治者说话,但也希望农业丰收,企盼农民能生活富足。

我国古代农村经济是"男耕女织"的自然经济,清代还是如此,因此,从官府到诗人的"劝农",也往往包括劝蚕桑纺织的内容。如钱泳《秋桑诗》其二:"知否明年蚕箔上,枝枝叶叶是金钱。"诗中强调养蚕获利之丰,以励民织;王廷楷《木棉谣》:"吾乡邻海多高田,杭稻不种种木棉。木棉下种交立夏,开花生蕊在秋前。农家老幼皆荷耝,芟苗耘草立随肩。炎风四月勤力作,赤日如火汗如泉。一次五次至十次,夏草削尽秋草延。一次白露花铃坼,捉花捞朵人争先。不分男女携筐走,各将布袋腰间缠。一稜捉得花盈袋,每花一斤给三钱。每亩百斤为上担,一担两担恒有焉。编苇为帘架竹榍,将花摊晒拣选便。囊朵干者留种子,蒲包封合绳索拴。捆载入市验花色,上秤价值七八千。将钱完租输国课,农事已毕营生连。轧车摇踏落花子,花衣如雪未成绵,欲为纱布须弹纺,举室铮铮鸣独弦。绵熟杆条好摇纺,纵经横纬上机旋。梭飞筬舞织成布,粗者如绤细如缣。一匹布卖钱三百,将本求利岂徒然。或染青蓝作袄裤,轻暖称体颜色鲜。木棉之功盖如此,木棉之用且广传。"从贴近民生的角度,称扬棉花的功用,也易于为人们所接受。徐琳《田家杂兴十首》其八:"机杼响终宵,阔幅成大布。男子作单衫,洁白如棉絮。妇女爱青碧,聊以易纯素。采蓝潋花澄,作窑担水注。青青染子衿,什袭矜爱护。嫁子与娶妻,此布固先具,不羡城市中,绮罗乱云雾。"由诗中可知,棉布经过印染后,美观大方,不管"嫁子"还是"娶妻",都是必备物品。陈斌《劝农歌》其十五:"木棉之荚夏结,破荚皑如山雪。重阳风,立冬日,家家采木棉,一半无衣褐。"诗人认为棉花柔和保暖,既穿戴舒适,又有御寒之效。这些田园诗抒写植棉纺织的重要性,也对民间纺织有一定的促进作用。

二 教农诗

清代诗人以通俗易懂的方式,针对田间诸事展开探讨,并内行地提出建议,推广先进农耕经验。与此相关的一些田园诗直接联系具体农事,提出了促进生产的方法,比较符合农村实际情况,容易为农民所接受。如潘遵祁《四时山家杂兴二十四首》、张之杲《木棉词》、陈斌《劝农歌》、唐仲冕《示民歌》、吴省钦《田家杂诗》其三、沈初《获稻》等等,便属于这类田园诗。潘遵祁《四时山家杂兴二十四首》其二曰:"艺植须从岁始勤,转涂飞贴趁春分。树秧看得如针细,会解干霄更拂云。"诗人自注道:"欲移树,先截断四围老根,如旧灌壅,次年乃移之,曰'转涂'。欲树生果,尽去枝条而髡之,剖细干,剪他树易实之条插入,泥封之,数旬即抽芽曰'飞贴'。"他以注释诗,详解植树嫁接之术,很是生动详细。张之杲《木棉词》其一:"解寒祛热要生泥,打穴须排三尺稀。种好不分沙与杜,去年留得稻根肥。"诗人指出:"种棉下壅后,宜加生泥,能解水气之寒。下种宜打穴,三尺一株,不宜太密。"为提高土地利用率,诗人又不厌其详地说:"濒海所种为沙花,内地为杜花,两年种棉,一年种稻,稻根代壅最肥。"可见诗人悉心指导农业生产。其二:"生少能娴种荻经,脱花流汗几曾停。金乌炙背侬不怕,只怕秋来龙儿形。"诗人指出,棉田若遇雨生草,必须以锄头仔细锄去,否则就会影响棉花生长。陈斌《劝农歌》其三写道:"今有平地农,陌无南北,阡无西东。官不令为,谁可为?水不蓄泄,当丰为灾。灾多良可哀,暋尔手足偿尔饥。"提醒人们要重视水利建设,否则"水不蓄泄,当丰为灾"。其六:"耒古尺,耜古权。木耕易,铁耕坚。陈而田具,任而子弟,子弟勿骄,借而邻里。"倡导邻里和睦,有无相通,共创富足安定的生活。其九:"冬草寸,春草尺,夏草高于人,秋草根似戟。良农无朝糜,乃为恶草欺。天不生恶草,太平饱乐无穷期。"着眼于田间锄草的细事,按节序历数野草生长,由寸、尺、"高于人"直至"根如戟",终于影响作物丰收。全诗是在警醒人们勤于劳作。唐仲冕《示民歌》:"今春雨多夏必少,劝民爱水如爱宝。沟渠潴蓄要宽深,莫贪小利致枯槁。又恐秋来雨兼风,少种棉花多种稻。农民若不听吾言，亲自行乡打地保。"诗人记录自己的劝农经历，他教导农民兴修水利，以防水旱，降低自然因素的不利影响。诗人还详细指导人们因时栽植，并命令地保负责督导，可谓呵护至细。

从促进农业生产角度，诗人劝诫农民要爱护耕牛，悉心调养。在田园诗里，他们反复宣讲保护耕牛的重要性，突出耕牛的价值。如陈德调《老牛行》："昔年已获丰年谷，今年又冀嘉年玉。为问作苦万村农，谁似君家老觳觫。苍烟破晓白鹭飞，一犁稳去如云移。夕阳西坠未脱轭，老农还怪牛行迟。行愈迟鞭愈促，恨不牛身添四足。可怜力尽气已殚，犹向溪头顾鸣犊。吁嗟呼，农偶值年荒，牛无寸草尝。农有乐岁补，牛自终身苦。更苦是，稻未登场牛作脯。"诗人一再提醒农人要体恤耕牛，使用时须注重方式方法。陈竺生《七八月间闻乡民屠耕牛殆尽郡中设局当牛全活甚众为赋此解》："七月八月水没牛腹，民不得食食尔牛肉。一屠再屠牛命日蹙，苦旱牛伤牛不免死，苦雨田荒牛不免死。觳觫万状人怜，相皮论骨割肉偿钱。贤哉廉访访民疾苦，爱民及牛治脏及腑。卖刀卖剑于今无补，時乃刍茭爰为之所。听民当牛匪利其赎，为国大计岂防口腹。维牛与民俟水之平，民得食牛得生，民颂德牛归耕。"由诗中可知，水灾来临，土地颗粒不收，牛命悬于一线，诗人对此很是痛心。宗稷辰（1792~1867）《巡河千里车中所见杂成五绝二十四首》其九："村中多屠牛，牛多相向泣。一例亲驴骡，谁重春耕力。"诗人注意到，在灾荒年时，农民为生活所迫，往往屠杀耕牛充饥。此举虽可救急一时，却将影响长远的农业生产，诗人批评这一短视行为，可谓用心深细。清代田园诗还能结合实际情况，针对耕牛保护，提出可行性较强的措施。如焦循（1763~1820）《卖牛》写道："春水瀵麦，秋水瀵禾。冬水洊至，有牛奈何。卖牛买舟，射鸭中流，卖牛买罟，得鲤于渚。牛食山，人食水，人不鱼，牛不鬼。"建议在水灾来临时，把牛卖往他乡继续耕地，灾民得钱买舟和渔网，度过困难时期。姚椿的《水灾新乐府十六首》其十二《杀牛词》："吾闻吴门当牛例，但偿食本毋偿利。"诗人呼吁在荒年时将牛典钱，等情况好转后再把牛赎回来。蒋士铨《典牛歌》："卖牛图就延牛命，富家忽下收牛令。牛来便给典牛钱，有钱来赎牛便还。长者之门万牛托，穷鸟投林水归壑。可怜觳觫得全生。"诗中反映保护耕牛的具体举措，鼓励将保护耕牛纳入地方慈善事业。陈文述《放牛诗用前韵》说得更是全面："牛功始中古，种米复酿汁。……奈何纵口腹，不畏官符赤。董君性仁慈，胸怀亦坦白。闻善即起行，不暇裹冠帻。技废庖丁愁，感极老农泣。各勉慈悲愿，庶补造化缺。春意霭桃林，美德叹行客。农重岁自丰，飞鸿永安集。"全诗谈了一些具体的耕牛保护办法，指出重视农业，养好耕牛，自会带来粮食丰收，这是诗人希望达到的效果。诗中有句："奈何纵口腹，不畏官符赤？"可知耕牛保护已得到官方支持。他还在诗序中写道："吴门董君个亭悯牛之有功于农而老病者之不得其死也，集同志为放牛之会，得隙地于胥门日晖桥，饲牛有刍，宿牛有栏，牧牛有人，瘗牛有坎。其所以重农功而培仁心者，甚至家大人出赀佐之，命为作诗。"可见地方上也能理解保护耕牛的做法。全诗阐述了"饲牛"、"宿牛"和"牧牛"的布置安排，希望普及这些保护耕牛的办法，体现了诗人对农业生产的重视。

在清代重农背景下，诗人们也把创作视角投向田园生产，自觉以促进农业繁荣为职志。他们在诗歌里劝导农民务本重耕，还从提高劳动生产水平的角度，联系具体农事进行有效指导。这些田园诗从更深层次上，反映了源远流长的农耕社会传统，也有助于提高农业生产力和人们的生活水平，闪烁着农本思想的精神光芒。

第二节 利他济世，解构"荒政"

"荒政"即官方救灾制度及实践。荒年饥岁，民不聊生，人命关天，且易引发社会动荡，直接危及封建统治，故而历代王朝都有一套应对措施。清朝也是自然灾害接连不断，有资料记载，清代"灾害之频数，总计1121次。其中，旱灾201；水灾192；地震169；雹灾131；风灾97；蝗灾93；歉饥90；疫灾74；霜雪之灾74。"① 这些灾害必然会造成财物人员的损失，影响民众的生活和社会的安定。为笼络人心，稳固清王朝政权，清代统治者也重视灾后抚恤。他们意识到，"赈恤一事乃大吏第一要务。"② 在灾荒发生时，他们也能动用行政力量，帮助灾民度过荒年。《大清会典事例》将"荒政"分为十二个方面："一曰备侵；二曰除孽；三曰救荒；四曰发赈；五曰减粜；六曰出贷；七曰蠲赋；八曰缓征；九曰通商；十曰劝输；十有一曰兴工筑；十有二曰集流亡。"大体展现"荒政"运作程序，说明通过多年的赈灾，清代"荒政"也日趋完备。在实施"荒政"过程中，需要大量人力物力，离不开社会各方力量的支持。雍正说："周礼以乡三物教万民，有曰孝友睦渊任恤，可

---

① 邓云特：《中国救荒史》，上海书店，1984，第32页。
② 曹健民：《中国全史》第16册，经济日报出版社，1999，第457页。

知任恤之义，与孝友而并重也。……宜平情通融，切勿坐视其苦，而不为之援手。"① 作为最高统治者，雍正强调邻里互恤，提倡地方力量参与赈济。这从一个侧面说明，民间力量的参与，可弥补政府官方财力之不足，也是落实"荒政"的重要保证。

清田园诗以"荒政"为创作题材，全面述说荒年救民措施，关注民瘼之情溢于言表。一些曾在中下层衙门任职的诗人，如阮元、齐彦槐、杨彝珍等人，他们比较了解"荒政"运作。当人民遇到生存危机时，他们强调最大限度发挥行政效能，采取措施亟力抚恤，以减轻百姓实际困难。另有一些布衣诗人，如陈斌、鲍伟等人，也曾协助捐赈，亲身参与过"荒政"实施。这些诗人虽身份地位有别，在"荒政"中发挥的作用不同，但都有田园诗描写"荒政"实施过程，记咏"荒政"各个环节，具有独特的内容特色。

从"备荒"的角度，诗人们发挥聪明才智，以实际行动，积极完备"荒政"。在这个过程中，诗人们未雨绸缪，提出许多切实可行的建议和办法，防患于未然，在一定程度上提高了人们的生存能力，改善了百姓的生存处境，也在田园诗里作了记录。如道光初，两广总督阮元颇具济世救民的情怀，能够切实体察民间疾苦，也曾在任内采取切实措施，改善百姓生活。他从全局的高度，主张发展对外贸易，与境外互通有无，以济民生。他在诗歌里也记录一些相关的行政举措，自然流露出关注民生的仁者情怀。诗人在《蔗林》中写道："高蔗若芦林，霜谱甘且白。海外多棉花，有无正相易。"可知两粤盛产糖霜，

---

① 《清世宗实录》卷79，中华书局，1985，第32页。

诗人鼓励出口，以换取海外棉花等物资。其《西洋米船初到》："……田少粤民多，价贵在稻谷。西洋米颇贱，（仅有内地平价之半）曷不运连舳？夷曰船税多，不赢利反缩。免税乞帝恩，米船来颇速。以我茶树枝，易彼岛中粟。彼价本常平，我岁或少熟。米贵彼更来，政岂在督促。苟能常使通，民足税亦足。"为解决粮荒问题，诗人主张进口西洋低价米，并采取得当措施，激发米商的贸易热情。"以后凡米贵洋米即大集，故水旱皆不饥"（原诗注），可见效果显著。杨彝珍辞官归里后，针对荒年频见的情况，也曾积极献策备荒。他有首《予尝仿朱子社仓法以备凶歉，行之十余年至岁屡祲而里无捐瘠者。惜所居下而其言微，无以举其法推衍之。会恽中丞檄郡邑守，若令亟举斯政适如鄙意之所期，将利安吾楚于有永喜，为赋此》道："札昏国代有，未患宜先防。崇安有遗法，敛散一何良。我粗遂生理，窃晒不自量。薄积百余斛，未足千斯仓。夏贷里隐民，聊与充饥肠。有秋二其息，涉冬争相偿。十年计所赢，已得千钟强。无端遘隔并，金粟殊争昂。炊烟断村落，一望寒云苍。居氓走相吊，缓急无能商。忍死赴城郭，柴立骨已僵。匍匐啜盂粥，不救羸与（尪）。须臾枕藉死，累累横道旁。亦有枭獍徒，缘间恣跳踉。一呼集群啸，剽掠空村庄。我廪久已高，肯委豺与狼？慷慨集闾里，急发频年藏。西邻负釜钟，东邻提莒筐。携归浑含喜，瘦面旋生光。枹鼓寂不鸣，安堵如寻常。延我具鸡黍，且与烹羔羊。礼让犹太古，王道征吾乡。所惜诎赀地，有臂不得长。茕茕难感鼓，疢焉心内伤。岂意经国猷，顿慰老夫望。经画长久利，条法何周详。譬之已奇疾，匪在循成方。令下如流水，百城咸悚惶。足张大邦楚，千里堆茨梁。雨旸已无愆，美政成丰穰。比户有欢声，兵气消衡湘。我生亦何幸,垂白遭时康。不辞问升斗,岁敛秋原黄。"在这首诗里,诗人建议恢复"社仓"制度,通过适当的储备,以应对饥荒。诗人还以身作则,将自家的粮食捐出来,广济民生。在诗人的努力下,"社仓"制度引起地方官的重视,即将在整个湖南推广,很快就要起到拯救饥民的作用,这令诗人欣慰不已。柳树芳《岁朝新咏》其二《隔年饭》道:"古者三年耕,必有一年蓄。远适思聚粮,仓卒讥脱粟。苟无预为备,便至叹不足。今人鲜盖藏,生计日益蹙。一遇凶荒来,剸剥及草木。谁进久远谋,此责在民牧。吾辈任含哺,太平幸鼓腹。昨为接淅忙,明朝食宜蓐。每饭乌能忘,隔年梦乍熟。煮就镣无声。三服食疑玉。古人贵积储,即小多感触。粮尽思退兵,诸葛难用蜀。充国上屯田,先零自然服。不见汉盛时,常平累积谷。乃能致刑措,乃能岁赐复。国家岂自为,实造万民福。聊纪一饭恩,微言庶可录。"所谓"隔年饭",又称"万年粮",有年年有余之意。诗人借以讽喻,提倡适当存储以备荒年。所谓"自古耕九余三,重农贵粟,所以藏富于民"[1],以备不时之需。诗中首句就由此而来,全诗也是在探讨如何"年年有余粮",以"安百姓"。诗人批评奢侈浪费,认为必须居安思危,适当储蓄物资。诗歌最后提出"国家岂自为,实造万民福"。流露民主思想,更是难能可贵。

也有一些诗人,主张少种经济作物,在不宜谷物的土地上,尽量多种一些可以替代谷物作为基本食物的作物,以备灾荒。由此,诗人们青睐那些易种多产的替代作物,在诗歌里描赞它们的特性,呼吁推广种植。诗中道及的一些田园野蔬虽无

---

[1] 《清圣祖实录》卷81,中华书局,1985,第1037页。

花朵娇艳之姿，亦无松柏凌云之态，却可作百姓的生活资料，在田园生活中扮演着重要角色，也为诗人所称赞。在诗人平淡质厚的笔调里，寓含着关爱民瘼之情。如"芋"属于高产农作物，在清朝各地广泛种植，是百姓重要的生活物资，其形貌特征也留存于清代乡村诗歌。屈大均在《芋》中写道："频随粳稻熟，早芋紫茎长……亦是炎方米，能为野客粮。"认为芋不仅高产，还便于携带，以供途中充饥之用。钱载有《食芋》："那必三年来，谅云昨夜收。种之根浟浟，浇之涓涓流，锄之草莫生，我本齐民忧。"指出"芋"有易种多产的优点，可纾"民忧"。李调元有《食芋赠陈君璋》："种蔬多种芋，可作凶年备。"更言明"芋"的救荒之效。陈斌有《劝农歌》其十四："种烟虽满蹊，不如芋一畦。芋可御荒（年），薯蓣不为粮。"称赏芋的备荒效果，也传达出农家对芋的喜爱，建议对其大力推广，以广济民生。"韭"见于《山海经·北山经》，说明它很早已出现在我国人民生活中，清代诗人描绘园韭，流露关注民生的情怀。如王汝璧有《菜圃》诗曰："菜把筥筐满，园官愿易酬。忘机丈夫智，学圃小人谋。种得千畦韭，浑如万户侯。使民无此色，饱食又何忧。"诗人幽默的自称为"园官"，能在园地种韭，便自豪地比为"万户侯"。只要能使民无菜色，诗人甘愿攻苦茹淡。另外，出现在田园诗里的还有雪里青。袁景澜《吴郡岁华纪丽》卷十二载："有菜名雪里青，以风干茄蒂缕切红萝卜丝，杂果蔬为羹，下箸必先此品，名'安乐菜'。……盖菜羹滋味淡，而称长能食之者，自无不安乐也。"[①] 柳树芳有《安乐菜》诗："不从辛苦来，焉知安乐味。

---

① 赵杏根：《历代风俗诗选》，岳麓书社，1990，第351页。

是物生田园，成之亦不易。穷冬雨雪稀，滋养出人意。汲水灌霜前，覆土捍风利。长忧陇畔黄，差喜陌头翠。洎乎逢岁朝，荐新入盘内。盎然春之首，豢养物犹稚。当其未发时，饱含风露气。苦不类荼蓼，辛不从姜桂。万家同一餐，珍若上品贵。或呼园丁挑，或进厨娘议。或送自邻家，或买从市肆。吴盐乍点霜，洛豉频调剂。俭用二簋享，物鲜八珍备。食德思先畴，鼓腹庆圣世。问安在何乡，问乐记何事。岂知耕凿天，皞皞莫名义。安亦不可言，乐亦不可既。借菜以为名，此物即此志。"雪里青既可食用，还可长期贮存，能救助百姓度过荒年，故此，诗人称赞其名实相符，能使百姓"安乐"。

　　针对灾民的苦难生活，诗人们努力探寻恤民之策，积极劝捐助赈，也在田园诗里记录下来。自然灾害猝然发生时，即使是地方官员，也很难立即向上级争取到充足的资源。针对这种情况，争取民间捐赠，就成了"荒政"最为关键的一项。争取民间资助的关键，在于"理"和"情"，使富有者慷慨解囊，而这正是一些诗人的强项。许多诗歌也由此而作，有其凝聚社会力量的考虑。如齐彦槐（1774~1841）《劝捐》："贫者空釜甑，富者空仓廪。岂不念尔难，强欲令尔捐。尔捐实益尔，益尔非空言。十户不聊生，一家难保全。哀哉此茕黎，命在如丝悬。与尔为比邻，目击讵不怜。吾侪欲为善，每苦无其权。上天降灾祲，假尔以善缘。试思活一命，但费千文钱。兹事曷不为，而使他人先。况尔所捐钱，官不为尔专，尔捐尔自赈，赈即尔门前。尔亦何所疑，徘徊复迁延。徘徊复迁延，我心实熬煎。饿者转沟壑，尔捐已徒然。"诗人本身就是地方官员，他以诗歌作为推行"荒政"的工具，教谕治下富户，入情入理的劝捐。齐彦槐还有首《邑民须惠中首捐钱万缗作诗美之》，则是称赞乡里义民，鼓励人们共襄义举。其诗曰："积而能散难，散或不以正。一掷百万输，一笑千金赠。孰似须君贤，好善出天性。平居百事啬，挥手活万命。嗟哉守财虏，锱铢日营竞。一钱日倾囊，未死家已罄。富民国元气，谓可济百姓。使务为并兼，毋乃国之病。翳予有民人，救荒无善政。毁家累父老，甚愧此县令。县令虽可愧，父老实可敬。有公等数辈，鸿雁尽安定。恻隐首四端，任恤终六行。秉彝同所好，一唱众必应。举觞为尔寿，愿尔子孙盛。试诵易文言，积善有余庆。"出于仁者情怀，诗人称赞须姓义民善于散财，将家产用于救助乡里。他虽为县令，对此善举也颇为感动。在诗里将其树为道德楷模，以鼓励更多义民，对同乡伸出援助之手。他还有首《捐集》道："当时倡此议，闻者笑我愚。兹愿竟能酬，我初亦不图。但哀此穷黎，性命在须臾。济否安敢知，且为将伯呼。须君实豪杰，万金首倾输。未及两月间，捐至十万余。乃知恻隐心，天下无人无。善机一以发，沛若江河趋。上有尧舜君，膏泽遍为敷。下有三代民，疾病相持扶。县令亦何施，能使群生苏。或谓使君贤，贪天毋乃诬。经时未宴会，聊复倾一壶。起视庭前柯，春风已回枯。"原诗自注："各乡捐赈自甲戌十一月至乙亥三月，约计钱十四万缗，其间粥厂捐米，饼厂捐麦，又不下五六万缗。此诗作于十二月时，捐数尚未全也。"可知面对财政不足，诗人努力劝捐办赈。由于诗人平素忠于职守，其政风能为百姓所谅，故能在危急时刻，得到地方响应，迅速筹集"十万余金"，极大缓解了灾情。一些诗人也曾积极捐助灾民，并在他们的田园诗里得以记录。如孙衣言《戏和毅甫并示伯昭》："吃饱睡倒床，不知日已旰。有童呼我醒，徐翁书在案。发书鼻为酸，卒读肠欲断。书言江南民，相食若猫䝙。伯昭为我言，未语涕先泫。我闻不能食，夜不能合眼。馈输乏军兴，无力恤民难。此当自我先，义不忍独饱。我豢猪四蹄，可贸钱六贯。即当捐助官，我复为若劝。各舍一豚资，更谋素所串。庶几集千金，为民营一饭。……"面对民间疾苦，诗人不仅慷慨解囊，还邀约仁人，共襄义举，为民雪中送炭，踊跃捐助皖南灾民，助百姓以生存。诗中有句："书生读书要济世"，更流露了对灾民的关怀。

清代田园诗里描写各方力量的赈灾之举，再现了"一方有难，八方支援"的场景，从恤民角度，展现宽厚的人文关怀。如齐彦槐有首《观赈》道："形如鸠，面如鹄。牵衣曳杖来蹢躅，一路欢呼不闻哭。天下太平灾亦福，官赈才终私赈续。东家出米西家粟，钱赈中间又赈粥。行不乱群道路肃，男左女右各分行。儿童含哺翁鼓腹，流亡纷纷复邦族。岂惟起死白骨肉，并无盗贼少讼狱。相赒相救乡党睦，何异成周好风俗。长官一笑万事足，半陇黄云麦将熟。"由此诗可知，荒年来临时，民不聊生。但幸有仓库余粮可救急，故能"起死白骨肉"。可见"荒政"落实到位，使民情安恬，逢灾而不乱。……"嗟乎此何谋，拙哉吁可叹。虽然一念仁，理当十世宦。此事予固闻，熟思乏长算。又闻洲中栖，瘦骨掷葭乱。或曰当移民，方舟送湘汉。此议粗可行，何以久未建。荆吴江上流，淮扬海坼岸。数州仍岁丰，就食盍分散。大城养百人，递减次小县。亦有大乡亭，禀各视所便。丁男逐仆佣，健妇能缝绽。其余弱子女，奴婢听收豢。诚得良法程，信足甦羸困。一事尤其本，招农不可缓。荒田江东西，亩当以亿论。贼踪既已远，何忍弃芜蔓。设法召流民，负耒就畎亩。诚垦顷一千，当食口百万。动言种饷难，官钱缺输灌。何以万黄金，或取媚夷蜒。亦有浮淫徒，厚糈拥流羡。果能节所施。岂真贫足患？苦心为民谋，天意有回斡。藉活十二三，要胜置不办。举事图万全，徒便彼庸懦。我尝把一麾，所恨席未暖。然此皆我民，岂待柄尺寸。君既妃呼豨，我亦裘可换。各持一勺水，去润千里暵。但恐事未行，民死骨亦烂。更为徐翁忧，未稳侏儒饱。一朝饭萝空，儿啼妻妾讪。持示郑伯昭，破涕更一粲。"描写江南受灾，诗人闻之心生悯恻，夜不能寐。更为可贵的是，诗人还提出切实可行的救灾办法，建议将灾民次第安置到粮食充足的地域，"或曰当移民，方舟送湘汉"。从更大程度上改善灾民生活，在当时具有积极的现实意义。伊秉绶《赈灾》其一道："灌水入蚁穴，亦有芥渡升堂坳。二州五县民，安能悬未三载冲波涛。河伯不仁风伯怒，终朝噫气欲拔树。可怜树叶尽充粮，釜甑上屋舟入房。房中白发翁与姥，恨非少壮能逃荒。一沾皇仁泪如雨，那得货布成酒浆。"在这首诗里，诗人以颂扬的笔调，展现灾年之际的政府救济。其四："种麦种麦妇子忙，临流一恸霑衣裳。眼前半菽不能饱，遑计将享以豗尝。去年典牛幸未赎，羡尔得生且生犊。吁嗟算口授官粮，鳏生自愧为民牧。"由诗中可知，有了朝廷赈恤的钱粮，灾民衣食无忧，更有余力继续从事农业生产。诗人进而称颂当政者体恤下情，并为皇权大唱赞歌。张应兰《赠郑明府二首》其二："使君步屧遍村村，饥雁荒庐慰断魂。知有新图画江上，流民争识郑监门。"赞扬地方官"奉委赈饥靖江"的政举。一些诗人则描写粥厂运作，在田园诗里，再现了官绅协同赈灾的场面。陈文述（1771～1843）有《粥厂》曰："灾区集饥民，县官设粥厂。……植木固壁垒，剖竹合荬汤……"诗人称赞这种办法能够保障灾民的基本生存需要，有救急的作用。汤礼祥《赈厂行》中得以再现，其诗曰：

"东方未明门大开,饥民如潮入厂来。妇人在右男在左,左右有门门有锁。商人约束居上头,人满门启给以筹。……"粥厂办起后,一般"委(乡绅)以钱谷煮赈之事,官吏不涉手,惟钩算弹压。……有疾者给以药,老病废疾者别有厂。"① 汤礼祥的诗里就如实描写了这一幕。

  针对"荒政"实施中的腐败现象,诗人以议为诗,予以毫不客气的针砭。由这类田园诗可知,灾害发生后,仍会出现一些只图私利的不仁之辈。他们不顾乡里百姓疾苦,在千家烟断,万姓哀号之际,仍强籴闭粜、趁机盘剥。此类恶劣行径,更加重了灾情,令诗人很是愤慨。如余兰台《社仓叹》是从备荒角度进行描写,其诗曰:"县中连年点社长,指困分给无勉强。富民谨厚不敢承,豪猾空囊求职掌。"说明社仓存在的弊端。然后又道:"领米百石随手无,社长由来多侩驵。奸吏明知室悬磬,查米下乡索酬赠。一年一度查不穷,更有官曹来验证。官如渴虎吏饿狼,社长纳例心惶惶。相依朋比作撑饰,社鼠全耗存空仓。"揭示社仓存储被耗损的原委。最后,诗人说:"一朝荒歉米无著,饥民嗷嗷空仓雀。县符飞下派赈饥,社长归来笑一握。呜呼,国家立法在任人,社仓之米何陈陈,百年尽作灰与尘。"全诗描写多个场景,反映县里疏于社仓管理、组成一副官场现形记,层层揭示官吏盘剥百姓的全过程。另有杨亮基《粜平米》写道:"弊百出,难万全。有仁人,心恻然。市中米价日以贵,倡为平粜减百钱。减百钱,亦何补,米犹需三百五。有钱则可无钱苦,但见贩夫贩妇歌且舞,不利贫民利贪贾。噫嘻呼,贫民生理终何望?不如草根榆根充尔肠,天公

---

① 阮元:《研经室集 硖川煮赈图后跋》卷8,文选楼刻本,道光三年(1823),第33页。

尚不责尔偿。"在"荒政"实施过程中存在诸多弊端，此诗选取"粜平米"这个环节，批评囤积居奇的不仁商贩。他还有一首《发困赈》道："施粥非善政，不如发困赈。大户传呼保长来，饥民尔查尔其慎。保长行荒村，留心平日怨与恩。饿夫呼伯呼叔置不闻，我有亲，串我与谋饔飧，还报大户查已毕。大户戒期某日给，小口五文大口十。吁嗟乎，赌场闻道多现钱，穷檐依旧无炊烟。"此诗从"发困赈"环节入手，揭批吏治腐败，直指以权谋私的不义之举。这两首诗反映出，若一味墨守章程，就会影响到"荒政"的落实，给不仁之人以徇私舞弊的机会。鲍伟在《劝捐局》中写道，大灾之时，为了救焚拯溺，一些地方有识之士，联合官府办起劝捐局，但上门收集善款时，却阻力重重。好不容易走进一家富户，看到的主人却是："列几持筹方鞅掌"，活脱一副守财奴的模样。随后，主人"下堦迎问笑口开，是何好风吹客来。众客殷勤前致语，望翁解囊拯民哀。主人闻言却干笑，救荒当向官府告。积谷防饥我自谋，还恐来年无米粜。拂衣竟起谢众宾，众人无语退逡巡。"这些形象的描绘，使一幅奸猾的嘴脸跃然纸上，可谓入木三分。此人以一副打哈哈的口吻，漠视灾民痛苦，让人切齿。诗人如此大费笔墨，批判的是乡里为富不仁者，希望社会风气能变得淳厚。此诗倡导人们应自觉救民于水火，而不是麻木的袖手旁观。

　　清代诗人能够脚踏实地的体恤民瘼，积极从事"荒政"，并以纪实的笔触，在田园诗里整合多重"荒政"实施场景，详记备荒、劝捐、赈灾等各个环节，彰显休戚与共的情怀。由其田园诗可知，虽然自然灾害是人力难以抗拒的，但挽回损失，拯救生命，是主观努力可以做到的。在作品里，诗人不仅记录下诸多扶危济困的义举，真实反映了救民的各项举措，还从关爱他人角度，宣扬了仁爱思想，在当今建设"和谐"社会的大背景下，也有其现实意义。

第三节　诗行教化，正风励俗

儒家向来重视诗教。《毛诗序》中说："经夫妇，成孝敬，厚人伦，美教化，莫善乎诗。"① 强调了诗歌的移风易俗作用。儒学在清代仍是主流思想，一些清代诗人们禀承儒家"诗教"理论，系统宣扬儒家思想，并自觉地把传统儒家的伦理道德内容，作诗意的诠释，以影响世道人心，使其田园诗具有鲜明的教化特征。

清代诗人们描写合乎礼法的婚姻场景，喜庆中不失庄重，赞赏遵守礼法的婚姻，达到"风天下而正夫妇"的目的，体现出儒家礼教对婚姻的约束力量。《诗经·齐风·南山》称："娶妻如之何？必告父母。……娶妻如之何？匪媒不得。"《诗经·卫风·氓》说："非我愆期，子无良媒。"这两首诗强调了"父母之命、媒妁之言"的重要，也为儒家所认同。如《孟子·滕文公下》说："丈夫生而愿为之有室，女子生而愿为之有家，父母之心，人皆有之。不待父母之命，媒妁之言，钻穴隙相窥，逾墙相从，则父母国人皆贱之。"类似题材的诗歌也在清代出现，如徐时栋《甲午小除》其七："长女受人聘，两儿初论婚。季女以是日，纳采约西邻。兄问使来未？问之语谆谆。

---

① 王灼：《碧鸡漫志》卷1，中华书局，1991，第1页。

伻来俄成礼,日午行出门。……"诗中道及自家儿女成婚之事,诗人以家长的身份,安排各项事宜,突出了"父母之命"在婚聘过程中的作用。他还有首《咸丰丙辰九月二十二日由光溪入南山访陈东生(德梧)》其二:"阮修贫苦未成婚,我作王敦却造门。……"原诗自注道:"王先生孤子正烂年长未娶,余谋诸朱绛山,倡其事,此行亦为之托钵也。"诗歌活灵活现地描写诗人牵线搭桥,联络两家,很是真实。可见此诗取材于诗人的亲身经历。他曾替人作媒,并以诗歌的形式记录了这一婚"礼"环节,体现了媒妁的重要。

清田园诗领域还出现了一段关于"温州坐筵"的公案,围绕着袁枚《温州坐筵词》和张光裕《东瓯坐筵词》展开,争论人们在婚宴上,是否应该遵守礼法,更见诗歌对社会风气的影响。《礼记 昏仪》说:"昏礼者,礼之本也。"提醒人们即使在喜庆热闹的婚礼上,也不要过于放纵。袁枚《温州坐筵词》和张光裕《东瓯坐筵词》都是借描写"坐筵"风俗,展现民间婚宴场景。但两首诗所体现的"昏礼"却大相径庭,引起众说纷纭。

袁枚《温州坐筵词》共六首,仅录其四:"钗光灯影两相交,就里瑶台孰最高。径上前歌《将进酒》,不嫌生客最粗豪。"就此诗而言,新娘子可与客人唱酬,颇有些不拘礼教。但事实中的婚宴是否真如袁枚所言呢?

张光裕有《东瓯坐筵词》,所记的"坐筵"婚俗却是另外一个样子。其诗道:"蝶使迎宾鹊渡仙,醉人风日嫁人天。隔宵女伴窥妆镜,明日邻家邀坐筵。坐筵时节难回避,洞辟重门声鼎沸。百部笙歌艳曲翻,两行珠翠香风腻。妇献姑酬礼节娴,分番把盏庆团圆。列仙依次陪王母,群卉争开拥牡丹。酒半乐停筵不撤,新妆各换仍归席。重剔银灯眼更明,重观宝玉心尤惜。可惜娇莺学舌时,乡音互异听难知。徒将平视憎公干,那解狂言笑牧之。有客径歌《将进酒》,主人在旁急摇手。似说当年贤太守,滥觞有禁君知否?筵散华堂罗绮空,归来魂尚绕花丛。向人艳述嫦娥美,曾咏《霓裳》到月宫。"

张光裕诗中所写的"坐筵"场景,虽然热闹,人们却仍谨持礼仪。如"有客径歌《将进酒》,主人在旁急摇手。似说当年贤太守,滥觞有禁君知否?"说明在坐筵过程中,若有客不守礼仪,就会受到主人的警告。可见,这首诗与袁枚的诗作大异其趣。

梁章钜就是站在礼教的立场上,对这段公案作出评判。他说:"(温州俗)新妇三朝坐筵,则陋习相沿已久,不过即三朝庙见之礼,踵事增华、变本加厉而已,盖是日专延女客,不延男客,而稍有瓜葛之男客,皆得约伴牵连而至,直抵筵前,并可周览新房,主人亦不之禁。若袁简斋老人所云,'客可与新妇互相酌酒,并可择筵中之貌美而量洪者,以巨觥相劝酬,'则询之此间衿耆,实无其事。间有无赖少年,藉口于袁简斋老人之语,而稍露萌芽者,即为贤太守所惩创而止。简斋老人于裙屐脂粉之艳谈,无不推波助澜,以助诗料,初不计其言之过情。其诗所云'不是月中无界限,嫦娥原许万人看'。亦是强词夺理,并非事实也。近有浙中张茂才光裕赋《东瓯坐筵词》七古一章,颇合近时情趣,胜于简斋诗多矣,因附录之,将来或可入东瓯志乘,以存其实也。"(《浪迹丛谈 续谈》卷二)梁章钜对袁、张的诗作给出了截然相反的评价。他批评袁枚的诗有所夸大,"于裙屐脂粉之艳谈,无不推波助澜",不利于世道人心;而张光裕的《东瓯坐筵词》近于事实,堪"入东瓯志乘"。

比较袁、张的这两首诗,不难看出,袁枚由情任性,游戏笔墨,多有夸大不实之词,难免遭到非议。诗人是创作的主体,一方面可以对诗歌素材作适度的艺术加工,以体现自己的个性情感。但另一方面,诗歌还有个传播与接受的过程,并在这个过程中,影响到受众的思想行为,从而产生一定的社会效果。作为有社会责任感的诗人,应该考虑到作品将会产生的社会影响,并在诗歌创作过程中,自觉摆脱低级趣味的追求,融入一些较高雅美好的思想内容,从而体现出一定的社会责任意识。"诗文美者命意必善"(姚鼐《答翁学士书》),也就是这个道理。

一些清代诗人重视亲情,在田园诗里宣扬孝道,更是与传统道德有直接关联。"诗本性情,学者出其性情以为诗,即以诗自治其性情,而凡读其诗者引申触类莫不以其性情受制于诗焉,此诗之所由以作也。"[①] 诗人在对孝道的演绎表述中,袒露真情至性,流露了对宗族亲情的眷恋和对先人的敬仰,使其田园诗有益于和谐家族关系。祭祀是表达孝道的重要礼仪,也成为这类田园诗的创作题材。因祭祀之礼只能是本家族成员参加,故此类诗歌多以本族祭祀场景为主,其主导精神是敬祖寻根,以示后人不忘本之意。如许玉瑑《舍弟书来述祖茔祭扫敬赋志感并寄族叔及诸弟侄》其二:"单寒门第举家清,僻处湖山较朴诚。聚族喜皆同里间,显亲岂独在科名。无田亦祭难持久,立约能公易守成。此后应须各努力,椷书重勘涕纵横。"诗人收到弟弟家书,信中述说祭扫祖茔之事。此事让诗人回想

[①] 钱陈群:《香树斋文集》,清乾隆年间刻本,21页。

起"家刻许氏巾箱集毁于火",故积极筹划"重刻并附府君诗稿"(诗原注),准备为亲人扬名。苏加玉《有感赋得古墓犁为田》:"问是谁家墓,嗟哉变作田。秧车驰马鬣,牧笛起牛眠。旧井寻何处,游魂怅杳然。孝思如不匮,修复冀他年。"诗人重视孝道,故勉励人们重修先人之墓。张尔耆《重阳日大祭敬纪》:"汤沐圭田广睦姻(杭州府君罢义庄祭田以赡宗族供祭祀),菊樽萸酒荐明禋。百年俎豆重阳节,三叶云礽十五人。(叔父以下与祭者凡十五人)碑记从知勤述德(杭州府君撰传砚堂记于壁)乐章何日谱迎神。(余欲和迎送神曲未果)环阶妇孺观瞻肃,两度亲搴南涧蘋。辉煌庭燎耀西隅,秋露春露志不殊。时雨空濛兰砌润,灵风飒爽桂旗扶。参天古柏披璎珞,满室名香爇鹧鸪。肴核备陈昭穆序,一堂饮福任欢呼。"诗人与族众共同追念先祖、祭祀宗社,并将这些过程写入田园诗。此诗详写祭祀场景、程序与参加人员,词句古雅,语气端庄,还原了祭祖的全过程。

清代一些宣扬"忠"的田园诗,也起到维护王朝统治的作用。湖南常德诗人杨彝珍避居在乡,曾组织乡兵对抗太平军,自言:"甲寅夏五月望,贼寇吾郡覆其城据之,纵党四掠,深入山中二百余里。居民匪开门迎揖,即徒手就缚,无一敢与之为难者。予亟帅里之壮者三百人两擒贼谍杀之,贼遂相戒不敢犯我。故自敝村以往三十里皆免于祸。"(《贼退示邻里》序)可见他曾号召邻里共同向清政府效忠,这也在他这期间的田园诗里体现出来。如其《贼围长沙三月不克窜益阳将犯常德窥吾有备遂东走喜而有作》其一:"……人民尽流离,各走天一方。慷慨集闾里,酾酒椎牛羊。耰锄抵利兵,安用惊仓皇?东扼苍水驿,北控黄茅乡。飞鸟难逾越,守望成金汤。"其《贼退示邻里》其四里说:"贼党肆剽掠,四野无安堵。开门迎且揖,引劳进酒铺。偶然独嗔怒,祖背受捶楚。曲跽奉饼金,哀祷泣如雨。岂难制侵陵,其曹不什伍。嗟彼千村民,胡不戒桴鼓?"在这些诗歌里,诗人激励乡邻共御太平军,不遗余力地维护清政权,发挥了团结乡勇的作用。

清代田园诗取材平实,密切了诗歌与田园生活的关系,使人易解易懂,渐受熏染,逐渐向善,更易对田园事务施加影响。一些诗人从保障衣食所需角度立论,阐述勤于劳作的道理,或婉词曲譬,或直言规诫,言之谆谆,有理有据地施行教谕,使人知晓勤耕力作的重要。如陈斌《述农示稚子阿蒙》:"薄田十亩余,绕舍为两圩。圩边有高地,十九种桑株。桑株田各务,宵昼不可娱。老屋当村南,耕具悉以储,非云杂种作,聊用养吾愚。洒由吾祖父,遗此田与庐。我生业不专,幼少尝拮据。稍能薙莠草,略任提沟泥。视人举剡耜,吾但挥轻鉏。夏田助上水,秋月同采荼。三时逢雨潦,亦颇习沾塗。逸游二十载,兹事遂与疏。生产既益落,饘粥仰如初。下愧供鱼菽,上恐亏王租。君子知稼穑,圣人爱农夫。艰难理可久,舍此无良图。余今就衰惰,俯仰忧单孤。诗用勖稚子,田园易荒芜。"全诗由两部分组成,从"薄田十亩余"至"遗此田与庐",详述家业由来,感念祖德。接着回顾自己生平。由"君子知稼穑"至最后,是诗人对儿子的教导,表达对农耕的重视,殷切希望儿子能勤于耕作。陈斌还在《田园》其二里说:"田事岁相续,勤动由自然。久亦未知惫,此意难相传。尝言筋力好,未及祖父贤。其时岁多稔,晴雨占无愆。恒业诒后生,饱食诚休闲。"诗人陈述人生历练所得,以父祖勤于农耕为榜样,描写先人披荆斩棘的艰难,赞美其创立家业的功勋,告诫人们不可好逸恶劳。韩廷秀《春社歌》:"田家重社日,相戒未明起。大小共追随,结伴来坛墠。笾豆森罗列,鸡豚味甘旨。诚意格神示,洋洋如可指。社祭既已毕,旋邀邻与里。相呼团栾坐,且自酌清醴。醉后复交劝,努力勤耒耜。新岁不敢闲,农事自兹始。"诗中既烘托了融洽的邻里关系,也提醒人们农时已到,莫要耽误农事。华翼纶《悲惰民》:"吾吴患田少,粤西患田多。草莱遍郊野,农惰莫相诃。若云地瘠苦,遍处有池涡。放水富泉源,永无旱岁过。只须驱牛耕,牛肥异骞骡。春间能插蒔,夏有三百禾。一年足两稔,人力无偏颇。因是懒不耕,所耕有几何?苟足四季食,其余一任他。妇女无完襦,亦勿勤织梭。民惰有如此,彼此皆同科。"采取对比的手法,告诫农民不要懒惰。诗中结合实际民生问题展开教谕,感情真挚,并非古板沉闷的说教。钱陈群《双槐书屋消寒第二集各赋冬月土风成十六首》其七:"深闺旨蓄菜畦丰,结束红裙洗绿菘。不解御沟流叶意,残英随水自西东。"诗人自注:"蓄菜以备来岁之需,少女、新妇沿河竞洗残茎剩叶遍满溪涧。"反用"御沟流叶"的典故,描写新妇勤于"妇职",强化了传统家庭规范。彭绩(1742~1785)《绩麻行》则是反面立论,其诗道:"妇穷难可尽言,箧中首饰衣服连年典卖。尺布无遗,独宿空舍。抱景不移,令孤儿寻师学手技。未及期年,孤儿来到还家。揆怀中多虮虱,无钱对儿,欲叹悲不能已。行年五十发齿逋,待儿衣食时余儿。念思少时父母爱,怜不教儿蚕织。持镜帷房喜颜色,未到上灯在床息。昔为蔗,今为檗。亲交来入门,顾问衣裳单不知,泪下一何翻翻。星阑而起黄昏餐,君不见绩麻连连,筐中千丈缲。"诗中的村妇,年轻的时候,没有学习纺织技术,晚年穷困潦倒。诗人以其为反面教材,警示村妇们要勤纺织。这样的诗歌，也有助于约束妇女行为，敦促妇女勤于理家。

清代田园诗中，宣扬一些其他优秀品质的诗歌也有不少，内容雅正，明显带有儒家思想特点。翁方纲曾说："'在心为志，发言为诗'，一衷诸理而已，理者，民之秉也，物之则也，事境之归也。"此论主张借诗歌创作发扬义理，增进人们的识见，改善人们的行为。一些田园诗确也能从各个角度，规范人们社会行为，密切了诗歌与乡村政治的关系。如沈楫《宿田家》："但使闾阎敦礼让，自成淳朴一村墟。"诗人期盼村民习知礼让，共创和谐村居环境。吴锡麒《棚民谣》："古人受百亩，死徙无出乡。食德服先畴，爱土心自藏。棚民尔何为，远适天一方？短衣不掩骭，泥涂走彷徨。乱发垂两肩，蓬葆吹飞扬。侏离多闽产，荒忽杂楚伧。冰霜陶穴墐，风雨篾席挡。盘踞山一角，苦瘠不苦荒。……"此诗宣扬的是"安土重迁"的观念，勉励人们不要轻去他乡。宝琳《秦晋道中纪所见》："古礼妇出门，必拥蔽其面。过市不招摇，何由窥盼倩。古礼男子生，二十冠以弁。少小习童仪，佻达何由见。二者礼虽微，民风关正变。我行秦晋间，遗风尚可羡。曾见秦女游，红颜笼素绢。虽有妩媚姿，路人目不眩。复见晋人儿，总角红系线。峥嵘蓄天真，衣冠不敢乱。览兹两地风，慨然吟兴忭。古礼亦可行，古风今复见。长幼男女间，防微意尽善。薄海推此情，女贞男尽彦。"诗人取材自己的沿途所见，描绘秦晋一带民风淳朴，饶有上古之风，故写此诗予以宣扬。柳树芳《杂书》其五："连年无此麦成秋，村巷家家十斛收。我愿老农多蓄积，人间安用富民侯。"从备荒的角度，提醒人们注意节约。冯桂芬《南园散步观邻人刈稻捉花二首》其一："夏至排针绿，秋深压担黄。寻常遇荒歉，偶尔获丰穰。市肆呼卢醉，村巫赛社忙。防饥须积谷，古谚莫相忘。"诗中提醒人们要提早准备度荒的粮食。黄炳堃《示昆瑞孙》："耕田不识字，咫尺一墙敝。""读书且耕田，长游太平世。"这是诗人在向晚辈传达"耕读并重"的思想理念。

"凡诗之言，善者可以感发人之善心，恶者可以惩创人之逸志，其用归于使人得其情性之正而已。"[1] 出于社会责任意识，诗人极力维护田园生活秩序，批评各类农村陋习，矫正人们的日常行为，激发人们的良知，陶冶人们的情操，从而更好地发挥诗歌的教化功能。他们在田园诗里熔冶生活体验，阐释正确的生活规范，力行教化，希望人们能"知得失，自考正"，以图达到匡世正俗的目的。这些诗歌不仅提高了人们认识事物的水平和能力，还指出了解决问题的具体做法，达到惩劝人心的目的。如张尔耆《居家俚言示晓卿弟》其二："先人遗业有良田，慎守还虞水旱年。若复豪情图快举，妻儿待哺仗谁怜？"诗人是教训弟弟要安守本分，规范其处世方式。焦和生（1756~1819）《儋女歌》其三："儿入黉宫父白丁，姑居平地媳高厅。此风虽励男儿志，倒置尊卑太不经。"（注：儿入学，则媳高坐，其姑仍坐平地。）诗人由家庭生活入手，揭露科举引发的荒诞社会现象，批评浅薄的社会风气。当地居民重视科举功名，以至出现了这种颠倒尊卑的怪象。由此诗可知，中举者的媳妇高坐，而其母亲却坐"平地"。诗中反映的这一现象，明显是不合理的，令人沉思。周琳《田家》："人生无智愚，日出各有营。秉耒非不劳，久习若性成。春郊生意满，秋原风物

---

[1] 朱熹：《论语集注》。

清。老农爱乡居，对此怡心情。今岁幸丰稔，输租早入城。闲步公堂下，忽闻鞭扑声。归家语儿子，努力事深耕。勤俭当及时，庶几保平生。"诗人更借老农之口，教导年轻人要忠顺勤劳。方濬颐《岭南乐府三府三十章》之《红黑旗》："睚眦小仇兴戈矛，岂待攘鸡与夺牛。忘生舍死逞血气，豪强视官同缀旒。率土皆王臣，奈何分土客？始也客为土所役，继也土与客寻隙。……"原诗自注："悯械斗也。"可见当地的土民与外来移民经常械斗，互有损伤，诗人感觉很是无谓。他为了田园的稳定，批评土民与客民的斗殴现象，希望人们能够和睦相处。其《三合会》："三合会，会何人？拜五祖，宗少林。上者持扇白如银，次则红棍长竟身。下之草鞋亦可踏，无贵无贱无富贫。不为良民为莠民，抛诗书，弃耒耜，一唱百和横行乡里。老官老总寄心腹，诛之不能禁不止。有时事急悬花红，渠魁倖获称奇功，党羽未散甘朦胧。不然招抚用下策，养虎自谓能牢笼。遂令纷纷竖旗者，同心顶礼香灯下。"原诗自注："忧乱民也。"可见诗人对"三合会"这一民间组织表示不满，希望能消除这一地方隐患。吴文镕《打爆竹》："绳连丝贯药熹中，腾响偶资吉事卜。"诗中批评地方上的一切浪费行为。原诗自注："戒侈费也，江右俗以五月六日游神于街，挨户以爆竹迎之，谓之打爆竹。以多为贵，不知起于何时，所费以千万计。"上述这些田园诗，都是针对不和谐的农村社会现象，有感而发。其目的是引导人们改过从善，共创和平安宁的生活。

　　清代田园诗灵活贯彻儒家诗教，将礼仪道德元素巧妙融入田园诗，起到了正风励俗的社会作用。诗人在田园诗里力行教谕，希望提高人们的素质，协调人们的交往。他们通过赞扬人们得体的行为，在诗歌里展现一幕幕合乎规范的田园场景，如适时的男婚女嫁，自觉重祭祀之礼、守宗族之约等，从不同层面，反映人们对社会行为准则的遵循，也体现出传统道德的约束力量。这些田园诗可以"敦人伦，笃宗教，课子弟"，在一定程度上，实现了翼教阐道的目的，为改良农村社会风气，起到应有的作用。

第三章
深厚富赡的文化展现

田园不仅有生机勃勃的自然环境，而且蕴藏着丰富的文化资源。这些文化资源，大多以原生态的方式存在着。尽管有些部分，是非常古老的文化现象。这些文化，对人们而言，大多不是可有可无的生活点缀，而是他们生活本身的重要部分。富有经世意识的诗人，也会注重这样的社会现实，进而注重这些文化。于是这些文化本身，也自然地成为他们笔下田园诗的题材。因此，清代田园诗具有深厚富赡的文化内容。

第一节 文质兼尚，体现生活文化

清代田园诗文质兼备，系统反映了清代田园生活情状，具有一定的文化意义和认识价值。清代有很多诗人在田园安居，他们了解田园生活，自然在其田园诗融汇那些原生态的生活文化，生动描写民间饮食起居，记录各地生活风俗，拉近了诗歌与百姓生活的距离。这些作品能于细微中见宏大，平庸处生波澜，体现出人们乐观积极的生活态度，多方面弘扬了"风雅"的诗歌传统，提升了作品的文化内涵。

一 融汇田园饮食文化

"民以食为天"，饮食对人们的重要性不言而喻，也引起了历代诗人的创作兴趣，不仅反映了我国肇基久远的饮食文化，还体现了社会政治、经济等方面的情况。早在《诗经》中，就记载有大量的谷物果蔬种类和食品烹饪过程。到了秦汉时期，此类诗歌的创作领域得到进一步开拓，刘细君《远夷怀德歌》便描写了少数民族的饮食习俗。唐代诗歌里不仅记录下丰富多样的民间饮食，还容纳了更多的内涵，如李白《宿五松山下荀媪家》，表达了民生关注的情怀。白居易《轻肥》、杜荀鹤《山中寡妇》，皆从饮食角度，反映阶级不平等现象。宋代描写各类民间饮食的诗歌大量涌现，并带有思辨超脱的理趣。如苏轼的《臂疼谒告，作三绝句示四君子》《和陶止酒并序》等，流露了饮食养生的思想，宋祁《九日置酒》抒写诗人的旷达襟怀，带有浓厚的理性色彩。清代也有很多田园诗，记录民间饮食品类，赞扬人们的生活创造，犹如视觉盛宴，别有一番韵味。

诗人从食品功效角度，切入田家生活，探索生活文化内涵。这类田园诗，虽从生活细节入手，但容纳了更丰富的饮食科学。由这些作品可知，随着人们生活质量的提高，开始考虑食疗效果。《黄帝内经·素问》指出："五谷为养，五果为助，五畜为益，五菜为充。气味合而服之，以补精益气。此五者，有辛酸甘苦咸，各有所利：或散，或收，或缓，或急，或坚，或软。四时五藏，病随五味所宜也。"① 可见，古人早就认识到，食品在充饥之外，也可满足人们的健康追求。清代诗人也在诗歌里揭示出一些民间饮食的药用价值。如屈大均《擂茶歌》："东官土风多擂茶，松萝荼荈兼胡麻。细成香末入铛煮，色如乳酪含井华。女儿——月中兔，日持玉杵同虾蟆。又如罗浮捣药鸟，玎珰声出三石洼。拂曙东邻及西舍，纤手所作暄家家。以淘粳饭益膏滑，不用酒子羹鱼虾。味辛似杂贲隅桂，浆清绝胜朱崖枒。多饮往往愈腹疾，不妨生冷长浮瓜。我来莞中亦嗜此，芥菘欲废春头芽。故人饷我日三至，丝绳玉壶提童娃。为君餍饫当浑酥，方法归教双鬟丫。"诗中描写的东官（莞）"擂茶"，属客家土产，有治愈腹疾之用。诗人曾亲口品尝，增强其诗歌的可信性，其诗不仅复现其制作过程，还突出了"擂茶"的药用功效。此外，台湾"爱玉冻"，是台湾较早的果浆制品，也是消暑佳品，吴德功游台时见到它，誉为："明亮恍惚水晶兮，寒冷不让冰霜"，赞为"洵瀛东之特产"，并演而为《爱玉冻歌》："惟台、嘉之炎烈兮，近热带之中央。恨无方以辟暑兮，能消夏而生凉。聊薄言以采采兮，恒满贮夫筐筥。似罂粟之椭员兮，子密缀而中藏。"由此诗可知，在炎热的夏天，人们饮下爱玉冻，齿颊生芳，顿感清凉，可见其解暑效果。

民间各式特产也是田园诗创作的素材。如诗人郭凤长期乡居，以发扬"乡里之光"为职责，抒写了许多赞美本地特产的诗歌。他在《草饼》中写道："池塘采采罢，磨粉傍窗棂。小岂桃花样，染如柳汁青。分甘欢婢媪，减饷及郊坰。方法农家

---

① 《黄帝内经》卷7，上海锦章图书局石印本，民国年间（1912～1949），第3页。

秘，可能说与听？"诗人以浓厚的兴趣，详写草饼的制作过程、外观口感，最后还幽默地反问："方法农家秘，可能说与听？"为草饼的秘制和独特而自豪。此外，金和《淮南食鲥鱼有作》："肥于刀鲫腻于鲈，淮市冰多幸未枯。记得江南春尽日，满船花片小行厨。"此诗记述淮南鲥鱼之美，末句道及烹调过程。因鲥鱼出水即亡，所以"濒江居人嗜此鱼者，往往买舟泊江岸。俟举网时买得此鱼即于舟上蒸之，至家而鱼熟矣。"（原诗自注）此诗也记录下了这一别具特色的烹饪方式。汪士慎《食荠》道："野有丛生荠，朝昏匝地挑。盈筐偏易得，作馔可亲操。根蒂除残雪，菁英落剪刀。加餐贫有赖，甘苦共儿曹。"由诗中可知，荠菜滋味醇和，可作诗人佳肴。孙衣言有《山中四利 田鱼》："三月买鱼针，八月登我筵。往往多田翁，头尾万且千。雨甘田水满，多鱼为丰年。或致腊一束，煮食诚芳鲜。我友或语我，此殆火鱼然。池塘供物玩，于食无取焉。我笑此何疑，适口皆为贤。"乡里认为池鱼不宜入馔，诗人却以为适口即可佐餐，可见其开通的饮食观。

此外，民间制"酱"也为诗人所喜闻乐见。他们的田园诗记录下制"酱"的工艺，生动而又详实，成为唱给劳动人民的赞歌。如吴锡麒（1746~1818）《造酱》："食医职不脩，方法废百酱。近合豆麦为，蒸若饼饵状。采绿叶荐筐，窨黄草施幛。变化七日成，坏色精醖酿。巩甕备分储，盐水各称量。曝日喜有功，闻雷幸无恙。涼并梅诸登，甜杂瓜脯饷。覆瓿吾已甘，吟成莫惆怅。"王充的《论衡》说："作酱恶闻雷，此欲使人急作，不能积久。"所以诗人才庆幸的写道："闻雷幸无恙"。可见此诗不仅描写"酱"的味美，还强调制酱的时间把握。钱载《合酱》："淘麦磨得面，煮豆配作黄。盖以谷楮叶，摊之深曲房。(注：禾俗煮豆揉面而匀之，摊之覆之七日而出谓之黄子）石缸水担汲，蔑篓盐称量。乘炎晒使熟，投块和如浆。覆时宁忌雷，成日终宜凉。勺药傥同味，鲑鲗难分将。国宾天子执，物微礼用章。畴谘醢人职，聊缀齐民方。"详写农村合酱的材料、丝丝入扣地描绘了制酱的整个过程，令人一目了然。为了说得更清楚，诗人还在诗中加注，不厌其繁，其用心是难能可贵的。

诗人以节令饮食入诗，不仅在作品里点染浓郁的节日气氛，也展示了劳动人民的才能。这些节令食品，既丰富了节日生活，也寄托着人们的美好期盼。诗人从节令饮食入手，探察民间精神追求，进一步丰富了田园诗的内涵。如民间"立春之日，……啖春饼、生菜。"称"咬春"。① 另外，南朝宗懔《荆楚岁时记》记载："正月十五日作豆糜。"民间重九"食糕"，也是一项重要民间饮食习惯。宋陈元靓《岁时广记》卷三十四："《玉烛宝典》：'九日食饵者，其时黍秫并收，以黏米加味，触类尝新，遂成积习。'《周官》笾人职云：'羞笾之实，糗饵粉餈。'注云：糗饵者，秬米屑蒸之，加以枣豆之味，即今饵槌也。'方言谓之糕，或谓之餈。"② 此外，"十二月八日，……民间亦作腊八粥，以果米杂成之，品多者为胜。"③ 可见民间节日食品之丰富。清代诗人不仅品评这些民间食品，还不吝以诗纪之。如钱载《试灯词八首》其一："咬春过了便薰天，排日看他胜事连。"丁丙（1832~1899）《春饼》："团饮新年酒，灯筵说饼欢。"《栗糕旗》其二："黄栗糕侔赤枣糕，重

---

① 赵杏根：《历代风俗诗选》，岳麓书社，1990，第260页。
② 赵杏根：《历代风俗诗选》，岳麓书社，1990，第39页。
③ 赵杏根：《历代风俗诗选》，岳麓书社，1990，第224页。

阳低插彩旗飘。少年魁选他年兆，待看儿童夺锦标。"金农《白丈见招以豆糜为食走笔记之》："一盘脱粟异春碓，菽乃熬粥藿作羹。"曾元澄《腊八粥》其一："计腊刚逢八，云堂焦粥成。（陆游诗：'自爱云堂焦粥香'注：僧杂菜饵之属，作粥名'焦粥'）名应珍七宝，（《岁时杂记》：腊月八日，僧家以胡桃、乳蕈等造七宝粥，亦谓之咸粥）釜已熟双秔。入和胡桃美，调甘乳蕈清，嘉平新节纪，岁事盛东京。"上述诸诗，分别描写了春饼、豆糜、重阳糕及腊八粥的制作过程、形状、口感等，烘托出浓郁的田家节日氛围，也展现了人们对美好生活的期盼。

民间糕点的种类虽多，然而前代诗人却不怎么写糕，使其难登文学殿堂。宋子京有诗："刘郎不敢题糕字，虚负诗中一世豪。""刘郎"即唐代诗豪刘禹锡。《邵氏闻见录》载："刘梦得作《九日》诗，欲用糕字，以五经中无之，辍不复为。宋子京以为不然。故子京《九日食糕》……遂为古今绝唱。"[①]到了清代，诗人们的创作观念已开通了许多，他们并不避讳"食糕"之作，这也有助于对诗歌创作领域的开拓。如丁丙《栗糕旗》其三："秋园收栗获山资，雅兴题糕让妙辞。"可见诗人兴致之高；赵翼《九日陶然亭同人小集》："兹游或可续题糕。"此诗更以"题糕"寓步武前贤之意。严元照（1773~1817）有首《年糕》诗："残年百宂集，中馈督春簸。多寡计斗龠，刚柔料秔糯。纷较精粗匀，糖以赤白和。入甑武火得，倾笼濯手摩。匹如片云垂，又疑宝瑟卧。方宜绛丝截，快若霜刃剁。形依竹素为，妥帖利用驮。幻作银锭模，磊磊粲盈座。

---

① 赵杏根：《历代风俗诗选》，岳麓书社，1990，第39页。

储为献岁珍,坐待残腊破。祠神宜登桮,馈岁不烦裹。能止饥肠鸣,亦聚渴脰唾。炙之或煮之,宜老亦宜痾。糁以椒花红,岂愧春盘佐。乡里名无稽,诗老墨空涴。感兹一物微,阅彼百年过。"此诗写色香味俱佳的年糕,描绘其色似白云,其形如宝瑟,极尽刻画之能事。使美味的年糕跃然纸上,令人如见其形,如品其味。他还举出前人同类诗歌,如其序:"尝读龙泓山人(钱塘丁高士敬)《砚林诗集》,有咏湖州乡里糕一诗,其序云:'湖州农家腊月所成糕饵香软耐久,人以出自村落忽之云云'。盖谓吾乡之年糕也。"可知诗人家乡的糕点名闻遐迩,但因出自农家,而遭误解。诗人既为之高兴,又感到不平,故也在诗里特意提到此事,为"吾乡之年糕"正名张目,大力宣传。

诗人依据自己的人生体验,描写民间饮食,传达田园生活的温馨幸福,颇有怡然自得之意,使其田园诗既有生活之趣,也具有更丰富的文化价值。如黄炳堃(1832~1904)《食饵块》:"滇中数佳品,食经格另破。不假粉团香,天旋劳蚁磨。其制炊稻粳,风味夸真个。色如竹粉新,状若花砖大。检点入筠篮,一肩村妇驮。侵晨来城市,争相易钱货。……饱啖更何求,息心暂高卧。"借咏云南饵块,详记其形貌、口感,最终表达知足常乐的处世态度。秦凤辉《菜根》:"雪裹青青手自栽,冬根毕竟胜春荄。到头佳境如都蔗,满颊清芬胜芋魁。贫士生涯随处足,英雄事业个中来。人间美酒羊羔客,那晓薹心味百回。"古语有云:"嚼得菜根,百事可做。"诗人对比"贫士生涯"与"英雄事业",赞美朴素的野蔬,传达人格操守,阐释出平淡生活的无尽内涵。吴昆田《大根菜》:"今岁大有年,秋成兼及菜。葵荍既釜烹,茎蒿亦车载。婆婆得嘉蔬,丰本名堪配。青青叶带露,白白根出块。卖花声未来,担负结成队。夙昔姜桂性,谓庶与为类。甘美岂不希,辛苦是吾辈。咬根况素心,散寒或疗肺。盐豉实堪亲,霜齑亦足代。肉食幸莫嗤,咀味真能耐。秋风起天末,魂梦吾庐爱。归作抱瓮人,畦封永相对。"原诗自序:"大根菜,俗名大头菜,盖芦菔擘蓝之别种也。每秋晚,人取而醃之以佐馔。"诗人虽喜获丰收,但仍勤俭持家,收集大根菜制成入馔佳肴,可见他能居安思危,安于恬淡生活。在田园诗里,豆腐更成了恬淡情操的象征。如彭孙遹(1631~1700)便是借品尝豆腐以明志,他以含蓄节制的表述,微露心曲。彭孙遹的《豆腐》其二道:"采菽中原未厌贫,好将要术补齐民。雅宜蔬水称同调,讵与羔豚厕下陈。软滑尔偏谐世味,清虚我欲谢时珍。不愁饱食令人重,何肉终惭累此身"。借赞美豆腐的清淡,传达出欲远权势的心声。姜宸英《和豆腐诗二首》其一:"炊金馔玉饱何时,料理生涯亦有涯。处士盘飧题菽乳,异乡风俗忆黎祁。醍醐兄弟登筵重,(穆赏兄弟有豆腐醍醐诸品目)服食神仙作法宜。不是便便五经笥,此中真味少人知。"诗人赞美豆腐,列举与之相关典故,如淮南王始制豆腐、放翁诗等,进而说只有腹笥甚富者,方可领略此中滋味。可见在其心目中,豆腐成了清雅生活的标志。

  清代诗人描写采、制茶的场面,以清爽的笔触,烘托自然清新的意境,情趣盎然之致。这些田园诗,借采茶活动,描述采摘茶叶的过程,抒写了茶叶的形态与色泽之美,展现了优雅的田园生活。如方俊颐(1815~1889)《采茶词》其二:"村居连日启柴扉,万点杨花渐扑衣。凤饼龙团翻旧谱,蒙山疑是踏青归。"全诗描写轻松惬意的采摘过程,好像踏青归来,充满劳动的幸福。黄炳堃《采茶曲》其三:"三月采茶茶叶香,清明过了雨前忙。大姑小姑入山去，不怕山高村路长。"初春时节，茶芽萌生，人们入山采茶，陶醉在茶香里，意趣盎然。有的诗人还指出季节与茶品的关系，说明采摘时节影响茶的质量。如方俊颐《立夏茶》："四月新茶韵事留，土风馈送忆杭州。雨丝隔辙千村洒，山果盈筐一串投。碧笋开厨同绮席，青梅煮酒共冰瓯。怪他诗思清于水，新向蒙山顶上游。"诗中写蒙山所产茶，因采摘于立夏又称"立夏茶"。黄炳堃《采茶曲》其五："五月采茶茶叶新，新茶远不及头春。"此诗写谷雨前后所摘的茶，又名"头春茶"。其七："七月采茶茶二春，秋风时节负芳辰。"诗中写入秋后所采摘的茶，称"二春茶"。其十："十月采茶上翠微，阳春最是嫩茶肥。"诗人描写的是十月所采的茶，又名"阳春茶"。可见清代茶品之丰。在田园诗里，诗人还展现了烹茶制茗场景，赞美茶艺的精湛和茶味的醇正。一般认为用泉水制茶最佳，方俊颐《采茶词》其四便是写泉水烹茶的过程，其诗曰："活火清泉一例新，携来村舍饯残春。筠篮千串牙枪绿，腰鼓灵旗信有神。"诗人开篇点睛，指出要以"活火"加"清泉"烹茶。他认为这样才能烹制出上佳的茶来。朱琦（1769~1850）《焙茶谣》说："桃花潭上春纤纤，雀舌尤数铜山尖。香芽未解挛拳结，白可蒸云绿凝雪。篝炉火候殊难调，湿苦味变干成焦。温暾恰伺三朝熟，似保孩婴慎寒袄。贫家少妇梳头忙，盘中细比眉痕长。眉痕片片珍入贡，十叶骈联一丝緵。一丝緵，惟汝勤。写茶话茶风亦醇，君不见试灯影里歌采荼，犹有儿童学闺闼。"此诗写家乡所产茶叶，诗人自注："品以茶尖为最，作贡者细长一如眉，每十叶辄用红线束之。"可见所焙茶叶的珍贵。顾锡汾有首《煎茶》写道："渴来溪上汲清泉，手摘茶芽细细煎。小灶无薪红炽炭，长廊有竹碧笼烟。沸波泻作松风响，嫩叶收宜谷雨天。等取枯肠浇几椀，平生卢陆得真传。"他在诗歌里详写煎茶程序，如展开一副生活图卷，充满诗情画意。这些田园诗结合淡雅的环境，生动传神地描写了烹茶情景，也衬托出风情俊朗的文士风范。

清代民间酒类品种更是层出不穷，也在田园诗里频频出现。这些诗中所描写的"村醪"，颇有上品，说明"村醪"虽出自民间，但酒香醇厚，也成为田园诗的重要组成。诗人三杯郁陶后，文思泉涌，以隽词丽句构为华章，抒发舒畅的心情，夸赞"村醪"的甘冽爽口。这些诗歌不仅为清代"村醪"扬名，还能详释酒名之由来，记录酿造工艺流程，很是生动。如查慎行《哑酒》说："蛮酒钓藤名，干糟满瓮城。茅柴输更薄，桐酪较差清。暗露悬壶滴，幽泉借竹行。殊方生计拙，一醉费经营。"可见贵州酒品之独特。李宗昉《黔记》卷一中记载："哑酒，一名重阳酒，以九日贮米于瓮而成，他日味劣。以草塞瓶颈，临饮，注水平口，以通节小竹，插草内吸之。"[①] 可与查氏此诗互为印证。华翼纶《饮扶酒》："色味成双绝，佳名别处无。惟知陈力厚，易醉倩人扶。年久愁瓶浅，家藏异市沽。宜留大除夕，痛饮作屠酥。""扶酒"酒劲甚足，饮少辄醉，须得倩人搀扶，乃以冠酒名。杨葆光（1830～1912）《奔牛道中四首》其一："稠密民居劫火更，丁沽帘子飐风轻。病中止酒愁瘠渴，莫笑江湖浪得名。"说明"奔牛道"之酒，虽属地方特产，但醇美无比，在民间享有盛名。郑珍《茅台村》："酒冠黔人国，盐登赤虺河。"由此诗可知，茅台村的水质纯洁清甜，所酿酒即今"茅台酒"前身。沈学渊《邵武杂诗十首》其九：

---

① 李宗昉：《黔记》卷1，见王云五主编《丛书集成初编》，商务印书馆，民国二十五年（1936），第2页。

"邵春双夹酒波温，一寸红冰玉盌痕。错认罗家清似水，村醪休再说南门。"邵武人以酒酿酒，这一独特酿法称为"双夹"。城南门外有上佳村醪，便是以此法制成，如水般清澈。

由清代田园诗可知，饮酒也可以沟通人们交往。诗人在田园生活时，离不开礼尚往来，与朋友唱酬间，多以饮酒助兴。他们的田园诗记录"村醪"在社交中的作用，塑造友好的生活氛围。如徐琳《瓮酒将熟招友人为消寒之会》："家留负郭二顷田，金钗糯米及秋获。白堕酿法今尚传，索郎羙媪差不恶。"诗人采用的是古老的"白堕酿法"，所酿成的酒又称"桑落酒"，酒香四溢，为诗人与朋友助兴。其《田家杂兴十首》之十："近得酿酒方，瀹瀹泼醅初。采彼曲蘖草，蒸饭盎中储。数日自相酿，蚕声食叶如。列瓮加草幂，分缸酌浮蛆。隔篱有遗老，村塾有寒儒。作苦聊自慰，酿熟辄相呼。酒母尤醇酽，能饮一斗无？"诗人家乡的酿酒技术高超，用江边一种草酿酒，不用曲蘖，土人称此草为"酒药草"。诗人以此酿酒款待隔壁村夫子，频频举杯，邀酒劝醉，显露深情厚谊。

二 展现乡村民俗

各种民俗是生活文化的重要组成，也是诗歌不可或缺的内容，具有探掘不尽的内涵，也不断为历代诗人所题咏，如唐代杜甫的《小寒食舟中作》、张籍《寒食后》、宋代苏轼的《馈岁》《别岁》《守岁》，范成大的《腊月村田乐府十首》。元代诗人张宪有《端午词》，明代杨基有《端阳十咏》，等等。这些诗歌不仅囊括春节、上元、清明、端午等传统节日，还展示了丰富的民俗文化。清代民俗承前而来，诗人耳濡目染，非常熟悉。他们自觉接受民俗文化洗礼，阐释弘扬民俗传统，并在田园诗里体现了中华广袤地域的风情民俗。这些作品有助于我们从诗歌层面了解和认同本民族文化，增强民族自信心，是珍贵的民族学史料和社会学史料。

（一）联系节令民俗，揭示田园生活内蕴

在田园诗里，诗人结合节令民俗，深邃展示田园生活面貌，生动直观地呈现田园节令生活，衬托出合家怡怡的融洽氛围，具有极强感染力。如新年"守岁"，阖家团聚，全家老少其乐融融，这也成为田园诗描写的内容。如刘履芬（1827～1879）《和东坡岁暮三诗 守岁》："阑烛夜无寐，作字绾蚓蛇。冻笔写桃符，墨淡影可遮。邻鸡喔喔鸣，问此夜如何。铙歌喧衢巷，肯恼儿童哗。高吟一岁时，快若渔阳挝。醑酒不成醉，出沽走欹斜。明旦书上元，努力休蹉跎。太平景物新，头白须相夸。"岁逢佳节，诗人兴奋的彻夜未眠，亲自书写桃符，准备一早贴在门上。狄黄鎧《新年》诗云："连村闭户尽熙然，静里芳华正月天。九九嫩寒春带腊，家家沈酒日如年。梅花过雨香俱湿，野鸟逢时语亦妍。从此夜分多乐事，满堦灯火月将圆。"此诗以怡人的佳景良辰为背景，重现出一幅农家新年生活的立体画面，给人一种宁静安详的美感。除夕之夜，除了守岁之外，诗人还记录了很多丰富的娱乐活动。如柳以蕃（1835～1892）《除夜》："满堂笑语已东风，人影团圞烛影浓。老柏多枝生暖翠，冷花无语发春红。薰篝蔼蔼弟兄乐，觫豆雍雍夫妇同。好与山中鱼鸟约，安心泉石伴韬翁。"时至除夕，满堂烛影摇曳。诗人与家人团聚守岁，笑语歌呼不断，陶醉在温馨的家庭氛围里。潘遵祁《新年行》："东家春灯谜，西舍梅

花曲。圣王驭世一张弛，自昔尼山犹猎较。衰翁扶杖到青郊，却爱晴光上柳条。被襟安能炫奇服，溪头已放罱泥舠。须知此是方春计，所指锦墩兆嘉瑞。……"新年时，人们或猜灯谜，或赏乐曲，享受家居生活的温馨幸福。方拱乾《龙舟竞渡篇》："三闾大夫不可作，端午裹米投以筒。更愿大夫长不死，造舟为龙腾水中。风髯雨鬣莫名状，但听画鼓声逢逢。刀枪旌帜尽森列，气焰直捣冯夷宫。鲸鱼挟浪退三舍，仰感苍昊垂长虹。一龙矢矫势如舞，一龙直上拿碧空。斜出一龙蓟江过，拍手大笑招儿童。牙樯锦缆浑不觉，但见鳞甲映日明朝瞳。须臾群龙自天下，卓立江面烟濛濛。金碧昱晃斗新巧，千门万户交玲珑。吴下健儿好身手，夺标抛桨争豪雄。夕阳西下犹未已，火炬遍烛光熊熊。陵波微步出罗袜，连蜷定与湘娥同。……"诗里描写了声势浩大的龙舟竞渡场景，并交待了这一民俗有纪念屈原的意义。诗人将龙舟比作出水蛟龙，用"矫势如舞""上拿碧空""斜出蓟江"等，展现龙舟航行时的矫健，表现了人们对龙舟竞渡的喜爱。

诗人以奇思妙想，描绘节令民俗物象，寄托对生活的美好祝愿。一些五彩缤纷的节令物品，如爆竹、荠花、风筝等，本具美的基质，给田园诗增添了热烈欢快的意味。这些乡野风物，也被诗人写入田园诗，借以展露朴实无华的田园风貌。如姚济《除夕》："爆竹声稀因市远，烽烟目断幸乡偏。"杨荣（1787~1862）《荠》："结队村童至，春都在一肩。挑来芳草地，唤遍杏花天。甘迥殊葵藿，腴犹带雨烟。繁英开上巳，鬓角亦争妍。"诗注："风俗上巳簪荠花。"洪亮吉《寒食即事》："纸鸢声里日初长，无数游丝碍眼光。一径绿笼迷去路，万里红欲夺朝阳。……偏是春人惜春去，上楼愁换夹衣裳。"《清明即事》:"如何一万株杨柳,总在人家屋瓦边。晓梦尚随云暗淡,春衫却斗燕蹁跹。几多野水欲争地,无数纸鸢思上天。谁识东皇有深意,不教紫陌便飞绵。"上述诗歌中,不论是震响的爆竹,摇曳于鬓角的荠花,还是飘荡在清霄中的风筝,都寄托了人们的美好希望,点缀了节令生活。端午节时,民间节令生活也很丰富,人们插艾草、包粽子,还要饮雄黄酒。这些民俗事象,也从不同角度,展现了端午节时的生活场景,也为诗人写入田园诗。如董平章《榕城端午竹枝词》其一:"争投角黍吊三闾,佳节流传五月初。最是故乡文物盛,屠门也贴午时书。"原诗自注:"闽俗端阳节以小红笺撰句遍贴门户,谓之午时书。"其四:"觞泛菖蒲酹味津,酒徒群饮趁良辰。儿时犹见升平端,日午沿街有醉人。"其九:"村童总角女垂髫,续命添缠缕几条。不解彩丝悬腕后,何能助鹊驾灵桥?"原诗自注:"儿女多以五色线为臂钏,盖即续命之遗意。惟佩残者必留至七夕,置瓦上,谓为乌鹊衔去,作填桥之助,呼曰鸠镯不知何本。"其十:"艾人茧虎宛如生,彩笔拈来倍有情。合抵南中风土记,吟成身恍在榕城。"这些诗歌描写榕城端午时的情景,从中可见,在节日期间,人们的身心得到极大放松。他们有闲情逸致,创制出形形色色的节令物品,也丰富了田园诗创作。

(二) 借民俗以寄寓抒怀

诗人们结合民俗活动,创作田园诗以调畅情志,抒发对世事人生的感喟,出人意料的拓展了作品空间,也深化了诗歌的内涵。如匡飞仪自序其《菁莪轩诗稿》道:"盖知诗也者,天地自然之籁,性情不贰之流,不必诗而随在皆诗者,无体之礼,无声之乐,昭文之所以不鼓琴也,因诗而抒其心曲发其志虑者，昭文之所以鼓琴也。"强调要在诗中寄寓主观情感。其《客中端午》即体现出这一创作倾向，其诗曰："作客离情本不繁，乡心偏向黍蒲生。儿童争著花冠玩，酬酢交将艾酒倾。纵有龙舟喧鼓角，争无鹿野奏苹笙。旅中佳节欢怀洽，迭唱新诗当渭城。"端午节时，诗人身在异乡，虽观赏到各式庆典，但仍难息思乡之情。他还有首《龙舟》："轻舟凭吊汨罗深，往事流传恸众心。仙仗争喧红蓼岸，锦标飞渡绿杨阴。三闾自昔根能庇，千舰于今藻荇忱。寄语往来多变化，定教沧海沛甘霖。"端午节的龙舟竞渡是为了纪念屈原，但诗人却从龙舟飞驰的姿态入手，希望龙神降雨，以救百姓之苦。此诗脱出陈旧机杼，加入了民生关注情怀，别具一番新意。吴文镕在《打爆竹》中写道："绳连丝贯药寰中，腾响偶资吉事卜。"诗人自注："戒侈费也，江右俗以五月六日游神于街，挨户以爆竹迎之，谓之打爆竹。以多为贵，不知起于何时，所费以千万计"。打爆竹本是一项普通民俗，诗人却从中看到奢侈浪费行为，是诗人用心独到之处。刘履芬《和东坡岁暮三诗》其一："鸡鹜压檐鲜，梨橘钉盘佐。殷勤将岁事，所计庸在货。一纸字数行，墨点剧雅大。剥啄惊僮奴，恐作当关卧。居然塞两眼，光彩烂盈座。辗转贻亲朋，失笑驴旋磨。吴门十载住，一瞥春风过。梦影理从头，寂寞谁能和。"诗人寓居吴门十载，总难舍家园之念，借描写"馈岁"活动，流露落寞的游子之情。其二："岁事苦匆匆，翻嫌去何迟。及此爆竹喧，去又不可追。回首数旧游，死生旷天涯。借使握手逢，欢娱知几时，颜状各更变，遑论瘠与肥。吁嗟思古人，徂年同一悲。寥落异少壮，所拙非言辞。感叹常在昔，立志期不衰。"此诗写"别岁"，震响的爆竹，提醒诗人又是一年流逝。但诗人壮心不息，以"立志期不衰"，刚健有力地道出心声，流露积极进取之志。诗人还另辟蹊径，借节令欢庆感喟乱世，体察农家生存环境，抒发经世之志。如黎简《社日叹》便是借喜写悲，其诗道："社公雨，打社鼓，去年春社打鼓人，半作今年雨中土。今年有雨望雨好，去年无雨为雨苦。雨脉脉，云油油，犁硬土，鞭瘦牛，骑牛归来饮社酒，酒薄天意厚。汝曹努力泥脚手，直到秋社禾熟时，一人一日饮三斗。莫说去年无，但愿年年有。饮社酒，祝社公，先治腹饥后耳聋。"岭南社日时，村民们欢聚畅饮。但诗人在这样的欢乐时刻，忽然想起饥荒中丧生的乡亲，不由得悲从中来。华翼纶《立夏日观乡人薄暮扶醉人归去》："忘却来时路，高低一例看。世情杯酒薄，眼界醉人宽。父老殷勤属，儿童笑语欢。常醒惭我独，倚户自盘桓。"诗人由立夏时的节令活动入手，先渲染乡人畅饮的欢乐，随之笔锋一转，展现内心的隐忧，两者鲜明对比，暗寓世事难为的社会现实。孙衣言《祭灶》："棠梨叮座焚麻香，杯酒为神作祖道。绿章奏事去朝天，骊驹在时日（日）好。娇儿学拜声牙牙，黠婢侦伺头鬖鬖。一年容易复今夕，喜得枣粟（栗）分糖瓜。三载君门度佳节，故山回首隔风雪。家人笑语灯火春，岂识天涯嗟久别。猛蛟毒鳄凭江潭，乡贡不到吾乡柑。岂独玉食无颜色，霜熟黄金神所甘。神乎帝前傥得请，为我洗兵甦东南。"原诗自注："都中祭灶俗尚春橘，温州柑也。每年十二月祭灶前我温卖柑者皆来，今年遂至绝无。"此诗也是借民俗场景的描写，表达对太平生活的向往。庄宝澍《人日》其一："野菜新挑七种回，草堂呼取共衔杯。访春空巷凝妆出，卖困沿街接踵来。时局纷纷付棋劫，归途缓缓趁花开。故乡谁为题诗寄，辜负窗前一树梅。"借人日民俗，表达出对时局的感喟，流露思乡情绪，耐人寻味。金和《七夕五首》其一："牛女若知尘海渴,不辞蓑笠过银河。"(注:时方久旱望雨) 七夕本是民间最具浪漫情调的节日,诗人却一反故常,将七夕联系到社会现实,说明在这一佳节时刻,却久旱无雨,百姓流离失所,从而给人以强烈的情感震撼,令人印象深刻。

(三) 描写祭祀民俗,体察祛灾祈福的生活期盼

民间祭祀是为了向神灵祈福,虽然带有迷信色彩,但也体现了人们对幸福的追求。在漫长的岁月里,这类民间祭祀慰藉着底层百姓的心灵,装点着不同地方的生活,从中见证了人们丰富的想象力,也成为清代田园诗的创作素材。清代田园诗收录了形形色色的村落祭祀,犹如这些民俗活动的生动注解,反映人们的生活愿望,富有乡土气息。

诗人体察民间思绪,淡化了这些祭祀的宗教意味,转而揭示其中的生活内蕴。祭祀活动被诗人作为民间风习记录,成为诗歌里一道亮丽的风景,如立春"打春牛"习俗就很古老。据宋孟元老《国朝会要》引《皇朝岁时杂记》说:"立春,鞭牛讫,庶民杂沓如堵,顷刻间分裂都尽。……得者其家宜蚕,亦治病。"[①] 看来这一活动在宋代已很盛行。清代诗人更是借此传达欢腾的节令氛围。如史善长《鞭春词》:"苍旂载道翻初日,土牛觳觫门东出。小儿哗笑竞鞭春,占得丰年恣朋悦。……" 蒋士铨《土牛》:"旱潦占头角,丰凶验尾蹄。游春杂冠盖,过市谢钼犁。管领三农谷,胚胎一斗泥。鞭声雷响处,犊子任分携。"在这个过程中,人们笑语喧哗,兴高采烈。农村对灶神

---

① 赵杏根:《历代风俗诗选》,岳麓书社,1990,第49页。

的崇拜也很普遍。过年期间,人们虔诚地祀灶,"祀灶"的诗歌更多,诗人详记祀灶场景,在作品里融入浓厚的生活气息,如金农《腊月二十四日江上无事因出家酝要诸邻翁小饮》:"依然敦汉俗,祭灶请比邻。"翁心存《送灶词》:"尊空聊复酌清泉,那得黄羊作荐筵。"陈三陛《祀灶谣》:"腊月二十四,家家祀灶王。青松枝葱郁,红烛光辉煌。旨酒杂粉团,蔬果佐饴糖。稽首而再拜,下情诉刘郎。一年善与恶,汇录奏玉皇。恶者降奇祸,善者有余庆。赏罚惩下民,天理炯昭彰。顾余年虽少,作事自周祥。无善亦无恶,何遽罹灾殃。一病竟半载,兹犹占五张。愿神爱屋乌,笺天祈降康。"在腊月二十四,虔诚的人们在灶台上摆列美酒、粉团、蔬果、饴糖等,然后"爆竹响声声,为君饯此行。"这些作品也详细记述了"祀灶"的场面,反映了灶神敬仰在民间的普及。

诗人们以细腻入微的笔触,描写蚕事祭祀民俗,体现其强大的辐射渗透力。由众多的田园诗可知,这一祭祀寄托着人们对蚕事收获的希望,为广大区域的人们所认同,也引起诗人的创作兴趣,成为其笔下诗料。如顾鸿生《吴蚕词二十六首》其十六:"晨起语阿夫,今朝谢蚕神。"徐永宣《缫丝行》:"柳花村巷晴窗南,蚕神祀罢祈春蚕。"陈斌《祝蚕妇》:"先蚕有神,赫赫于里社,祝彼三眠与四眠者。"这些诗歌都是清代祭蚕神的写照,可见民间蚕神信仰的普遍,也成为田园诗里的一道道美丽景观。蚕神多以"马头娘"的形象出现。清褚人获《坚瓠集 续集》卷三:"蚕家所祀先蚕之神,实马头娘也。"[1]这也反映在清代乡村诗里。如钱陈群《祀谢》:"妇孺述前闻,

---

[1] 赵杏根:《历代风俗诗选》,岳麓书社,1990,第435页。

马头如在目。"李兆镕《蚕妇诗》云:"要卜今年蚕事好,来朝先祭马头娘。"吴锡麒《蚕词十首》其一:"马头庙里烧香便,预乞今朝瓦卦灵。"金文城《蚕词》其二:"商量报本不可忘,告成还祭马头娘。"王汝璧《簇蚕词》:"瓣香为祝马头娘,仙茧何殊济园客。"可见民间对"马头娘"的崇拜流传久远,分布地域广泛,也成为田园诗的重要构成。除了蚕神祭祀外,田园诗里提到的祈蚕风俗还有很多。如顾鸿生《吴蚕词二十六首》其十三:"红蚕满籧篨,日暖一朝熟。门前插桃枝,侬家蚕上簇。"陈斌《祝蚕妇》:"桃叶蘸酒当户洒之,犹有不祥桃枝打之。寒弗殭温弗食,火雨弗漏风弗发。"周煌(1714~1785)《吴兴蚕词》:"好是风风雨雨天,清明时节闹桑田。青螺白虎刚祠罢,留得灰弓月样圆。"前两首诗写"祛蚕祟"习俗,因桃枝在民间有避邪之效,故诗中展现"门前插桃枝""桃叶蘸酒当户洒之"等景象,都是具体描写"祛蚕祟"。周煌诗是描写蚕家"赶白虎"的过程,其自序说得明白:"清明节,有蚕之家设祭,又食螺,谓之挑青,以其壳散于屋上,谓之赶白虎,门前用石灰画弯弓之状,祛蚕祟也。"① 此外,关于"做丝花"的诗歌则有孙贯中《咏做丝花》:"缫丝声里香何处,开遍疏篱一种花。"朱恒《武原竹枝词》:"剪得纸花双鬓插,满头春色压蚕娘。"张敬谓《蚕词》其三:"邻女相逢多好语,鬓边红插做丝花。"描写蚕女将纸制的"做丝花"插在鬓边,相见时还说吉祥话。这些蚕事民俗,虽内容各异,但其目的都是为了蚕事顺利,并以其旺盛的生命力,在诗歌中得到进一步延伸。

---

① 赵杏根:《历代风俗诗选》,岳麓书社,1990,第220页。

受地域影响，民间有风格、内容不同的信仰，呈现多样的祭祀形态，也在田园诗里得以体现。诗人演绎神话传说，融合求雨、祭神和祈年等各种民俗活动，丰富了乡村诗的内容。如定海元夕时，人们"秉火照田"，并有口号曰："正月半，捉毛虫。"寓意棉花丰收。海南以五月和九月的收获季节分别称为："小熟"和"大熟"。西域"诸州商贾各立一会，更番赛神。剃工所奉曰罗祖，每赛会则剃工皆赴祠，前四五日，不能执艺，虽呼之亦不敢来。"① 还有一些地方在蚕事期间，为蚕驱鼠，祭祀"猫神"。这些饶有地方色彩的节令祭祀，在田园诗里都有所反映。如李联琇（1820~1878）《元夕》："村墟元夕走儿童，雪月光连炬火红。听唱棉铃如盏大，喧声万井捉毛虫。"记定海风俗。任兆麓《海南纪事》其十九："小熟才收大熟来，家家妇子笑颜开。何妨饱吃桃花粥，偏爱微醺酒一杯。"是海南民俗的生动写照。纪昀《乌鲁木齐杂诗 民俗》其四："凉州会罢又甘州，箫鼓迎神日不休。只怪城东赛罗祖，累人五日不梳头。"记录了西域"赛罗祖"民俗，反映边疆生活风貌。董平章《山村元夕即事》其二："渊铿伐鼓间拟金，鱼贯灯光绕远林。为向峰头龙伯庙，齐祈百谷祷甘霖。"是写山民在元夕，敲锣打鼓迎龙神的场景。其四："圣朝不禁虎猫迎，饮蜡驱傩礼意精。老去观乡通古意，信知王道本人情。"说明为除鼠患，山村也存在"猫神"祭祀活动。民间种竹也很有讲究，五月十三日又称"竹醉日"。人们认为在这一天种竹易活。季芝昌（1791~1861）《竹醉日种竹》其二写道："趁将醉日买琅玕，沃土须松宿本宽。一夜雨声扶酒醒，朝来已听报平安。"

---

① 赵杏根：《历代风俗诗选》，岳麓书社，1990，第231页。

记下诗人在"竹醉日"这一天，亲自种竹的雅兴，为诗歌增色不少。此外，对历史人物，民间有很多离奇的穿凿，赋予他们一层神秘的色彩，使其成为节令祭祀的对象。如晋代平西将军周处，曾留下射虎、斩蛟的故事，被追谥为"孝侯"。尉迟敬德是唐代的一位名将，身后也成为一些村落的祭祀对象。有一些清代田园诗，结合民间祭祀，表达对这些历史人物的崇敬之情。如钱陈群《双槐书屋消寒第二集各赋冬月土风成十六首》其四："任村殿里赛神忙，万众骎骎蹢麦场。拜祝灵旗巡野稼，高原不改阵云黄。"原诗自注："殿祀周孝侯赛会，四乡毕集，践麦田几尽，来春倍葱茂，谓有神助云。"是记述周孝侯赛会，再现了这一习俗的地方特色。叶裕仁《木棉神祠赛神曲》："木叶兮乍飞，禾黍兮离离。鹅绒絥以弥亩，神之来兮迟。肥鸡兮胹豚，醪果兮罗陈。前邻兮后村，翁媪兮儿孙。传芭兮腾觞，箫鼓兮满堂。霞袂举兮扬扬，施黄绋兮佩明珰。婆娑兮彷徨。往来兮惚恍，召灵巫兮申祝愿，满簪兮满簏。海晏兮飓伏。坑墈为银兮原田为玉。州人报事兮宅此穹宇，娄江羕羕兮被我士女。"诗人自序称："陶宗仪《辍耕录》云：'黄道婆崖州人，来松江之乌泥泾传弹擀纺织之法，人赖其利，殁后祀以为神'。州大夫吉水李公即东郊刘猛将庙之左偏屋而塑像祀之。今茧园中丞又祀神于海宁寺中，为作赛神之曲。"表达了对前代这位劳动妇女的敬仰之情。苏加玉《游蔚村杂咏十绝句》其八："被陇黄云年大有，尉迟庙里赛鸡豚。"描写祭祀尉迟庙的场景，可知这位原本冲锋陷阵的大将，成了保佑丰收的吉神。洪良品（1827~1879）《木兰山进香曲》其一："木兰山下木兰家，木兰女儿曾替爷。不见木兰当户织，山前山后木兰花。"原诗自注："名胜志：'木兰村在湖广黄州府治北六十里，其上有木兰将军塚，即木兰女也。山有庙，黄人远近以时进香。'因拟为此曲。"淳朴的村妇们，希望木兰的神灵，继续佑护她们的生活。她们祭祀木兰的场景，也经过诗人趣味化的铺陈，反映了地方风俗民情。

三 留存田园建筑影像

历代有很多诗人从民间建筑里汲取创作的灵感，吟咏朴实无华的民居，使民间建筑艺术和诗歌水乳交融，体现原生态的民间生活。可以说"从建筑而言，中国诗歌记录保存了从开创中国独特建筑体系开始人们赋予建筑环境的丰富内涵，以及对建筑空间的感受。"[①] 如《诗经·大雅·公刘》，记录下周人迁豳后建造居所的过程。晋代陶渊明的《归田园居》等诗歌，更是以写实的笔触，展现了农舍村居的内外景况。唐代有关村落建筑的诗歌更多，如杜甫《赠十五丈别》和韩愈《二十一咏》，皆吟咏了三峡民居，详实反映其建筑艺术和建筑器材等。宋代陈师道《春怀示邻里》，描写了自己在田园的居住环境，杨万里的田园诗里，也留存了大量的民居影像，反映了宋代民居的建筑水平。清代也有很多田园诗记录下民间建筑风貌，反映了民间建筑在清代的变迁发展，有其独特的文学价值。

清代诗人以写实的笔触，描写民间建筑，将田园风情与村居形貌有机融合，构成一个和谐的整体，全景式展现了清代民居样式，扩大了诗歌的艺术空间。由这些诗歌可知，普通的村落建筑，本是为了满足人们的生活需要，强调实用，不重华

---

① 冯晋：《从中国诗传统中寻求中国建筑文化的神韵》，《建筑学报》1997年第3期，第22页。

靡，有一种朴实无华的美。如华文桂《村舍》："谁家不住春光里，晓雾初开绿树村。一带垂杨迷鸟道，半间茅屋启柴门。板桥昨夜留人迹，黄犊今朝蹋露痕。几处酒旗风欲动，花间野老独开樽。"此诗描写了村舍外观，有板桥通过，并有绿树花丛掩映，呈现朴素淡雅的风格。陶澍《村居杂兴》其三："踏车何处响鸦鸦，茅屋临溪野客家。昨夜墙头好风色，嫩枝催放小桃花。"描写溪边的民居，可见土墙外还种着桃树，花朵开放，隐映墙内外，摇曳生姿。纪昀《乌鲁木齐杂诗 民俗》其十八："鸡栅牛栏映草庐，人家各逐水田居。豆棚闲话如相过，曲港平桥半里余。"诗人自注："乌鲁木齐农家多就水灌田，就田起屋，故不能比闾而居，往往有自筑数椽，四无邻舍，如杜工部诗所谓'一家村'者。且人无徭役，地无丈量，纳三十亩之税，即可坐耕数百亩之产。故深岩穷谷，此类尤多。"从建筑布局艺术上入手，描写很有地方特色的民间建筑格局，整合了建筑的实用性与自然环境之美。沈咏楼《凉棚》："何处堪逃暑，棚开恣偃休。近看连老屋，远喜敞平畴。箬席凭空盖，棕绳借势抽。短梯随树倚，曲径隔花兜。高逼三层阁，低支半壁楼。藤床清供配，茅舍结邻幽。蕉叶遮天暗，杨丝跕地柔。荷香晨最净，槐荫午逾稠。布网蛛增界，衔泥燕误投。蚓随吹笛起，萤为读书流。影漏星摇穗，光分月碎球。如帷张匼匝，未雨补绸缪。竹杖芒鞋客，披襟岸帻俦。联群欣把臂，兀坐笑科头。不扇凉飔溢，非窗爽气浮。茗谈聊避夏，瓜话更宜秋。尘梦几重醒，冰心一片留。那知红日烈，总觉好风飕。物力铺排便，人工经构周。商声振林樾，燠馆又添修。"描写的是供人乘凉的凉棚，这在民间很是常见。诗人的凉棚近在其老屋之侧，远临田畴。诗人既可在凉棚休息，也可召集二、三朋友小聚。朴实无华的凉棚，为诗人遮阳挡雨，令诗人很是喜爱，并在诗歌里详细描写了凉棚的构造和功用。

诗人们记录民居的朴野外观，保存下民间建筑的影像资料。著名建筑学家梁思成曾遗憾地说："（前人）安于新陈代谢之理，以自然生灭定律，视建筑如被服舆马，时得而更换之。"① 有幸的是，清代田园诗里描写了村居风貌，综合表现了民居样式和建筑水平。由这些田园诗可知，清代内地民居建筑的布局平衡舒展，多以土木结构为主，有较完善的绿化，一般配备有简陋的家畜居所，符合农耕社会特点。如华文桂《冬日田家和次谷》其二："鸡栖牛屋乍编成，村外吹箫唤卖饧。闲卧夕阳身自在，梦中犹怯踏车声。"可知生活较富裕的农户，一般建有牛栏、鸡棚等，此诗就描写出农家的一派兴旺景象。沈禄康《乡居四咏》其三《槿篱》："舜英记取郑风诗，围住茅庐却最宜。着色屏风花放日，翦罗帏幕叶肥时。疏排麂眼借松补，密次鱼鳞将竹移。黄鞠本来称傲世，年年底事倚人篱。"诗人在自家房屋周围种植木槿，既美观，也可作篱笆之用。相较于内地建筑，边远地区的民居更带有地方特点，符合民族生活习惯。诗人描写本色自然的民族建筑，不仅展现其造型外观，还在表述中融入浓郁的民族特色，使田园诗中的建筑成了民族生活的缩影。如国梁在《大雪效东坡禁体即效元韵》里写道："却忆茅檐冷架阁，牛宫彘苙泥淋漓。"此诗记贵州独特的"架阁"，（屋中支柱，其上搭木板而居，下面即为牛栏彘圈）。黄叔璥（1680~1758）《番社杂咏二首》其二："剡竹为椽扇缚筊，空擎梁上始编茅。"是台湾民居的别致形式。杨二酉有首

---

① 梁思成：《中国建筑史》，三联书店，2001，第9页。

《阿猴武洛诸社》说："家家茅盖屋，处处竹编墙。"也展现了台湾民居的形貌。孙尔准《番社竹枝词》其一曰："囷居新制向人夸，圆顶扶阑似覆槎。不信春深无瘴疠，山柑门外已开花。"原诗自注："村居前廊以竹木为桥，有梯级可登，四周围以阑楯，周种山柑花。"山柑花可抵消瘴气，又可发挥防风林的作用。沈寿榕《迤南种人纪咏四十首》其三道："霜高木落已残秋，十月元江火未流。团扇单绡眠不得，纳凉还上最高楼。"写云南元江地区的土楼建筑，秋热时，可作纳凉佳处。李书吉在《蒙古包》描写道："巧制垂蒙古，行人此息肩。基原随地度，制以象天圆。簇簇看承盖，平平抵甃砖。如环非是堵，似茧亦须缠。门把山光秀，窗延月色妍。雅宜居有竹，绝胜坐无毡。未碍蘧蘧梦，还陈楚楚筵。卜居欣得所，常傍五云边。"此诗描写宽敞舒适的蒙古包。上述诗歌，描写的建筑范式皆别具一格，反映了人们卓尔不凡的生活创造。

通过对田园建筑的描写，诗中也融汇了诗人的情感因素，具有一定的主观色彩。如查慎行《初入黔境，土人皆居悬崖峭壁间，缘梯上下，与猿猱无异，睹之心恻，而作是诗》："巢居风俗故依然，石穴高当万木颠。……"由诗中可知，贵州民居简陋，有些人在悬崖上凿洞而居。对民居的描写里，诗人也流露了对民生的关注，寄寓了一定的人文情怀。何绍基（1799~1873）《野人家》，则借民居描写，流露特殊心态，丰富了诗歌的内涵。其诗曰："驿舍如流送使车，晚风行入野人家。坯泥作盌画文采，屈木为床随曲斜。土美雨增瓜豆力，草香晴健马牛牙。山中渐喜西成近，顾我征尘未有涯。"诗人描写家居内部，记录下各种古朴美观的家居装饰器具，流露出对安闲乡居生活的向往。还有些田园诗在对民居的描写里，体现了诗人的情操，具有一种雅趣。如沈禄康《乡居四咏》其二《竹屋》："但求竹影万竿环，哪管山弯复水弯。青眼留君窗一色，红尘避客屋三间。东坡话雨弟兄聚，西塞煎茶奴婢闲。倘有七贤来问讯，到门容易认柴关。"古语有云："宁可食无肉，不可居无竹。"诗人在乡间居住，就地取材，以竹搭建屋舍，更显文人雅兴。其四《泥壁》："风雪天寒缩板量，丸泥封固各分疆。比邻有鼠须防穴，其上屯蜂竞作房。聊自经营成壁垒，休将涂附笑文章。明春百草回青后，生意盎然上短墙。"诗人撮土为泥，构建墙壁，虽条件简陋，但仍充满生活幸福感。诗人满怀信心地写道，春天即将到来，泥墙上也将绿草萌生，呈现生机一片。

清代诗人不避俚俗，记录地方风味饮食，反映各式民俗，描绘民间建筑风貌。他们的这些田园诗歌，不仅展现了清代日益讲究的饮食起居，还反映出底层百姓的生活态度和生存境遇，有着浓郁的乡土气息。诗人也借这些田园诗，弘扬了民间生活文化，体现了百姓们乐观积极的生活追求，使清代此类作品具有一定的历史价值和文化价值。

第二节 以学为诗，记录生产文化

有清一代的诗坛上，诗歌大家多少都有以学为诗的倾向。如清初诗人朱彝尊说："天下岂有舍学言诗之理？"[1] 他以学济诗，在诗坛上的地位堪与王士禛并称。到了清中叶，翁方纲更是以经史考订为诗。而且"清代的诗论家，无论属于哪一个纷纭的流派，几乎无一例外地重视学问，强调性情要根底于学

---

[1] 朱彝尊：《曝书亭集》卷39，康熙四十八年（1709）刻本，第76页。

问，即使主'神韵'的王士禛、主'格调'的沈德潜、主'性灵'的袁枚也不例外。"① 可以说，清诗以学问取胜，故能超元越明，而不逊色于唐、宋诗。故以学入诗、以学育诗现象，在清代田园诗中也屡见不鲜。

一 以农学入诗

中国有着古老而又辉煌的农学，是为四方水土所养育的农耕文明，见证了村夫野老的智慧，并以其旺盛的生命力，在清代得以传承更新。作为文化的自觉继承与传播者，清代诗人热爱田园生活，也熟悉农业生产。一些诗人更是广学博览，通晓农学。他们遵循农业生产规律，也注意发扬主观能动性，积极探索农学，并予以多方搜集、记录，使农学与诗歌完美结合，促进了田园诗的良性发展。可见"生产事业真是所谓一切文化形式的命根。它给予其他的文化因子以最深刻最不可抵抗的影响。"② 诗歌也不例外。有很多清代田园诗铺陈农学，内行地分析农事，有理有据地表述观点，增强作品的现实意义，如同一部详实的农业百科全书，诗趣横溢其间，展现厚重的乡野文化沉淀。此类作品不仅保存详实的农事文化，还不违艺术规律，诗意的阐释农耕生产，具有博综该洽的特点，可谓知识性与艺术性并重，也有一定的文献价值。

诗人们记录下很多农书，体现出清代农学积累的丰富。清代著述农书之风盛行，据统计："清代农书现存的有 159 种，

---

① 萧华荣：《中国古典诗学理论史》，华东师范大学出版社，2005，第 279 页。
② 〔德〕格罗塞：《艺术的起源》，商务印书馆，1984，第 28 页。

占历代全部现存农书的 55.01%。"① 朝野普遍存在的修撰农书现象，也引起了诗人对农书的兴趣。他们能熟练引用农学典籍，反映了诗人对农学的重视，详见下表。

作家	作品	提及农书的诗句
顾贞观	《灌园》	"向读神农书，今闻老圃言。"
田雯	《瓜隐园杂诗九首》其二、其三	"攘臂今朝展书卷，养鱼经与相牛经。""一班都出园丁手，况有齐民要术篇。"
黄虎文	《信阳道中杂吟四首》其三	"老翁不入城市，妇孺解背农书。"
钱陈群	《丰润道中次慎斋韵》	"樵仍山采径，农熟水耕书。"
许宗彦	《木棉花歌》	"蚕娘叠女谢蚕织，要术可补齐民篇。"
金文城	《月夜与村翁语》	"斗室月明欣共话，相牛经与种鱼经。"
尤维熊	《燕齐道中杂诗》其十	"留与村翁支半榻，日书驴券课牛经。"
顾鸿生	《吴蚕词二十六首》其三	"阿侬看蚕书，学得养蚕诀。"
王汝璧	《苑家堡宿田更家》	"药物桐雷辨，农经氾蠡翻。（注：案头有素问及月令种植诸书）"
张佩伦	《校〈齐民要术〉竟系之以诗》	"归耕吾未晚，终夜校农书。"

由此表可知，出现在清代田园诗中的农书众多，已然分门别类，除了《齐民要术》外，还有养鱼经、牛经、相牛经、种

---

① 王毓湖：《中国农学书录》，江苏人民出版社，1995，第 416~417 页。

鱼经、水耕书、蚕书及"素问及月令种植诸书",等等。

　　诗人们具有深厚的农学造诣,在研制农书时,也敢于对其考讹辨误,并记录在田园诗里。这其实是把为学的思维方法用在作诗上,使诗歌议论透彻,极具思理,提高了作品的学术色彩。如程鸿诏《区田》:"我读区田书,辄欲从吾好。屋旁垦隙地,爰向老农告。纵横深与广。曲折无不到,虽琐碎繁难,谓可备旱涝。老农闻我言,拍手乃大笑。家世业耕种,此法谁所教?伊尹何代人,莘野何处庙。南北土异宜,古事今不效。……毋慕好古名,刻鹄恐不肖。……再拜谢老农,卿言真大妙。请作韦弦珮,轻心勿敢掉。""区田法"是一耕种方法。诗人读了《区田书》,准备在屋旁隙地实践。而富有经验的老农,指出书中还有不妥之处,诗人虚心接受,体现出客观务实的品格。黄遵宪《己亥杂诗》其二十一:"农事传家稷世官,可知粒食出艰难。妄夸天降忘人力,转当寒冰覆翼看。"原诗自注:"《吕览》有《上农》、《任地》、《辨土》三篇,多述后稷之言,盖农家相传农学,尝谓'莿厥丰草种之'。《黄芪》一章,乃辨土宜,察物性之学,训诂家失其旨矣。至'诞降嘉种,贻我来年',亦颂后稷配天之功,等于造物,非谓从天而降也。"农书亦难免有所错漏,诗人虽勤于翻览,却非一味的按图索骥。他依据自己的耕作经验,指出训诂家的失误。朱琰有《读张杨园先生补农书作》四首,其一:"学者急治生,岂为忧不足。衣食无所求,乃得立边幅。入世重廉耻,务本贵菽粟。养心亦养身,保身如保玉。玉碎难再完,身失焉能赎。桑田有典型,种蓺若先觉。杨园非农家,排纂到耕牧。殆恐士习移,欲将古风复。带经本可钼,《汉书》挂牛角。从来英雄人,大半兼耕读。"其二:"地员辨土宜,管子精擘画。大略分三等，有施长七尺。以之测土深，高下定为格。其次氾仓子，遗言亦可绎。耕道计手足，苗行审强弱。差不许毫厘，皎若别黑白。匪独《豳风图》，可以绘殿壁。人满既可忧，生事又相迫。与其算锱铢，毋宁辨菽麦。樊迟非小人，学稼今上策。"由这两首诗可知，诗人身为学者，认为急于治生也属正常。因为有了衣食保障，才能去做其他事情。若要做到事半功倍，研读农书是最佳选择。"樊迟学稼"曾为孔子所讥，但诗人在第二首诗里却认为是"上策"，这也体现了清人对农业态度的转变。

还有些诗人则以诗记农具沿革，考田园物产，从中也反映出丰厚的农业知识。如范当世《拟陆鲁望渔具诗》，其序自道创作原由说："余读陆鲁望渔具，以余之所童而习，证以所咏有知有不知，要惟识其大概。若'沪'，今谓之'籪'。而昔人之以'沪'名渎者，今且为寰中之耀，区瀛海之都会矣。"可知此诗是考证农具称谓的沿革。许珏（1843~1916）有《旧山楼即席分咏得蚕豆》，则是探究"蚕豆"得名的由来。其诗曰："二月蚕豆华，三月蚕豆熟。纤绿不盈指，来佐杯中物。下箸若不胜，入口疑无质。尝新味自佳，数典意转拙。斯豆以蚕名，我欲征其说。或言豆花紫，颇类蚕眉色。或云豆眼黑，有似蚕背迹。而我未敢信，戏语请陈臆。五谷菽居次，功与稻粱匹。豇豌种虽繁，斯豆最先出。当其荐新候，蚕事正未毕。因时以丌名，索解梗的得。不然巧传会，农桑理原一。以彼衣被功，况兹疗饥力。达人观物悟，生世贵自立。名花与嘉果，朱碧筵前列。侑酒非不佳，实用恐未适。古称经济才，菽粟相仿佛。无之天下饥，有之万民益。诸公觥觥姿，霖雨为时杰。坐中我最少，头颅亦三十，是会岁壬甲，三月廿五日。"诗人先列举各种关于蚕豆之名的考证，如因"蚕眉色"或"蚕背迹"

而得名。对此诗人皆不予以认可，他"欲征其说"，另出新解。诗人从节序方面着手，认为"农桑理原一"，蚕豆成熟的季节正应蚕事，所以得名，这一观点可谓新颖。

诗人们如实记载种棉技术，一丝不苟地描写棉花种植、采摘等情况。他们不仅在诗歌里交待了棉花种植区域，还严格按照棉花生长次序，科学合理地架构诗篇。棉花是重要的经济作物，早见于《后汉书·西南夷传》，至清代栽植的更为广泛，并在田园诗中频频亮相。如吴省钦（1729~1803）《村居杂诗》其五、陆费瑔《木棉花行》、张之杲《木棉词》、唐仲冕《晓行田间口号三首》等等。这些诗人来自天南海北，记录各地棉花种植与采摘场景，可见植棉区域之广。陆费瑔《木棉花行》写道："山家日出耕山田，沙平土润宜种棉。山农种棉胜种谷，黄白花开映山谷。花畏多风根畏雨，一月三蓐刈莎土。花时蒸湿驱山虻，根底蓬松捕沙鼠。青苞甲坼花遍畦，竹鸡喔喔花间啼。实绽如桃花吐絮，纺车夜鸣灯影凄。三月吴蚕桑叶老，络纬无声霜翦小。条桑采叶棉采花，今岁晴和花熟早。云青露白山高处，贫女梳头检花去。（麻城土音呼采为检）筠筐已满襜裳幅，着手奇温身不足。"此诗详写乳白色花朵、绿色棉铃、柔软的纤维等。说明诗人对棉花的喜爱，故能观察细致，予以纤毫毕现的呈露。张之杲《木棉词》其三："宰官入庙祝岁丰，老农向天愁雨风。东家盘密勤芟草，西家铃稀懒打虫。"说明棉花每穗作三两房，花房之嫩者称曰"花盘"。"花盘"老去后称曰"花铃子"。其四："今岁收成比昔加，田头一望白痕遮。儿童比际真忙甚，放学才归便捉花。"采棉花时，每人携带一个口袋，称曰"捉花"。因棉花较矮小，故"捉花"这项轻体力劳动宜儿童参加。其五："残花检尽剩空田，已是霜清潦尽天。担得花萁入城卖，大家沽醉县门前。""捉花"结束后，棉花秆可为干柴，称曰"花萁"。其六："轧车三足轴中横，雪白花衣去核轻。弹得春云飞满榻，夜来邻巷听弓声。"是写轧花程序，轧花车以木制作，其形如三足几，坐下时车与胸齐，车上有两耳，中间安有铁轴。人们把棉花塞到轴内，运转机器打去棉花核，而后棉花自然流出，称"花衣"。又弹花弓长五尺左右，其弦粗如五股线，置弓花衣之中，以槌打击弓弦作响，则花腾起名叫"熟花衣"，这又是弹花程序了。这些田园诗融入农学，反映植棉技术，笔调质实，具有浓郁乡野气息。

蚕织业也是农村社会的构成要件，诗人体察蚕事程序，细述蚕织过程。他们的田园诗不仅描写蚕的形象，还联系其食性及发育特点，展现养蚕知识。如钱陈群有反映蚕事的大型组诗，包括《浴蚕》《下蚕》《一眠》《二眠》《三眠》《分箔》《采桑》《大起》《捉绩》《上簇》《炙箔》《下簇》《择茧》《窖茧》《缫丝》《蚕蛾》《络丝》《经》《纬》《织》等，顾鸿生也有《吴蚕词二十六首》。另外，金文城有《蚕词》、王汝璧有《簇蚕词》、陈斌有《劝农歌》、吴锡麒有《缫丝》《蚕词十首》、徐永宣（约 1616～1776）有《缫丝行》、陆费瑔有《饲蚕吟》，等等。这些田园诗皆有条不紊地描述养蚕过程，甚至按蚕的自然生长，结构成章，读来很是生动。如钱陈群《浴蚕》："近川传奉种，禁火方新烟。直辰惟纪候（《周礼 夏官》《禁原蚕》《注蚕书》月直大火则浴其种。按大火，辰星也。）浴子能知天。昔曾漉盐水，滋复沃温泉。公桑重始事，荐鞠礼所先。"此诗描写"浴种"，即蚕妇浸润蚕种的程序。陈斌《劝农歌》其十八："出卵尚乌出火白，有尾作丁角在额。马头蛇蚹龙起脊，虎斑之蚕狸文赤，一蚕两口，六足前，八足后，下口吐丝前足纽。"诗中细致刻画了幼蚕的形貌。王汝璧《簇蚕词》:"蚕初眠,童桑嫩绿小于钱,吴姬采采如花鲜。蚕再眠,红旗插户静不喧,黝驹倏忽皆蜿蜒。三眠四眠肌骨坚,晶光交莹碧玉盘,万马夜龁风飒然。蚕娘珍重护蚕宝,体恤寒温度饥饱。直当化作欧丝人,年年相伴红蚕老。"从幼蚕育出直至成茧,要经过"四眠",约需月余时间,称"蚕月"。此诗即按四眠顺序,描写"蚕月"期间的蚕家劳作场景,也展现了蚕的生长特点及食性。清田园诗里还描写缫丝工作。郭麐《樗园消夏录》记载道:"村中茧煮,分箔缫丝。一月单栖,终宵独守。每岁皆然,相沿成俗。宁分寡女之丝,不作同功之茧也。"[①] 可见缫丝是很繁琐的,这也在田园诗里得以反映。如吴锡麒在《缫丝》中写道:"马头神赛罢,煮茧香风吹。宛转翠釜中,双筯交络之。长短出纤手,控引缫车随。绿荫日停午,沙沙雨鸣时。转眼光明生,圆旋雪一筛。……愿作同功绵,毋学寡女丝。"此诗演绎煮茧过程,概述缫丝场景,渲染了缫丝的劳碌,很是生动。

各类竹木器物也出现在清代田园诗里,多是农民日常制用。诗人不厌其详的记下其制作工艺与实际功用,使这些农家物品,于古朴中透着精美。如钱陈群《蓑》,写蓑的使用情况;刘大容《咏竹熏笼》,赞竹熏笼的取暖功用;王汝璧《商家林草笠》则写用草编织而成的笠。胡凤丹有《箬笠歌》《蓑衣曲》,描写农家雨具。另外沈禄康有《蒲扇》《竹衫》《藤枕》《棕鞋》、李超琼有《销夏杂咏六首》,包括《方枕》《皮簟》《瓷凳》等诗,皆记农家销夏用品。张鸣珂(1829~1908)有

---

① 赵杏根:《历代风俗诗选》,岳麓书社,1990,第202页。

《拟陆鲁望渔具诗和原韵》，包括《网》《钓筒》《钓车》《鱼梁》《舴艋》等十五首，是写渔家用具。这些出自农家的各式日用品，经诗人刻意点染，反映出自给自足的田园风貌。如胡凤丹（1828~1889）的《篛笠歌》："其雨其雨，惟我与汝。田家渔家，予求予取。篛叶青青，平铺直叙。竹丝横斜，千头万绪。制以为笠，不烦机杼。高张匪翠盖之华，纠结异兜鍪之武。写天如日影之圆，翻风若鸟翼之举。徘徊于青草田间，倘佯乎白蘋洲渚。覆吾首兮高尺许，日与绿蓑为伴侣。岂独招凉并消暑，笠兮笠兮用正长，古人制物各得所。"《蓑衣曲》："岂曰无衣，必须绿蓑。岂曰无衣，绿蓑用多。我读风诗，蓑同笠荷。避世者流，风雨满舸。风飘飘，雨萧萧，江上老渔何逍遥。身披短蓑随流水，无冬无夏寒暑消。更有田家乐，蓑衣半肩著。雨后挂松梢，身外无束缚。朝见牧童出，暮见牧童归。牧童轻蓑披牛背，为我耕田充我饥。牛下括，夕阳微，不管蓑短与蓑长，何须天孙织锦裳。毕生一蓑著不尽，披烟冒雨傲侯王。"这两首诗分别写农家编制的篛笠与蓑衣，诗人对其爱不释手，予以形象描刻。他写篛笠的用途是："招凉并消暑。"写蓑衣的功用是："毕生一蓑著不尽，披烟冒雨傲侯王。"诗人曾亲自穿用过蓑衣、篛笠，故能曲尽其形状与效用。

从节约人力物力角度，清代诗人称扬水碓的高效便捷。如黄景仁《水碓》、张铉《水碓》、吴文镕《水碓谣》、尤维熊《水碓》、蒋士铨《水碓叠前韵》等，就是这类诗歌。这些田园诗展现了水碓的运作过程，突出水碓节约人力的功用，体现了人们巧夺天工的创造力。如尤维熊《水碓》："何用为水轮，大圜廓其外。何用为机栝，筝牡轴其内。当其施设时，以水为向背。当其运动时，以水为进退。上视天行旋，下作丽泽兑。大田望雨急，千顷资一溉。农功既云毕，复用代舂碓。愈出乃愈奇，毋乃太狡狯。凌寒水既涸，河流仅如带。潴之使激轮，壅遏惟恐溃。坐收精凿利，心奓体亦忕。邪许滩上船，何由得津逮。杵臼与舟楫，利用两不悖。"诗中抒写水碓的运作和基本结构。诗人写道："何用为水轮，大圜廓其外。"即是展现其利用水力舂米的机械装置，突出了水碓以水流为动力的特点。吴文镕《水碓谣》："滩相薄，石凿凿，白石凿凿，水搏而跃。""河之浒，车辚辚。有车辚辚，寔悬其轮。""纵者轴，横者辐。如往而复，蹑杵之足。""足俯亦俯，足仰亦仰。智巧之工，机心之长。"由此诗可知，在水碓舂米时，随着富有节奏的声音，岸边的顽石似乎跃跃欲动，可谓绘声绘色。也有诗人指出，这些农具一般安置在山区河流岸畔，取其地形落差大，河流迅急，水力资源更为充足。如张铉《水碓》诗曰："役水得从容，山家伏腊供。一轮迎溜转，双杵杂云舂。断礀支筇听，荒滩下钓逢。他年重泛宅，借我养衰慵。"说明只要是水流湍急的地方，一般都可以设置水碓，水流日夜不息，水碓就可以日夜加工粮食，不受时间限制。

在抗蝗过程中，诗人深入一线，全面记述、传播抗蝗经验，鼓励人们积极防御。自古以来，蝗灾就严重影响着农业收成。《春秋》里已有蝗灾的记录。另外《吕氏春秋·孟夏纪第四》有："行春令……则虫蝗为败。"也是关于蝗灾的记载。至清代，蝗灾仍在严重危及农业生产，也引起朝野注意。康熙时规定："州县卫所官员，遇蝗蝻生发，不亲身力行扑捕，借口邻境飞来，希图卸罪者，革职擎问；该管道府不速催扑捕者，降三级留任；布政使不行查访，速催扑捕者，降二级留任；督抚不行查访，严伤催捕者，降一级留任；协捕官不实力协捕，以致养成羽翼,为害禾稼者,将所委协捕各官革职。"[1] 可见地方官员若治蝗不力,受到的处分是很严厉的。故此,各地在消灭蝗灾上,投入了较大的人力物力,也取得不俗的效果。随着灭蝗经验的日趋丰富,也出现了很多治蝗著作,如彭寿山的《留云阁捕蝗记》、陈芳生的《捕蝗考》等,巨细无遗的收录抗蝗措施。田园诗里也记载下灭蝗技术,颇能切中关椟,富具可行性。如裘曰修《捕蝗行》、钱陈群《捕蝗谣》、金孝柟《初八日进界口自此入徽州境道中寓目成咏作五言三十韵》、翁心存《乞蝻子》《蠓生》、冯询《蝗》、高望曾《蝗灾行》,等等。裘曰修在《捕蝗行》中写道:"捕蝗先须捕蝻子,出土成团黑于蚁。清晨露下尤分明,蠕蠕欲动从兹起。稍至跳踊名搭鞍,散走十步五步间。是当下风掘长堑,势同却月微弯环。田间四面人夫集,三面驱之勿太急。渐行渐进分数层,呼声殷地围方密。须臾尽逼入堑中,实之以土加杵舂。还防健者或逸出,外围巡徼烦儿童。大抵捕蝗应及早,奋飞之后难施巧。飞蛾赴焰蠢蠢同,未著唯馀火攻好。今年入夏天久晴,河边鱼子化未成。更兼蒲深苇草盛,往往此物时萌生。……"诗人详记抗击蝗灾的过程,并着重指出,仅灭蝗是不够的,还应提早动手,预先防治。只有及时消灭蝗蛹及幼虫,才能从根源上,彻底解决蝗灾问题。可见此诗兼顾了知识性与现实针对性,包含丰富的抗蝗知识,也有很强的可操作性。

诗人们整合多个农事场景,分门别类的细解生产劳动,全面呈现清代农业的繁荣与发达,也体现诗人的丰富表现力。如钱陈群的《秋村六首》,包括《筑场》《编篱》《割菜》《打

---

[1] 邓云特:《中国救荒史》,上海书店,1984,第355页。

豆》《除架》《授衣》等，严格按节候安排诗歌内容。钱载有《澉浦绩麻曲十首》，郑珍也有一系列田园组诗，包括《种树》《烘种》《殴蠹》《移枝》《上机》《煮茧》《修园》《治圃》等农事诗。钱陈群还曾按照耕种顺序，从浸种开始，将田间耕作收获，直至粮食入仓，进行详实描写，这些田园诗包括《浸种》《耙》《耖》《淤荫》《拔秧》《插秧》《一耘》《二耘》《三耘》《灌溉》《收刈》《登场》《持穗》《簸扬》《舂碓》《入仓》等，囊括春种夏耘，秋收冬藏。如《耙》："朝来事耙耨，陇畔流微澜。"形容土壤翻动，犹如微澜。《耖》："重耕耨渐易，扶耖牛摇尾。"借牛的动作，传达出农事的乐趣。《碌碡》："农器巧力兼，枢转由上匠。"称赞劳动者的勤劳与智慧。《布秧》："谷以润而发，生意夙含肥。"对来年的农业丰收寄予希望。《拔秧》："晨兴随手拔，束缚连筐擔。"描写拔秧的辛劳。《插秧》："密攒靸十指，匀绣分千行。"以工整的对仗，再现了插秧的场景。诗人只有谙熟农业生产，才能有这些针对农事的经验之谈。陈得善《田歌》其二："田肥强半在人肥，猪骼鱼膏众料齐。只惜侬家钱贯短，暂租渔艇淰河泥。"是说河中污泥亦能肥田，以木夹取之称曰"淰"，故而当地有谚语说"田不瘦人瘦"。其三："寒露初交下子来，平畴春色娪于苔。是谁唤作荷花日，二月东风应候看。"荷花、紫草能肥田，亦可食用。地方百姓或呼紫荷花草称"孩儿草"，又称"草子"。其四："起版刚愁铁版坚，老牛偏又值荒田。模糊血肉肩头破，负痛深时忍一鞭。"田地初耕谓之"起版"，土地因干涸而坚硬的称"铁版"。其七："两阡南北界长绳，不向前行向后行。十指分秧挨次插，六株一埭最分明。"六株秧苗的距离为两步，又谓之一埭。因而当地俗称农人为"摸六株头"。钱载《澉浦绩麻曲十首》其一："浸麻方绩麻，绩麻元是纻。大则养蚕娘，小则采桑女。"绩麻的劳动强度较小，农家的大小女性皆可参与。其二："一丝续一丝，论筐不论丈。切莫乱丝头，何如纺车纺。"呈现农妇纺织技艺的高超。其四："若无纻擘指，那得腰张机。"为了提高劳动效率，纺织器械已经开始普及。其五："腰机立两木，生经转前轴。后轴坐缚腰，下蹋上抽速。"不仅展现了织机的形状，也形象地再现了纺织的动作。这组诗句句靠实，展现了绩麻纺线的动作、过程，可谓是民间纺绩的指导小册子，也是研判清代纺织业的宝贵资料。可见清代民间纺绩的分工很是细密，技术也达到了相当高的水平。

  以农学为诗，辅以诗歌典故，也能踵事增华，让田园诗变得典雅。诗人描述"秧马"的使用，巧妙地使事用典，提升了诗歌品位。宋代苏轼曾在《秧马歌》序中说："予昔游武昌，见农夫皆骑秧马，……腹如小舟，昂其首尾。背如覆瓦，以便两髀，雀跃于泥中。系束藁其首以缚秧，日行千畦。较之伛偻而作者，劳佚相绝矣。"对它的形貌进行了生动的描绘。这之后相关的田园诗还有很多，如陆游《春日小园杂赋》、刘克庄《次韵李仓春游》、楼寿《耕织图 插秧》、元袁士元《喜雨三十韵》，等等。"秧马"沿用至清代，也屡为诗人所歌咏，如吴锡麒《插秧》："连翩木駃騠，来往泥途忙。"《秧马》："秧鼓如雷打，争驱木駃騠。……待谁评骨相，甘自辱涂泥。过雨纷先跃，迎风静不嘶。稻苗看渐长，茅屋任鸡栖。"这些田园诗主要从"秧马"骑乘似马的特点入手，以"连翩木駃騠"、"争驱木駃騠"等，形象地予以描绘。"駃騠"是千里马的别称（《淮南子·齐俗》），诗人以之比秧马。农人乘坐它，在水田中驰骋如风的姿态如在目前。刘孟涂《拟东坡秧马歌》："黄云陇底绿云生，锦鸠唤雨不唤晴。西畴南亩水盈盈，秧针簇簇排纵横。拔此置彼何纷更，终日伛偻麋厥肱。腰肢欲折手难擎，茅屋时闻劳苦声。我有良马赠编氓，以木为之肖其名。腹如小舟背覆薨。乘之以我两脚掌，腹欲其滑背欲轻。榆桑楸桐取材精，千畴万畴任我行。论功不与凡马争，终年不食亦不鸣。泥涂老矣无颠倾，道旁骏马惯从征。雕玉为鞍珠为缨，朝驼豪族暮贵卿。食我良苗莫敢撄，辄向西风嘶不平。"这首诗歌是拟作苏轼的《秧马诗》又有所发挥。刘孟涂不仅灵活化用苏轼的诗句，对"秧马"作了形象的描述，还发挥了传统的"诗言志"功效，以"秧马"与权贵骑乘的骏马对比，为良才遭到埋没鸣不平，体现出高超的艺术造诣。郑珍《播州秧马歌》："谷雨方来雨如丝，春声布谷还驾犁。斩青杀绿粪秧畦，芜菁荏寂铺高低，层层密密若卧梯。外人顾此颇见疑，足春手筑无乃疲。……踏背立乘稳不危，双疆在手左右持。马首向北人向西，横行有如蟹爬泥。前马驻足后马提，后马方到前又移。前不举后后不提，转头前者复后驰。人在马上摇摇而。"原诗自序称："秧马制以木二为端，苴四，横长倍广，下旁杀，令上面平如足榻状，底如四屐齿。用柔条一或绳贯两端为系。踏时足各履一马，手提系摘行茎叶上，滚陷之，甚便且速。为歌一篇俟后谱农器者采焉。"详细记载了"秧马"的形状与操作方法，其诗就如同这篇序的生动注解，更为生动地展现了农民在田间乘坐"秧马"劳作的场景。

　　诗人援古证今，寻源溯流，描写农学传播衍进。这些田园诗展现了农耕技术的旺盛生命力，从中可梳理出农学的发展脉络，堪称篇无虚咏。如"桔槔"是古老的水力农具，在唐代已普遍使用。王维在《辋川闲居》中写道："寂寞于陵子，桔槔方灌园。"描写"桔槔"的使用情况。这一农具至清代仍沿用不衰,并为诗人所记录。如徐恕《舟次听桔槔声》:"南来忽听长桥外,桔槔声声柳影斜。"蒋因培《春日出游杂然有作》:"平田山影下,野老争荷锄。桔槔不停转,一犁春雨余。"可见"桔槔"以其高效省力的优点,仍在为生产提供方便。另外,屈大均和李调元都有《蕉布行》,描写岭南"蕉布"。这一布料的制作工艺发端已久,可追溯到南朝宋武帝时期。当时"岭南尝献入筒细布,一端八丈,帝恶其精丽劳人,即付有司弹太守,以布还之,并制岭南禁作此布。"[1] 虽然刘宋王朝禁制这样"精丽"的布匹,但数百年来,这项高超的织布技术仍在广东民间流传,至清代已是灿然大备。"蕉布"便是采用这项工艺,屈大均和李调元的田园诗中都有细致描绘。屈大均《蕉布行》云:"芭蕉有丝犹可绩,织成似葛分绨绤。女手织织良苦殊,余红更作龙须席。蛮方妇女多勤劬,手爪可怜天下无。花练白越细无比,终岁一匹衣其夫。竹与芙蓉亦为布,蝉翼霏霏若烟雾。入筒一端重数铢,拔钗先买芭蕉树。花针挑出似游丝,八熟珍蚕织每迟。增城女葛人皆重,广利娘蕉独不知。"李调元《蕉布行》:"有客赠我布一筒,光如沤麻色如棕。霏如蝉翼微烟罩,细比蚕丝薄雾笼。广州女儿蕉作布,拔钗先买芭蕉树。穿来不见玉梭投,挑去惟将金针度。可怜手爪世间稀,终岁成匹不下机。余红犹作龙须席,外处多传蝶茧衣。嗟尔小民锥刀末,官廉岂有豪强夺。自笑南来亦欠廉,公然也受一端葛。"所谓"蕉布",主要是以芭蕉纤维为原料制成。屈大均说:"入筒一端重数铢",李调元则写道"有客赠我布一筒",说明"蕉布"酷似前代"入筒

---

[1] 司马光:《资治通鉴》119卷,武汉大学出版社,1997,第803页。

细布",二者工艺相仿。这两首诗不仅传达了农业技术的沿革,也反映出诗人的细致观察力。钱载《木棉叹》和杨葆光《木棉词》则是写植棉技术的承袭。钱载《木棉叹》:"我闻木棉花,传自哀牢林邑高昌国。地气江淮本相得,叶似青枫花似葵,花铃倒挂同攀枝。……黄婆庙,乌泥泾。天晴献鸡酒,愿乞黄婆灵。我田若可种稻还种麦,更送春风纸百钱。"杨葆光《木棉词》其七:"大姑手挽缲车忙,小姑叠成布满箱。更约乌泥泾畔去,瓣香乞巧祀黄娘。"原诗自注:"有黄道婆,织布最精巧,能于被褥带帨上作折枝团凤、棊局花文,今上海人立庙祀之,呼之曰黄娘庙,在乌泥泾。"这两首诗说明,元代黄道婆所创造的棉纺技术,在清代仍在沿用,诗人也表达了对这位农学家的敬仰。由这些田园诗可知,清代人民善于学习,使前代车水、纺织等农业技术,得以发扬光大。从中也证明,我国古老的农耕技术,正是在多元交汇的过程中,不断丰富完善的。

清代田园诗也具有强烈的时代感,反映大陆与台湾的农耕技术交流。收复台湾之初,为安抚人心,康熙帝下令减免赋税,致使沿海闽、粤之地民人纷纷迁入。这些大陆移民所带去的先进农业技术,极大地促进了岛内农业生产,也引起了诗人的注意。他们创作的田园诗反映农耕技术的传播,堪称诗歌典藏中的瑰宝。如《台湾府志》记载:"木排田在诸罗县水沙连社,四面皆水,中一小洲,其土番以大木连排盛土浮之水上,耕种其中,若欲他适并田扯去。"这种别具一格的耕种技术,也在田园诗中得以描述。如吴廷华(1682~1755)《社寮杂诗》:"临流架竹作'浮田',犁雨锄云事事便。"此诗描写台湾水沙浮屿一带的农耕场景。当地农民架竹于溪水上,然后在竹子上垫土下种,用来耕作。诗人道及的"浮田",本是广东用以种蕹的。李调元在《与编修王春甫分赋岭南草木三十首》里写道："劝尔蔬人勤种蕹，纵令旱不到浮田。"李诗有序："种蕹无田，以筏为之，随水上下，是曰浮田。"可见"浮田"是由广东传到台湾，并迅速推广开来。清代田园诗记录了这一技术传播，体现了海峡两岸的血脉联系。这些田园诗，在当前情势下，也有其现实意义和政治影响。

二 妥善处理"性情"与"学问"的关系

性情，即诗人的思想感情。在不削弱诗歌艺术性的前提下，诗人巧妙处理性情与学问的关系，使诗歌既具学术根底，也让情志的抒发有所附丽。在其笔下，学能启思，情以学显，学问不仅是诗之素材，也成为诗情的催化剂。清代诗人钱大昕说诗有"四长"："曰才，曰学，曰识，曰情。放笔千言，挥洒自如，诗之才也；含经明史，无一字无来历，诗之学也；转益多师，涤淫哇而远鄙俗，诗之识也；境往神留，语近意深，诗之情也。方其人心，有感天籁自鸣，虽村谣里谚，非无一篇一句之可传，而不登大雅之堂者，无学识以济之也。亦有胸罗万卷，彩色富赡，而外强中干，读未终篇索然意尽者，无情以宰之也。有才而无情，不可谓之真才，有才情无学识，不可谓之大才。"① 在这段话里，钱大昕强调诗歌既要言之有物，也要言之有本，必须兼顾学识与才情。他指出，诗歌有学而无情，则终篇索然，有情而无学，也难登大雅之堂。他认为，在诗歌创作中，性情与才学是不能截然分开的。不可否认，诗人学养内充，洞彻人情物理，

---

① 钱大昕：《潜研堂文集》卷26，见王云五主编《万有文库》，上海商务印书馆，民国二十四年（1935），第389页。

所为诗歌方具识见超卓的艺术魅力。但诗歌虽可容纳学术内容，却不能简单看作是学问的延伸。诗中融入学问，是为阐发精深的意蕴，而不能以学问掩盖诗歌所独具的情韵。一些清代诗人借农事描写，述说民生百业，记录农学沿播，歌颂科技进步，体现进步的思想意识，使乡村诗兼擅性情与学理之美，既体现了详赡的生产文化，也反映出诗人的经世情怀。

清代田园诗反映农耕技术的与时俱进，展现了科技兴农思想。"学问，进入诗的创作活动时，就应该化为一种识力，形成一种哲学观，亦即对人生、社会意义的深层理解。"① 清代诗人学养富赡，识力内充。他们不仅支持推广水车技术，还论证水车发明的合理性，体现进步的创作倾向。宋代范仲淹曾作有《水车赋》，称赞水车道："如岁大旱，汝为霖雨。"赞扬了水车的抗旱功用。苏轼《无锡道中赋水车》则详写水车构造，其诗曰："翻翻联联衔尾鸦，荦荦确确蜕骨蛇，分畦翠浪走云阵，刺水绿针抽稻牙。"还有"水轮"，它是由翻车改制。梅尧臣有《水轮咏》、李处权有《土贵要予赋水轮》等，都描写了"水轮"在农业生产中的作用。说明清前的诗人也已经认识到，水是农业的命脉，水车的发展与普及，直接关系到农民的生活质量。水车在清代也得以改进与普及，并在田园诗里出现。如清初屈大均《水车》写道："江中栅松纷无数，奔流横截相支柱。要令江水尽湍急，势似惊滩石龃龉。松身入水苦不朽，老龙一一皆锥处。即枯尚裹霜鳞甲，断节膏流未成土。……丈人抱瓮一何愚？岂知桔槔施已普。圣人制器因自然，机事前民从上古。绝圣弃智非神明，大巧斯为道所取！"诗人将水车的运转，

---

① 刘世南：《清诗流派史》，人民文学出版社，2004，第169页。

比拟为"龙"的矫腾变幻,在诗人眼里,水车的运转不穷,就如神龙一般,变化无方,能为人间带来甘霖。又以"绝圣弃智非神明",支持有利于民生的发明创造。吴省钦《水车》:"德方用尚圆,机顺势取逆。浑沦围牛腰,破碎剔蛟脊。卧为龟重夯,立作鳖九肋。既斸轩磊磊,载脂鋻泽泽。量其敷其同,置之河之侧。百鏊支要冲,一轴立中极。""旁为华表形,对若大军壁。衡木巧与安,布肘益迤荻。……鹤俛屄益高,骏注坂更直。白龙劈峡飞,赤鲵切云厄。前后互见隐,上下递腾踏。"吴诗自序中进一步说:"斸木广二尺,长三四仞。版齿齿历其中,将庌水则濒水植两柱,下为轴,举足激之,水自齿逆流而上。有牛者设机如大轮,机随牛运,圜转如飞。其得水较捷。按魏马钧作翻车,令儿童转之更入更出,灌水自给。东坡有诗、来仪子有谣、王半山所称沟车亦此。"他提及《庄子·天地篇》、来仪子的古谣、王半山所称道等,追根溯源,显示所咏水车的发展源流。全诗的描写体物入微,曲尽水车形制结构,不仅宣扬了水车功用,也体现出学人之诗的特色。胡承珙(1776~1832)有《水轮歌》:"风轮水轮相周遭,断竹续竹流白膏。翻江立海倾波涛,正自不烦人力操。豫章之水浊浪淘,中流堰截成一壕。轮当其冲置辐牢。……汉阴丈人抱瓮劳,不知人世有桔槔。乃用机事相訾謷,此语固足鸣嚣嚣。独善毕竟非贤豪,一人宁供万室陶。何如此轮运六鳌,神功默运泽偏叨。明堂左禹右有咎,惠及九土无哀嗷。下视巢许真蛣蜣,一沤自足悲尔曹。作诗羞学寒虫号,快吐胸臆闻天弢。"诗中道及筒车外观构造,并以"独善毕竟非贤豪,一人宁供万室陶",支持农业科技创新。李调元《筒车》道:"谁学樊迟稼,巧夺公输矩。东海水欲干,南山竹先斧。理木璇玑运,义近桔槔取。……天旱水不枯，四时流五谷。"诗中显示出筒车的优越性，赞扬了这一种水车的抗旱功能。水车在农业生产中虽功效卓著，袁翼《水轮行》仍发出不同声音，认为虽应推广先进农业科技，但也要统筹兼顾。其诗曰："……吾闻水轮日多沙日积，昔时野老曾相叹。涓涓一线济舟楫，伤贾即是伤农端。卅年以后事可睹，河身跃马登崇峦。君不见昌阳百里沿溪碓，日夜云舂瓷粉丹。"清代水轮已在河域农耕区广泛使用，诗人也知晓水车的抗旱效果。但其笔锋曲折跌宕，借野老相叹表述观点，认为建造水轮也应有所节制，否则会造成河流泥沙沉淀，壅塞水路，影响农产品运营。长此以往，也会危及农业。诗人深刻指出："伤贾即是伤农端"，是其见解周全之处。这些诗歌表明诗人关注科技进步的基本态度，体现出较强的思想性和丰厚的知识性。

诗人融汇农业知识，如实展现农事场景，进而体恤农民，表达民生关注情怀。这些田园诗不仅抒情有本，而且情易见深。鲍伟作有《木棉乐府》，由《碾花曲》《弹花曲》《纺花曲》等组成，详写棉花加工，也流露体恤民生的情愫。如《碾花曲》："一夕花如茧，万户花齐碾。碾花要花脆，碾花要花软。冬日苦短斜阳急，晒箔争收簝火炙。一宿再宿候花干，碾车轧轧轮旋盘。顷刻花飞齐吐子，纤手从旁剖油秕。请停碾花曲，且听碾花声。碾花声出茅檐里，村团比户雷殷鸣。闺情似此轮驰急，砧杵何人怨月明。"在用簝火烘干棉花时，需要人们仔细看护。诗中有句："一宿再宿候花干"，可知农民十分辛苦。《弹花曲》道："弹花曲，清且促。弹花弹要足，弹花弹要熟。合者令其散，坚者令其松。催花响似飞白雨，裁花快似剪刀风。飞花宛转随弦散，吹上盘鸦鬓发蓬。朱颜一夕头成白，贫女生涯复何惜，鸣弦进入秋商悲，一声两声弦抑抑。劝女勿自怜，劝女且调弦。禾耞才动糟床响，弦声相和知丰年。"此诗详写弹花工艺。敲打弓弦的声音传入诗人耳中，他生动地描绘道："鸣弦进入秋商悲，一声两声弦抑抑。"伴随着弦响，贫女辛勤劳作的身影历历在目。《纺花曲》曰："促织促织啼不止，中宵催得纺车起。纺车历乱声如麻，纺花宛转丝成纱。棉花一斤纱五两，纱价争如花价长。可怜砖户风如铁，夜坐篝灯肤尽裂。且纺花且纺花，穷檐舍此无生涯。纺花纺花纺复纺，一缕丝揉盈百丈。竹帚糊盆费女红，来朝又听布机声。"此诗写纺棉工序。诗中有句："纺花纺花纺复纺"，就是刻画这个过程，也说明加工棉花的辛劳。这组诗既体现出对民力、物力的珍惜，也折射出农事文化的瑰丽光彩。张之杲《劝农诗》："嘉定当海滨，木棉种八九。无烦莳插劳，不假粪壤厚。秋时铃子成，携筐采盈手。乡农贪逸获，相率习成狃。是物性恶湿，渍水色化黝。前年与去年，霪潦夏秋久。百亩无一收，哭泣遍子妇。今年颇繁茂，谓将庆大有。不期三日雨，助以风势陡。花盘堕纵横，猝若絮脱柳。野老坐地叹，清泪滴陇亩。我心亦愀然，忝为斯民母。亟呼使来前，慰以一杯酒。尔毋怨雨师，亦毋风伯诟。不见邻家田，稻叶碧于韭。同在风雨中，胡未遭击掊？我有种稻说，一一为汝剖。江北多早稻，春耕十千耦。浸种谷雨前，分秧小满后。俗呼秋前五（早稻名），刈获不待酉。又呼四十子（早稻名），名不嫌俚丑。江南多晚禾，霜降穗如帚。长芒有羊须（晚稻名），耐冷有乌口（晚稻名），更有雌弓头（晚稻名），粒多足粮糗。别有金钗糯（晚稻名），味宜酿浊酹。类固不一惟，惟汝自择取。明岁曷改图，毋但兔株守。早将沟塍开，勤把耒耜负。相地辨肥硗，非种去稂莠。不惮胼胝劳，自免饥寒受。慎勿贪天功，转欲向天咎。"此诗是针对嘉定种棉户而作。由诗中可知，随着气候变化，嘉定原来所种的棉花品种已经不能适应新的条件要求，故而诗人在诗中劝告农家尽早改进农业结构，转而播种稻谷。诗人以邻家稻田丰收的情况作例子，鼓励百姓植稻创收。诗人还罗列很多稻谷品种，有：秋前五、四十子、羊须、乌口等，供人们选择，可见诗人用心细致周到之处。

中国传统诗歌发展到清代，"以学为诗"现象频见，这遂成为清诗的一大特色。这一诗歌特点的形成，固然有清初及乾嘉的特殊社会背景，也与清代学术超越前代有关。在这样的诗坛风气影响下，清代诗人也摆脱空疏无实的诗风，重经世致用，关注田园生产。他们博览农书，钻研农学，并能内行地考证农具沿革，阐释农耕技术，甚至指导农事。这也让他们的田园诗与农业知识密切结合，反映出当时的农业水平，为清代田园诗创出一片新天地，富有丰厚的文化价值和历史意义。

第三节　关注教育，阐释村塾文化

村塾，又称"蒙学"，是古代村民为了子弟教育，集资开办的临时初级学校。村塾与农业收成息息相关，即先能耕获，方能读书，体现了耕、读之间的必然联系。村塾至迟在唐代便已出现，历代沿袭不衰。仅以福建为例，"唐咸通年间，罗源县潮格有倪氏学塾。宋永春县绍兴进士陈知柔……归乡以后，设帐授徒。明永乐进士唐泰在家设塾，筑屋百余间来容纳学生。明天启进士陈天定入清不仕，隐居花山教塾。清乾隆年间,澎湖全岛 13 澳都有学塾,蒙童年交束金一二千文。清嘉道年间,林则徐的父亲林宾日,沈葆桢的父亲沈廷枫都以教塾为生数十年。"①可见村塾在封建社会很是普及,是民间教育的一个重要方式。村塾的存在,也使一些不第的文人,有了谋生之一途。他们任师授徒,以广文教,在一定程度上促进了民间教育。

清代以村塾为题材的诗歌有很多,描写这一民间办学的特点,展现了农家"耕读传家"的质朴期盼。诗人们关注乡村生活,自然也留意基础教育。他们中很多人不仅曾在村塾读书,还有过村塾执教的经历。所以他们能够针对民间教育特色,记录村塾教育方式及效果,从多个角度,生动呈现村塾生活,使村塾文化得以在诗歌里保存。

由田园诗可知,清代村塾基本是秋季开学,冬季结束。究其原因,可能是秋收后,农民手头较富裕,有提供子弟读书的经济条件。到了冬季,不宜于儿童安坐读书。故而秋开冬散的村塾办学方式,也是受田园生活的影响。早在元代,邓文原在《送俞观光赴大场义塾师》中写道:"稻粱秋足飞鸿外,灯火凉生积雨时。"便是写秋季村塾开办情景。延至清代,这一时间安排变化并不大。王鸣盛《练川杂咏》其十九中写道:"草屋三间近水湄,整襟据案一村师。儿童几辈开秋学,正好凉生积雨时。"诗人自注:"乡塾每以七月开馆,至冬则散,谓之秋学。"佚名诗人的《燕台口号一百首》:"来学端宜趁爽秋,童蒙求我我先求。执经不用通名字,暮四朝三听去留。"自注:"塾师门贴'秋爽来学'四字,童子游学者每日挟钱以往,去

---

① 黄玫:《福建私塾述略》,《教育评论》1994 年第 5 期,第 36 页。

来听其自便。"可见清代村塾也是秋季开学。其解馆则在冬季,这也在清代田园诗里得以体现。如钱陈群《双槐书屋消寒第二集各赋冬月土风成十六首》其十二:"腊鼓欣闻讲席收,分曹引队学鸣驺。诗书一月束高阁,快焚神香来打毬。"诗人自注:"岁暮蒙师解馆后儿童每晨于神祖前焚香毕乃为诸戏",是冬天学童放假后的活动。姚步瀛《冬兴三首》其三:"擐甲余闲耕且读,村书直授到年终。比邻冬学儿童集,笑煞南朝陆放翁。"明确村塾散于年终。顾鸿生《岁暮遣兴七首》其七:"声声爆竹响神祠,冬学儿童罢读时。"年末,村落里已响起鞭炮声,也是村塾解馆的时间。

　　田园诗里也记录下了村塾所使用的教材。诗人以这种成功的细节点缀,体现了艺术真实感,也为诗歌锦上添花。刘禺生曾说:"又有所谓朋馆,亦名村塾、义塾,市井乡村贫穷儿童往读之。其师开馆授徒,儿童之家纳钱往读,所教为《千字文》及'四言杂字'之类。"① 这些教材也为诗人写入田园诗。如耿苍龄(1828~1888)《村学四咏》其一:"惊龙笔势羡羲之,集得千文字字奇。偶借商汤怀象物,漫回律名启狐疑。士林鏖战风檐静,僧舍临池月露垂。圆洁重书贞洁后,天然成数系人思。"此诗所咏为《千字文》,是儿童入塾后的必读课本。其二:"好凭性善证心灵,困学斋中我德馨。说礼敦诗征茂实,左图右史式芳型。儿童适口宜三字,父老传心只一经。村塾于今弦诵久,短檠相对旧毡青。"诗中描写的《三字经》,在民间家喻户晓,也是村塾必备教材。其三:"相传锡姓夏时同,又听咿唔野塾中。赵鼎雄蟠山左右,钱疆重辟浙西东。结盟异日

---

① 刘禺生:《世载堂杂忆》,见沈云龙主编《近代中国史料丛刊》第72辑,文海出版社,1973,第2页。

宗支盛，争长谁家族谱通。百郡五音难细考，朝朝见惯是司空。"所咏《百家姓》，记录姓氏文化，也是村塾的启蒙读物之一。其四："编成杂字助清谈，日用先从饮食参。驵侩积铢兼累寸，猱公暮四更朝三。人非求备终胜任，器欲惟新不厌贪。莫为米盐憎琐碎，而今世味总深谙。"诗中描写的是《备用杂字》。由上述乡村诗可知，这些教材易读易诵，便于儿童理解，适用于启蒙教育。

诗人以饶有兴趣的笔触，展现学童在村塾里的活动。一般农家子弟在幼年就可以入塾学习，"大凡男女五六岁时，知觉渐开，聪明日启，便当养育良知良能。男则令其就塾，教以古人孝亲、悌长、敬身、明伦等行……"[①] 入塾后，限于学童年龄，学习方式注重反复背诵温习。诗人描写村塾里的喧闹，学生咿哑的背书声，成了诗歌里的标志性景观。如耿苍龄的《庚申辛酉间避难乡曲几及两载，凡所见所闻偶忆及之戏赋十章》其二："数十儿童聚塾前，喉咙喊哑亦徒然。心传不见诗书礼，背诵惟闻三百千。……"看来这个村塾的规模不小，有几十个学生，同时大声朗诵，塾内自是人声鼎沸。另有杨彝珍《群儿》："学舍不盈丈，群儿环一师。繁声若蛙黾，阁阁喧方池。残书四无角，墨渖沔淋漓。枯毫吮已秃，满壁挥蛟螭。便闲辄逸去，群下庭阶嬉。纵之不加诃，将以陶其思。幼子发未角，闲折中庭枝。咿哑近我侧，口诵东山诗。问儿何能然，耳熟因无遗。……"可知村塾的教育方法比较宽松，学童的顽皮颇为塾师所容忍，这样使儿童活泼聪明的天性得以发挥。

一些诗人从学童动作举止展开描写，展现农家子弟接受教

[①] 于树滋纂修《于氏十修家谱》卷2，清光绪十四年（1888）刻本，第236页。

育后的进步，从而宣扬了村塾教育成果，突出儒家文教功效。村塾学成者可考取童生，取得秀才资格，然后就能参加科举考试，可见村塾是封建教育的基础环节。诗人深受儒家思想影响，自然是希望通过村塾教育，向孩子们灌输传统道德观念，勉励农家子弟安守本分，以期稳定农村生活秩序。如苏加玉《村塾口号》其六："学庸论孟案头横，更有千文三字经。多少圣明留述作，只教孝悌法先型。"诗人摆脱急功近利的短视教育方式，从传统孝、悌观念入手，强调对学童的人格培养。吴省钦《村居杂诗》其四写："东家一稚子，挟册行我庭。云从学书后，已足记姓名。同舍三五辈，洽比比弟兄。进学候鸡唱，放学佐牛耕。謦欬类都雅，揖让如有情。请观礼教美，可以措笞榜。孝弟与力田，设科此由成。"描述"东家稚子"入塾后识字断文，与同学相处融洽，说明虽出身农家，但只要能且耕且读，就会举止温文有礼。这是诗书之效、礼教之美，可以用来"措笞榜"，以至"孝弟与力田，设科此由成"，实现最佳教育效果。这些诗歌从不同角度，勉励孩子们端正思想，接受传统文化熏陶，也体现了传统知识分子的文化使命感。

有些诗人通过塑造"村夫子"形象，抒发自己的情感体验。诗歌本是用形象来抒情的艺术，以什么样的形象来抒情，也有一定的讲究，人们一般倾向于接受美好的形象，例如春花、秋月等。这样的选择取向，也体现了人们对美好事物的追求。但更多人的生活毕竟还是平淡的，所以也有些诗人在创作中，出于写实的艺术需要，常采用一些不怎么美好的，甚至是平凡的形象。当然在使用这类形象时，诗人要把握住一条底线，这条底线，就是人们能够接受。"村夫子"形象虽然很平凡，但也在人们可以接受的范围之内，并能够结合诗人亲身经历，传达出诗人的人生体验，增添了作品的真实感。如郭凤有一首《自题村夫子图》道："先生贪晓睡，弟子哄满堂。耳哗极鹅雁，目眩惟元黄。山妻戒卯饮，句读恐难详。匆匆了书课，淡淡来夕阳。寂然抱书去，老屋何苍凉。我生久自料，仕宦非所望。入世久龃龉，谓恚或谓狂。年长渐冬烘，两鬓今苍苍。英雄有末路，识字犹差强。生涯托儿曹，衣食赖修羊。年丰师传重，研田有时良。鸡豚或馈遗，柴米或分将。一体同忧乐，预恐明年荒。谒来貌作图，索诗题其旁。诸君披图笑，寂寞有是乡。愚儒面可憎，子面如有霜。岂欲慑群儿，盛气踞胡床。又闻子议论，舌端生剑芒。饮酒浇块垒，落笔惊文章。低徊作乡教，子愿何能偿。我谓客不然，世味吾饱尝。干人本难事，救贫无良方。终年隐几坐，犹胜趋走忙。我其老荒村，呜呼无他长。"这首诗铺叙诗人的村夫子经历，由三部分组成。由首句至"寂然抱书去，老屋何苍凉。"为第一部分，展现作者在村塾授课的场景。此后至"一体同忧乐，预恐明年荒"为第二部分，流露了诗人身为村夫子的体会。最后为第三部分，既描写了画图的创作缘由，也借与客人对答，表达了诗人的内心情感。三部分的内容不同，描写角度更有很大的变化，但能够以诗人的情感体验为主线贯穿。全诗从不同层面，展现了知足常乐的村夫子内心世界，既有感喟，也有自足，很是生动。

诗人苏加玉、姚福均曾长期作塾师，他们联系这段人生经历，将自我形象融入田园诗，结合真实的感情思绪，巨细无遗地展现村夫子生活。苏加玉的田园诗由受聘为村夫子写起，直至村塾执教，涉及村塾场景和自己的家庭生活，可谓塾师的全景式写照。这些诗歌的语言朴素自然，很少用典，但生动详切，塾师之气极为浓郁。如其《村塾口号》其一："老至生涯觅远村，更携寡媳与孤孙。残书破砚移家具，此外都无长物存。"其三："主人迎迓出衡门，揖让登堂敬爱存。师道不尊宾礼废，乡村独见古礼敦。"其五："五六生徒次第来，良辰鼓箧卷初开。莫嗤佶屈聱牙苦，能读诗书便异才。"其七："为人师是人之患，况我空疎愧腹便。只有兔园册子在，童蒙求我也欣然。"他因家境贫寒，不得不到别村觅馆谋生。一路舟行到村塾后感觉还是较为满意，欣喜地写道："乡村独见古礼敦。"村学的规模不大，只有五六个学生，文化水平也不高，诗人择日开课，认真讲授，立下"能读诗书便异才"的教育目标。他的另一组七绝《村居杂兴》也是描写塾师生活的，其一："残年筋力惯疎慵，少壮蹉跎学务农。聊作村师应悔晚，横经只爱说豳风。"其三："不耕不获戴儒冠，坎坎风人讽素餐。饥馑频仍免沟壑，菜羹蔬食尽艰难。"其七："制举文章刻苦成，棘闱战艺昔纵横。而今老作村夫子，缄口人前道姓名。"其十一："句读师犹不易为，之无未识坐皋比。古人教学功居半，好问虚心更阙疑。"其十二："舍耒三时鉴惰农，舌耕原与力耕同。如何卤莽贪图报，妄冀仓箱恃岁丰。"如果说《村塾口号》主要是从外部对村塾描写的话，其《村居杂兴》则基本是从自己身份入手的"自画像"。全诗以时间为序，回顾自己出身农家，本欲走科举之路，可惜功败垂成，只能做塾师以谋生。姚福均《乡塾偶成》其一："鹊声喧聒报新晴，一绿无边盎盎生。风定花香留久坐，雨余泥软爱闲行。蜂衙早晚勤听政，蚁阵纵横小用兵。细斸松枝焙茗荈，当阶支就古铜铛。"诗人虽为村夫子，但能够自得其乐，诗中有句："蜂衙早晚勤听政，蚁阵纵横小用兵。"不无幽默。其二："暮回朝出过梅塘，风雨阴晴两足忙。偶尔聪明恒叹赏，受人怜惜最凄凉。妻孥团聚贫无恨，身世飘零苦备尝。淡饭黄齑寒士素,高歌金石看苍苍。"由诗中可知,作者虽经济窘迫,但能与家人团聚,常有天伦之乐,也觉满意。这两位诗人的作品由内述及家庭生活和经济状况,由外联系世道人心,堪称清代村夫子人生经历的一份完整记录。

  清代诗人以村塾生活为核心,从多个角度,展现各类田园人物形象,丰富了诗歌内容。这些人物形象里,不仅包括塾师和学童等,还包括与村塾有所关联的各色农村人物。他们与塾师和学童一起,都被赋予诗的意味,在田园诗中,组成一个互为关联的形象群。通过这些田园诗,读者可更密切地融入田园氛围,体会田园生活旨趣,进而深刻了解村塾文化。如黄定文《山村杂兴》其四:"儿童拍手遥相笑,又见先生散发行。"郑板桥《村塾示诸徒》:"飘蓬几载困青毡,忽忽村居又一年。"钱宝琛(1785~1859)《村居清明迟闻少谷不至》:"村童喧散塾,邻叟款传杯。"郭麐(1767~1831)《毓秀书院即事并示诸生四首》其三:"待归夸与村夫子,山长头衔是苎萝。"《坐江山船至诸暨途中杂成八首》其四:"了角儿童放学初,小桃花澹竹篱疏。羡他一个村夫子,山水中间坐说书。"黄文琛《野步》:"散学村童乐,催酤野店忙。"吴锡麒《蚕词十首》其十:"村舍儿童散学回,蚕忙过了插秧催。"黄遵宪《己亥杂诗》:"篱边兀坐村夫子,极品娲皇会补天。"诗人们将村童与村叟,学童与先生,村夫子与山长等一一并举,还联结到村社、野店,展现了村塾与田园日常生活的联系,将村塾人物描写的更为真实。

  清代田园诗也借村塾描写,揭示了"耕读并重"的理念。清代民间普遍认为:"人之大端不出读书耕田两事。"可知"耕读并重"的观念,在民间很是盛行,可谓村塾教育的民间心理基础，也在诗歌里得以体现。如汪士慎《村》道："安居无所事，户户乐仓盈。老妇犹勤织，儿童愿事耕。水明桑柘影，鸟避桔槔声。村馆何为学，经传耒耜名。"诗中所描写的"经传耒耜名"与"儿童愿事耕"之间，自有一定的关联，更体现出"耕读并重"的村塾教育观。徐琳《冬日田园杂兴》："窃虑子孙愚，蚩蚩成壅蔽。握粟延冬烘，只为识丁计。才可凿浑沌，便已夸明慧。农子恒为农，毋为久牵掣。焉识书仓中，耕获无边际。游学爱三馀，祈寒方刻励。"诗人晓谕农家子弟，要以耕存身，以读修身，安守本分，真正体会"耕读并重"的含义，不可沉迷利禄而失去淳朴天性。受"耕读并重"的观念影响，乡民们送子入塾，并不都是为"学而优则仕"。只要孩子们能够粗识文墨，时时敦品励行，这些纯朴的家长们也就心满意足了。诗人们体察乡民们的心理，在田园诗里，道出农民们朴实的心声。钱宗颖有《田家杂兴》曰："春风何时来，百卉萋以绿。深林布谷号，出种播种陆。稚子清晨起，蓬头入乡塾。幸早识之无，居然辨简牍。日夕抱书归，琅琅灯下读。呼儿勿夜读，但愿衣食足。书剑走风尘，不如守蓬庐。"春归田园，万物向荣，衬托出"稚子"的朝气蓬勃。诗歌的字里行间，既描写孩子入塾后的学业进步，也洋溢着对孩子的关怀。彭蕴章（1792~1862）《村塾》："天寒鸡啼早，家贫儿子好。所见无异物，钽犁及洒扫。日出抱书来，出塾送归鸟。问童何所求，文字粗通晓。礼义可守身，力耕以终老。谁家纨绔子，聪明矜少小。嗜欲纷相攻，廉隅不可保。蹉跎久无成，门户嗟潦倒。"勾勒农户家居场景，增强心理表白的可信度，更见对学童期望的朴实。诗人说，农家子弟读书是为了"礼义可守身，力耕以终老"。若是贪慕富贵，则不免像"纨绔子"似的，终至沦落潦倒。言下透露出知足常乐的意识,贴近农家心理。

村塾是田园文化不可或缺的构成,也在清代田园诗里得以体现。由于限于农村一隅,诗人创作视野难以开阔,使作品内在容量有限,所表达的思想感情也较肤浅。诗人既没有流露立功边关的昂扬之志,也不曾抒发致君尧舜的进取精神,较多慨叹世风不古、生活艰辛的内容。但诗中所写村塾生活,毕竟是农村社会真实一角。况且多数诗人早年或为学童,或为塾师,对村塾生活有亲身体验,故能予以真切生动的描写。他们的这些田园诗,为我们研究清代民间教育提供了详实的资料和范例,有一定的文化意义。

第四节 远绍高风,弘扬隐逸文化

我国隐逸文化的形成有着漫长的历程,与隐士们的活动有直接的关系。隐士很早就已出现,为了全志存身,他们大都名望不显。因此,人们只得根据一些片断资料,大体记录其隐遁经历,这也成为隐逸文化的起源。如《论语》中提到了荷蓧丈人等。《后汉书》已开始系统收罗隐士事迹,专列《逸民传》探研隐逸文化精粹,并总结说:"《易》称遁之时义大矣哉!又曰不事王侯,高尚其事……或隐居以求其志,或曲避以求其道,或静己以镇其躁,或去危以图其安,或垢俗以动其慨,或疵物以激其清。然观其甘心畎亩之中,憔悴江海之上,岂必观鱼鸟、乐林草哉,亦云性分所至而已。"[①] 这段话概括隐士的生

---

① 范晔:《后汉书》,中华书局,1965,第2755页。

活理念，赞扬其超尘绝俗的精神追求。隐士事迹也为文人墨客所追慕题咏，促使隐逸文化日趋丰富灿烂。

诗歌是隐逸文化的载体之一。例如历代皆不乏以"招隐"为题材的诗作，或多或少地体现了隐逸文化精粹。清代有许多隐逸之士，他们的事迹也成为诗人创作的宝贵素材。而且一些隐士本人就创作了很多田园诗，反映自己在隐居期间的精神与生活状态。这些作品对研究清代隐逸文化，无疑有很高的参考价值。

一 隐以持志的坚守

明清易代之际，一些遗民诗人拒绝同新朝合作，多隐居于乡野，并有田园诗记下自己的隐逸生活，丰富了隐逸文化。孔子曾言："天下有道则见，无道则隐。"① 遗民诗人们的隐逸之举，其实是一种变相的抗争。他们因不肯臣服于异族，所以才向往隐逸，归隐田园。如陈璧于顺治初归隐虞山。申涵光曾"隐居于沙河县西部"。李盘自道避世经历说："清和九日驱返秦邮，姚永言至，执手相哭失声。谈及辛酉年事，多欷歔欲绝，因共商避地之策。"张履祥"入清，弃诸生，乃避世畏声利若浼"。他们在隐逸生活里，寻求亡国后的心灵归宿，消释激烈的民族情怀。在这些遗民诗人的田园诗中，也描写到隐逸生活，透露出执著的操守。

清初遗民诗人们虽隐居于田园，但仍不忘故国。他们以诗歌为载体，从多个角度，真实记录隐以持志的生活，反映出故

---

① 杨伯峻：《论语译注》，中华书局，1980，第82页。

国沦亡后诗人的悲慨，也使我们感受到时代的脉搏。鲁迅先生说："诗文完全超于政治的所谓'田园诗人'，'山林诗人'，是没有的。完全超出于人间世的，也是没有的。既然是超出于世，则当然连诗文也没有。诗文也是人事，既有诗，就可以知道于世事未能忘情。"① 可见一些隐士虽执志归隐，但其"甘心陇亩"，很可能有着深刻的时代背景。清初遗民的诗歌虽以自己的隐逸生活为题材，却展露遗民心志，反映对故国的眷恋和对人格自由的追求，赋予隐逸文化新的时代精神，也给现代人研究遗民事迹提供了参考资料。如陈璧《读柳宗元诗有休将文字占时名之句有感而赋十绝即用名字》其八："不才未敢请长缨，守拙丘园秉至诚。自顾此身能粹白，何须世上博浮名。"李盤《姚永言感赋》："相对不须悲往事，自分襄箸老田园。"申涵光《长安杂兴》其四："我自锄茅依绝巘，莫将悲喜问乾坤。"潘柽章《虎林军营漫成四首》其四："南山此去躬耕好，未可重题酒后诗。"出于对清王朝的抵触情绪，诗人们反复强调归隐之志，以至连诗名都不愿显现于世。

二　仕隐并重的观念

　　清政权稳定后，"国朝"诗人已经认可了清王朝的统治。他们安时处顺，有余暇崇尚玄远，也激赏隐士风度，歌咏隐逸生活。这种田园诗创作，对"国朝"诗人而言，更多属于一种怡情遣兴的乐事。故其诗歌主要描绘隐居环境的和平与安宁，诗化田园生活的萧澹幽静，在某种程度上，也点缀了盛世升

---

①　鲁迅：《鲁迅全集》第 1 卷，人民文学出版社，1981，第 516 页。

平，或许还是开明之治的标志。

很多"国朝"诗人一面积极参加科举考试，一面不废隐逸之思。如康熙十二年状元韩菼，康熙三十九年状元汪绎，同年进士徐永宣等人，他们自负才华，科场得意，但仍颂扬隐士生活，使其田园诗具有冲淡从容的风格。如韩菼《题顾十一侠君秀野草堂》中写道："小园才一亩，才子托千秋。"《遣怀》："一官不自得，归梦烟水村。"《又二首和陶》其二："渊明栗里宅，东坡白鹤诗。……逝将归田庐，旦旦不余欺。"汪绎《舟中杂书十首》其五："村村堪结隐，何必定朱陈。"《秋怀八首》其四："黄金相印寻常事，不博城南二顷田。"徐永宣《过茶山》："茶山旧是披裘路，悔不为农老是乡。"这些诗人虽科举顺利，但仍希望隐居乡园，躬耕图存。他们的诗歌也体现了诗人沉潜的精神状态，一出于超逸之情。

还有一些"国朝"诗人，虽身在朝堂、经纶世务，但仍不时流露隐逸情怀。这是出于自觉的精神追求，不能简单理解为附庸风雅。而且这些诗人虽形入紫闼，但官场倾轧，也使他们时时想摆脱名缰利锁的羁绊。因此，他们以田园诗抒写对隐逸生活的向往，宣扬闲淡息机。如"神韵派"代表王士禛，早年即向往悠闲宁静生活，他说："予兄弟少无宦情，同抱箕颍之志，居常相语，以十年毕婚宦，则耦耕醴泉山中。"① 并有诗曰："仕宦本易农"，以示禄代耕之意。所以，汪绎在《题渔洋先生小像》中称赞他："稽古之荣世谁比，身虽廊庙心江湖。……有田可耕书可读，宵来归梦随鸥凫。"首肯其"箕颍之志"。康熙朝礼部主事唐孙华有《磻溪》："尚父精神老更遒，

---

① 王士禛：《王士禛全集 癸卯诗卷自序》，齐鲁书社，2007，第1页。

一竿唾手取神州。诸侯八百皆贪饵，只有夷齐不上钩。"引古喻今，赞美隐士的清高。曹寅有《村居二首》其一道："岂无江海心，随时聊自足。"诗人既自足于目前的状况，也仰慕隐逸生活。其《宋山言微雨锄瓜图四首》其四道："白首田园最安稳，人间只有邵东陵。"也是追慕前代隐士的语气。雍正朝重臣李绂在《冬日旅怀》中写道："安得田园赋归去，三杯浅碧一炉红。"《题锄菜图》其二："三隐浔阳近有无，故园三径久应芜。劝君莫为弦歌出，细雨春深日荷锄。"诗人接连表白不慕权位，意欲归农。这些田园诗里，洋溢着一派乐天安命的自足，格调也愉悦自在。

"国朝"诗人中，张英妥善处理"仕与隐"的矛盾，将隐逸情怀升华为政治家必备的素质，体现了诗人冲夷恬淡之节，也拓展了隐逸文化的内蕴。张英为人谦冲恬和，虽官至大学士之位，仍在《蔬香集序》里写道："夫人必有冲夷恬澹之操，岑寂萧远之概，不汶汶于富贵，不戚戚于贫贱。视天壤间无一足以欣羡，其心饭糗茹草若将终身然后措之天下而裕如。"他重视涵养淡泊之志，将"饭糗茹草若将终身然"，作为政治家的最高修养，认为政治家要超然于祸福之外，才能全身心地投入国事。作为承平之相，张英也是这么做的。他风节凛然，乃一时道德楷模，有《拟古田家诗八首》其三："我欲谢浮名，腰镰此长往。"其五："何必桃花源，此境足潇洒。"其八："始知于陵子，灌园逃公卿。"《杏花村》："春风过陌上，笑指桃花源。"这些诗歌风姿淡雅，逍遥闲致，表明不以富贵萦怀。诗人以此践行儒家道德规范，成为一时政治家的楷模。

三 政治逃避的体现

雍、乾时期,政治形势日益严峻,文字狱也逐渐兴盛。这使很多诗人视官场若危途,开始远离政治,向往归隐。吴璧雍先生说:"隐完全是针对'仕'的挫折而兴起的一种暂时性的生活态度。"[1] 一些风骨棱棱的诗人,不堪宦海风波,纷纷到田园隐居。隐逸生活成为诗人们栖居的精神家园,其田园诗里,流露了诗人的政治逃避意识。

一些诗人歌颂隐士生活,反衬官场黑暗。他们决心脱离仕途,躬耕陇亩,代表了当时很多士人的人生态度。这些诗人刻画田园的美丽,用来对比社会的丑恶,反映其洁身自处的心理。慑于政治恐怖,他们在渲泄内心的不平时,多借比喻的艺术手段,委婉曲折地吐露心声,也是对高压政策的消极反抗。如杭世骏上书乾隆帝,直言:"朝廷用人,宜泯满、汉之见",险遭不测,罢官后隐居家乡,作有《霍家桥道中》:"安稳篮舆上,城东路易寻。断厓低树亚,荒径伏流侵。曙色分茅屋,寒烟散竹林。南庄招隐处,知是闭门深。"诗中"断厓""低树""荒径""伏流""寒烟""散竹"等,组合成一副寂寞寥落的图景,衬托出诗人战战兢兢的心情,是其埋头不出的真实写照。曾任广东学政的李调元,因不肯同流合污,故屡遭权贵的排挤。他深感仕途坎坷,吉凶莫测,作有大量企盼隐逸的诗歌。其《感怀》:"仕宦亦何谓,田园胡不归?"诗人一意赋归,表达了对官场的厌恶。其《将归剑南留别京中诸子二首》其

---

[1] 陈璧雍:《人与社会——文人生命的二重奏:仕与隐》,见刘岱主编《中国文化新论》,台湾联经出版社,1982,第189页。

一："十亩田园归去来，图书万卷手亲开。"出于追慕宁静的心情，他向往田园的惬意，借绘故乡之景，为将来的隐逸生活构筑蓝图。

还有些乾嘉诗人久居田园，终身未仕。他们在田园诗记录下自己对隐逸生活的体验，具备飘逸出群的特色。如郭凤从未涉足仕途。他"非庆吊不出，闭门埽轨，长吟独谣。"其《田间小立》道："屋傍也有闲田地，自悔儒冠误此生。"有薄田而能自给，诗人便感到欣喜自足。他脱离世俗纷争，陶醉在隐逸生活里，平日也收菜插秧，还后悔"儒冠"误人，俨然是一农夫模样，其志向淡泊到极点。黎简也是位远离官场的诗人。袁洁《蠡庄诗话》记载："广东拔贡黎简民简，才情骏发，狂率不羁。入乡闱时，以搜检太严，慨然曰：'未试以文，而先以不肖之心待之，吾不愿也。'遂掷笔篮而去，从此不复应试。"彻底决裂仕途，"黎侯杳终古，瓜蔓隐柴门"。（伊秉绶句）便是他后期生活的写照。黎简长于七古，兼采杜、韩诗的宏阔意境与李商隐诗歌的绵长情韵，而能融铸成家。在描写田园隐逸生活时，黎简以充沛的感情，辅以磅礴大气的笔势，使其诗歌深曲中不失雄浑。如其《临溪小屋成咏》："海潮入村水三折，水深花深地深极。故人村口随香风，小艇衣裳湿春碧。松藤婀娜垂檐瓦，家家帘影波光直。落花万点千鸟声，静女无心感声色。不知幽僻春狼戾，但与往来人叹息。临溪小屋不独我，到我人惊照溪白。人似冰雪为肌肤，屋至水月上墙壁。画家草木无俗笔，花里儿童有幽识。丫鬟侍药恼宵吟，雏女问字妨昼织。不照梧桐稳鸟眠，时减盘餐与鱼食。人间此屋殊不易，尽如此屋是非熄。市无争利官无讼，民无知识帝无力。不知此屋芥沧海，水面何年结一席。凡时有人人至我,我后沧桑几时易。无事且为今日语,语罢闭门风竹寂。梦中花月二三更,海外波涛几千尺。"黎简能诗善画。李慈铭说:"二樵以绘事名,诗中皆画境也。"此诗便具"诗中有画"的特点。如"水深花深地深极"之句,尽展海边村庄的邃丽,呈现境界幽渺的特点。他还以激情澎湃的神来之笔,描述向往的理想世界,一片森森混茫,可谓气象万千,使人心胸舒展。而且其"民无知识帝无力",系化用古语:"帝力与我何有哉",更是清楚地表达出隐逸之志。

四 自我疏离的无奈

道光以降,清廷内外交困,同治"中兴"也只如回光返照,难挽江河日下之势。诗人透彻判清局势,在田园诗里,虽也表达纵恣散淡的隐逸情绪,但更多透露出的,还是颓废的精神倾向。相较于前几个阶段,这时期的诗人虽游离于政治之外,却异乎遗民的民族意识,是洞晓世事难为的无奈。与"国朝"诗人相比,他们一意遁居,是为平衡苦闷的内心世界,已非对隐趣的追寻。与乾嘉诗人相比,他们更决绝地远离仕途,不单是为了摆脱政治漩涡,而是已根本没有参与的兴趣。所以,对他们来说,"隐逸不再是一种乐而为之的生存方式,不再是一种崇高精神生活的必然,也不再是一种宗教的自觉追求"[①],而成为消极避世的手段。诗人因时势踬碍,而抒式微之思,消减了闲适之趣,多了动乱中的彷徨迷困。其田园诗也充

---

① 许建平:《山情逸魂》,东方出版社,1999,第250页。

满对时事的绝望，呈露内心孤寂，满腹牢落。这一切的根源，是诗人对清政府的信任危机。

在归隐前，杨彝珍也曾是清政权的一分子。但他长期沉沦下僚，才华难得施展，自知宦况日恶，也洞悉世事难为，只得退隐田园。诗人无奈归隐后，虽摆脱官场逢迎的虚伪，但也彻底放弃了经世济民的理想。因此，他的田园诗呈现出内敛消沉的特色。如其《归家》："驾言尚焉求，誓将断尘执。"传统士人讲究的是"君命召，不俟驾而行"。诗人此处反其意而用之。《黄海华司马屡促北上作此答之》："征车衮衮去如驰，我似盐车负难动。三败欲洗曹沫羞，两刖未苏卞和痛。骑驴旅食春几经，射虎短衣老可送。况无王猛扪虱略，空怀贾谊眉薪恸。佩玉知难利走趋，峨冠信易遭嘲讽。同里谁人作狗监，居邻有客求羊仲。一生端与藜藿亲，百年幸及鸡豚供。稍喜秔稻庆稔丰，差免齑盐嗟屡空。狼藉画眉私自怜，俜伶索果娇可弄。花时酒熟醉莫辞，梦里诗成醒能诵。性如苦李得全真，心似寒苞难破冻。行藏休就季主卜，富贵早醒春浦梦。君今半刺难宫閒，行乘一障为时用。幅巾容我频往来，新诗与子勤磨砻。沧海忧虞未可论，名山事业知堪共。他日倘结隐退庐，团茅愿傍秦人洞。"诗人退隐时，正值太平天国兴起，许多湖南名士参与湘军。诗人与曾国藩有旧，不是没有东山再起的机会，但当时机到来时，他却断然放弃了。此诗虽全是自谦，但真实原因，其实是对清政权的完全失望。因此，诗人干脆放弃济世安邦的志向，也淡漠了参政意识。

此外，这时期还有些诗人借酒消愁，在田园诗里也流露出隐逸的无奈。鲁迅先生说："名士沉湎于酒不独由于他的思想，大半倒在环境。"① 可见一些士人沉湎醉乡，是在逃避现实，藉以忘忧。也有些清代隐士的田园诗，通过描写饮酒的生活场景，表达了消极的避世思想。他们放弃功名欲望，也不再积极裨补时弊，醉后挥毫，微露颓唐心绪。如李寿龄有《和饮酒二十首》，他在诗序里说："余少好饮酒，遇酒辄醉。近以多病乃复止酒，然得酒即陶然也。读陶公饮酒诗，于身世出处之义反复言之，知公非醉中语也。余之和此盖亦自道其志之所在，不皆合于饮酒以寄知我者而语芜辞杂，则不免已。"可见诗人吟咏杯中之物，也是为了寄托"身世出处之义"。如其五："柴门偏近市，不避昼夜喧。恶与俗客语，奈此性多偏。不洗空囊羞，苦复道买山。况值丧乱际，游子何时还。掉头弃人事，已矣何所言。"他消极避世，寄情田园，藉以抚平现实中遭受的挫折。杨彝珍《和渊明饮酒诗寄嫒叟二十首》其三："早年集禁树，先后回翔飞。浮云失双阙，不免啾啾悲。巢痕久已扫，三匝将何依。深虑弋人篡，仍从林际归。一啄每数顾，高举妨色衰。绵蛮向岑尉，去矣无依违。"他虽暂时逃避世间的苦难，但内心仍极苦闷。诗中强作闲散旷达，显露的不是闲居的自得，更是趋于消沉。其十四："行年逾知命，六十当又至。时事付浩叹，终日谋沉醉。避世敢望贤，聊复居其次。好爵吾不縻，肯受赵孟贵。宦况如嚼蜡，我已咀其味。"诗人受陶渊明影响，也藉饮酒抒发内心苦闷。他意识到社会危机已全面来临，而自己却无力阻止，内心很是痛苦，只得饮酒强欢，努力调适着郁勃的心情。

这时期的田园诗更强调隐逸生活的物质基础。贫困与隐逸

---

① 鲁迅：《鲁迅全集》第1卷，人民文学出版社，1981，第511页。

本来并不冲突，孔子曾说："君子固穷。"① 因此，前代诗人喜欢将生活描绘的苦不堪言，似乎这样更显坚确之志。道光以降，一些诗人吟咏贫困，却是出于对生活质量的关注，明显希望改善隐居条件。鲁迅先生说："登仕，是啖饭之道，归隐，也是啖饭之道。假如无法啖饭，那就连'隐'也'隐'不成了。"② 实事求是地说，若没有充足的物质条件，隐士们确实无法做到进退自如，更谈不到陶钧气质。对此，一些诗人也很坦白，如杨彝珍《题归隐西湖图》："坡老欲归苦无田，君今有田傍烟屿。宦情如茧日取缚，未信脱然能解组。"勉励友人归隐，指出友人有田可耕，生活无虞，大可不必再在尘世牵扯。龙汝霖《高平县居诗十二首》其一："碌碌当官事，悠悠作吏情。乡心秋后热，华发晓来生。入世宁辞拙，深居不用名。只嫌春事过，无计买山耕。"诗人自道心志，颇愿挂冠而去，但无田可耕，只能徒呼负负。张穆《送陈颂南给事还晋江五首》其五："愧无郭外田，足耦沮溺耕。又无面山屋，弃此书两楹。"仰慕前代隐士的潇洒，但又无养身之资，只能望而兴叹。胡学书《夜起书怀》其二："枉说归耕好，惭无负郭田。"《舟中望武彝夜起有作》："归田容易苦无田，从此劳人徒草草。"这些诗歌强调田产对隐居生活的重要性，可见，诗人直面生活的关纽，以一种务实的态度，坦承生活起居的重要。从这个意义上说，这类田园诗相应地就淡化了对隐逸之趣的描述，这也是时世所迫的结果。

总之，有清一代，很多诗人不仅了解隐士生存状态，也是隐士生活的亲历践行者。因此，这些诗人能自觉搜集隐逸资

---

① 杨伯峻：《论语译注》，中华书局，1980，第 161 页。
② 鲁迅：《鲁迅全集》，人民文学出版社，1973，第 228 页。

料，为世人拨开历史的尘封，在田园诗中重现隐士音容，使我们领略到清代隐士风范。他们的田园诗结合隐逸生活特点，从一个独特的角度，传达隐逸文化精粹，融知识性与艺术性于一炉，具有相当的认识价值。

第四章
贴近田园的诗意观照

诗人们对乡野人生的关注，影响到他们对田园生活的观察角度与表现方式。他们对那些有益民生的田园事物，更易产生浓厚兴趣，能够以理解的目光，审视耳濡目染的田园物象，并联系其社会功用，对朴实的田园风物进行诗意构建。他们在诗歌里发掘生命意义，讴歌人生理想，从各个角度表达对异乡的认同和对桑梓的眷恋，使其田园诗具有贴近生活的特点。

第一节　融汇乡野生活，抒写田园景况

质朴恬淡的田园生活，能够给诗人惬意的情感体验。罗丹说："所谓大师就是这样的人，他们用自己的眼睛去看别人见过的东西，在别人司空见惯的东西上能够发现出美来。"[1] 诗人体察隽永优美的乡野人生，以独特的构思，在田园诗里，大量

---

[1] 罗丹：《艺术论》，内蒙古人民出版社，2011，第121页。

融汇生活元素，串联起多个朴素的场景，积极探寻田园生活内涵，使诗歌如写意的图画，展现原汁原味的生活风貌。在这些田园诗里，既有诗人真实体验的直观显现，也有对乡野生活的诗意解读和美好祝愿。

一 点染各式田园景观

清代田园诗多层次的铺叙生活细节，立体呈现农家平素生活，再现质朴的乡野景观。诗人通过深情绵邈的述说，将本色的生活诗意化，全面提升了田园诗的内涵。诗中展现的田园生活质朴平实又丰富多姿，蕴含着生机与活力，使人摆脱尘世的喧嚣，得以净化心灵，陶冶情操。

田园生活的温馨和睦，能给诗人情感以慰藉，也成为他们创作的源泉和动力，使其田园诗里，充盈着至真至善的人性美。诗人描写朴实的乡野民情，抒写人们和谐相处的场景，重现了友好的生活氛围和愉悦的村落生存情状，反映淳厚的民风，令人陶醉。如黄定文《村行绝句》其三："黄云才割麦芽青，父老豚蹄谢庙灵。更祝隆冬见三白，笑看妇子养宁馨。"描写丰收之后的场景。可知人们喜庆富足的生活，老少怡怡，一派安乐图景。陆费瑔《马头道中书所见》其二："村鬟高插石榴花，夫婿相随路不赊。为道端阳是明日，蹇驴亲控送还家。"诗中描写村妇回娘家的场面，有温馨的生活气息。郭凤《冬日田家杂诗》其五："何处笙歌杂管弦，田家风景乐残年。后村娶妇前村贺，头白老翁坐上筵。"由此诗可知，村民欢聚在喜宴上，他们敬老尊长，未染市俗浇薄之习。史善长（1768~1830）《拟陆放翁丰岁一首用原韵（再叠）》中写道：

"千万何劳更买邻,丰年人共喜登春。牛宫豚栅容无地,鸡卜蛙占验有神。但见仓箱排乙乙,不闻姑妇詈申申。……"写的是丰收后的欢宴,人们喜气洋洋。诗中有句:"不闻姑妇詈申申",更描绘出村民怡怡自乐的景象。翁心存《自涿州至涞水道中口占》其二:"团瓢布席请比邻,铙鼓喧阗笑语真"。记录乡农们齐集在一起欢饮畅谈,可见农家小院里,洋溢着安乐的气氛。王嘉禄(1797~1824)《田家诗三首》其三:"柴扉围野水,绿波何粼粼。鸡鸣屋前圃,篱落桃花春。东皋聚台笠,出门约比邻。妇炊儿叱犊,田舍无闲人。柳荫就午饭,团坐藉草茵。加餐互敦劝,俱如骨肉亲。勤勤课晴雨,笑语皆天真。即此终岁乐,俱有太古风,言将谢朝市,长用安吾贫。"描绘农家聚会的场景,铺陈村居景物之美。勤劳的农夫,中午聚在一起,大家言笑无忌,有上古之风,以至诗人陶醉在这样的氛围中,宁愿长处田园,向朝市言别。孙衣言《曾小石送鲥鱼》:"黄鱼风信楝花时,又点仙葩送雪鲥。回首十年江馆客,夜潮灯火最相思。"此诗原注:"吾乡送鲥鱼以月季花掩映其上姿态益妙",可知鲥鱼属馈赠佳品,点缀月季花,更显情意之美。

诗人结合"蚕关门"民俗,描写蚕事情境,在田园诗烘托出宁谧静逸的村居氛围。胡朴安在《吴中岁时杂记》载:"三四月为蚕月。红纸粘门,不相往来,多所禁忌。"清代《盛湖志》记载:"是月,乡村各家闭户,官府停征收,里檐往来庆吊皆罢,谓之'蚕关门'。"郭麟《樗园消夏录》:"三吴蚕月,风景至佳。红帖粘门,家多禁忌。"[①] 可见在"蚕关门"期间,养蚕人家谢绝外人上门打扰。这一约定俗成的习俗,为各阶层

---

① 赵杏根:《历代风俗诗选》,岳麓书社,1990,第202页。

人们所遵守，并体现在田园诗里，如金文城《村行》："蚕家忌客掩双扉，四月江村绿正肥。"陆模《蚕家辞》："落红满院掩双扉，又是蚕房玉蛹飞。"陈斌《劝农歌》其二十："湖蚕四月忙，官符不下乡。学童不试，吏不征粮。鸡莫呼，狗莫啐。铺迟釜莫概，叶帘不可昼开，姻亲谁能相往来？"吴锡麒《蚕词十首》其八："土墙茅屋人家静，一路风香煮茧丝。"顾鸿生《吴蚕词二十六首》其十："春蚕过大眠，生人莫轻走。女婿不入门，门外揖妻母。"鲍伟《饲蚕词》其一："村落要防生客到，家家绝早闭柴门。"诗中既有恬淡清丽的色调，也有明快疏朗的风格，都是"蚕关门"风俗的记录。估计是因为蚕入眠后，需要保持安静，蚕农托以唯恐冲撞"蚕神"，谢绝外人上门，希望达到最佳养蚕效果。上述诗歌里，展现了各村落"鸡莫呼，狗莫啐"的情景，给人带来蚕家独有的生活美。

　　诗人记录琳琅满目的地方物产，展现原生态乡野图卷，也为田园诗增添了精彩的内容。正如乾隆时刘开兆《消夏杂诗序》所说："至风会物产，因时而变，方言里俗，用各不同。志所未载，无从稽考，补缀俚语，聊当俳谐，以希大雅君子订正。"这段话说明，反映地方特产的田园诗，也是研究地域文化的重要门径。满人入关之初，鄂貌图（1614~1661）曾随军入滇。由白山黑水之地，乍到四季如春的云南，诗人顿感耳目一新，有许多称赞云南物产的诗歌，其《沅江土俗》写道："谁知南诏地，风景自相悬。人熟桄榔茶，山含暧霴烟。分明霜雪日，却是艳阳天。客路从何远，相看鸟道边。"他不只大赞异乡景色，还对桄榔情有独钟。嘉道年间，诗人朱葵之曾到闽地，对福建特产饶有兴致。如其《闽行口号十首》之六："榕阴绿展晚风凉，龙眼声声唱道旁。侬似长卿病消渴，槟榔裹叶当茶尝。"当地榕树、龙眼、槟榔等，使其赞叹不已，印象深刻。洪亮吉有《立夏日作》："立夏鲥鱼入馔来，仍需夏至有杨梅。时新节物催人老，又见池莲小暑开。"描写夏至时，常州人以鲥鱼佐餐及食杨梅的习俗。他还另有一首《立秋日作》道："伏暑初平后，秋花欲放初。尤怜景光驶，莫放酒杯疏。篊蟹黄堪啜，园瓜绿欲锄。推书一扬推，先自笑拘墟。"由此诗可知，立秋时，又是常州花黄蟹肥之季，更增添了生活情趣。王衍梅《秋日昭州田家杂兴》其二十写道："田舍炉头煨榾柮，蹲鸱第一荔枝甜。"自注："荔浦芋大如瓜"，丰硕的收获也令诗人非常愉悦。李调元在《西昌道中二首》其二中写道："四月农家蚕豆熟，满篮剥得绿珠归。"诗中点明四月蚕豆大收，进而描写满篮"绿珠"般鲜嫩的蚕豆，令农人笑逐颜开。陈希恕（1790~1859）则写有《分咏夏初食物得蚕豆饭》："春雨足豆畦，薄采乘清晓。青裙三五来，顷刻量栲栳。譬如茧同功，中亦双子抱。碧颗一掬承，翠荚十指拗。田家隔岁丰，老甕发香稻。土锉一尺低，乞火向邻媪。釜中热气出，竹外炊烟袅。俄看食案登，啼索儿童绕。微香胜豌豇，新样陋毳晶。最宜村翁餐，软嚼残牙少。我侪甘澹泊，平生菜根嚼。差喜饭味真，翻比食肉好。只恐春易深，忽与红蚕老。及早住山南，庶几顿顿饱。"由此诗可知，一些地方上有"立夏吃三鲜"的风俗，蚕豆即是"三鲜"之一。这首诗联系民俗活动内容，铺陈乡野物产之美，也还原了真实的田园生活场景。

"在乡言乡，古志也。故乐操土风示勿忘旧。"（朱琦《紫阳家塾诗钞序》）描写故园风物，是传统田园诗的主题之一。诗人与桑梓血脉相连，不管身在何处，总是对故园魂牵梦绕。在诗歌创作中，诗人述说素所谙知的故乡风物，细致入微地复现家乡情境。有些田园诗更直接以"土风"或"乡风"命名，突出吟咏家乡风物，字里行间，洋溢着热爱乡土的浓挚情感，可谓诗人与家乡的精神对话。如钱陈群的《双槐书屋消寒第二集各赋冬月土风成十六首》历数家乡民生诸况，其三："疏灯老屋水云封，雨后喧闻野碓舂。担米薜萝山下路，五更霜印板桥踪。"描写冬季农民舂米情景。因水流结冰，水碓常常不能使用，偶逢雨后，便有农户争先恐后的舂米，喧声达旦，久而成习，也是一道独具特色的生活景观。其八："湘筠雅制小篝炉，窄袖轻笼不用扶。参罢女师拈弱线，五纹添得绣工夫。"诗人自注："余乡多竹炉，近更制如盌大"，诗中也称扬了聪明能干的家乡妇女。其十四："龙眼鸡头学写茶，藤盘饤饾缀新花。羹汤洗手凌寒作，早傍妆台理鬓鸦。"原诗自注："余乡重馈岁，新妇初来以龙眼鸡头作羹为献谓之'写茶'。"由此注可知，当地的女子，嫁入夫家后，要亲自作羹敬献长辈，称"写茶"。孙显《婚娶词纪土风也》其一："红衣小轿也翩翩，唤弟呼兄各着肩。行转堂前人似海，一齐翘首玉天仙。"记录迎亲时的场景。其二："蒙头斗笠护新妆，五尺轻绡束眼光。解事儿童偏识得，烛花影里捉迷藏。"描写新娘子的装扮，她头戴斗笠，还蒙有轻绡。其三："郎君局蹐似儒酸，拜跪寻常却耐看。放下合欢杯一盏，酒筵亲去捧茶盘。"是新郎的写照，写他招待宾朋的举止。其四："红笺十幅把名通，要去西村拜妇翁。酒盒翻劳臣叔担，转身先过小桥东。"是成亲后的习俗，新婚夫妇要去女方家拜见。王锡晋《击壤吟》自序称："余梁园需次，忆别田园，瞬经四载。回忆豆棚瓜架与二三父老，课晴问雨，评桑麻说秔稻，信可乐也。今秾守风尘，擘画盐米，劳逸殊轨。不胜今昔之慨。因忆居乡琐事成五言古十二章寄犹子绍容。"可见他是按月写诗，详记家乡农事风土人情。赵说岩为其作序曰："稽乐府肇自汉魏，至李杜而格调一变，其后有沉郁激昂至未转出新意，倍足警世者。惟长庆集，独擅其胜。盖其人有不能已于怀，故发为忠厚悱恻之词，以挽风俗以正人心。……持议也深而不失于苛，其措辞也奇而不违于正。……比读竹枝词、击壤吟等作则又爽然自失矣。观其语如飞屑，句如贯珠，写物而必肖其形，传情而曲尽其致。弹丸脱手婉转自如，又不禁心旷神怡，展然而笑，谓于此间复饶佳趣。……读万卷书，行万里路，发为词章直合李杜元白储王温韩为一家者也。"可见王锡晋的《击壤吟》不仅表达了怀乡之情，对家乡的风物民情也有详细的记载。钱仪吉有《乡风诗八首》，其三《水龙》写道："二十四坊坊有龙，碧漪龙二如常丰。（碧漪、常丰二坊名）驱使屏翳逃祝融，古来水器此第一。……阮振扬家造龙觜，凡煎锡工推绝技。一气喷薄千水飞，雷腾雨激真神威。年年大会龙生日，（俗以五月二十日为龙生日）异龙人来酒浆溢。短衣赤脚为上宾，大夫洗斛为逡巡。"赞美家乡人民的聪明才智，他们创制的"水龙"，不仅制作精巧绝伦，还能在大旱之年派上用场。这些诗歌都是从描写家乡风物入手，表达思乡之情和对家乡父老的关怀。

精美的纸张是文人四宝之一，家乡造纸技术，更易引起诗人创作兴趣，也成了表达乡情的最佳切入点。历代也不乏吟咏纸张的诗歌，如梁武帝有《咏纸诗》《谢人惠纸》，隋代薛道衡《咏台纸诗》，唐代韦庄《乞彩笺歌》，宋代梅尧臣《澄心堂纸》，曾极《澄心堂纸》，陈栩《赋孙生春膏纸》，元代顾英《谢静远惠纸》，等等。安徽是著名的宣纸故乡，清代安徽诗人们不惜笔墨，对宣纸多方描绘赞扬。如胡承珙《玻璃纸》："棐几小窗幽，凝尘积寸留。埋头惟故纸，泼眼胜新油。镜影圆初嵌，花枝薄欲浮。何人戏窥户，吾室尽天游。"玻璃纸的采光性极佳，故诗中有句："吾室尽天游"，堪称穷形尽像。其《消寒杂咏》其二《纸帐》："布被藤床外，从添韵事夸。光能欺柳絮，梦不离梅花。晓卷连书晃，宵支借画叉。娇儿曾恶卧，踏裂一痕斜。"描写由纸制成的帐子，很是新颖别致。可见宣纸花样品种之多，令诗人赞美不绝。朱琦《捞纸谣》："丛生楮树山之幽，粗皮割取肤仍留。蒸成烂软入村碓。一片春声夕阳外，漂以溪水盒以灰。杨枝藤汁搀匀来，湘帘两昇无停手。白印层层尺余厚，火塪熨帖平不颓。开槽顷刻清光磨，'画心'岂与'澄心'别。挥洒云烟用无竭，用无竭，京国中。粮艘迭运如宾鸿。君不见抢才万烛辉初朗，博取荣称号'金榜'。"诗中所写的安徽"画心纸"，又名"澄心纸"，是科举考试书榜专用纸，也叫"金榜纸"。诗人自豪于宣纸的用途，并描述了乡民装船贩纸的壮观场景，赞美了家乡风物的精彩。

二 边地田园生活的展示

清代田园诗还结合诗人的边地生活体验，全面呈现了边地田园风貌，读来仿佛是一篇篇边地游记，堪称杰作。清代诗人足迹达于四方，也让田园诗这朵艺术之花，绽放在塞外边疆。他们以宏观开放的创作视野，融汇边地田园景致，表达异地探求意识，描写边地田园风物，涵盖历史、地理等诸多领域，使田园诗呈现壮阔浑厚的特征。

岭南诗人描写木棉花、榕树、蔗林等，彰显广东风物特色，赞扬"岭南犹似胜江南"，使这些田园诗有瑰丽劲健的特色。关于岭南风物的记载有很多。李调元称："如嵇含之《南方草木状》、范成大之《桂海虞衡志》以及《岭表录异》等篇，大抵皆足补《禹贡》厥包实竹笋之名，职方其畜为鸟兽之异。其为五岭九溪搜奇矜异，洵哉不少遗漏。远游者夸奥博，土著者务精核，后之人纵有闻见，又何加焉。"① 这段话里罗列记载岭南风物的书籍，可见岭南人文荟萃，物产丰富。这些极具地域特色的岭南风物不仅为学人所重视，也反映在田园诗创作中，二者可谓相得益彰。这些诗歌从多个角度展现了岭南风貌，具有浓郁的广东特色，给人以美的感受。

屈大均是广东番禺（今广州）人，久居岭南，熟悉广东风俗方物。这使岭南风物诗在其诗集中占有一定的比重，也有很高的价值。他的这类作品不仅描写勾画出广东一带的独特民风和物产，对岭南奇花异木的描摹也颇具特色，有浑然天成之感，是诗人生活体验的艺术升华。如《自滑山至骆家道中》："平田千石笋，一笋一人家。荫壁全生竹，流溪半是花。山山通乳宝，树树有渔搓。匹马行将晚，前村隔暮霞。"《送成大夫》："木棉携得否？绝胜女珊瑚。"《木棉》其二："天南烽火树，最是木棉花。"《白雨》："炎天白雨早禾宜，更为园林熟荔枝。"《蕉利村春望》："望望烟波上，芭蕉满海天。人家龙眼国，生计荔枝田。日出莺花里，云生鸡犬边。捕鱼乘水节，一一放罛船。" 这些诗歌刻画了岭南代表性风物，如"芙蓉""木棉""荔枝""榕树"等，展现了地域的特色，增添了诗歌的魅力。乡土之情也使屈大均歌颂了岭南人民，赞扬辛勤劳作的农人、渔者，表达了对岭南人民的热爱。如《刈稻》其一：

---

① 李调元：《南越笔记 序》，见《清代广东笔记五种》，广东人民出版社，2006，第71页。

"秋日农家乐事多，花粘早获外沙禾。妻孥终岁同勤功，沮溺平生共啸歌。鱼蟹尝新先十口，鸡豚养老及双鳎。自怜老去无筋力，十亩躬耕得几何。"《渔者歌》："船公上樯望鱼，船姥下水牵网。满篮白饭黄花，换酒溪边相饷。"《渔妇》："渔妇双鬟湿，波潮出没中。手持葵鲤串，身倚蓼花篷。要米量偏误，争钱数未工。卖鱼人莫笑，不与疍家同。"可见岭南人民打鱼采樵、纺绩缝纫、日夜劳作。诗中既突出劳动者本色，又充满了浓郁农家生活情趣，洋溢着对乡土的深挚感情。

此外，广东陈村是诗人黎简的故乡。屈大均也曾在《广东新语》中记载："顺德有水乡曰陈村，居人'尝担负诸种花木分贩之，近者数十里，远者二三百里。"写出陈村花木繁盛的特点。陈村的风物也成为黎简笔下诗料，其《吾乡》曰："日弄烟光上白沙，雨殷霞气变青瓜。海咸土黑宜群植，溪转门开瞰万花。五月蚬塘栽子母，晚潮龙户送鱼虾。吾乡合有岁时记，未敢题诗忘物华。"《杂忆绝句十首寄故乡诸子》其四写道："上下江乡三十里，都见村头高木棉。我欲醉来堆绣被，花深三尺尚浓眠。"其八："木槿后园临小溪，宫黄疏瘦飑人低。村居深巷无桑树，时借颠枝叫午鸡。"诗人结合田园风貌和家乡人文景观，详写各式标志性景物，赞美陈村的美丽。

国梁曾到过贵州，作有很多田园诗，描写沿途村落景致，展现贵州农家风貌，反映汉、夷安居乐业的生活状况。贵州猓人称"快走"为"租租木果"，"慢行"为"谈果"，这些俗语都成了诗人创作的素材。诗人还以当地谚语："清平豆腐杨老酒，黄丝姑娘家家有"入诗，很是生动风趣。如其《勺漪小憩雨抵威宁》："为语白儿行近城，租租木果休谈果。"《早发扬老驿过黄丝塘》："一匙菽乳胜凝脂，半醉黄娇上脸时。只有黄丝人去久，扬州冷落杜分司。"贵州地形竦峭奇特，国梁考察后说："黔跬步皆山"（《旋都有日黔中志别五首》其一注）所以贵州多山田，令诗人一路仰视俯瞰，目不暇接。描写贵州山田耕作，是国梁田园诗的一大内容特色。其《过茅草坪渡鸡贾河至八寨》："夹山处处稻身纷，官道何曾占半分。"《清镇道中》："凉飔来迥野，稻花扬微芬。山家隐橘柚，炊烟上青雯。"《经狗场过清镇县》："绵亘山田辟，逶迤驿路斜。"《黔中竹枝词四首》其二："佃得山家二亩田，剪榛移石垦年年。"这些诗歌既写出山路崎岖，又渲染勾画了沿途山田景致。贵州素有"八山一水一分田"之称，土地有限，且多为梯田，国梁也对此多有描述，如其《发自毕阳》："梯田细界村如画，薛磴斜连径似弓。"《龙里早发雨至酉阳》："梯田过野水，暗流时冷冷。"《雨过丰乐塘》："绿秧水满细塍分，万顷梯田似掌纹。"可见贵州梯田之多，形似掌纹。国梁还注意到山地耕作情形，如《黔西道中》："浣泥屐湿岩头雨，刘豆枝粘树杪霜。"《清平道中见野烧》："香炉风烬落，忽化赤城霞。"《早发大地方至渌濑》："涧水正浑山雨盛，菜花如雪稻田肥。"《发镇西卫过甲池河》："田是歹苏田畔阔，乌蛮久已习耕犁。"（注：歹苏田在卫北十里）描写山地农民的劳动场景，如喜获收成后，山农烧畲以改良土壤。此外，山农种植白菜花，然后刈去也可肥田。中原先进农具的推广，提高了山田作物产量，也令诗人欢欣鼓舞。

还有些诗人描写西域农垦情状，也展现了可贵的爱国情愫。清前已有很多描写西域的诗歌，如唐代岑参有《白雪歌送武判官回京》《轮台歌》，王昌龄有《塞下曲》，或写西域风光，或抒爱国情感。这一题材内容在清代得到继承与创新。

1759年前，清朝尚未完全收复西域，出于军事行动需要，已有小规模屯田之举。收复西域后，清朝为戍边而大兴屯田。乾隆二十二年（1757），乾隆帝诏命："于绿旗兵内，多选善于耕种之人，发往乌鲁木齐，明春即试种地亩，量力授田，愈多愈善。"① 之后，屯垦的范围更扩大到整个新疆。在这期间，有很多诗人意识到，为节约内地人力、物力，西域屯田开垦是不二的选择，这也在他们的诗歌里体现出来。如阿克敦（1685～1756）《宿乌鲁木齐》："戍兵自古需屯策，柔远于今识虏情。"诗人借屯田之举，宣扬国家声威。国梁《得旨调授乌鲁木齐垂再成二律》："无复天骄烦五利，直教地力尽三农"；"尉名搜粟屯兼戍，军过交河兵是农。"描绘出耕战并重的军垦特点。清朝官吏的屯垦政绩也在诗人们的颂扬范围之内。如松筠，字湘圃，嘉庆七年任伊犁将军。史称："乾隆中屡诏伊犁屯田，皆以灌溉乏水未大兴，松筠力任其事，预计安插官兵。惠远城需八万亩，惠宁城需四万亩，乃于伊犁河北引水开渠，逶迤数十里，又于城西北导水泉。凡两城有水之地皆开渠，授田为世业，给谷种、田器、马牛。然旗人多骄逸，或杀食所给牛，鬻田器弃不耕，反覆晓谕始听命。比去任，凡垦田六万四千亩。"② 可见松筠对西域军垦事业是有卓越贡献的。韦佩金有《种麦行为湘圃将军作》予以热情颂扬，其诗曰："多种麦，多种麦，古通西域务屯田，屯田未过渠犁北。圣朝列圣开远疆，军吏按簿仓余粮。军门超投不尽力，出城步步寻官荒。谁谓尔无牛，官厂牧犍犍添犊，去年一头今两头。莫怕堤塘圮，山顶

---

① 《清高宗实录》卷548，中华书局，1986，第982页。
② 赵尔巽等：《清史稿 列传一百二十九》卷342，中华书局，1977，第11115页。

雪消遍地渠，况有官里来行水。今春试耕暂围营，冬日耕余添筑城。白昼打场夜推磨，儿童拍手炊饼大。"诗人从力行屯垦角度，称赞松筠的政绩。此诗还详记松筠采取的各项措施，如规划农田调拨和配备耕牛等，增加了内容的真实性。

收复新疆后，西域的农业经济发展很快，有些诗人从民族认同角度，抒发了悠游自在的异域感受，尽展边疆田园景致。《西域图志》说："圣朝幅宇，荷插如云，土地日辟，时和岁稔，稌黍盈余，十数年以来，休养生息，民庶物阜，乌孙故壤，始熙熙然成一大都会矣。"① 可见，随着与内地交流日益密切，西域逐步繁荣，人们生活较安乐，这种情况也在纪昀、洪亮吉等人的田园诗里得以反映。他们在诗中抒写歌舞升平的景象，反映出西域开发后的新气象。

乾隆三十三年（1768），纪昀被流放乌鲁木齐，直到三十五年才得以回京，归途中创作了《乌鲁木齐杂诗》。纪昀是个典型的馆阁诗人，自始至终都有很强烈的忠君思想，这也在其《乌鲁木齐杂诗》中体现出来。纪昀在《乌鲁木齐杂诗·序》中说："昔柳宗元有言：'思报国恩，惟有文章。'余虽罪废之余，尝叨预承明之著作，歌咏休明，乃其旧职。今亲履边塞，纂缀见闻，将欲稗寰海内外咸知圣天子威德邪隆。开辟绝徼，龙沙葱雪，古来声教不及者，今已为耕凿弦诵之乡，歌舞游冶之地，用以昭示无极，实所至愿。不但灯前酒下，供友朋之谈助已也。"诗人在序中表白自己虽因罪谪，但不敢怨君，还要以馆阁之臣身份，描写边疆生活，以宣扬"圣天子威德"。此外，作为谪官，来到伊犁后，并非是服苦役。一般承担较清闲的差

---

① 王豪、韩慧校注《西域图志校注》，新疆人民出版社，2002，第7页。

使，生活还算安定。如"伊犁将军公署以印房为机速之所，册房为图书之府，此外则有粮饷处、营务处、驼马处、功过处。……督抚藩臬大僚谪戍者类，派粮饷处；提镇类，派营务处。余又有军器库及船工、屯工、铜厂等处。军器库事最简，一月止上衙门一次，以优贫老者。船工、屯工则须移住城外，以便督率"（洪亮吉《天山客话》）。可见谪官在西域的大体生活。纪昀就任戍所"印务章京"，这是份闲适的差使，生活还算安定。这使他有闲情逸致，搜集西域风土人情作为诗料，在遇赦回京途中，很快作出《乌鲁木齐杂诗》。

《乌鲁木齐杂诗》中的有些诗歌描写农垦的盛大场面，赞颂收复新疆后，力行开垦的显著效果，虽有歌功颂德的意味，但也写出了农垦对西域开拓的推动，说明农垦对西域农业经济的促进作用。由其诗可知，军民的屯垦，不仅使粮食充足，也减轻了国家财政负担，使西域稳定有了坚实的后勤保障。《乌鲁木齐杂诗·典制》其六写道："藁砧不拟赋刀环，岁岁携家出玉关。海燕双栖春梦稳，何人重唱望夫山。"反映出士兵们可以携带家属到新疆屯田。其九说："烽燧全消大漠清，弓刀闲挂只春耕。瓜期五载如弹指，谁怯轮台万里行。"反映军屯士兵五年一替的情况。另如《乌鲁木齐杂诗·风土》其二十三："秋禾春麦陇相连，绿到晶河路几千。三十四屯如绣错，何劳转粟上青天。"这首诗的注里说："中营七屯，左营六屯，右营八屯，吉木萨五屯，玛纳斯四屯，库尔喀拉乌苏二屯，晶河二屯，共屯兵五千七百人。一屯所获，多者逾十八石，少者亦十三四石。"可见军垦规模之大，收获之丰。

《乌鲁木齐杂诗》中的田园诗，还有一个重要内容，就是详记西域风物，以真实生动见长。如《乌鲁木齐杂诗·物产》

其一："蒲桃法酒莫重陈，小勺鹅黄一色匀。携得江南风味到，夏家新酿洞庭春。"自注："贵州夏髯以绍兴法造酒，名曰仿南，风味不减。"其二："茹家法醋沁牙酸，滴滴清香泻玉盘。"自注："（茹把总的老婆）善酿醋，味冠一城。"其四："旋绕黄芽叶叶齐，登盘春菜绿玻璃。北人只自夸安肃，不见三台绿满畦。"自注："三台黄芽菜，不减安肃莱菔，亦甘脆如梨。"其九："新稻翻匙香雪流，田家入市趁凉秋。北郊十里高台户（甘肃高台县移民），水满陂塘岁岁收。"自注："高台户所种稻米颇类吴秔。"他以大型组诗，详写边疆田园风物，为了说得清楚，每首都有详细的自注。这些小注便如精致的散文，可堪与诗并读。

纪昀之后，诗人洪亮吉也曾遭贬西域。嘉庆初，洪亮吉上《极言时政启》言事，称："人才至今日消磨殆尽矣。数十年来，以模棱为晓事，以软弱为良，以钻营为进取之阶，以苟且为服官之计，由所遭者，无不各得其所欲而去，以定衣钵相承牢结而不可解……"这些激烈的言辞，触怒了嘉庆帝，使洪亮吉被遣戍伊犁。

洪亮吉遭贬出塞的经历，使他获得了一次探寻新疆自然的机会，丰富了他的诗歌创作，成就了他诗坛上的地位。在此期间，洪亮吉寻幽探异，以极大的兴趣记录奇风异俗，形之诗章，以至于后来赵翼羡慕地说："国家开疆万余里，竟似为君拓诗材。即今一卷荷戈诗，已如禹鼎铸魑魅。""生平豪气隘寰区，事不惊人不丈夫。出塞始知天地大，题诗多刜古今无。"

诗人在遭贬期间，仍有些西域田园诗歌，呈现积极乐观的风格。其原因大致有二：一是早年的贫困生活经历，磨砺了他坚强的意志，故能处逆境而不失常态。洪亮吉幼年丧父，很早就支撑起了养家的责任。同时,他也在科考的路上艰苦的跋涉,直到四十五岁才成为进士,可谓晚进。这些坎坷的人生经历,不仅培养了诗人的进取精神,也使他具备了超越一般文弱书生的坚强。二是洪亮吉具有传统知识分子的忠君意识。他甘冒大险,向嘉庆皇帝上书,历数时弊,就是为了能够尽到一个臣子的责任。即便是因此引来龙颜大怒,使自己几遭不测,也在所不辞。这不仅见证了他的政治勇气,更体现了他对朝廷的忠诚,这一品质即使在他遭到贬谪的打击后也不曾失去。他说:"即如同一谪官也,摩诘则云:'执政方持法,明君无此心。'不特善则归君,亦可云婉而多风矣。若文房之《将赴岭外留题萧寺远公院》则直云:'此去播迁明主意,白云何及欲相留?'殊伤婞直也。孟浩然云:'不才明主弃',亦同此病,宜其见斥于盛世哉。刘、孟之不及出亦以此。"诗人刻意表白,即使是身遭贬谪,也应在诗歌里表达忠君思想。所以他有意讴歌西域物阜人丰的景象,创作了很多格调明朗积极的田园诗。

洪亮吉的西域田园诗内容丰富,不避琐细,不厌平俗,寓有平实之美,体现了诗人乐观的人生态度和豁达潇洒的人生观。在赴西域戍所途中,洪亮吉路过哈密,品尝了著名的哈密瓜后说:"果以哈密瓜为上。即古之敦煌瓜也。然必届时至其地食乃佳。若贡京师者,则皆豫摘,色香味多未全,非其至也。"① 他还在《自哈密至苦水铺作》中写道:"两车一马装亦华,后乘满载敦煌瓜。一旬戈壁苦无食,幸与瓜时适相值。日昨长流河,今日苦水泉。不复置茗椀,惟应进瓜盘。两旬遥遥入关口,纵剩数瓜当亦朽,即以车藏酒泉酒。"诗人来到哈密

---

① 洪亮吉:《北江诗话》卷1,苏州大学古籍室藏书,第16页。

瓜原产地，得以品尝贡果，心情为之一畅。洪亮吉所在的伊犁风景秀丽，无殊于内地。这也使诗人暂时忘却了离家远行的苦恼和政治失意的悲伤，抒写了一些闲适的诗歌。他的《伊犁纪事诗四十二首》其十二："日日冲泥扫落苔，一条春巷八门开。外台自有萧闲法，携具方家说饼来。"他说："伊犁所产稻，籽粒极大，但悉资雪水浇灌，性又甚寒。塞外无物可唉，惟麦饼尚烘炙有法，余虽年过五十，齿利如铁，一日可尽一枚，常戏呼之为婆焦饼。"足知诗人对这种饼的喜爱。其三十七："戟门东去水潺湲，山色周遭柳作垣。日昃马行三十里，纳凉须驻会芳园。"春暖花开，雪水融化，灌溉着边疆的奇花异草。破冰之后的原野生机无限，令诗人襟怀一畅。

随着清人对西域的认知和了解日益深入，在纪昀、洪亮吉之外，还有很多清代诗人对新疆各地的田园风貌进行描写，体现独具特色的边塞风貌，也很具写实性。如方士淦（1787~1849）有《伊江杂诗》写伊犁的水利建设："沃土原宜谷，疏河可溉田。岂烦权子母，多费水衡钱。"诗人记写了"锡伯渠"，激赏此渠的功用。哈密也是农业生产较发达的地区，李銮宣（1758~1817）《将抵哈密，村落棋布，耕褥相望，边塞始见春光矣，口占二绝句》之一写道："黄尘不动午风暄，负郭人家正灌田。"此诗反映哈密农民乐业，在一定程度上说明当地的农耕兴旺景象。另外，奇台的农业生产也较发达，如和瑛（？~1821）有《奇台晓发》之一："旧昨来斯境，烟村人望新。豆麻征土沃，鸡黍识民淳。牛背牧童稳，岭头山树匀。行人重留恋，去矣复逡巡。"由诗中看来，奇台的农作物生长茂盛，村民安居乐业，已无异于内地。萧雄在西域幕府期间，作有《西疆杂述诗》，其《牧养》中写道："队队牛羊下夕晖，春风海上草初肥。贰师最有关心事，却笑而今已不稀。"汉武帝时期，为得西域千里马，曾派"贰师"将军统兵远征，而现在清朝一统的形势下，新疆已成为国家的天然牧场，为清政府输送大量牛羊马匹，这也是歌功颂德的笔调。另有《耕种》道："四月东风已解冰，麦苗初长稻苗青。双驱骏马勤耕陇，不待天明早唤醒。"《纺织》："木棉花下女郎多，摘得新花细马驮。手转轴轳丝乙乙，不将粗布换轻罗。"《蚕桑》："彩帕蒙头手挈筐，河源两岸采柔桑。此中应有支机石，织出天孙云锦裳。"这些田园诗的语句虽质朴，所体现的创作视野却更开阔。诗人以务实的笔触，对移民在新疆的农业生产进行分门别类的描写，展现西域民垦的卓著成效。从中可知移民屯垦也并不仅限于乌鲁木齐一地，内地先进生产经验和农具解放了西域的生产力，促进了整个新疆的开发。

施朴华（1835~1890）在西域期间，也作了一些田园诗。这些诗歌，在表现手法上，较为细致详实，偏重于个人经历的叙述，能生动呈现出西域生活的细节。在所表达的思想内容上，诗人所追求的已非开疆拓土的不朽功业，而把关注的角度，更多的投向平民的生活，传达出民众的心声。在格调上，较平实厚重。诗人曾从西北军入疆，这期间作有《朗公节帅为余营室阿城之旁筑圃数亩以种菜作此奉谢》曰："我生四十载，赁屋苕溪皋。寸土非我有，愧彼墙上蒿。蝎来走秦陇，旅舍悲寂寥。安知万里外，享此堂宇高。暖日辉重檐，微风通疏寮。白翻一渠水，翠拂千柳条。谁为经营之，大将拥节旄。高牙罗壮士，广厦留吾曹。平生九九术，宁足虚席招。正当自隗始，适馆多英髦。公家西子湖，百顷堆烟涛。楼台亦未起，惜哉戎马劳。侧想功成归，岸帻湖上桥。访公话西事，一系苕溪桡。

阿城富蔬果，薄采堪盈筐。手足劳有获，食之尤味长。我既居此屋，堂户生辉光。还乞数亩地，树艺屋之旁。引水别筑渠，垒土旋成墙。帐下貔虎士，畚锸十日忙。默计斯圃成，未耜我手将。人苋紫成列，兔葵青分行。豆棚接瓜架，络纬鸣宵凉。在昔英雄人，闭户时晦藏。辛苦学种菜，猛志仍飞扬。我固非其徒，聊辟蓁芜荒。力耕无寄托，实事求充肠。赋命况穷薄，福泽宜自量。终朝饱鱼肉，无乃天所殃。我郡勤育蚕，亦复识其方。父老倘顾问，尚能言种桑。"全诗从四十年生涯说起，起笔开阔不凡。而后称扬大帅礼贤下士的风度，并以"千金买马骨"的历史典故自谦，也切合诗人幕僚身份。然后才说到自己建圃种菜的事，诗中有句："力耕无寄托，实事求充肠。""父老倘顾问，尚能言种桑"，说自己作为一介文士，也愿为促进农垦事业尽绵薄之力。《轮台歌》写道："胡麻叶大麦穗黄，百株垂柳千株杨。东村西村通桥梁，鸡鸣犬吠流水长。养蚕作茧家满筐，种豆绕篱瓜绕墙。趁墟日出驱马羊，秧歌杂沓携巴郎。怀中饼饵牛酥香，巴郎汉语音琅琅。中庸论语吟篇章，阿浑伯克衙前忙。分水雇役兼征粮，衣冠大半仍胡俗。郡县从新隶职方，轮台之悔思汉皇。穷兵西域晚自伤。后来岑著作，歌词尤慨慷。……轮台之歌我继作，人间何处无沧桑。"轮台是西域古城，诗中引汉武帝"轮台悔过"的典故，隐寓反战思想。诗人还对轮台农业情况进行了周到的描写，如胡麻、大麦，村落的小桥及庄园的鸡鸣犬吠，无不透露出西域田园的安宁与美好。

恬静质实的田园生活，吸引着诗人，并激发了他们的创作灵感。在田园诗里，他们细致梳理乡野素材，辅以真挚的人生感悟，赞美了勤奋的劳动，表达出农民质朴的希望，为平凡的田园生活增添了一抹亮色，也充实了诗人的乡野人生。其中的一些边地田园诗不仅抒写了千姿百态的边地田园生活，还承载了民族文化，展现了地域精神，也是人民情感的重要载体，在清代田园诗里，有其独特的价值。

第二节　摹绘娱乐生活，歌咏民间文艺

清代田园诗记录下多种地方歌舞形式，展现繁荣的民间文艺，反映人们对真善美的追求，表现农家蓬勃向上的精神面貌，别有一番韵味。康熙年间的《保定府祁州束鹿县志》载："俗喜俳优，正月八日后，高搭戏场，遍于闾里，以多为胜。弦腔、板腔、魁锣桀鼓，恒声闻十里外，或至漏下三鼓，男女杂沓，犹拥之不去。"①可见，清初的民间文艺已是非常繁荣，这自然丰富了清代田园诗创作的题材。而雍正六年（1728）有诏："至于有力之家，祀神酬愿，欢庆之会，歌咏太平，在民间有必不容己之情在。国法无一概禁止之理。"（《清世宗实录》六年三月）官方的支持不仅助长了地方歌舞艺术的普及，也促进了诗人的创作热情。他们积极记录下灿烂辉煌的民间歌舞，使其田园诗成为一朵诗歌领域的奇葩。

清代诗人重视世俗生活，熟悉并描绘璀璨的民间歌舞艺术，绘声绘色地展现田园娱乐生活，使那些乡野歌舞，如一颗颗熠熠生辉的明珠，点缀在诗歌里。有些诗人描写元宵节的娱乐活动，展现了张灯结彩的热闹场景。宋代洪迈《容斋随笔》说："上元张灯，《太平御览》所载《史记·乐书》曰：'汉家祀

---

① 刘昆等纂修《保定府祁州束鹿县志》卷8，康熙十年（1671），民国二十七年铅印本，第19页。

太一，以昏时祀到明。'今人正月望日夜游观灯，是其遗事。"① 可见这天有舞灯等传统娱乐活动，很是热闹喜庆。清代诗人王懋纮《和艾堂试灯四绝句》其三："我是田间击壤民，亦从州里共迎新。眼看灯市多鱼兔，未有人家识凤麟。"钱陈群《双槐书屋消寒第二集各赋冬月土风成十六首》其十三："沿村预习采茶灯，竹马儿童被彩缯。衒衒竹龙翻出海，逢人夸耀夺珠能。"其十六："画裤朱衣舞欲颠，追寻旧例启长筵。黄狮自大青狮小，一样公堂赐酒钱。"在正月十五元宵节，村民扎的灯有各种造型，还舞龙灯和狮子灯，其中以夺珠龙灯为冠。朱珔《上元前后夕，月色皎然。诸村灯戏至，俯仰今昔纪之以诗五首》其一："火树星桥取次过，喧喧鼓吹闹春和。九霄皓月圆如许，添得银灯彩色多。"《黄霁青岸舟消寒第五集赋踢灯词十二首》其五："坊歌社舞太喧嚣，不奈儿童气更骄。羯鼓声欢羌管脆，齐来助势闹元宵。"这些诗歌表现出节日期间的庆祝场面，生动刻画了元宵节灯市的繁盛，再现了妙趣横生的舞灯表演。

诗人描写民间文艺活动，也涉及祈年庆丰的歌舞表演，但已淡化了其中的宗教成分，主要借民俗庆典描写，突出其娱乐效果。如陈祖范（1676～1754）《春社乐歌》："有年兮自古，率妇子兮乐田祖。"言明春社作乐起源于"田祖"祭祀，已是民间娱乐的重要形式。朱葵之《拟陆放翁丰岁一首用原韵》："如享太牢欢聚族，要绥八蜡妥迎神。"写民间"迎神"表演，庆祝丰收，也为族人欢聚提供了机会。钱世锡《看西涧作画戏作长句》："村优登春台，歌舞眩儿童。儿童观剧亦何乐，但爱官人乌帽穿袍红。世人看画亦论诗，何异村童看剧短识知。白

---

① 赵杏根：《历代风俗诗选》，岳麓书社，1990，第9页。

描高手屏不爱,惟爱十斛涂胭脂。西涧作画如作诗,沈吟取格每逾时。忽然有得快落笔,雨叶风枝随手为。劝君伸纸弗高格,多画牡丹多著色。商彝周鼎弃沟渠,吴门药制宣炉百金直。我今颓唐百不惜,胡琴碎市亦何益。望君画贵多直钱,分我润笔沽酒吃。"诗中展现了原画内容,是村人观剧的场景。谈画之外,诗人用更多的笔墨表达一定的思想,对画意进行联想发挥,更寓有己志,表达对尘嚣世事的厌倦。姚燮《西沪棹歌》:"兰冠荔袂饰姣童,鼍鼓喧阗竹炬红。村女压塍看故事,绉衫都带稻花风。"诗人自注:"以十余岁童子饰作故事,夜则燃竹夹行之,又名火把会。是日,男女皆出现。"此诗即六月时西沪"赛稻花会"的情景。王汝璧《祭耒词》:"香烟裔裔云满空,吹豳沃酒祭先农。五音繁会始用畅,朱弦弹出陶唐风。垂头似柳曲木柄,酒旗遥指农祥正。""祭耒"为的是祈福,诗人描写这一祭祀场景,突出悠扬的音乐演奏,原诗自注:"夏小正始用畅,愚谓畅乐名尧时琴曲,有神人畅。盖祭耒作乐以和神人也。"反映了祭祀音乐的源起。从上述田园诗可知,乡野文艺盛行各地,是民间祭祀的组成部分,也为乡间娱乐推波助澜,并生生不息。

"社日"文艺生活也是诗人们关注的领域,他们在田园诗中展示了很多社日活动场景。由这些作品可知,各地人们以自己喜闻乐见的方式,丰富了社日期间的娱乐生活。高承《事物纪原》说:"《礼杂记》:子曰:'属民而饮酒,劳农而休息之,使之燕乐,是君之泽也。'今赛社则其事尔。"[①] 说明社日"燕乐"自古即有,是民间传统节日。韦斯特在他的《假日》一书

---

① 赵杏根:《历代风俗诗选》,岳麓书社,1990,第4页。

中曾说:"大多数的节期都是假期,人们于此日抛开俗务,专志虔诚地去参加宗教的仪式以弛缓精神,因之文化越进步,节期之经济及社会的意义也就越大。对于农民及艺徒,节期放松了他们肉体的紧张,对于社会上的各阶级,则予以游行、宴会、游艺、宴乐、寻欢的机会,使人们得以发泄其游戏的本能。"① 可见,节期如同全民的盛宴。社日也不例外,这一节日以祈年庆丰为主,有很多文艺活动。如杨度旺《宿栖谿口闻村歌》:"谁家喧社鼓,也当听吴讴。"由此诗可知,社日时,人们祈年景,庆丰收,载歌载舞。沈学渊《南村》:"鸡豚腊酒延娇客,箫鼓斜阳赛社神。便与柴桑结邻住,此中犹有葛天民。"全村老幼击社鼓、饮社酒,一派喜庆气氛。王衍梅《春社词》:"凤凰山下凤凰街,凤凰街口社王牌。鸣钲点烛神牌下,社日家家作春社。黄鸡彩蛋漆盒盛,花猪簇簇堆肥牲。社公社母东西向,藓履苔衣石为像。……日影渐斜桑影绿,黄髯奏刀来割肉。家家持肉归尔屋,祭埽家堂散神福,醉饱不闻儿夜哭。"写春社场景,人们齐盼吉祥康乐,共庆佳节良辰,为新一年的劳动作准备。诗中呈现喧闹热烈的社日娱庆场面,反映农村文艺生活的真实图景。

诗人综合乡村娱乐元素,从中汲取艺术灵感,从不同角度,反映大众欣赏风尚。他们描写激动人心的民间演出,呈现千姿百态的娱乐生活,使其在田园诗歌里大放异彩。吴处厚曾说:"今世乐艺,亦有两般格调,若朝庙供应,则忌粗野嘲哳;至于村歌社舞,则又喜焉。"② "粗野嘲哳"的村歌社舞,多以

---

① 曲金良:《后神话解读——中国民俗幽冥幻象及其艺术精神透视》,北京文化艺术出版社,1998,第57~58页。
② 吴处厚:《青箱杂记》卷5,中华书局,1985,第76页。

俚语土音演唱，符合民间娱乐需要，并日渐丰富完善，不仅赢得了百姓的喜爱，也引起了诗人的创作兴趣，从而在乡村诗里频频出现。如陆箕永《绵州竹枝词》其五："一派秦声浑不断，有时低去说吹腔。"诗人自注："俗尚乱'谈（弹）'，余初见时颇骇观听，久习之。"此诗是写"秦腔"的感染力。尤维熊《燕齐道中杂诗》其九："十里喧声殷若雷，趁墟人压集场开。日斜听说新词好，时有村盲负鼓来。"诗中描写演出大鼓戏的盛况。李声振《百戏竹枝词》之《师婆》："牛皮小鼓动花村，马子新延女道人。看罢篆烟膜拜好，阖家喜乐二郎神。"诗人描述俗名"道妈子""神马子"的女巫，她们在春日击牛皮小鼓，歌襄"二郎神"（又称"看香""喜乐"）巡行村落。《扎高脚》："村公村母扮村村，屐齿双移四柱均。高脚相看身有半，要知原不是长人。"诗中反映了"踩高跷"的表演活动。活动中由农民扮村公村母形象，脚下踩着两根木柱，几乎有身高的一半长，载歌载舞，滑稽可乐。庄宝澍（1847～1901）《新春杂咏十四首》其六："钲鼓仓琅沸若雷，前村社火后村来。秧歌子弟尤年少，日向旗亭赌唱回。"是富有活力的秧歌演出。其七："土锉绳扉下泽乡，泥龙瓦狗舞郎当。秋千彩索连环结，花面丫头正上场。"写民间秋千表演。赵函（1780～1845）《傀儡行》："郭郎登场鲍老笑，竿木一身任颠倒。居然歌哭蔡中郎，但少心肝陈叔宝。都昙答腊乍一声，胡琴羌管咿呜呜。羡君玲珑体骨轻，掉臂直上屏风行。弋阳新腔变古调，凉州妙舞含余情。轩然旗帜拥甲兵，领军面目骄可憎。桃梗路逢土偶语，袍笏从容相尔汝。喁喁恩怨不肯休，世间有此痴儿女。魏梁院本无人知，金傀儡亦罢水嬉。獐头鼠目行处有，五官虽具徒尔为。虎贲将军木居士，举世纷纷窃其似。扶娄狡狯亦大奇,能令公怒令公喜。市人一哄傀儡止,偃师之技只如此。"描写木偶戏的精彩表演。做工精致的木偶,在人的操纵下,伴随着悠扬的音乐,俯仰自如,演绎人间的喜乐悲欢,呈现高超的艺术水平。由上述田园诗可知,一些来自民间的演出,不仅能够细腻传神地塑造人物,还有生动的故事情节和高超的表演手段,给观众极大的艺术享受,令诗人赞叹不已。

清代田园诗也融合了民间戏剧元素。诗人以精确的艺术把握,将戏剧表演放置在田园场景中,抒写地方戏剧与田园生活的多元交流,结合观戏体验,突出民间戏剧的感染力,体现了民间戏剧对乡野的沾溉,使土剧乡音在田园诗里占有一席之地。由这些田园诗可知,清代民间戏剧种类繁多,能够适应不同观赏风尚。如焦循《观村剧》:"桑柘阴浓闹鼓箫,是非身后属谁家。人人都道团圆好,看到团圆日已斜。"写出人们对村剧的迷恋,可知观众们欣赏村剧,以至移晷弗去,欲罢不能。孙显《偶检春间旧作得山村春剧竹枝七首》其三:"村娃雅趁好衣裳,群起如鸦兴趣长。挥汗岂知红日烈,本来面上带斜阳。"由此诗可知,村童们也喜欢戏剧演出,他们不顾烈日酷暑,在戏场流连忘返。佚名《姑苏四季竹枝词》之《春台戏》:"前村胜会可寻欢,集秀名班必要看。"可见吴中戏班已颇具规模,并具较高的演出水平,有"名班"之誉。郭凤《偕退麓诸君游胥山》其三:"村姑野妇平田聚,竿木逢场作戏来。"说明清代戏剧以其质朴自然的表演,受到村姑、野妇的青睐。孙显《偶检春间旧作得山村春剧竹枝七首》其二:"筠筒横手角圈晴,学究规模画不成。四起晚烟催客散,路旁络绎问先生。"反映春剧在民间大受欢迎,其丰富内涵也引起了观众的兴趣,散场之后,回味不已,议论纷纷,有人还积极向饱学的村夫子讨教。郭凤有《题芝生画春郊演戏图》:"豳风图绘丰年意,女织田耕各事事。春郊作剧意近荒,蒋生落笔妙游戏。春旗插处当风扬,一台高出依垂杨。前村后村通略彴,稍远几处浮轻舠。日光将午钲声动,袒裼来前若贾勇。侏儒短小羡长身,不踏田畴踏荒冢。村姑野妇平田集,狼藉胭脂画眉阔。怀中呱呱或索乳,仰首贪看厌儿聒。摊钱树底人一丛,帽檐低拂花枝红。卖饼卖浆列成肆,吹箫担鼓围儿童。蒋生笔意兼疏密,一一描摹肖纤悉。千人万人沸如海,疑有声从纸上出。往时寒食一百五,记共村人赛田祖。看场圆处忽星散,飘出几点清明雨。画中观剧当春晴,见猎心喜犹怦怦。眼前此景勿轻视,须年谷熟须时平。"此诗以巧妙的布局结构,由远而近,对观众、演员、小商贩等众多人物展开描写,体现了民间观剧的盛况。戏台四周的景色人物,经过诗人艺术处理后,安排得井井有条,疏密得当,可谓"一一描摹肖纤悉",再现了万人观剧的盛况。我们如睹四乡八镇的观众齐集观戏,也似乎听到戏台周围小贩的叫卖声,热闹无比,有较广阔的艺术想象空间。

  由清代田园诗可知,民间文艺已摆脱地域限制,在不断的交叉融合,这不仅丰富了人们的娱乐生活,还提高了人们的欣赏水平。如乾隆年间收复西域后,乌鲁木齐人口与内地交往密切,逐渐开始繁荣起来。纪昀在《乌鲁木齐杂诗》的序言中也说:"夫乌鲁木齐初西番一小部耳。神武耆定以来,休养生聚仅十余年,而民物之蕃衍丰腴,至于如此,此实一统之极盛……古来声教不及者,今已为耕凿弦诵之乡,歌舞游冶之地。"可见,西域日益繁荣的生活环境,促进大量文艺形式出现。这也在纪昀的《乌鲁木齐杂诗》中得以记录,如《乌鲁木齐杂诗 游览》其十:"越曲吴歈出塞多,红牙旧拍未全讹。诗情难似龙标尉,好赋流人水调歌。"其十五:"老去何堪出玉门,一声楚调最销魂。低徊唱煞红绫裤,四座衣裳宛酒痕。"其十六:"稗史荒唐半不经,渔樵闲话野人听。地炉松火消长夜,且唤诙谐柳敬亭。"描写有乌鲁木齐各种曲艺形式,其中不乏来自内地的文艺节目。它们活跃了边疆人民的精神生活。戏剧角色也众多不一,如《乌鲁木齐杂诗 游览》其十二:"乌巾垫角短衫红,度曲谁如鳌相公。赠与桃花时颒面,筵前何处不春风。"其十三:"半面真能各笑啼,四筵绝倒碎玻璃。摇头优孟谁描写,拟付龙门作品题。"其十四:"逢场作戏又何妨,红粉青娥闹扫妆。仿佛徐娘风韵在,庐陵莫笑老刘郎。"其十七:"桃花马上舞惊鸾,赵女身轻万目看。不惜黄金抛作垺,风流且喜见邯郸。"上述诗歌里,提及老生、丑角、旦角等戏剧角色,其高超的艺术技巧和返璞归真的表演,产生极佳的舞台效果,为新疆文化艺术建设做出了贡献。

在田间地头,人们即兴而作的一些民歌,也引起诗人兴趣。悠扬的民歌,不仅具有鲜明欢快的节奏,还可使人们在劳动中统一动作,提高效率,也为诗人记录在田园诗里,展现了田间劳作场景。如徐中舒《竹枝词二十四首》其七:"干田车上山溪水,一片歌声唱夕阳。"袁楷《彭山竹枝词 农》:"十亩新畬五亩禾,彭门爱唱插秧歌。"程伯銮《桂溪四时竹枝词》其五:"坂田车上秧田水,是处山歌闹夕阳。"何承鑫《湘潭竹枝词》其六:"惟有春光更駘宕,满村齐唱'采茶娘'"。清瑞《京口竹枝词》其九:"陇畔黄云压地多,上忙才了听秧歌。乡村四月无闲鸟,打麦声中叫刮锅。"唐景勋《彭山竹枝词 农》:"绣壤芳塍一片青,歌声袅袅绕旗亭。"顾荃《秧歌》:"大田甘雨足西东,乐事农歌处处同。遍插偏依折柳岸,分排又过落梅风。欢声互答千畦外,清响遥生一水中。最好儿童乘竹马,仓箱预祝慰年丰。"由上述诗歌可知,在星罗棋布的村落里,悠扬激越的民歌此唱彼和,气氛活跃,饶有真趣。诗中提到的"采茶娘""插秧歌"等,不仅是乡间歌曲的名目,还与特定的农事有关。这些作品反映人们采茶、插秧等劳动。从中可见,人们在生产中普遍吟唱民歌,用以缓解疲劳,也使生产劳动更加协调。

清代田园诗通过描写民歌演唱,呈现独具特色的地域风情。如黄遵宪有《山歌》十五首,便全面彰显了客家情致。"山歌",本是一种民间小调,在客家族盛行。黄遵宪《山歌》自注:"土人旧有山歌,多男女相思之辞,尚系獠疍遗俗。今松口、松源各乡尚相沿不改。每一辞毕,辄间以无辞之声,正如妃呼豨……"又其《山歌》序:"土俗好为歌,男女赠答,颇有《子夜》《读曲》遗意。采其能笔于书者,得数首。"这些已成为"土俗"的民歌,黄遵宪自幼便已熟知,故能以之入诗,运用地得心应手。如他的《山歌》其三:"买梨莫买蜂咬梨,心中有病没人知。因为分梨故亲切,谁知亲切转伤离。"其八:"自剪青丝打作条,亲手送郎将纸包。如果郎心止不住,看侬结发不开交。"其九:"第一香橼第二莲,第三槟榔个个圆。第四夫容五枣子,送郎都要得郎怜。"其十二:"做月要做十五月,做春要做四时春。做雨要做连绵雨,做人莫做无情人。"诗歌以谐音双关的手法,杂用客家方言土语及俗谚俚谣,吟咏客家风土人情,生动活泼,富有民歌风味。

劳动人民以其超卓的艺术创造力,在民歌里融合优美的旋律和乡村旷野之美,震撼了诗人心灵,触发其内心情愫,成为诗歌创作的契机。王闿运就深刻体会到了民歌的魅力,他说:

"宿石亭,醴陵地,听樵唱山歌,文情并美,有古诗之意。……《风》《骚》美人之词托意正如此也。"① "泊马家圩,闻筑堤人田歌,声同衡湘,所谓楚歌也,哀怨有屈宋之遗。"② 可见民歌的魅力,这也在很多田园诗里得以体现。这些诗歌不仅反映了民歌的艺术感染力,还宣泄了诗人的内心情感。如张清标《题杜茶村镫船歌后》其一:"煞尾声传感逝波,南朝往事已消磨。苍凉一掬兴衰泪,进入渐渐《麦秀歌》。"悠扬的《麦秀歌》,触发了诗人的思古之情,使其联想起南朝兴亡的历史。《汉川西赤壁街为五赤壁之一余数过之见垂杨数十株摇曳西风落照间为赋二绝句》其二:"摇落新河欲上潮,西风吹浪打山椒。凭谁问取孙曹事,间听渔歌出苇萧。"由此诗可知,三国争霸之事一去不复返,当年水战之地长满了芦苇,其中传来若隐若现的渔歌,令人感喟深沉。孙显《偶检春间旧作得山村春剧竹枝七首》其七:"荧荧灯火接残阳,歌舞终须有散场。百代兴亡成底事,大家回去细思量。"借写民间歌舞,慨叹朝代兴亡,语带沧桑,感人至深。萧雄《乐器》:"龟兹乐部起纷纷,调急弦粗响遏云。忽听名呼胡拨四,不禁低首忆昭君。" "胡拨四"即琵琶。宋俞琰《席上腐谈》载:"王昭君琵琶坏,使胡人重造而其形小,昭君笑曰:'浑不似'。今论为胡拨四。"③ 可知汉代传入西域的琵琶,至清代仍为乐人使用。诗人敷衍历史与传说,借描写西域歌舞场景,揭示出西域音乐与中原的联系,也表达出对古人的缅怀。

---

① 王闿运:《湘绮楼诗文集 说诗》卷2,上海国学扶轮社重刻石印本,清宣统二年(1910),第4页。
② 王闿运:《湘绮楼诗文集 说诗》卷4,上海国学扶轮社重刻石印本,清宣统二年(1910),第6页。
③ 赵杏根:《历代风俗诗选》,岳麓书社,1990,第427页。

诗人还借民歌曲目、唱词为诗，抒发民生关注的情怀。"乐者本于声，声者发于情，情者系于政。盖政和则情和，情和则声和，而安乐之音由是作焉。政失则情失，情失则声失，而哀淫之声由是作焉。斯所谓音声之道与政通矣。"① 敏感的诗人，总能从民间文艺里，倾听到底层百姓的心声。清代民歌经诗人艺术加工，反映百姓苦难，批判阶级压迫和民族不平等，增添了田园诗的人文情怀。如"打草竿"是云南民歌，清代诗人沈寿榕任职云南期间，作有《打草竿歌二十首》。原诗前自序："滇俗耕者行者皆藉地息劳，唱打草竿。汉夷音杂不能辨。亦不详其名之由。按通志：'昔辽士戍滇放马牧场，以竹竿打草。有思归之心因作是歌。其音悽悲。'余权迤南道，两易寒暑边安岁稔，幸告无过，惟是才拙年老，志在田里，闻其歌不能无感焉。唐元次山官道州作《舂陵行》，以达下情，刘文房刺连州作《插田歌》，以俟采诗。今迤南所辖之普洱府、镇沅厅、元江州皆僻陋，在夷复值兵后，催科不已，民穷无告。事有不能达于上，又不能隐于中者，用作俚言成打草竿歌二十首。嗟乎，辎軒不至，壅塞之苦同于水火。天胡不仁而生民于夷，吏胡不仁而敢虐于夷也，余胡不幸而治民于夷也。是歌也，抑余之罪也夫。时光绪辛巳闰七月十七日。"由此序可知，诗人任职边疆，听闻"打草竿"后，很感兴趣，加以详考。他认为，这一民间小调应起源于宋辽时期，是戍边士卒打草时随口而唱。诗人还仿"打草竿"的音韵句式为诗，将其比为"唐元次山官道州作《舂陵行》"及"刘文房刺连州作《插田歌》"，说明诗人之所以重视民歌，是借以抨击"吏胡不仁而敢

---

① 白居易：《白氏文集》，《四部丛刊初编 集部》第45卷，上海书店，1989，第77页。

虐于夷也"。诗人知晓吏治黑暗，并为民生感叹道："牺轩不至，壅塞之苦同于水火。"他难抑悯农之情，演绎民歌土调，"以达下情，以俟采诗"。故全诗虽以民歌为创作素材，却重在抒情，隐刺时弊。如其二："打草竿，夷人难。旱谷米不贵，（旱地种谷曰旱谷米）梭罗布不宽。（夷人所织之布名梭罗布）男耕女织家家安，穿衣吃饭莫见官。"其三："打草竿，草渐长。草短短，勤栽秧。草离离，催开荒。草正青，谷未黄，四门乡约追兵粮。"其六："打草竿，短衣襟。郎上路，妾上心。十三版纳烟瘴深，出关换得花几斤。（注：以思茅茶贩至夷地易棉花）纳了扛税（注：夷长每于津隘设税每驼银一钱曰扛税）抽厘金。"（注：内地取设滇省处处有之）其十四："打草竿，莫做官。昧了心，心不安。用了心，心不宽。满口吃梅子，不知肠里酸。江头高处望，多少顺风船。"在这组诗里，诗人道出云南夷民受官吏欺压的现实，反映他们在赋税盘剥下的生活，流露出一位封建士大夫的良知。

清代田园诗还描写到一些民间历史剧，或赞高士风范，或教忠说孝，有其惩恶扬善的作用，给人以极大的教益。焦循《花部农谭》评论村剧说："其事多忠孝节义，足以动人，其词直质，虽妇孺亦能解，其音慷慨，血气为之动荡。"可见，村剧上演通俗易懂的民间故事，能够启迪人们的思想，具有一定的教化功能，也在田园诗里得以反映。如焦循《观村剧》其二："太平身世许清闲，况是疏慵鬓已斑。为笑罗洪先不达，状元中后始归山。（是日演此剧）"演绎村剧内容，此剧改编自明嘉靖状元罗洪先的事迹，赞扬不贪恋富贵的品格。董平章《山村元夕即事》其三："神弦旧制送迎词，新样秧歌唱竹枝。似听蔡中郎故事，登场也学演传奇。""蔡中郎"即东汉蔡邕。

后人杜撰他弃妻求荣，并演为曲艺，批判这一不道德行径。袁昶《村剧》："社鼓鼛鼛出破祠，国于蜗角执冰嬉。傩为鬼祟真如戏，榻有人躺了不知。已遣傅芭扮楚崽，又看射柳效胡儿。纷纷藉藉兴亡事，付与村翁浊酒卮。"提到了村剧的角色扮演，如"扮楚崽""效胡儿"等。孙显《偶检春间旧作得山村春剧竹枝七首》其一："十番锣鼓闹前山，游冶如云各一班。台上笙歌台下沸，有人遥指说刘关。"此诗描写三国戏，与汉代英雄刘备、关羽、张飞有关，他们在民间是"忠义"的化身，作为人格榜样，也为诗人所推崇。

诗人描写民间文艺活动，也传达出人们对太平盛世的企盼。一些田园诗展现了"太平鼓"表演的盛大场面，塑造群体性艺术形象，打造农家表演的热闹气氛，传达淳厚质朴的百姓愿望。所谓"太平鼓"，清人富察敦《燕京岁时杂记》曾详细介绍说："太平鼓者，系铁圈之上蒙以驴皮，形如团扇，柄下缀以铁环，儿童三五成群，以藤杖击之，鼓声冬冬然，环声铮铮然，上下相应，所谓迎年之鼓也。"① 可知太平鼓是年末岁尾，乡民所习用的乐器。这一民间乐器的名称就寄托着人们对安定太平社会的向往，其隆重的表演屡见于诗歌。朱琦《太平鼓辞》："范以金，蒙以革，圆如月扇裁素魄。彩缯彰施柄盈尺，回旋下作弓一弯。刀头摇摇连铁环，廋语似兆征夫还。征夫还，满衢路，背负灵鼍饰朱鹭。曲本铙歌来，当年战鼓轰成雷。长戈一埽风云开，珠旗在前锦衣后。百年流传亦云久，博得儿童六街走。方今四海无櫜枪，迎寒听遍鼕鼕声。纷欲逐队随灯行，君不见，黄桴土鼓安耕凿，农人吹豳初息蜡，击鼓毋

---

① 赵杏根：《历代风俗诗选》，岳麓书社，1990，第216页。

忘太平乐。"交待太平鼓形制及曲调名目的来龙去脉,同时,勉励农民勤于力田,共享太平之乐。胡承珙《太平鼓辞》:"放空钟,击羯鼓。大儿跳索小儿舞。六街三巷声鼕鼕,催取宜春上门户。尽道今年胜去年,料得明年应更愈。和者风,甘者雨,春田宜麦夏宜黍。人无灾厉物无苦。太平世界逾百年,此乐传闻自先祖。愿儿击鼓速长成,识字胜于挽强弩。君不见海盗三千齐解甲,百丈长鲸首弭俯。吾皇不杀真神武,弹筝夏瑟欢未央。黄金为觞客酬主,延年益寿万万古。"借太平鼓表演,祝愿来年生活更幸福美好。潘眉的《分得年锣鼓》:"东家西家鸦鹊声,南村北村镗鞳鸣。问谁为此大合乐,一队十人五人戏,各本来此事新年。元旦之后乃稍试,吾乡逼除亦得然,想为里儿剧好事。……不知此是谁人传,犹是当时太平曲。万方一概商声多,极边筘鼓今如何,请将宣布中和乐,补入铙鼓横吹歌。"诗中写新年锣鼓表演是:"一声两声断续间,或作或止如不连",并对"渔阳三挝""白雨飒飒""竞变新声"等,予以细致描写。还有细节刻画如:"小儿旁观色皆动""有时失笑双颊赤",更能传神写真,使人如亲临其境,有置身其中的审美体验。全诗再现了活泼热烈的太平鼓乐场景,体现了人们勤劳勇敢的精神面貌。

"诗,言其志也;歌,咏其声也;舞,动其容也。"[①] 在漫长的历史进程中,歌舞文艺与诗歌创作,都在一定程度上反映了人们的生活心态和生活情趣,有民俗学、艺术学、社会学等多重价值。清代较安定的田园环境,为民间文艺提供了广阔的存在和发展空间,予以其长盛不衰的生命力,并引起了诗人的

---

① 《五经·礼记》,卷7,扬郡片善堂惜字公局刻本,清道光十六年(1836),第22页。

创作兴趣。清代田园诗收录一幕幕田园娱乐场景，记录下那独具魅力的舞姿和激越悠扬的歌声，不仅见证民间文艺风尚，还反映劳动者乐观积极的生活态度和旺盛生命力。因此，将其纳入研究视野，是拓宽清代文学范围的应有议题。

第三节　图写异族生活，尽展奇丽浪漫

《毛诗序》曰："言天下之事，形四方之风。"[1] 强调广收博览，开拓诗歌创作领域。清代诗人禀承这一传统，也创作了很多以少数民族生活为题材的田园诗，记录了满族、蒙古族、苗族、彝族、瑶族、壮族等少数民族的生活状况。诗人们赞赏他们应对生存环境挑战的勇气，理解他们对生活的独特理解和追求，并在诗歌中体现了这些少数民族的生活文化，反映了极具民族特色的生活理念。

清朝本是满族立国，对少数民族并不歧视，注意团结少数民族，也重视边疆开拓与管理。在这个过程中，有大批诗人从事其中，创作了许多描写少数民族的田园诗。如康熙年间收回台湾后，从康熙末、雍正初，到乾隆四年，相继派出黄叔璥、汪继璟、夏之芳、杨二西任巡台御史。其间，福建海防同知吴廷华曾到台湾巡查。道光年间，孙尔准任闽浙总督，曾多次出巡台湾。这些官员也是诗人，值得特别一提的是黄淑璥，他于康熙末年出任台湾巡按御史，撰有《台海使槎录》一书，"番社风土，多见吟咏"。其他人在处理政事之余，也屡有诗作，

---

[1]　郑玄：《毛诗故训传郑笺》，立本斋刻本，清道光七年（1827），第2页。

如汪继璟《抵台阳》、孙尔准《台阳杂咏》《熟番》等，皆反映了台湾高山族生活。另外，描写贵州少数民族的田园诗也有很多。康熙年间，田雯曾任贵州巡抚，他的《相见坡蛮谣四首》《赛神辞》《春灯词八首》等，详记贵州少数民族风习。至雍正时期，清政府实行"改土归流"政策，加强了对贵州少数民族聚集区的统治，先后有大批官员文人进入贵州。乾嘉时期，也有很多田园诗描绘贵州少数民族生活，如舒位《黔苗竹枝词》，国梁《黔中竹枝词》《乌西歌》《古州北发至寨蒿》，沈兆霖《渡黔杂咏八首》《始入贵州有作》《龙里道中书所见》，常安《到黔》，言朝標《镇安厅道中》，曾燠《偶感》等。在清代，西域田园诗也大量涌现，涉及新疆少数民族的生活内容。乾隆二十四年（1759），收复新疆前后，也有诗人投身于西域的管理与建设事业中。如乾隆年间，国梁曾任迪化同知。道光二十五年，萨迎阿曾任伊犁将军。施补华、萧雄等人，均曾随湘军入疆，分别在左宗棠、张曜的幕府任职。易寿裕亦于光绪间投效新疆幕府。这些清政府官员僚佐于处理政事之余，不废吟咏，多有田园诗章，如国梁《得旨调授乌鲁木齐垂再成二律》《奉调赴乌鲁木齐》，萨迎阿的《乌鲁木齐》，王树枏《迪化道中》，萧雄《西疆杂述诗》，施朴华《纪行十四首》《回疆竹枝词十二首》，等等。这些田园诗皆描写诗人身在异域的感受，以丰富的实践和充满想象力的探索，记录少数民族生活风貌，反映边疆的开发和建设过程。

  清代贬官之多，也促成了以少数民族为题材的田园诗大量涌现。仅以西域为例，窥斑见豹，可知这类田园诗的作者群体中，有许多流贬的官员。嘉庆年间，洪亮吉谪戍伊犁时，在其《伊犁纪事诗》之十云："谪吏一边三十六，尽排长戟壮军容。"

自注:"四月一日,随将军演武场角射,时废员共七十二人。"而诗人遇赦离戍所时,也曾在其《天山客话》里写道:"初三日申刻,同人送保相国伊犁河验马。回途即竞出北关相送。余苦辞不获,因一一执手聚语于夕阳古岸旁。有挥涕不止者。自巡抚以下至薄尉,亦无官不具。又可知伊犁迁客之多矣。"言下自是不无感慨,而这些西域"迁客"里面不乏能诗之士。据笔者粗略统计,有清一代,新疆流人有诗歌传世者,除纪昀、洪亮吉、林则徐、邓廷桢等人外,还有很多(详见下表)。

诗人	流放日期	戍所	诗歌作品
王大枢	乾隆三十六年至五十三年	伊犁	《天山集》
庄肇奎	乾隆四十六年至五十四年	伊犁	《伊犁纪事二十首,效竹枝体》
陈庭学	乾隆四十七年至六十年	伊犁	《塞垣吟草》《东归途吟》
赵钧彤	乾隆四十九年至五十六年	伊犁	《止止轩诗稿》
杨廷理	嘉庆元年至六年	伊犁	《知还书屋诗钞》
舒其绍	嘉庆二年至九年	伊犁	《消夏吟二十五首》
祁韵士	嘉庆十年至十三年	伊犁	《西陲竹枝词一百首》
李銮宣	嘉庆八年至十四年	迪化	《坚白石斋集》
张荫桓	光绪二十四年至二十六年	迪化	《荷戈集》

这些诗人的作品里,也有很多田园诗,不乏对西域少数民族生活的描写。

总之,有清一代,不存在传统"夷夏"之辨的生存空间。这在一定程度上提高了少数民族的地位,也让诗人相对理性地审视异族生活。而清朝开拓疆域,国土幅员辽阔,也为诗人墨客提供了广阔的游历之处。他们或因宦游,或因贬谪,到过边疆并创作了大量诗篇,勾勒出迥异于内地的田园风情。富有探索精神的诗人们来到少数民族区域后,自觉四下踏勘。他们还以旺盛的创作力，全面描述少数民族风习，收录"六合之内，八方之外，九流三教，万怪千奇"。除上文提及的诸多诗歌外，还有许大纶《畲民》，查慎行《麻阳田家二首》《黔阳踏灯词五首》《铜仁秋感和刘丙孙六首》《黎峨道中二首》，尤维熊《蒙自杂诗八首》，李聘《黎峒诗》、吴廷华《闽风篇》，等等，涵盖了云南、贵州、福建、海南及新疆等边远地区。这些诗歌多取材于少数民族的生活，不仅反映人与自然的融通和谐，还拓宽了田园诗的创作范围。

一 讴歌民族智慧与创造

各少数民族"与中土异族……往往衣服、饮食、居处、礼节各为风气，终古不变。"[①] 在与自然的共处中，少数民族依据生息的环境，为民族发展尽可能地扩大生存空间，也激发了诗人的创作灵感。在创作中，诗人自觉选取有代表性的生产工具、建筑、服饰等，并将这些独具民族特色的艺术瑰宝，作为创作的对象，在诗歌里予以提炼升华，借以展现少数民族的生产、生活方式，赞扬顽强的民族意志，总结少数民族的生活经验，体现出民族同胞的创造力，使其田园诗生动呈现异族生活情调。

清代诗人从台湾少数民族的谋生途径入手，再现民族生活场景，展示人们的顽强生命力。收复台湾后，很多诗人在参与台湾建设与管理过程中，开始逐步了解台湾少数民族的生活习性，并在田园诗里彰显那些自然本性的生活。如孙尔准《番社

---

① 《宣统贵州地理志》，《中国地方志集成 贵州府县志辑》，巴蜀书社，2006，第156页。

竹枝词》其三:"身手由来善射生,竹枝弓弩不须檠。"显示高山族打猎的技能。他们所用的工具都很简陋,一般以竹枝为弓,藤纮为弦,用来猎鹿,俗称"出草"。郁永和《土番竹枝词》其八有句:"刳将独木似浮瓢。"诗人以夸张的笔调,称赞台湾土番不惧风涛的无畏精神。这些渔民驾驶着简易小船,在惊涛骇浪中出没自如,令诗人惊叹不已。章履成有《元江杂诗五首》其一:"荒远元江风土偏,彝民古朴尚依然。居家有米无烦镞,入市需盐不用钱。十树槟榔中户产,两栽秔稻上农田。(附郭一岁再熟)难堪炎气经年盛,腊月犹如六月天。"描写彝民不识戥,故其地不用银钱,仍采用以物易物的贸易方式。当地看重槟榔树,每树成熟可值一金。其二:"冬杪炎蒸尚不停,平生闻见未曾经。黄瓜茄子园中熟,麦穗苗秧野外青。山色焦枯无润色,人容憔悴甚伶仃。家家平屋重铺土,蔽目藏阴得少宁。"元江的气候不同于内地,一般十二月仍可吃到新鲜的瓜茄。

民族服饰给诗人直接的审美体验,他们称赞其精巧的制作技艺和美丽的造型。在田园诗中,民族服饰不仅是生活资料,还有其独特的民族韵味。普列汉诺夫说:"人的本性使他能够有审美的趣味和概念。他周围的条件决定着这个可能性怎样转变为现实;这些条件说明一定的社会的人(即一定的社会、一定的民族、一定的阶级)正是有着这些而非其他的审美的趣味和概念。"[1] 在民族服饰上,少数民族同胞以其聪明才智,见证了创造生活之美的能力。田园诗中所描述的民族服饰,既是少数民族的标志性物象,也富有观赏性。如屈大均《瑶歌》描写广东从化县番胞服装:"盘瓠荒祠盘瓠洞,诸番男女歌相送。裙衫染黑大家

---

[1] 普列汉诺夫:《没有地址的信 艺术与社会生活》,人民文学出版社,1962,第40页。

同，绒绣花连大头凤。"诗中除了写瑶族能歌善舞外，还以直观的色彩点染，描写了瑶族妇女别具特色的"凤凰"装，生动传达了异域民情。"凤凰"是一种吉祥的象征，瑶族妇女以此来装饰自己，既是一种图腾崇拜使然，也是出于对美好生活的向往。诗人也描写高山族的"达戈纹"，借以称赞台湾高山族女子的服饰。夏之芳《台湾杂咏百韵》写道："金梭轻掷夜深闻，独木虚中杼柚分。织就天衣无杀缝，庉毛五色'达戈纹'。"以"金梭轻掷""天衣织就"等语来描述布料，更显"达戈纹"的精美。尤维熊所作《蒙自杂诗八首》其二："彩伞扶㣚妆半面，芦笙吹暖酒千卮。"反映云南民族妇女出行时的装扮，她们头戴宽边帽，有檐下垂掩其面。葛金烺《畲女词》其一："果然风俗是蛮方，地虎天龙别样妆。休向盘瓠论支派，本来妇子叶蛇样。"此诗记当地妇女盘髻似蛇形，名"天龙"；她们着鞋作虎形，名"地虎"，很有民族特色。沈寿榕《迤南种人纪咏四十首》其十一："发丝如镜样如盘，且作新妆堕马看。彩袖银环回映处，便非锦簇亦花团。"诗人描写的是花摆夷（彝），他们"髻大如盘，花满其上，著五色衣若补衲袄。"其十三："顶上横平木板瑶，自云鼻祖是唐尧。儿童四子书会读，先有尧皇后有朝。"是顶板瑶，其"人以蜡裹发，使横平顶上，加小木板。"其十四："裹发头尖似角根，味同嚼蜡况生吞。强弓毒矢操神技，醉猎还家不闭门。"描写的是支角瑶，他们"以蜡裹发如独角，突起天庭上。"其二十二："黑衣丹齿姓名无，露出团脐老布都。有客自称西莫洛，藤边花似画葫芦。"由此诗可知，当地老布都、西莫洛两族人的装扮也很有特点，布都族人著青短衣，外露肚脐。西莫洛族人喜欢用双藤束脚肚，并在腿部刺花。这些民族服饰以其斑斓的色调和独特的装扮，体现人们的审美风尚，也影响到云南少数民族的称谓，其重要性可见一斑。

二 展示奇丽的民族歌舞

少数民族依据自己的标准，在独具特色的民族歌舞里，展现出惊人的艺术天赋，也成为田园诗创作的题材。诗人欣赏到异族歌舞，以浓厚的兴趣，描写了这一富具魅力的民族艺术，传达出诗人的情感体验。他们落笔新警，取象奇丽，加以丰富的想象和夸张，使田园诗带有浓郁的民族风情，可见少数民族区域，也是生活美的福地。

田雯在任贵州巡抚期间，全面考察了贵州风土人情，其《黔书》详记当地民族歌舞。如此书卷上《苗俗》条中记载："冷吹娲皇之管连袂踏歌。"进而指出这些歌曲"初由其罢蒙（苗言父曰罢，母曰蒙）各教其家儿。十龄皆读曲，曲调如竹枝。"[1] 可见民族歌舞也是代代相传。王士祯跋《黔书》云："田纶霞中丞作《黔书》，凡七十六篇，篇不一格。其记苗蛮种类……有似《尔雅》者，似《考工记》者，似《会》《谷》《檀弓》者，似《越绝书》者，读之如观偃师化人之戏。"[2] 高度评价其对贵州民俗风情的记载。田雯自己也是诗人，他在其《春灯词八首》里，也描写了苗族的歌舞场景，令人叹赏。如其三："城北城南接老鸦，细腰社鼓不停挝。"再现民族歌舞的场面，堪称奇观。另外，王锡晋有《黔苗竹枝词》，他在诗序中说："余侍先大人官游黔省，黔苗疆也。往来其间，山川风

---

[1] 田雯：《黔书》，古欢堂刊，康熙二十九年（1690），第2页。
[2] 王士祯：《黔书 跋》，古欢堂刊，康熙二十九年（1690），第3页。

土悉其梗概，乙亥岁寻绎旧游，率成三十二章以纪其事。"可见诗人因寻亲至贵州，仿舒位《黔苗竹枝词》，创作这一大型组诗，包括三十二首诗歌，每诗有注，使我们对贵州的民族歌舞有了更直观地了解。如其《黑苗》："津桥春暖水生肥，药弩环刀大合围。听说邻家蒸糯酒，锦衣高舞绣笼归。"所记为黑苗，居于都匀八寨丹江，"孟春择地为笙场，穿锦半臂，以竹为笙，蒸糯米为酒跳舞为欢。"《西苗》："蛮靴乌笠走西东，白虎迎神报岁功。四尺铜弦双鬓雪，疾聋休笑阿家翁。"描写十月时，西苗"合众于野，老翁善歌者执琵琶导于前，男女青衣彩带吹笙蹈舞随之，名曰祭白虎"，是为了庆祝丰收而表演。可见，贵州有丰富的人文资源。人们在多姿多彩的民族歌舞中，自然展示对美的追求，呈现豪迈的民族性格。对此，清田园诗进行细腻描绘，所展现的场景，也是活灵活现，有着强烈的艺术感染力，令人倍感新奇。

有些清代田园诗在描写民族歌舞时，还联系到少数民族的婚恋风习，使诗歌更具浪漫特色，既展现欢腾的民族乐舞场景，也传递了民族同胞对爱情的诉求。如夏之芳在《台湾杂咏百韵》中写道："臂插文书任所之，飞行麻达好男儿。双悬'萨鼓'声声应，赢得蛮娘竟说奇。"台湾高山族的"麻达"（少年未婚者），为吸引心上人，要表演独具民族特色的歌舞。他们将两个荷叶形小铁片带在手臂上，此即"萨鼓"，跳跃时撞击发声，"番女闻而悦之"（原诗注）。齐体物《台湾杂咏》其七写道："燕婉相期奏山琴，宫商谐处结同心。虽然不辨求凰曲，也有泠泠太古音。""牂琴"是高山族的一种竹制乐器，常为热恋中的男女传情所用，弹奏起来悦耳动听，如喁喁私语。当高山族少年见到中意的姑娘时，就会弹起"牂琴"试探，双方情投意合，便以私物相赠定情，此诗便是记述这一求爱婚俗，从而显现青年男女山依水恋的浪漫气质。

另外，有些田园诗描述"跳月"活动，既生动描写了歌舞表演的场景，也体现了苗民婚恋的习俗。田雯《黔书》记载："每岁孟春，苗之男女相率'跳月'，男吹笙于前以为导；女振铃以应之。联袂把臂，宛转盘旋，各有行列。"① 这说明贵州苗族同胞，有通过"跳月"择偶的风俗。赵翼《檐曝杂记·边郡风俗》也说："粤西土民及滇、黔苗、猓风俗……每春月趁墟唱歌，男女各坐一边，其歌皆男女相悦之词。其不合者，亦有歌拒之。若两相悦，则歌毕辄携手就酒棚，并坐而饮，彼此各赠物以定情，定期相会，甚有酒后即潜入山洞中相昵者。"② 可见，"跳月"活动在少数民族区域的兴盛。田雯便在诗中饶有兴味地描绘"跳月"场景，如其《相见坡蛮谣四首》之四："唇下芦鸣月下跳，摇铃一队女妖娆。阿蒙、阿孛门前立，果瓮人来路不遥。"由其自注可知"阿蒙""阿孛"即汉人所谓的父母，而"果瓮"即行役之意。夜幕降临，月亮升起时，苗族男青年吹着芦笙，姑娘们则打扮整齐，在月下载歌载舞。在"跳月"活动中，青年男女伴随着悠扬的音乐起舞。诗人虽是异地为官的"果瓮人"，但在苗家"阿蒙""阿孛"的热情招待下，就像在自己家里一样。诗中展示了苗民淳朴好客的民风，也刻画了"跳月"的乐器、舞蹈动作等细节，非常生动。赵翼《土歌》则写道："春三二月圩场好，蛮女红妆趁圩嬲。长裙阔袖结束新，不睹弓鞋三寸小。谁家年少来唱歌，不必与

---

① 田雯：《黔书》卷下，古欢堂刊，康熙二十九年（1690），第32页。
② 赵翼：《檐曝杂记》卷3，见沈云龙主编《近代中国史料丛刊》第89辑，台湾文海出版社，1973，第112页。

依是中表。但看郎面似桃花,郎唱依酬歌不了。一声声带柔情流,轻如游丝向空袅。有时被风忽吹断,曳过前山又袅袅。可怜歌阕脸波横,与郎相约月华皎。曲调多言红豆思,风光罕赋青梅摽。世间真有无碍禅,似入华胥梦缥缈。始知礼法本后起,怀葛之民固未晓。君不见双双粉蝶作对飞,也无媒妁订萝茑。"此诗作于诗人在广西镇安府任内,借描写"跳月",赞美当地男女恋人的热情豪放。诗中有句:"始知礼法本后起,怀葛之民固未晓。"道出了诗人由衷的歌颂。国梁也以大量笔墨刻画苗族"跳月"习俗,如《黔中竹枝词四首》其三:"么姑'坐月'父兄羞,'换带'如何俗尚留。更讶端公能跳鬼,鼓歌彻夜疾偏瘳。"写苗民跳月时,彼此私会(坐月),赠物(换带)定情。曾燠也有《跳月词》,他写道:"雄雏燕初飞,蜂雄蛱蝶雌。喓喓草虫鸣,螽跃而从之。南天二月半,春风满罗施。……初由其罢蒙(苗言父曰罢,母曰蒙)各教其家儿。十龄皆读曲,曲调如竹枝。又为截芦管,一一朱唇吹。节之以金铃,闻声足相思。导乐而诲淫,以尽父母慈。风流求薮泽,邻里来会期。男左而女右,行列无参差。男子髻缠帨,鸡羽当风欹。身上五彩襦,其短才及脐。女子髻横钗,璎珞珠累累。腰间百褶裙,其长或拖泥。男以笙簧呼,女以花毯贻。联袂而踏歌,有如汉宫妃。游春而合队,有若杨家姨。如萧史吹箫,能令嬴女怡。如长卿奏琴,妙使文君知。如鬼歌子夜,音韵何太悲。如伎舞天魔,容态无乃奇。此时由鹿心,震荡不自持。此时雌兔眼,亦复交迷离。媒妁何必劳,嫁女何须啼。乘龙以为快,累骑同所归。而其家罢蒙,列坐观儿嬉。插管方豪饮,相对咸解颐。老翁语老妪,还忆童年时?"他从"南天二月半"的初春季节开始,展现苗寨"跳月",并以汉宫妃、杨家姨、赢女、文君等比喻，描绘苗女的靓妆炫服及其动人舞姿。上述这些田园诗都描写了苗族"跳月"，表现了少数民族男女的热情洋溢与其歌舞的激越奔放。可见诗人们积极探究异族生活环境和独具特色的文化，并在诗歌里流露出对少数民族的道德关怀，实属难能可贵。

三 反映奇幻的宗教祭祀

清代田园诗还描写到少数民族的宗教仪礼，融合异族历史与神话传说，展现少数民族的宗教观念和信仰禁忌，渲染了祭祀仪礼的作用，体现了古老的民族意识，也是对异族精神生活的体认。

诗人体察少数民族心理，在诗歌里，结合自然崇拜，重塑民族祭祀场景，给人以奇幻的体验。由田园诗可知，那些纷繁的宗教祭祀，既是少数民族生活理念的演绎，也经过历史的打磨，沉淀着民族个性。诗人们记录那些神秘诡谲的祭祀场景，既写出少数民族信仰各异的特点，也反映出复杂的民族意识形态，有荒诞怪异的特色，可谓千姿百态。如国梁《行抵清镇即目》其四："挝鼓能教木刻传，复仇更为弄戈铤。马牛作谢殊无谓，郭解闻知定听然。"此诗记"苗祖"崇拜，反映苗民好勇善斗之风。杨文莹（1838~1908）《黔阳杂咏五十首》其二十六："山楼结夏夜开窗，月子高高暑气降。谁料大箐深黑处，有人酒脯祭龙江。"原诗自注"龙江，老讼神也，讼者祀之，盗贼亦祀之。唯不用烛，黑夜奠献。"尤维熊所作《蒙自杂诗八首》其七："土风记取星回节，缚炬先招（耿火）魂。"诗中还提到"星回节"亦即"火把节"，现仍是云南重要的民族节日。言朝標《乙酉元旦感怀四首示松生竹生两侄孙》其二："簇簇春联夸乐土，鼕鼕瑶鼓跳丰年。"诗中记录"跳丰年"的习俗，即每逢春节，便有十余瑶民抬鼓至公堂打鼓唱歌，腾挪跳跃，以庆丰年。曾燠的《白号》："十月稼登场，赛社名白号。家家出牺牛，设席傍隈隩。"此诗是写祭祀部落土神"白号"的情景。言朝標《偶述二首》其二："木槽敲急知行礼，芦管吹低听踏歌。"是土人祭祀祖先的场景。钟渊映的《闻黔中风景》："铜鼓迎神歌一曲，居人多赛竹王祠。"反映贵州对"竹王"的祭祀，起源于人们对竹子的崇拜。由这些田园诗可知，由于贵州少数民族众多，宗教信仰各不相同。所以诗中展现了风格内容各异的祭祀场景，可谓奇特。

　　清代田园诗内容广泛，也承载了我国各民族独具特色的风土人情和生活风貌，生动记录下了异域人文景观和多种异族风俗，这使诗歌里包含了丰富的民族生活意蕴和浓烈的诗美韵味，成为一方水土浇植出的文学之花，在诗歌领域大放异彩。这些作品也有利于民族文献的传承嬗递，是民俗学资料的一个宝库。对此类作品的研究和发掘，可使现代人熟悉异族生活方式，掌握其生活规律，深化对少数民族的认识和了解，从而有利于加强民族团结。

第五章
清代田园诗艺术论

  在清代田园诗创作中，诗人们围绕诗旨，兼顾格调，选择的多是易于表情达意的体裁，主要有五言古诗、七言绝句和"新乐府"。五言古诗具有清雅质朴的基调，"寓意深远，托词温厚，反复优游，雍容不迫"，[①] 宜于创造田园诗意境，婉转地呈现诗意。"七言绝句，以语近情遥，含吐不露为主。只眼前景、口头语，而有弦外音、味外味，使人神远。"[②] 七绝的运用，使田园诗音节谐美，含蓄凝练。诗人也继承"新乐府"精神，因事立题，取材详实，使"新乐府"体田园诗具有讽喻之效和经世之意。诗人还巧妙运用"身处其中"与"他者"视角，摆脱个人视域的浅吟低唱，从不同角度审视田园百业，使灵动的诗意与田园生活浑然一体，全面提升了田园诗的艺术水平。

[①] 杨载：《诗法家数》，丁福保辑《历代诗话续编》，中华书局，2006，第237页。
[②] 沈德潜：《说诗晬语》，《原诗 一瓢诗话 说诗晬语》合刊本，人民文学出版社，1979，第219页。

第一节　五古田园诗艺术论

钟嵘说："五言居文词之要，是众作之有滋味者也。"其特质是"指事造形，穷情写物，最为详切"①，而且五古体的用韵、换韵较自由，自出现以来，便是诗人们运用的主要体裁。清代田园诗领域也沿用五古体，在借鉴前代经验的基础上又有所发展。诗人们奄有各家之长，所作乡村五古主要有两种风格，既可吟咏情志，又可反映现实，一类"以风兴为宗"，一类则"平淡质实"，谨分别论之。

一　"以风兴为宗"的五古体田园诗

皎然说："古诗以风兴为宗，直而不俗，丽而不朽，格高而词温，语近而意远。情浮于语，偶象则发，不以力制，故皆合于语，而生自然。"他所说的"风"和"兴"，都是诗歌创作的艺术手法。《毛诗序》中这样解释"风"："上以风化下，下以风刺上，主文而谲谏，言之者无罪，闻之者足以戒，故曰风。"②"兴"，即"托事于物也"。③ 所谓"风兴"，即以兴象寄托，曲陈胸臆，使诗意的表达避免直白。诗人采用"风兴"的艺术手段，发挥丰富的想象力，使意绪深藏，隐括时事，涵

---

① 钟嵘：《诗品》卷上，见陈延杰注《诗品注》，人民文学出版社，1961，第2页。
② 郑玄：《毛诗故训传郑笺》，立本斋刻本，清道光七年（1827），第1页。
③ 郑玄：《毛诗故训传郑笺》，立本斋刻本，清道光七年（1827），第1页。

盖时代风云，探研人生哲理，体现悲天悯人之怀和通达的处世智慧，在五古体诗歌里承载深广的社会内容与感情内涵。高棅在《五言古诗叙目》中说："五言之兴源于汉，注于魏，汪洋乎两晋，混浊乎梁陈，大雅之音，几于不振……唐兴，文章承陈隋之弊，子昂始变雅正，复然独立，超迈时髦……李翰林天才纵逸，轶荡人群，上薄曹刘，下凌沈鲍……今揭二公为正宗。"① 概括这类五古的发展脉络，以《古诗十九首》为标志，后经曹植、刘桢、阮籍、左思、陈子昂、张九龄、李白、杜甫等人推动，日渐成熟，颇多佳作。他们的五古多托物抒怀，以情驭文，包纳宏深，有风节凛然的格调。《文心雕龙》评《古诗十九首》为："观其结体散文，直而不野；婉转附物，怊怅切情，实五言之冠冕也。"② 说明这些五古能够寓情于景，多用比兴，有深曲婉约的特色。"建安之初，五言腾涌"③，建安七子也创作了很多五古诗歌，反映时代风貌。曹植被赞为"第一个给五言诗奠定基础的文人"④，堪称五古体的标杆。太康时期，阮籍的五古更是寄托遥深，使"以讽兴为宗"的艺术风格，得到进一步发扬。初唐陈子昂倡导"汉魏风骨"，他"力扫俳优，直迫囊哲。……张曲江、李供奉继起，风裁各异，原本阮公。唐体中能复古者，以三家为最。"⑤ 正是陈子昂所倡导的"风骨兴寄"，使五古重焕生机，并为李白等人进一步发扬。

---

① 高棅：《唐诗品汇》，上海古籍出版社，1982，第46页。
② 周振甫注《文心雕龙注释》，人民文学出版社，1981，第49页。
③ 刘勰：《文心雕龙 明诗》卷2，上海会文堂书局，民国十二年（1923），第1页。
④ 王瑶：《中古文学史论·曹氏父子与建安七子》，北京大学出版社，1986，第217页。
⑤ 沈德潜：《唐诗别裁集·凡例》，岳麓书社，1998，第9页。

五古至杜甫，艺术水平进一步提高。沈德潜说："少陵五言长篇，意本连属，而学问博，力量大，转接无痕，莫测端倪，转似不连属者，千古以来，让渠独步。"① 这说明杜甫五古不仅有很高的艺术价值，也全面开拓了五古的表现领域。

清代田园诗人发扬五古"风兴"传统，在作品里咏怀感世，意味深长。他们选择富具时代性的题材，记载下人民的悲惨生活，兼备叙事性和抒情性。反映民生的五古诗在建安时就已出现，如曹操《蒿里行》和曹植《泰山梁甫吟》都是这样的作品。这种关念民生的精神，在清代也得到继承和发扬，在清代感念民瘼的五古作品里，渗透着汉魏风骨的神髓和血脉。如吴嘉纪的《流民船》、田雯的《杂诗》、钱载的《见拾麦穗》、龚炜的《纺纱曲》、吴锡麒的《棚民谣》、钱大培的《观刈稻》，等等。吴嘉纪在《流民船》中写道："男人坐守船，呼妇行乞去……一米一低眉，泪湿东西路。盐城有三人，云是亲父子。长叹呼彼苍，携手蹈海水。"海堤决口后，成千上万的人们流离失所。此诗就是描写灾民们的苦难生活，也是当时社会现实的写照。

还有些五古体田园诗联系时代背景，以婉转的笔触揭示了社会情状，体现诗人的爱国情怀。这些作品读后可以知其世事，有杜甫"诗史"的风格。北宋胡宗愈《成都新刻草堂先生诗碑序》称赞这一诗风说："凡出处去就，动息劳逸，悲欢忧乐，忠愤感激，好贤恶恶，一见于诗。读之可以知其世。学士大夫谓之'史诗'。"② 杜甫有忧时悯世的情怀，善于针对时势

---

① 沈德潜：《唐诗别裁集》，岳麓书社，1998，第40页。
② （宋）鲁訔撰、（宋）蔡梦弼会笺《杜工部草堂诗笺》，中华书局，1985，第17页。

兴衰，在诗歌里一发其感慨。他的作品不仅体现关注世事民生的情怀，还堪补史之不足。这一特点，也为清代诗人所继承。如汪贡《织女叹》："唧唧复唧唧，促织鸣东壁。贫家作生活，低头长叹息。自顾蓬门女，女红从小识，十一学针线，十二事纺绩。十三弄机杼，流光梭一掷。一梭又一梭，得寸复得尺。丈八合成区，抱布售贩客。好丑判低昂，换钱三四百。十指敢惮劳？八口休交谪。赖兹有衣穿，藉是有饭吃。自从番舶来，通商互交易。西夷工制造，机巧非人力。不独羽毛呢，变化能组织。即如棉纱布，花样亦奇特。人皆爱精微，重价购不惜。中华失利权，土货销路窄。度日愈艰难，生理谋不得。穷巷日萧条，救援无良策。"诗人截取织女劳作的场景，借其自述，映衬外来商品对中国本土经济的冲击。杨彝珍是位爱国诗人，鸦片战争失败后，中国割地赔款，令他痛不欲生，其《乙巳岁暮感事》其一道："野人望岁丰，少救瓶罂艰。及兹获大熟，犹复兴愁叹。东邻犬彘肥，西舍雀鼠欢。米粟贱如土，村醪若流泉。数钱易一醉，终日犹戚颜。恍然若不乐，未能明所患。降康反为厉，苍苍理何元？"丰年本是乐事，诗人却愀然不乐。究其原因，是一系列不平等条约，使中国割地赔款，诗人怎能高兴？其二："我怀结不释，闲至茅茨前。言询百岁翁，几见丰穰年。偻指与数计，时维乾嘉间。金粟不争贵，一斗论百钱。催科省吏胥，里闾日晏眠。瓦盆共醵饮，醉枕支头砖。物情喜丰乐，此理今何愆？诘之不能对，欲问当朝贤。"诗人的郁闷无从消解，借与村翁对答，向当朝官吏提出质问，从而将爱国情怀进一步升华。其三："厚坤非不仁，庄历原溢宝。银涛走西溟，驾天轮浩浩。川薮气萧瑟，饮泣愁富媪。谋国具深识，尔惟诸城老。所惜百年前，中禁留疏草，析利何多门，琐屑不可道。所失已江河，所得惟潢潦。键防豁不闭，杞人心如捣。"诗人终于道出忧虑之缘由：鸦片战争失败，中国割地赔款，国家财政恶化，人民苦不堪言，所以诗人难以独乐。这组田园诗，以完整的体系构建，反映了晚清丧权辱国的现实。

诗人们用托物寄兴的艺术手段，使诗意趋于隐晦，避免对时事的肆意讥评。这类五古田园诗含蓄蕴藉地传达诗歌主旨，回避了显豁呈露，体现出"以风兴为宗"的传统风格。出于对国事的关心，诗人们无法噤声，他们采用"风兴"手法，艺术地传情达意。如欧阳述《布谷》："南山有飞鸟，厥名曰布谷。性解重耕稼，晨夕相敦促。清晨鸣远树，向夕绕我屋。引吭无少停，非以营所欲。国家急民事，劝课赖司牧。永言致邦赋，先务百姓足。尔意乃深厚，下民或未觉。敬尔深厚意，敢厌再三渎。行当愧鸿雁，稻粱谋逐逐。黄鸟更何如，啄此田间粟。"他以"布谷"起兴，两句一组，表达重农观念，并以"布谷"与"鸿雁""黄鸟"等作比，劝告当政者要重视农业，词意不失温厚。柳树芳《雨后观苗有得》则全用比兴连贯，其诗曰："滋养莫如露，救渴莫如雨。去其憔悴形，英华乃能吐。不然外已槁，内蕴究何补。炎官性酷烈，入夏易焦土。夜半沉潆气，不敌日卓午。此时良苗心，失雨如失怙。一朝沛然来，甘极顿忘苦。始知转移力，小惠不足溥。"此诗以"雨后观苗"起兴，大密度串联场景，实现时空的跳跃组合，最后劝诫当政者体察民情。有些诗人则以典故起兴，委婉表达创作意图。还有些诗人借前代典故，融摄深曲的意蕴，表达出对时事的关注。如中日甲午战争时期，陈得善作有《耕田》诗曰："耕田宜问仆，织布宜问婢。主人非好闲，一身难并济。课严耕织勤，谋豫衣食易。岂不惜身价，弥恐家业废。迩来民俗偷，贱役变风气。懒散恒避劳,放僻自营利。内外互勾结,上下受欺甚。时或藉威福,鹰犬爪牙厉。一朝形迹败,主人承其弊。祖父慎留遗,夙昔怵颠坠。付托苟非人,祸发焉可避。寄语有家者,先为远祸地。"据《资治通鉴》载:"(南朝)宋太祖欲北征,沈庆之谏不可,曰:'耕当问奴,织当问婢。今欲伐国,而与白面书生谋之,曷克有济?'"① 诗中首句借此典起兴,指出在对日作战中不可轻敌大意,使诗歌涵盖国家大政,具有进步的思想意义。

二 "平淡自然"的五古体田园诗

诗人乡居期间,以五古为情感载体,述说闲适的生活感受,打造清秀的田园氛围,使诗歌呈现"平淡自然"的风格。"平淡自然"即去其繁词缛句,达到"博极而约,淡蕴于浓"。② 这类五古写物平实质朴,抒情平和高朗,以陶渊明、王绩、孟浩然、韦应物、柳宗元等人的作品为代表。这些诗人以五古言情写物,非常详实,能够用质直的词句,塑造出高古的意境,给人纯朴深厚之感。陶渊明的代表作有《归园田居》五首等,略貌取神,情理兼备,为后世所推崇。唐初五古以王绩为代表,其诗气格浑融,真率疏淡,有闲适自得之趣。其后,便是王维、孟浩然的田园诗派兴起,而"右丞他诗甚长,独古作不逮"。③ 孟浩然则深受陶渊明影响,他说:"我爱陶家趣。"

---

① 司马光:《资治通鉴》卷125,武汉大学出版社,1995,第852页。
② 袁枚:《续诗品·矜严》,见郭绍虞《诗品集解 续诗品注》,人民文学出版社,1998,第53页。
③ 何景明:《大复集》,文渊阁《四库全书》本,上海古籍出版社影印,1987,第76页。

(《李氏园林卧疾》) 他的五古,"以六朝短古,加以声律,更觉神韵超远"。唐代擅五古的还有韦应物、柳宗元,二人风格相近,明代王伟用"温丽清深"四字概括二人诗风。但实则同中有异,方回云:"韦诗淡而缓,柳诗峭而劲。"清人王士禛《古诗选·凡例》也说:"贞元、元和间,韦苏州古淡,柳柳州峻洁。"二人又都受陶渊明影响,但他们学陶的侧重点不同,沈德潜云:"陶诗胸次浩然,其中有一段渊深朴茂不可到处。……韦左司有其冲和,柳仪曹有其峻洁。"[1] 韦、柳远绍陶渊明,近承王(绩)、孟,还影响到宋代。苏轼就曾说:"乐天长短三千首,却爱韦郎五字诗。"(《书黄子思诗集后》) 总的看来,这类五古的文字浑朴,行文自然流畅,无堆砌板滞之感。其篇幅可长可短,精于状物写景,平易高古,总体有质实素淡的艺术风格。

诗人用心捕捉细节,描写田园宁静生活,以简练的语言和平实的笔调,述说素所经见之物,在五古诗里组成古朴的意象,有言简情深的艺术效果,值得人们细细品味。陶渊明的五古就是这种风格的典型,胡应麟称陶渊明"开千古平淡之宗"。[2] 因为陶诗重在表达物我相融的恬淡心境。清代五古田园诗里,也有很多与陶诗风格相近的作品。如徐夜的《初夏田园》、钱澄之的《田间杂诗》、何维栋的《拟陶渊明劝农诗一首》《和陶公饮酒十首》、李龄寿的《和陶诗》等,有闲适简远的风格特色。钱澄之被推为"清初五古大家"。徐世昌《晚晴簃诗话》论其:"五古近陶……冲淡雅和中,时有沉至语。"

---

[1] 沈德潜:《说诗晬语》,《原诗 一瓢诗话 说诗晬语》合刊本,人民文学出版社,1979,第207页。
[2] 胡应麟:《诗薮内编》卷2,广雅书局刻本,道光三年(1823),第12页。

钱澄之有五古组诗《田间杂诗》《田园杂诗》等，既是清初田园诗的代表作，也是他寓居田园的生活实录。如《田间杂诗》其五："奋身田野间，襟带忽又散，乃知四体勤，无衣亦自暖。君看狐貉温，转使腰肢懒。"此诗是对陶诗"四体诚乃勤，庶无异患干"的诠释。但他体会到劳动对修身养性的益处，又似比陶诗深入一步。其十一："我牛既已来，我锸行须荷。田畴及时治，况复雨初过。"似与陶渊明诗"田家岂不苦，弗获辞此难"如出一辙。他的《田园杂诗》其二云："秉耒赴田皋，叱牛出柴荆。耒耜非素习，用力多不精。老农悯我拙，解轭为我耕。教以驾驭法，使我牛肯行。置酒谢老农，愿言俟秋成。"在劳动中，诗人得到了农民多方帮助，并以诗歌记录与农民的深厚情谊。"临舍有老叟，念我终岁劳。日中携壶榼，饷我于南皋。释耒就草坐，斟出尽酒醪。老叟自喜饮，三杯兴亦豪。纵谈三国事，大骂孙与曹。"老农教他种田的技术，并与他一起喝酒畅谈，可见诗人与乡邻相处和睦。这些田园诗琢句工稳，风格上冲澹自然，于平实中见清丽，得到了陶诗的意境与情韵。

风格平淡的五古，一样可以具备质实的内容。一些饱学的诗人，以做学问的方式做诗，摆脱"性情化"的圈囿，有一意求实的倾向。他们的创作，有力反拨了吟风弄月的空疏，使诗歌增加了学人之诗的质厚，平而不浅，言之有物。如钱陈群《一眠》写道："春蚕始眠时，一日一夜长。（秦观《蚕书》云：蚕生明日或桑或柘，昼夜五食，九日不食一日一夜谓之初眠。又七日再眠，又七日三眠。）"《分箔》："蚕当三俯后，逼处饱愈促。槌〔音宜，移蚕就宽处为槌〕薄宽于筐，璘藉高连屋。（注：龙辅《女红馀志》："璘藉"，蚕箱也）编竹为龙深，拘桑整叶绿。昼长饲宜勤，蚕大麦亦熟。"《上簇》："作簇先簇心，团撮判长短。"（注："《农桑直》说凡作簇先作簇心，顶如圆亭者为团簇，马头长簇为撮簇，此南北蚕簇法也。"）他的这组诗中，联系蚕的生长习性，详写蚕室布置及如何应对室温变化，其详细正确程度不次于蚕书。这些作品根柢于学识，甚至原本典籍，取精用宏，有一意求实的风范，也昭示出丰厚的学术内涵。钱陈群还有《浴蚕》《下蚕》等诗，从蚕的养殖到成茧，进而抽丝织布的全过程，一一铺叙，附加诗注，详细说明。其《浴蚕》："近川传奉种，禁火方新烟。"（注："《周礼·夏官》、《禁原蚕》、《注蚕书》称：'月直大火则浴其种'。按大火，辰星也。"）《蚕蛾》："蛹母蛾为父，（《荀子·赋》篇：蛹以为母，蛾以为父）三化期适然。"（注："张华《博物志》：蚕三化"）。其《喂蚕》："养蚕不厌多，一头百抠聚。外魇辟香枫，中闺闻吉语。"（注："蚕不食叶为被魇，焚香枫以辟之。"）钱陈群这组诗详实而且完备，从浴蚕、下蚕、喂蚕、分箔到择茧、缫丝，几乎将整个养蚕过程写了个遍。全诗征引广博，列举了《周礼》《荀子》等典籍，书卷气浓厚，可以说是蚕农书的诗歌版。在表现蚕农劳作时，也给我们提供了蚕织史上的资料，具有一定的农业文献价值。钱载也有大量的五古作品，他和翁方纲同官京师，"晨夕过从""邻巷论诗"。因此钱载诗歌理论也有重学的一面，他说："无书卷，则谁肯俯首信之？"又道："诗境只是与年俱进，随时随地随题取书卷灌注之，所以看书要多，则书味盎然。"显然是翁方纲"肌理说"的翻版，有以学为诗的特色。但钱载还重"实"，说："作诗必靠实。"故能摆脱"以金石考据入诗"，而使作品贴近民生。如其《插秧》："随意千科分，趋势两指夹。伛偻四角退，偏满中央恰。……"《种桑秧》:"乡人担桑至,剥啄适饷鱼。分将五十本,高可三尺余。……"《扳罾》:"奢心树四木,独立挽且看。初投意沉静,数举声笑欢。……"分门别类地描写农事,构篇严谨细致,内容紧扣诗题,既显学问功力,也有一意求实的创作倾向。

诗人借恬淡生活的描写,传达安分守常的人生哲理。这些五古田园诗融入理趣,间有议论,给人以警醒与启迪。诗人熟稔田园生活,故阐理述义,挥洒如意。在创作中,诗人以精当的细节安排,概括展现事件原委,使哲理的阐述,不至成为无源之水、无本之木。诗歌里的"景"和"情",都渗透了耐人寻味的人生哲理,既有古朴疏淡的风格,也具贴近农家的"理趣"。如钱澄之在《西田庄记》里教导子孙要努力耕田,他说:"凡力田者皆髦士也。……且劳固可习筋力,习之既久,虽弱者亦强……治日少,乱日多,一遇饥岁,惟耕足以自给。"他认为务农既锻炼筋力,且可免于饥寒。为将此意表达得更生动,钱澄之在《田园杂诗》其十四中,虚构了两个不同的家庭,将"东家事诗书,西舍勤稼穑"进行比较。诗人描写"西舍"大宴宾客的场景:"割鸡秋极肥,出酒浓如漆。"而"东家"则是:"终岁不饱食。夜愁儿女啼,昼愁租赋逼。天寒四壁空,相见无颜色。"全诗以对比手法连续描写,首尾呼应,烘托出重农主旨。两个层次都有细致真切的描写,又能形成鲜明对照。最后说:"从此诫子孙,决志耕不惑。"钱陈群曾在《夏柳倡和诗序》中说:"不物于物而能物物,……何物不可寄怀耶?"主张摆脱一意模写物象的刻板方式,借物表达人生哲理。他有首《割菜》,开头即谈其"平生慕淡泊",而后坦陈采摘园蔬,示其生平至此便足矣,卓见气韵古朴。沈德潜也说:

"五言所贵,大率优柔善入,婉而多风。"即作诗要美刺婉转,将议论说理与"诗行教化"联系。如其五古《观刈稻了有述》道:"吾生营衣食,而要贵知足。苟免馁与寒,过此奚所欲。"告诫百姓要安贫知足,不要有过分要求,饱含教化意味。在《夏日田居杂兴》其四中又写道:"叹此禾苗好,应彼官税急。"教导人们要纳税交粮,继而又说:"但恐子孙愚,莫识丈与尺。天意谅有由,忖量亦何益。"以"子孙愚"为由,要求逆来顺受。不要"忖量",即使有,"亦无益",安分守常而已。其《田家杂兴》:"家计依田畴,播种毋感慢。……子孙世为农,吾族自无患。"语意婉曲,劝诫农民勤耕力作,知足常乐,不要有非分之想。清代五古富含理趣的还有很多,如周琳《田家》阐明要安闲守分,才能有乡居之乐。然后以老农偶尔入城,目睹官刑,回家教训子弟,以证明作者观点。另有王嘉禄《观莳秧》:"夜雨田水长,柔绿浮柴门。濛濛野烟合,远近秧歌喧。终朝策人力,炙背初阳暄。疏密务有法,浅深固其根。常恐荒秽积,敢惮手足烦。四体一以惰,负此雨露恩。谁云农家事,中有至理存。因之愧辍学,徐步归前轩。清风散书帙,欣然坐妄言。"从莳秧开头,直写到多人合力、背炙烈日劳作,还不忘教导"至理",即要以勤奋耕作,答谢雨露皇恩。诗歌既有记叙,也明显有说教的意味。黄文琛有《宿白湖田家》:"村行不觉晚,落日隐湖树。款留得村翁,劝客且小住。……坐久翁笑言,有言客勿怖。远游吾不能,高官非所慕。但愿风雨时,禾黍足租赋。……永作太平民,使我快迟暮。对食难为答,就枕蹶然寤。力耕有至乐,涉世信多误。展转达中宵,此身将何处。篱隙耿白光,鸡啼天欲曙。"全诗结合诗人经历展开议论,开始写夜宿农家受到的热情款待。然后,从"知我城市来"至"使我快迟暮",为全诗的核心。这部分借由诗人与村翁的对话,直率自然地道出农家之乐。最后,展现诗人内心活动,如夜不能寐,辗转思索等,表达了对田园生活的向往和眷恋。全诗采用相续相生的叙述,罗列农家场景,通过多个层次间的顺畅承接,使哲理的阐发有了合理的背景。

高步瀛论五古说:"雄浑沉郁,曹阮为宗。冲淡高旷,渊明为俊。"[1] 概述五古体的主要风格。清代五古田园诗承前而来,又能自具面貌。诗人们自觉探索五古表现手法,锤句炼意,勇于创新,使其五古体田园诗,在旨意题材、艺术结构等方面,皆别具一格。诗人们采取夹叙夹议的手段,以五古田园诗评说世事人生。他们还能结合错综的乡野景致,"因物以赋形",使作品具备质实的内容。总之,清五古田园诗不仅全面揭示乡野生活,还能深刻反思社会现象,可谓佳作纷呈,寓意深刻,具有相当高的艺术价值。

第二节 七绝田园诗艺术论

七绝也为清代诗人所重视,王夫之就曾说:"不能作七言绝句,直是不当作诗。"[2] 可见七绝在他心目中的地位。七绝有自己的艺术特点,"盖绝句字数本既无多,意竭则神枯,语实则味短,惟含蓄不尽,使人低回想象于无穷焉,斯为上乘"。[3]

---

[1] 高步瀛:《唐宋诗举要》,上海古籍出版社,1959,第1页。
[2] 王夫之:《姜斋诗话》卷下,丁福保编《清诗话》,中华书局,1963,第18页。
[3] 高步瀛:《唐宋诗举要》,上海古籍出版社,1959,第750页。

说明七绝篇幅有限，主要由局部反映整体，贵于细微之处见精神。在七绝田园诗创作中，诗人惜墨如金，却能笼罩万有。他们提取田园物象，运用各种艺术手段，在七绝里尽最大限度地呈现田园氛围。短小的七绝田园诗里，也抒发了诗人的才情气质，迸射出感情的火花。

一　清代七绝田园诗的艺术手法

七绝以自然为尚，不重古奥，适于描写田园题材。在田园诗领域，清代诗人发挥艺术观察和概括力，采取虚实兼用、比兴寄托、叙议结合等多种艺术手法，巧妙传达纷至沓来的意绪，描写田园生活的精彩瞬间，形成丰富的审美空间，使这些作品有尺幅千里之势，令人叹赏不尽。

（一）虚实兼用

"实笔"，即直叙白描。诗人用"实笔"写物则平实道来，抒情则直陈胸臆。这类七绝既能容纳详实的内容，又不失浓郁诗情。清初诗人查慎行宗法宋诗，其七绝多以"实笔"点染优美迷人的田园风光，展现田园风物的形态特征，组成了一幅幅醉人的田园图画。如《村家四月词十首》其二："山妻赤脚子蓬头，从此劳劳直过秋。海角为农知更苦，合家筋力替耕牛。"其三"油菜花开十里香，一村蜂蝶闹斜阳。明知尚隔江淮岸，风物看看似故乡。"其五："野老篱边独一家，卧闻隔竹响缫车。开窗自起看风雨，日在墙东苦楝花。"《鸡冠寨》："丝路微从鸟道分，半空鸡犬隔江闻。雨声飞过岩头寨，多少人家是白云？"《冉家桥》："杨椿夹岸草抽芽，一线枯河万斛沙。记得去年鞭马渡,满渠春涨柏桃花。"秀美的田园风光,是七绝恒久的题材。查慎行的这些七绝田园诗渲染了各地景致,既不使事用典,也无艳丽的词采,语言直白浅显,尽展农家生活的温馨安闲和田野的蓬勃生机。朱彝尊善于以"实笔"点染色彩,将田园风物表现得生动传神,也增加了七绝田园诗的艺术魅力。正像《文心雕龙·诠赋》篇所说的"如组织之品朱紫,画绘之著玄黄,文虽杂而有质,色虽糅而有本"。① 可见诗歌中的色彩或明丽,或素淡,都须符合物象实际。朱彝尊的七绝田园诗在铺彩着色间,便极具艺术匠心,真实传达出景物情状。如《莺脰湖词》:"湖波起縠晚风余,一抹残霞画不如。傍岸渔家尽收网,绿杨深处卖银鱼。"《忆故乡风景》其一:"扁舟曾过绿杨村,一带梨云访荜门。惊起沙鸥时一两,前溪飞破淡烟痕。"其四:"香溪两岸绿荫肥,晴日蒙蒙掩钓矶。倒影波心流不去,碧云飞染美人衣。"全诗工于用色,真实刻画湖畔景物,如银鱼、绿杨、碧云等,生动传神地描写出夏日渔家生活。田雯也有很多七绝体田园诗,都是以民俗风情为主要内容。如《瓜隐园杂诗》《送周生南归》《九日同惠元龙作》等,写其家乡德州的田园美景。他的《瓜隐园杂诗》其一:"一双春鸟尾檐鸣,树杪风声似雨声。吾辈从来非解事,全凭鸠妇道阴晴。"其四:"瓜圃宽长二亩余,东陵野老较何如?绝奇觅得西洋种,皮色斑青蝌蚪书。"其九:"偶欲跨驴入城去,楝花风下立多时。遍询村口三叉路,林鸟潭鱼总不知。"诗人选取生活劳作场景,表达乡居的喜悦,充满了诙谐和乐趣。在上述作品里,诗人以"实笔"描绘景物,栩栩如生,洋溢着对太平盛世的感念和

---

① 刘勰:《文心雕龙·明诗》卷2,上海会文堂书局,民国十二年(1923),第9页。

慰藉。

"虚笔"则表意委婉，出语含蓄。诗人善用虚笔，取径深曲，可使七绝有情韵悠长的效果。潘德舆认为七绝"易作难精……然必有弦外之音，乃得环中之妙"。[1] 他认为七绝写好不易，并具体指出七绝贵取"弦外之音"。在七绝创作中，若纯用实笔，写物表意太尽，便无余韵。诗人辅以虚笔，避免直露，也产生较大的审美想象空间。七绝采用"虚"笔，"大略浅意深一层说，直意曲一层说，正意反一层、侧一层说"。[2] 配合忌直贵曲的结构，传达难以言传，却可意会的奥妙情感。借景传情的七绝田园诗，正体现出这一特点。诗人在由眼前景而摹远情，言在此而意在彼，其想象力如天马行空，突破时空局限，呈现广阔的艺术空间。如孙枝蔚《与村叟对饮》："头上相看霜雪多，手持杯酒听君歌。歌中犹是太平曲，忘却儿孙身荷戈。"在明亡后，诗人寓居江南，他借描写高歌"太平曲"的野老，隐映出自己沉默的形象，流露诗人对故国的留恋。盛锦（？～1756）有《木棉花词》："楚女携筐遍野田，催人刀尺薄寒天。客衣九月凭谁授？愁见村村采木棉。"诗人从怀人角度写起，在寂寥无奈之中表达悱恻情思。侯承恩在《思归》中写道："雁声嘹呖转愁予，归去无由寄尺书。天地为庐原是客，故园松菊近何如。"由耳畔雁声，想起故园秋景，体现游子对家乡的怀念，句意深婉。宋湘《骡夫夜唱》曰："骡夫夜唱绝堪听，霜月初高酒满瓶。消得客愁添得泪，他乡水绿故山青。"以骡夫夜唱，衬托人在旅途的孤独。诗人将"他乡水"与"故

---

[1] 潘德舆：《养一斋诗话》卷2，中华书局，2010，第30页。
[2] 陈衍：《石遗室诗话》，张寅彭编《民国诗话丛编》卷16，上海书店出版社，2002，第2305页。

乡山"并列，抒发绵绵的思乡之情。这些七绝巧妙使用"虚笔"，传递出微妙的思绪，使诗歌达到写意性与抒情性的完美统一。

（二）情景交融

清代七绝田园诗以锤琢洗练的词句，描景传情，塑造出情深境阔的篇章。在创作中，诗人们截取特定场景，精巧串联风物，记录瞬间感触，创造了许多情境交融的诗歌。如徐夜《久不入城答友人问》："青溪一曲抱村流，濯足溪边好便休。野梦几酣鸡唱午，农歌连动麦残秋。"向友人道出隐居田园的乐趣。钱陈群《自临淮至庐江凡三日得八绝句聊志田家风物云尔》其五："始信三农致不齐，登场遗穗啄黄鸡。尚留半亩方池水，要待新秋灌晚畦。"描绘村落秋景，传达刹那间的生活体验。《送陆心臣归吴门三首》其一："菜花黄后河豚上，梅子青时野蕨肥。天意特教三月闰，故迟风物待君归。"写"闰三月"的江南美景，衬托出诗人与朋友的友情。《秋稼》："再熟田家九月忙，道逢秋稼满车厢。蛩蛩欲去声犹在，鸿雁来宾影自长。"九月收获，家家忙碌，诗人欲留住秋天，锁住丰收的喜悦。末句情韵悠长，有唐绝的风格和韵味。李调元《由罗江至中江夜行》其一："逢人便问艾家坝，遥指松林山外村。天近黄昏行不到，星星灯火出蓬门。"此诗刻画星星灯火的视觉意象，传达出夜行人的独特感受。其二："岭上疏星煜煜明，四邻悄寂各无声。东家犬吠西家应，知是行人冒夜行。"写犬吠时起的听觉意象，更显夜的深沉和行旅的寂寥。宝鋆（1807~1891）为满族诗人，曾于咸丰八年典试浙江，赴任之际，他"兼程就道，心既闲，稍稍吟咏以志邮程，及至杭州得诗凡百二首"，全是七绝，因"志邮程"，体现鲜明的行役色彩。如其《河间府四绝句》，诗人自注："初八日第七站，献县乐城驿四十里，第八站交河县富庄驿四十里。"《桃源县境四绝句》自注"二十一日第三十一站桃源驿五十五里早尖，俗名'仲兴'，宿邳沟四十里"，等等。《河间府四绝句》其一："此间绰有献王风，尔雅温文比户同。"《桃源县境四绝句》其三："堤上人家堤下田，沿堤多系打鱼船。"诗人一路行来，描绘自然景物的情态特征，很是生动，有爽朗畅达的格调，反映出诗人典试江南时的愉快心情。

（三）声韵谐美

清代七绝田园诗灵活运用双声、叠韵、对仗等修辞手法，增强了诗歌的韵律节奏感。李重华说："叠韵如两玉相扣，取其铿锵；双声如贯珠相联，取其婉转。"① 可见双声叠韵的恰当使用，不仅能够使语意连贯，还易形成优美的旋律。双声叠韵的艺术手法较早是在四言诗里运用，这方面的代表作家是曹操和嵇康，他们都有些优秀的四言诗，巧妙地运用了这一艺术手段。随着七言诗的出现，诗句的字数增多，也让双声叠韵有了更广阔的运用空间。一些清代田园七绝诗便采用了这一艺术手段，使音韵和谐，悠扬婉转。如陈维崧《清明虎丘竹枝词》其一："春云的的绿堪染，吴田漫漫青欲流。"沈学渊《竹枝词五首》其三："轮转一声禁不住，乱蛙阁阁鹭飞飞。"郭凤《田妇词》其八："村近归宁小小舟，倩郎摇橹橹声柔。"这些诗句使用了双声叠韵，读来音节朗朗，有一种轻快的韵律。清代七绝

---

① 李重华：《贞一斋诗话》，丁福保辑《清诗话》，上海古籍出版社，1978，第776页。

田园诗还讲求对仗，不仅艺术工整，也点染了浓郁的乡土风情。如钱载《练祈杂兴五首》其二："八月最防'淋露雨'，九月只爱'护霜云'。木棉花老冈身白，正好提筐采夕曛。"赵瑜《海陵竹枝词》："每逢春末夏初天，乡下农人齐插田。上河人家愁雨少，下河人家防水年。"钱诗里以节令特点对仗，颇具农家特色。赵诗中以"上河人"与"下河人"对仗，生动写出同样天气条件下，两地农民的不同心理反应。

（四）叙议结合

诗人突破言情写景的圈囿，在七绝田园诗里，叙事议论，表达对社会人生的观点。这些作品打破七绝常规套路，巧妙融入理趣，使诗歌别具艺术魅力。如唐仲冕《题诒谷图二绝》（为葛俶南雨田）其一："经训菑畬得岁丰，传家事业等农功。知君积有书田在，不比多牛足谷翁。"诗人别出心裁地构筑"经训菑畬""书田"等词，阐释耕读传家之道，既情通理畅，又不失含蓄委婉。嵇文醇《田父词八首》其八："洪范八政食为先，未闻陶唐废垦田。农夫废垦作何业？请读春秋大有年。"官府以筑堤垦田阻遏水道为由，禁止开垦湖田，使农民数年心血白费，欲哭无泪，这一禁令"自乾隆二十八年至道光六年例禁六十余年"（诗注）。诗人变换语气，以疑问词入诗，一问一答，增加诗歌层次感，既阐发出诗人的意见，也回避了直遂，有深曲之美。袁翼《三村桃花》其一："三村士女共寻春，贞妇荒阡未勒瑉。千古桃花同薄命，馥华不作息夫人。"（事见苏香山馆诗钞中）诗人以"息夫人"的遭遇作对比，张扬贞女妇德，融入了议论的意味。陈子范《芜湖竹枝词》其三："不管家亡与国亡，寻芳镇日为春忙。自来生性风流惯，伧父妖姬醉一场。"

针砭当时的浮浪习气，一些人不顾国事日靡，一味游荡，遭到诗人讽刺。这些七绝田园诗从眼前事生发，对社会人生进行探索，有深刻的思想价值和较高的艺术价值。

（五）"比兴寄托"

文士怀才不遇是封建社会的普遍现象，清代也有些诗人虽满腹经纶，却因种种原因难得施展，这令他们抑郁牢骚。他们也多采用"比兴"，在七绝里抒写怀抱，以慰藉心灵。如洪亮吉谪戍西域期间，有很多七绝体田园诗，抒发谪宦之情，格调较隐晦低沉。其《伊犁纪事诗四十二首》其一："城西乞得暂勾留，何止逃喧亦避仇。只觉医方有奇效，闭门先学陆忠州。"宋王安石《陆忠州》诗："英英陆忠州，学问辅明智。"洪亮吉引用此典故，是对个人遭遇的冷静回味。金和《来云阁诗稿》中的一些田园诗，也是借描写生活琐事，寄托怀抱。谭献指出："大凡君之沦陷之鲜民之乞食，一日茹哀、百年忍痛，情动于中而形于言，于我皆同病也。风之变，变之极者，所谓不得已而作也。……今从束季符令君得读君诗，散佚而后，尚数百篇。跌宕尚气，所谓振奇者在是；缠绵婉笃，所谓至性者在是。"①（《来云阁诗稿·序》）他指出生活落魄的经历，令金和诗多"变调"。他还详细指出：金和的诗歌既郁感横生，"跌宕尚气"；又忧情百转，"缠绵婉笃"。这些诗歌里流露的，正是诗人的"至性"，并以"比兴寄托"的手法，在其七绝田园诗中体现出来，如金和的《落花生三首》其二："残红多少付销沉，浩劫埋香太不禁。未必飘零都有用，土泥滋味怎甘心。"

---

① 谭献：《〈来云阁诗〉序》，载《秋蟪吟馆诗钞》（初版）卷首，丹阳束氏光绪十八年（1892）刻本，第3页。

借咏物抒怀，以化解失意烦恼，展露了诗人窘困中的独有心态，读来可触到诗人感情脉搏的跳动。

二　七绝组诗艺术论

七绝单纯，短小精练，用来表明一个意思，非常集中，非常便当。如果集合起来作为组诗，篇数可多可少，不受限制，适用范围更为广泛。组诗既以抒情和韵律见长，又能克服单首容量不大的缺陷。七绝组诗在唐代便已出现，钱起有《江行无题一百首》，到宋代，苏洞有《金陵杂兴》，明代陈循有《东行百咏集句》。至清代大型组诗更多，范围更广，规模也更大。清人才学富足，大型七绝组诗澜翻不穷，便于驰骋其才。如朱彝尊《鸳鸯湖棹歌一百首》、方观承《卜魁竹枝词》二十四首、纪昀《乌鲁木齐杂诗》一百六十首、李调元《与编修王春甫分赋岭南草木三十首》、祁韵士《西陲竹枝词一百首》、洪亮吉《伊犁纪事诗四十二首》、庄肇奎（1728～1798）《伊犁纪事二十首效竹枝体》、张光藻（1815～1891）《龙江记事七绝》一百二十首、李慈铭（1830～1894）《青田湖竞渡词》十六首、潘遵祁《四时山家杂兴》二十四首、姚燮《西沪棹歌》一百二十首，等等。专门描写少数民族的七绝组诗也大量出现，如舒位《黔苗竹枝词五十一首》、王锡晋《黔苗竹枝词三十二首》、杨文莹《黔阳杂咏五十首》、沈寿榕《迤南种人纪咏四十首》，等等。

在清代七绝组诗里，诗人记载田园风物的意图也很明确。如纪昀在《乌鲁木齐杂诗·序》里说："余谪乌鲁木齐凡二载，鞅掌簿书，未遑吟咏。庚寅（1770）十二月恩命赐环（还），辛卯（1771）二月，治装东归。时雪消泥泞，必夜深地冻而后行。旅馆孤居,昼长多暇,乃追述风土,兼叙旧游,自巴里坤至哈密,得诗一百六十首。意到辄书,无复诠次,因命曰《乌鲁木齐杂诗》。"此序言明这组七绝是"追述风土"的作品。钱大昕也曾在《乌鲁木齐杂诗·跋语》里称赞:"读之声调流美,出入三唐,而叙次风土人物历历可见,无郁闷愁苦之音,有春容浑脱之趣。"也是称扬《乌鲁木齐杂诗》记述"风土人物"的特点。纪昀在《乌鲁木齐杂诗·物产》其二十二中写道:"土屋茅檐几处斜,移来多自野人家。微风处处吹如雪,开遍深春皂荚花。"其三十:"绿到天边不计程,苇塘从古断人行。行来苦问驱蝗法,野老流传竟未明。"《乌鲁木齐杂诗·风土》其七:"山田龙口引泉浇,泉水惟凭积雪消。头白蕃王年七十,不知春雨长禾苗。"这些七绝田园诗,真实展现了乾隆年间的西域生活场景,有很高的文学价值。另外,祁韵士的《西陲竹枝词一百首》也是这类作品,诗人在《西陲竹枝词一百首·小引》中说:"塞庐读书之暇,涉笔为韵语,得一百首,聊自附于巴渝之歌。首列十六城,次鸟兽虫鱼,次草木果蔬,次服饰器用,而终之以边防夷落,以志西陲风土之大略。"可见这组诗是为记录"风土"而作。如其中的《雪水》:"良田十斛祝丰饶,天赐三冬雪水浇。粗作沟塍谁尽力,功成事半乐逍遥。"《水田》:"灌溉新开郑白渠,沃云万顷望中舒。便宜谁上安边策,充国屯田十二疏。"生动反映了西域的田园风貌。沈寿榕有《迤南种人纪咏四十首》,仅从诗题来看,我们就可知道是描写异族风貌的作品,如其七:"倮罗黑白是耶非,遮雨随身著草衣。六月过年逢廿四,跳笙携手笑成围。"这首诗记录当地倮族的生活情况及其"跳笙"的场景。王锡晋在贵州期间,作有《黔苗竹枝词》。他在《黔苗竹枝词·序》中说:"余侍先大人宦游黔省，黔苗疆也。往来其间，山川风土悉其梗概，乙亥岁寻绎旧游，率成三十二章以纪其事。"可见他这组七绝作于侍亲期间，广泛反映了贵州的风土人情。如其中的《黑苗》一诗，写苗民部落"在都匀八寨丹江，出入携镖枪，药弩，环刀。孟春择地为笙场，穿锦半臂，以竹为笙，蒸糯米为酒跳舞为欢"。诸如此类，共三十二首，皆记贵州土著风貌，非常详细。王佑曾《忆在水一方别墅二十首即呈选楼明府》其三："灌园野老鬓盈斑，终岁勤劳稼穑艰。怪底林泉无俗韵，农夫也解话湖山。"其十五："豆棚瓜架近西箱，小圃欣欣生意长。好是晚秋风味足，一畦微雨菜花黄。"其十六："秋来野叟祝仓箱，稻穗低垂脱颖长。待到登场天已暮，月中轧轧卷云黄。"上述诸诗里，诗人生动记录了乡园别墅的景致，传达出对故里风物的热爱。对于这组七绝的创作目的，诗人自序里也讲得很明白。他说："余家西北有村曰北楼，北楼之西，别墅在焉。一湾秋水，万顷芦花。与伊人所居相仿，故名曰'在水一方'。先季父修筑于此，以为憩息之所，吟诗唱和满箧满箱。迄今季父往矣，而风景依然，非仅忆其地，亦不忘追随杖履也。"可见这组七绝属回忆家园风物之作。

  为使诗意不至晦涩，诗人还添加小注进行解释。这种于七绝中加注的方式，可详尽阐明诗意，便于阅览和考证。这一艺术手段，即使七绝诗有"轻捷流利"的风格，也可容纳"质实"的内容。如纪昀《乌鲁木齐杂诗》、洪亮吉《伊犁纪事诗》、王芑孙的《西陬牧唱词》、庄肇奎《伊犁纪事二十首效竹枝体》、福庆的《异域竹枝词》、萧雄的《西疆杂述诗》，等等，皆有详细的自注。乾隆年间，纪昀《乌鲁木齐杂诗·典制》其八："户籍题名五种分，虽然同住不同群。就中多赖乡三老，雀鼠时时与解纷。"其自注云："乌鲁木齐之民凡五种：由内地募往耕种及自塞外认垦者，谓之民户；因行贾而认垦者，谓之商户；……原拟边外为民者，谓之安插户；发往种地为奴当差，年满为民者，谓之遣户。各以户头乡约统之，官衙有事，亦多问之户头乡约，故充是役者，事权颇重。又有所谓园户者，租官地以种瓜菜，每亩纳银一钱，时来时去，不在户籍之数也。"其十："绿野青畴界限明，农夫有畔不须争。江都留得均田法，只有如今塞外行。"自注曰："每户给官田三十亩，至则注籍于官，故从无越陇之争。"这两首诗写乌鲁木齐移民的来源和土地分配情况。诗人在每首诗后加以简洁明了的小注，使诗意的表达更为生动详实。李调元曾任广东学政，格外喜爱岭南繁盛的花木，创作有《与编修王春甫分赋岭南草木三十首》。他以注释诗，充分发挥七绝的形象表现力，描绘岭南乡村风物。如其中的《橄榄》："红盐几日纷纷落，早有蛮童唤卖来。"诗人自注："有青白二种，闽人呼青果，粤人呼白榄树。至顶乃布枝叶，须雌雄并植乃结实，子如枣，青色。八九月熟，不可梯，高者以盐纳干中子落。"他另有《榕》道："似此有荫人尽庇，也胜大厦千万间。"诗人自注："余初过岭即问榕树，人指示之。以其性畏寒逾梅岭则不生也。故红梅驿数株为关塞界树，多连理垂荫极茂。"诗人在七绝诗中加注，详实描写了橄榄、榕树等广东标志性物产。洪亮吉《伊犁纪事诗四十二首》其九："鹁鸪啼处却东风，宛与江南气候同。杏子乍青桑葚紫，家家树上有黄童。"自注："伊犁桑葚甚美，白者尤佳。"其十九："游蜂蛱蝶竞寻芳，花事初红菜甲黄。只有塞垣春燕苦，一生不及见雕梁。"自注："塞外春燕皆巢于土室中，或栖止橱屋。"诗人以注释诗，详考西域风物，有明显的学问化倾向。沈寿榕《迤南种人纪咏四十首》作于任职云南边陲期间,其自序说:"迤南道驻普洱府城所属,皆极边要,种人实繁有徒。余以己卯十月来权兵备,今将一稔。暇以志乘所载见闻所及者记以短句得四十首其荒诞无稽及非所属者仍置之。"在这组田园诗里,诗人不仅详考当地种族,还记述地理沿革,如其二:"青红毒草绣成堆,道出甘庄绝可哀。"诗人自注:"甘庄村属元江州。"其五:"雍正乾隆圣德昌,新开郡县压边荒。周时产里明车里,数典从何问汉唐。"诗人自注:"雍正七年,改土归流,设普洱府。乾隆三十一年添设迤南兵备道,驻府城。溯其沿革,自汉唐至宋皆不通中国。"其注本身便如精致的散文,可堪与诗并读。而且,若不是诗、注互证的话,其中很多内容是现代人无法读懂的。

  诗人刘履芬有《绝句七十首》,诗前有序,诗后有注。其序曰:"咸丰辛酉十月始,自津门航海来沪时,全家避乱寄居沪上者已累岁矣。余丁巳北游以后,每家言至,得朋旧凶耗辄作恶累日,况中遭惨劫,猿鹤虫沙都难问讯。其幸存者亦各散处四方,欲通音问而不可得,离索之感其何能已耶?因检行箧,朋好投赠之什多于束笋。即当时传观偶然钞得者亦复不少。俚居无事辄拈韵语以纪其,得若干首。中并附其所作,虽未必尽属得意之篇,而兵灾以后搜罗无从,平生心血只此区区,可嘅也。以至于辑录成书如王渔洋感旧集,陈其年箧衍集之例,则请俟诸异日。是岁腊月初五日夜录稿于沪城旅舍并记。"由这篇长序可知,诗人避乱在外,思念家乡,凭回忆创作这一大型绝句组诗,展现了家乡的各式风物。如其二十四:"曾经赁庑作梁鸿,大好村居一亩宫。也有感时心事在,数行残墨句清雄。"诗后小注称:"昆山戴菊辰(鉴)孝廉家甫里东之大直村，予癸丑避地曾居其家累月。"其六十："萧萧吟社早荒芜，旧迹重搴兴易孤。省识田园春事好，近来翻愿作农夫。"诗后小注称："丁未戊申之间，吴中举吟社，余亦滥与其列。春日田园杂兴，当时诗社中题也。有二绝不记何人所作：'溪南数亩田，呼童晨起放春泉。饭牛须带蓑衣去，多恐今朝是雨天。''老翁醉倒茅檐下，笑看儿童放纸鸢。'诗写田园情味真令人悠然神往。"这几首诗不仅再现了家乡的风物，诗后小注还使读者了解到其家乡的人文之盛，具有相当高的艺术价值。

单篇的七绝描写人物时，限于篇幅，也只能作速写式的勾勒。七绝组诗弥补了这一不足之处，能够更全面地描写人物形象。郭凤《田妇词》共由八首七绝组成，每首写"田妇"的一个生活片断。八首组织在一起，便尽可能全面地展示了这一人物在多个时、空间的活动。在封建社会，女性文学主角一般是淑女和士妇，而郭凤《田妇词》却是对一个劳动妇女作专题式描写，从中能看到底层女性的面影和生活情景，令人感到清新可喜，难能可贵。全组诗把人物塑造的场景，放置在充满生机的田园，这更增添了人物的淳朴美感，从而使"田妇"形象更为生动真实。其一："居家楚楚布衣裳，几月前头新嫁娘。豚栅牛宫无隙地，房栊侧近灶觚旁。"其三："晓起核头一刻闲，何曾施粉画眉弯。戴将凉帽遮红日，圆顶穿来出髻鬟。"其四："络罢新丝事更忙，小姑相唤去分秧。深深白足湖田立，照见垂鬟人影凉。"其六："侵星淘米下苔矶，煮熟香秔日色微。田里驱将儿子去，替他早饭阿耶归。"其八："村近归宁小小舟，倩郎摇橹橹声柔。妆成要对船梢坐，笑说家常弄阿侯。"这组七绝的每首诗既相对独立，又能够有机统一，展现"田家妇"不同的举止仪态，使一个心灵手巧的村妇形象跃然纸上，也表现出农家的夫妻情深和男耕女织的生活。

姚燮的七绝组诗《西沪棹歌》，更是达一百二十首。"西沪"是浙东象山一个名不见经传的小渔村，诗人在其七十一自注："西沪二字，不见志乘，盖本舟山十咏题西沪渔歌，俱在西沪境内。"关于这组大型七绝的创作动机，首先当然是抒发诗人的生活感触。正如《西沪棹歌》其一自注："咸丰庚申冬日，重客象山西沪，寓王氏翠竹轩二月余。选胜揽俗，洵陶潜之乐土也。同人爰为棹歌之作，拉杂成之，以消客况，采风者或有取焉。"说明诗人第二次来西沪，首先，秀美的田园风光引起他的诗兴，创作诗歌"以消客况"。其次，则是受诗坛风气的影响。在姚燮的家乡，以组诗形式吟咏田园风物的不乏其人，姚燮在《西沪棹歌》其一百二十的自注中提到："邑贤倪韭山象占著有象山杂咏，钱薪溪沃臣著有蓬岛樵歌，皆古竹枝之亚。韭山以风格胜，似王新城。薪溪以博赡胜，似厉樊榭。鄙人何敢望焉，后当有论定位置之者。"这说明姚燮对《象山杂咏》及《蓬岛樵歌》有所研究。他的《西沪棹歌》也是受这些诗歌启发，有与邑贤之作相呼应的意思。姚燮是位颇有成就的诗人，谭献称之为"浙东一巨匠"。姚燮在《西沪棹歌》中，结合自己真实的生活经历，记录下原汁原味的田园风情。如其三十二："沙鲭四月掉尾黄，风味由来压邵洋。麦碎花开三月半，美人种了市蛏秧。"自注："沙鲭如蛏，而其大如杯。……惟蛏涂十余里有之。……蛏秧，二三月中有之，村人各以竹梢界涂，不相侵夺，亦沪民之一利。蛏之美者曰美人蛏。"其五十五："拖肩红帽绿叉裤，放学儿童闹满村。弟打冰锣哥鬓箨，刍龙盘过贴邻门。"自注："儿童于缸冰厚时，以热铁烙隙，穿绳其中敲之。或取败山竹如杯大者，截为筒，吹之，曰竹号头。即觱篥之遗制也。复结草为龙，以相笑乐。"可见这组七绝写物纪游，历叙乡景土风，很是生动详赡。复次，他还是位博学之士，"镇海陈骏孙文学（继聪）云：'（姚燮）胸有万卷书，而又辅之以真情（浩）气，文章之大观也，不得仅以韵语目之。'"① 他认为姚燮诗有丰富的学术内涵。在《西沪棹歌》里，也确有学术考证的特色。如其四十五："径路猫头乱石低，两三小艇泊高泥。满天风雪行人少，载得鸡凫过渡西。"自注："猫头嘴有高泥村，设立义渡，以便行人往来。"其五十二："春郊有客踏蘼芜，田叟停耘指去途。要向山头寻木勺，先从地颈索瓶壶。"自注："木勺山、壶瓶颈俱方前村后地名。"其一百一十六："沈山村落有垂杨，童子驱鹅女伺羊。几稜平陀沙气厚，好乘梅雨种膏粱。"自注："沈山岰一名沈山村。"这些诗歌详考地理沿袭，有鲜明的地志学风格。再次，诗人还是位画家，有意思的是，他的画名似乎并不比诗名低。张培基写的传中说道："（姚燮）能作人物花鸟，或赠人以为酬酢。不知者邂逅求画，甚于求其诗文，故又以画著名。"所以，他的《西沪棹歌》能够刻意经营，如观画图，布局用色皆有独到之处，有风调流转之致。如："乱支山石厚围墙，细揭溪沙广筑场。屋势缘坡高下建，面临平海背危冈。"全诗的布局由近到远，层次分明，使人如观画图。其三："乌石山湾系越舱，中沙云接下沙暎，谁家箬帽田西屋，小髻春螺对晚青。"用语明丽，色彩感强，如工笔描绘，精雕细画，别有一番兴味。最后，姚燮还是个小说家，"弱冠即有才子之目，喜为艳词，曾著小说"。②

---

① 姚燮：《复庄诗问》，上海古籍出版社，1988，第 1313 页。
② 陆矶：《玉枢经钥序》，见姚燮《玉枢经钥》，民国十一年（1922）铅印本，第 2 页。

阮亨的《碱舟笔淡》说得较详细："（燮）诗骨雄健，文笔清新，尤精绘事。在日下谱《香山愿》、《退红衫》传奇，优伶争演习之，名重一时。"① 这样的学识，使他在创作《西沪棹歌》时，在原本以空灵胜的七绝体里，增强了很多的叙事性元素。如其二十三："练军筑垒臧流枪，垦洿开阡筑石塘。卓荦驹年通干略，长沙门第未荒凉。"自注："咸丰五年七月初二，广匪流入沪村，索银一万。欧星北广文景辰合练勇二千余，格杀十余人。贼于初日退出，自此不敢复犯。"其三十九："石炉一跃入渔罾，得失更番似有凭。结庙场前香火闹，蛇神牛鬼究谁征？"自注："纸寮村民社神为场前庙。初有渔人网得石炉，弃之，再举，又得。因负归。东行里许，炉忽跃出至地，因即其地庙祀之。"前一首如历史传记，写捍拒太平军的地方少年，结合他们的事迹，刻画栩栩如生的人物形象。后一篇则像篇神话传说，诗人以问句作结，烘托出浓重的奇幻色彩。他通过曲折的情节，或塑造人物，或设置悬念，使其七绝产生跌宕起伏的艺术魅力。

三　清代七绝田园诗的结构特征

"诗贵性情，亦须论法。乱杂而无章，非诗也。"② 七绝虽短小，但要写好的话，也需讲求法度。一首优秀的七绝，除了炼字炼意外，还要注意句、联的构建和布置。大体说来，七绝四句，各司其职，分别有起、承、转、合的作用。一篇好的绝

---

① 姚燮：《复庄诗问》卷末，上海古籍出版社，1988，第216页。
② 沈德潜：《说诗晬语》，《原诗 一瓢诗话 说诗晬语》合刊本，人民文学出版社，1979，第188页。

句，必须使四句顺畅贯通，方能于起承转合间，实现诗歌思想内容与艺术形式的统一。清代七绝田园诗在布局谋篇上，也颇见功力。诗人根据表情达意的需要，将七绝诗的四句精心组织，使其珠联璧合，不仅有效表达感情，也增添了诗歌的艺术美。

（一）起承转合的句法

元杨载指出："绝句之法要婉曲回环，删芜就简，句绝而意不绝，大抵起承二句固难，然不过平直叙起为佳，从容承之为是。"① 首句一般是交待创作背景，也是为全篇奠定感情基调，渲染氛围。第二句顺承款接，贵在从容，添加必要的内容，补足前句的未尽之意。一般在第三句转捩变化，所以很多诗论家强调第三句的重要，如周伯弼云："绝句之法，以第三句为主，首尾率直而无婉曲者，此异时所以不及唐人也。"② 这段话虽论明第三句在章法转折上的作用，但第四句一样不可忽视，第四句又称结句。"姜白石诗说谓：'一篇之妙，全在结句。'"③ 优秀的结句，可使全篇有余音不尽之致。清代七绝田园诗在句式的安排使用上，也颇具匠心之处。如沈德潜《沂城至蒙阴记途中所见》云："墙围黄土路沿沙，夫把犁锄妇作家。肯信歌楼残月夜，醉教红袖拨琵琶。"前两句表明村居环境，铺叙农家生活，第三句突然转折，在结句中点出富贵之家的奢侈，形成强烈对比。吴嘉纪《绝句》："白头灶户低草房，六月

---

① 杨载：《诗法家数》，见何文焕辑《历代诗话》，中华书局，2001，第45页。
② 高棅：《唐诗品汇·叙录》引，上海古籍出版社影印，1982，第5页。
③ 沈德潜：《说诗晬语》，《原诗 一瓢诗话 说诗晬语》合刊本，人民文学出版社，1979，第254页。

煎熬烈火旁。走出门前炎日里,偷闲一刻是乘凉。"起句写老年盐民居于草房,第二句以炎炎"六月"煮盐,显示其恶劣的生活环境。第三句看似递进,实为结句转折作铺垫,出人意料,发人深省。钱仪吉《农桑》:"屋上鸠鸣涧饮牛,老翁语我百无忧。人间事事关晴雨,凭仗天公已白头。"开头两句是农村家常对答,而三、四两句空灵宽转,有乐天知命之意。唐仲冕《晓行田间口号三首》其一:"正是西风纳稼天,稻田大熟悔栽棉。棉花歉薄无人买,喜说新来估客船。"此诗起句交待天气,第二句顺承言明农作物种植情况。随之诗人以"悔"字作伏笔,引出第三句棉花"歉薄",成为悬念,接着第四句以"喜"字作呼应,尽显农家悲欢之态。

(二) 以联构篇

"两句为联,四句为绝。"[①] 绝句中的两联构成一篇完整的绝句。诗人依据创作需要,运用多种修辞关系,如主谓、状谓、因果、递进、疑问等,使各句、联之间,承接串连,开阖呼应,也让七绝体田园诗产生引人入胜的艺术效果。如田雯《瓜隐园杂诗》其六:"小妇三度报蚕眠,准备新丝浴夏天。"这两句是主谓关系联,描写勤劳村妇劳动场景。钱澄之《田间苦》其一:"老夫生计苦疏慵,学稼东皋拟自供。"也是以主谓关系连接,写诗人自身苦况。李赞清《大梁杂咏》其三:"鸡声茅店日光微,村落家家尚掩扉。"是状谓关系联,以前句状语表明时间。李调元《耸翠亭杂咏六首》其五:"自是今年春雨足,水田处处叫秧鸡。"是因果关系联,因雨水充足,灌满

---

① 赵执信:《声调谱》,见王云五主编《丛书集成初编》,中华书局,1991,第45页。

水田，才使秧鸡鸣声四起。苏加玉《稻蟹行》："风多西北稻伤风，况复摧戕遭介虫。"这两句是递进关系，诗人以太仓农谚"西北风，稻伤风"入诗，幽默描绘稻谷作花时的生长特点。陈斌《种麦》："多少根芽深雪裏？隔年生意老农知。"以疑问句入诗，构成一个反问联。在绝句两联的结合组织方面，清代诗人也有不俗的艺术表现。如朱彝尊《鸳鸯湖棹歌一百首》其十一："桃花新水涌吴艚，十五渔娃橹自操。网得钱塘一双鲤，不知鱼腹有瓜刀。"（《搜神后记》所记，钱塘杜子恭就人借瓜刀，其主求之曰：当即相还耳。既而，刀主行至嘉兴，有鱼跃入船中，破鱼腹得瓜刀。）前联两句分写景物，相互比列。后联两句合写。两联以典故联系，巧妙地写出家乡湖上的风情。沈德潜《忆故乡风景》其六："野花作雪柳吹绵，记得江乡三月天。闲向合流庵里坐，雨前茶煮白云泉。"诗人以前联回忆家乡之景，用后联记人物行动。全诗两联对举，表达诗人的思乡之意，有余情不尽之妙。王懋纮《和艾堂试灯四绝句》其三："我是田间击壤民，亦从州里共迎新。眼看灯市多鱼兔，未有人家识凤麟。"前后联相互承接、连串起来，记迎新年时的活动，顺水推舟地烘托灯市繁荣。姜宸英《白鸭》："君看水田双白鸭，黑嘴啄鱼相并唼。水田当中孤鹤翔，欲飞不飞愁天长。"诗人以前后联作比较，前联写成双成对的白鸭，后联写形单影只的孤鹤，二者对比鲜明。全诗实是以白鸭、孤鹤拟人，达到讽喻世事的效果。

七绝诗至清代早已臻于成熟，运用广泛而普遍。清代诗人使用精练的语言，在七绝田园诗里表达丰富的思想感情。他们还以七绝展现田园风物，言简意赅地记录耕作、生活经验，真实地浓缩清代田园场景。总的看来，清代七绝田园诗既有意境，也重写实，达到炉火纯青的造诣，显示出七绝的独特魅力，可堪接武唐、宋，超越元、明而无愧焉。

第三节 "新乐府"体田园诗艺术论

"新乐府"又称"新乐府辞"，始于唐代诗人杜甫、元稹、白居易等人的创作，他们于乐府古题外，另拟新的题目，创作了大量的"新乐府"。至此，"乐府体由汉之古乐府辞一变而为袭古题写时事的建安乐府，再变而为'因事立题''无复依傍'的杜甫乐府。三变而为中唐白居易的新乐府"[1]，成为诗人们采用的诗歌体裁之一。"新乐府"在题目、题材内容、句式结构及语言等方面，皆独具特色，"其辞质而径，欲见之者易谕也；其言直而切，欲闻之者深诫也，其事核而实，使采之者传信也"，[2] 带有明显的社会功利目的，堪谓"篇篇无空文，句句必尽规"。

"新乐府"也为清代诗人所运用。冯班说这一体裁"合乎诗人之旨，忠志远谋，方为百代鉴戒，诚杰作绝思也"。[3] 赵翼盛赞"新乐府"是"无不达之隐，无稍晦之词"。[4] 他们都认为"新乐府"概括简当，甚堪发微昭隐，可为"百代鉴戒"。在田园诗领域，也出现了很多的"新乐府"诗歌，能够联系社会现实，积极针砭时政，有讽喻规谏之效，寄托了诗人对社会

---

[1] 刘学忠：《"新乐府运动"辨》，《衡阳师专学报》1995年第3期，第76页。
[2] 白居易：《白居易全集》，上海古籍出版社，1999，第35页。
[3] 冯班：《钝吟集》，清泽古斋钞本，嘉庆四年（1799），第6页。
[4] 赵翼：《瓯北诗话》卷4，人民文学出版社，1963，第78页。

民生的关注。如鲍伟《木棉乐府四首》《乐府四》，柳树芳《水村新乐府六首》，姚椿《水灾新乐府十六首》，金玉《新乐府奇荒集》共三十六首，至于其他单篇更是不胜枚举。清代诗人们以高超的修辞技巧，结合社会现实，在"新乐府"田园诗里贯注真挚的感情，体现博大的济世胸怀。他们的这些诗歌不仅言之有物，还能够言之成理，全面弘扬了"新乐府"的兴寄讽喻功能。

一 清"新乐府"田园诗的艺术特色

清代新乐府体田园诗直接由田园生活取材，有浑朴通俗的特点。在创作旨趣方面，诗人也勇于以诗干世。而且他们善于选题，精于立意，采纳多种艺术手段，串联情节，叙事抒情，在新乐府体田园诗创作领域取得不俗的成绩。

（一）叙事性

"乐府往往叙事。"[1] 清代新乐府田园诗也沿袭了这一传统，叙事娓娓可听，有通俗流利的艺术特点。诗人联系社会背景，讲述人物遭遇，反映时势变迁，使诗歌情节曲折。如朱彝尊《女耕田行》："荷锄复荷锄，来招中田声札札。谁家二女方盛年，短衣椎髻来耕田。自言家世多田宅，几载征求因需索。长兄边塞十年行，老母高堂两齿落，前年卖犊输县门，今年卖宅重输官。石田荒芜土确确，十日一晦耕犹难。自伤苦相身为女，好与官家种禾黍。"此诗详叙农家境遇，反映兵役之害，

---

[1] 徐祯卿：《谈艺录》，引自何文焕《历代诗话》，中华书局，1981，第769页。

以至村中只剩"女耕田"。诗人还写道，为了完纳租赋，农家只得"卖犊卖宅"，以至于倾家荡产。吴嘉纪在《难妇行》中写道："宁为野田莠，不为城中妇。莠生雨露培，妇命如尘埃。江头六月举烽燧，东南风吹战船至……"诗中叙说战乱景况，烘托民生苦难。其《挽船行》中写道："疲困驾船人，人船双赵趄。老姑起把舵，新妇为纤夫。尚存异乡息，自憎薄命躯。夏日悬中天，灼死岸边树。缠头苦无巾，裹足犹有布。数罢商人钱，拭泪盼官路。路长纤绳短，挽船不敢缓。"全诗真实再现了水上人家的苦难生活，除给人"严冷"的感受，也体现"新乐府"的真传。

（二）真实性

首先，清代"新乐府"体田园诗有真实的情感贯注。没有真情实感的诗歌就像镜花水月，不会打动人的心灵。只有真情贯注，才能使诗歌产生震撼人心的艺术效果。其次，在诗歌里，不仅要有情感的真实，也要描写真实的生活。白居易曾强调："褒贬之文无核实，则惩劝之道缺矣；美刺之诗不稽政，则捕察之义废矣。虽雕章镂句，将焉用之？"[①] 他崇尚取材"核实"的诗歌创作。清代有很多"新乐府"田园诗，不仅在取材上能够密切结合时事，还贯注了诗人真挚的情感，令人叹赏。如朱彝尊有《女耕田行》《捉人行》《马草行》，反映清初动荡的社会现实，在一定程度上，具备了"诗史"的特征，也是民生疾苦与诗人内心情感的契合。其《捉人行》："步出西郭门，遥望北郭路。里胥来捉人，县官一何怒。县官去，边兵来，中

---

① 白居易：《白居易全集》，上海古籍出版社，1999，第900页。

流箫鼓官船开。牛羊驼，蔽原野，天风蓬勃飞尘埃。大船峨峨驻江步，小船捉人更无数。颓垣古巷无处逃，生死从他向前路。沿江风急舟行难，身牵百丈腰环环。腰环环，过杭州，千人举棹万人讴。老拳毒手争殴逐，慎勿前头看后头。"可知清兵入关之初，到处抓男丁充军服徭役，使农业生产受到破坏。他还有首《马草行》："阴风萧萧边马鸣，健儿十万来空城。角声呜呜满街道，县官张灯征马草。阶前野老七十余，身上鞭扑无完肤。里胥扬扬出官署，未明已到田家去。横行叫骂呼盘飧，阑牢四顾搜鸡豚。归来输官仍不足，挥金夜就倡楼宿。"此诗也是清初实录，清兵南下时，百姓受害甚深，仅提供"马草"一项，就使民不聊生。潘柽章的田园诗多记时事。他曾在《今乐府》序言中说："《明史记》草创且半，或谓余两人固无因循失实之病，然所褒贬多王侯将相有权力者，且草创之始，见闻多隘，子其慎诸。两人谢不敢。私念是书义例出入，必欲法之当今，取信来世，故不得已而托之于诗，则《今乐府》所为作矣。"言明自己的诗歌创作"欲法之当今，取信来世"，可见其内容的真实。他有首《和陶乞食赠乞食诸公》，其诗前小序说："辛卯秋，村民十百为辈，望门投食。予谓救灾恤邻谊也。况上无所号号，下不为剽尅，而俯首一饭，犹良民也。渊明云：'旧谷既没，新谷未登，日月尚悠，为患未已。'乞食贤者事也，乃慨然有作。"说明此诗取材于诗人亲眼所睹。其诗曰："沟壑势所迫，贸贸行安之。促步望烟火，低头好言辞。善悉主人贫，高义无嗟来。升斗竭所余，满腹辄废卮。感激话畴昔，内热戕羊诗。同里无赈恤，曷云济世才。愧客供给薄，强饭以相贻。"此诗紧密联系时事，勾勒出人们背井离乡后的困窘，不仅表达了诗人内心的悲悯，还增强了作品的真实性。

（三）典型性

诗人以简明的线索串联作品，进行专题性写作，目的明确，趋向专一，使这些"新乐府"田园诗具有很强的典型性。诗人们从纷繁复杂的社会现象里，提炼有代表意义的典型性事件，在诗歌里最大限度地浓缩生活、涵盖情感，达到小中见大的艺术效果，使诗歌如透视乡村社会的视窗。他们全部的艺术手段，都是围绕主题进行，这样既可在作品里反复铺陈，也易于深入剖析。而且这些田园诗继承"新乐府"精神，体现"因事立题"的特点，以简洁醒目的开首点睛，突出所述事件，具有尖锐的感情冲击力。如徐嘉有《下里曲》，其诗前小序说是诗人"里居十年"，感于"见闻所及"而作，其诗概括乡间典型事件，体现出"感于哀乐，缘事而发"的特点。钱仪吉《乡风诗》八首，自序是"辄举吾里风俗杂事为诗"，也是精心选择民间情事，予以突出描写。姚椿有《水灾新乐府》，包括《筑圩岸》《补青秧》《卖儿女》《破屋谣》，等等，仅从诗题来看，便有很强的现实针对性。黄协埙有《饿虫沿》，诗人释题说："时难年荒，流民挨户索食，我邑谓之'饿虫沿'。强悍者或且因以滋事，黄子忧之作歌以为临民者告。"诗人摒弃含糊其辞，重点陈述眼前事件，增强了诗歌的典型性。沈寿榕《巴人谣四首》其一《放野马》，其命题是取自："官马纵放于郊，践食民田谷麦，曰'放野马'。"其二《拉肥猪》，是因当地"盗协富儿去，勒财赎还曰'拉肥猪'"。其三《新丝债》和其四《离窝钱》皆类同于此。他的这些诗歌通过描写典型事件，反映了一定的社会风气和民情。陈子范《三山新乐府》之《牵红线》序："闽县郑某，名下士也，以诗文歌颂公卿，名震一时，无耻者附之，某最宠金邦平，因金汇缘得术以女妻之，复为其侄某主婚，娶日本下女。侄授室后困于经济，废学归国，女愤其夫热衷小人，忧伤而卒，闻者哀之。"陈子范的这首新乐府，更是较明确地指出所批判的对象。黄兆麟《和陈槐庭孝廉（钟英）乐府四首》其一："夏月征上忙，秋月征下忙。卖牛完课苦不给，胥吏收漕旋下都。天家额征漕一斛，官加三倍犹未足。一吏持符催一都，一都祸胎从此伏。到门索浆，登堂索酒。慎毋稍迟，迟则汝咎。得餐索鱼，得鸡索凫。慎毋稍缺，缺则汝拘。君不见邻村有吏来跄跄，百不一从怒雷硠，鞭笞农丁如鞭羊。"（催租吏）刻画出"催租吏"的无耻嘴脸，令人印象深刻。其三："苏台月上笙歌起，灯船逐队飞如驶。云鬟劝酒不停筝，飞觞直到五更里。琉璃万盏如星攒，残宵更酌有余欢。借问座间谁家子，强半阊门听鼓官。噫吁嚱，此邦民生日窘蹙，啼饥号寒满山谷。何不手秉通明烛，光辉朗朗照茅屋。"（灯船夜）展现贫富悬殊的两幅生活场景，给人强烈的情感冲击。姚椿创作的《水灾新乐府》，是在水灾发生后，以相关农村事件为素材，增强了诗歌现实针对性。如其七《饭箩哀》写道："贤太守，二千石。愚小民，劳尔力。田秋无禾夏无麦，忍使小民为盗贼。饭箩来，鸣声哀。饭箩去，恶少聚。堂堂黄堂祭先祖，清酒在尊肉在俎。尔民孰知母与父，一言虐我不我抚。自取杀身尔何苦，森森军门刀，弓箭各在腰，茸城不兵特幸尔。大雨连天逐妖鬼。"原诗自注："是日中元，饥民以大雨而散，否则几激变。"可知时逢岁荒，饥民走投无路，铤而走险，几成民变。诗人对之抱以同情态度。在诗歌里，他联系社会背景，分析这一紧急事件的原委，揭示了当时存在的社会矛盾。

诗人们还以高超的艺术概括能力，结合生活细节，展现人物境遇和性格，塑造典型形象。如朱彝尊《女耕田行》及吴嘉纪《挽船行》《难妇行》《邻家仆妇行》，皆写劳动妇女的形象，罗怀玉《分饼行》写灶户之苦，田茂遇《孤儿行》写孤儿生存状况。田雯《淘金谣》是慨叹淘金者的命运，他发扬元、白新乐府的精神，塑造"淘金户"的形象，掀开盛世的面纱，揭示吏治腐败和民生艰辛。如《淘金谣》之一："淘金户，户户无宁居。北上都卢，西走巴渝。巴渝田可耕，依山盖屋。咿呀两儿女，秃速一黄犊。苛政十倍，横索官钱。先卖黄犊，后鬻儿女。不如巫州，归去，涕泪涟涟。踉跄入籍，淘金扰故。楚山高兮阮江深，瑶村无路。""淘金户"本为农民，因不堪赋税之重才去淘金，但一入淘金户籍后，形同拘役，生计更是窘迫。他们四处迁徙，卖儿鬻女，贫穷到骨，生活十分凄惨。《淘金谣》之二："淘金户，淘金大江侧，水深沙浅淘不得。夜闻急呼来打门，官司追课如追魂。呼童挑灯取金看，囊中只有分毫积，金多课少输不及，里胥大怒遭拘执。卖金买宽限，金尽限转急。往来坐床头，妇子相对泣。相对泣，亦徒为，输官难再迟。南庄有田尚可鬻，莫教过眼遭鞭笞。独不见西家卖金犹卖屋，户户逋金金不足。"金沙有限而征额无已，淘金者只得卖田卖房，生活陷于绝境，抱头号哭。这两首诗不仅写出淘金户的生存状况，还对社会制度的弊病予以抨击，可说是"径""直""肆""为民为事"而作。陈斌有《孤儿作粮保》："野中无草，城中应卯，孤儿当年作粮保。上堂投签，下堂叫绝天，天乎不雨钱，孤儿母老天乎不与怜。"为催缴钱粮，官府立"粮保"一职。若村落完不成征粮数额，则处罚粮保，乡里豪强与官吏勾结，借机中饱私囊，从而累及村中弱势群体。

诗人自序:"辛酉春,吾浙上官革粮保碑于县门,逾年又签人,后益加烈。诗为里中沈氏儿作也。"诗人通过这一人物描写,反映农村弱肉强食现象。巴蜀诗人李调元处于文网禁锢的乾隆时期,当时社会是"万马齐喑"。但作为一位正直的士人,他的诗歌对百姓苦难还是有所反映,其"新乐府"田园诗不泥声形,尤重显意,有一种朴直之美。如他的《窑户行》:"洵阳城外逢窑户,面目黧黑衣蓝缕。见人自指肠中饥,唏嘘欲说头先俯。自言本是村中农,薄田不足疗贫窭。闻道县官方筑城,砖甓所需亿万数。手胼足胝力能为,人言利可垄断取。鸡鸣岂惜孳孳为,踉跄首自充官雇。窑穿直入九地深,引水乞得蛟龙吐。积薪欲与南山平,洪炉日夜雷风鼓。鸠工辇运动成群,嗷嗷索食一何怒。皆云颁出水衡钱,暮四朝三待分剖。岂知命穷天亦忌,屡闻县中换官府。凡百工作俱饬停,国帑封固动不许。可怜物价皆称贷,索者日日叫阿堵。何尝博得温饱资,翻为官工守不去。即今散砌堆四门,漂流顷刻愁山雨。已成不见料直酬,再失何由买充补。无钱坐食山为崩,残冬渐已过炎暑。昨闻监司经此地,攀辕伏诉逢猛虎。零星坏砖偶拾遗,反以盗卖遭笞股。请君看我窑中人,十人去者已得五。眼看麦陇尽双歧,反羡耕农得其所。劝君止此勿复言,我亦为此留兹土。"全诗描写官府大兴土木,窑户辛苦劳作,以至"手骈足胝"。不料"筑城"之役未完官员离任。后任官员却不认账,停止拨发工程款,使承包工程的窑户血本无归,倾家荡产。诗中塑造"窑户"形象,揭示因官员更替,给百姓遗留的痛苦和灾难。沈学渊《瘦狗行》写道:"职方何尝如狗贱,狗戴进贤学人面。胡床踞坐忽大噑,手掷银铛飞雪练。……催逋赋,瘦狗怒,二月新丝一尺布。游徼啬夫使要路。要路不已要入城,入城从此无余生。"对催科吏予以肆言无忌的抨击，诗人以"赤股猂猂惟瘦狗""妖狐夹道迎狼豺"之句，生动描刻出贪官污吏们的形象，铺叙其残暴，直斥他们的卑劣行径，道出底层人民的不平。

（四）音乐性

清代"新乐府"田园诗的句式长短错落，而且一首诗里常存在多次换韵的现象，从而形成多变的节奏，使诗歌读来朗朗上口，有类歌咏，体现鲜明的音乐性特色。这种曲回婉转的音韵节奏，不仅增强艺术感染力，还可使诗歌整饬统一，是由章句结构衍生的艺术手段。诗人借抑扬的音韵，配合感情起伏，使全诗脉络明朗，句式复沓而不乱，于节奏感中，形成声情并茂的艺术效果。如黎简《田中歌》："饥鹰叫风野日白，田鼠仓皇乱阡陌。田头背立泣寡妻，拾穗盈筐人夺得。自言一日劳，可得三日食。十日刈获了，可储一月积。今年三日皆空还，明日重来复何益。出门时，儿已饥。入门时，儿拽衣。娘得谷，换米归。儿食粥，娘啖糜。娘空还，儿哭啼。儿勿啼，娘心悲。向屋后，望菜畦。天寒雨瘦菜不肥，篱疏畏逐强邻鸡。闭门抱儿劝儿睡，明日娘有饭，娘自有较计。北风入夜吹破屋，上有明月照人哭。人哭不闻声，但闻儿寒就娘声瑟缩。"全诗句式多变，以流畅的音韵节奏，配合感情的抒发，在参差的语句间，从容不迫地进行音调转折。诗歌的用韵换韵看似自由，实则适应情感的波动，表达诗人心中的悲悯情怀。此外，清代新乐府田园诗与民歌颇有渊源，诗人在创作时，采民歌词曲入诗，自然保留了民歌韵律。如袁昶《效吾乡田歌为秀峰村赵丈六十寿》、陈斌《上水谣》、沈寿榕《巴人歌》，等等，即属于此类，读来如民曲俗谣，优美动听。袁昶《效吾乡田歌为秀峰村赵丈六十寿》："见父执如面耶，童时游钓随巾车。竹弓射鸭，草扆捞虾，入深林际招麋麚。我父督课如官衙，丈来一笑治跃釪。岭庙山呼苍霞，东坞泉烹嫩茶。太湖塘摘山果，赧岁获水云租。赛社村酤赊瓦盆，一醉茅檐下，藤枕笋床攲复斜。……"这首诗本就是仿民歌之调，因此，有民间小曲的韵律也就不奇怪了。诗人采用流畅欢快的节奏，使多变的句式整饬，不至散漫无序。

（五）雅俗并重的语言艺术

对"新乐府"的语言特色，自唐代元、白时就有一意求俗的倾向，他们提出"不求宫律高，不务文字奇"的要求。这一语言风格，在晚唐也有嗣响，如皮日休认为："今之所谓乐府者，唯以魏晋之侈丽，陈梁之浮艳，谓之乐府诗。真不然矣。"[1] 明代陆时雍也表示赞同此说："古乐府多俚言，然韵甚趣甚。后人视之为粗，古人出之自精，故大巧若拙。"[2] 这段话也是强调以"俚言"进行乐府创作。清代诗人继承这一语言传统，多以口语俚言入诗，使这些"新乐府"田园诗很有生活气息。如诗人吴嘉纪就擅长"新乐府"，措辞造语直抒胸臆，使其作品语言有自然质朴的风格。其《碾佣歌》写道："月照地上霜，人来碾稻输官粮。夜清剥啄听不误，忽忽梦里披衣裳。碾轴转转欲见米，米糠分别风车底。吾侪劳苦不用愁，驱走不宁更有牛。'大牛且休息，小牛当努力。不见蓬蒿深巷中，主

---

[1] 皮日休：《皮子文薮》，上海古籍出版社，1981，第107页。
[2] 陆时雍：《诗镜总论》，见丁福保《历代诗话续编》，中华书局，1989，第1404页。

人昨暮炊无食。'"诗中塑造"碾佣"形象,并以其口语叙述,道出诗人的贫困寒酸,披露一家暮炊无食的苦况。另有《邻家仆妇行》:"主人妻没啼赤子,贱妾乳哺置怀里。妻没主人产亦破,草青门户鸡犬饿。夫子束装担两头,唤妾昏夜适他州。恋此襁褓未能去,夫也怒骂去弗顾。短檐黄雀双双飞,对影难禁涕暗挥。床上呱呱泣不已,床下冷糜重料理。'妾无夫,主有子,敢怨独宿饥寒死。'"诗中仆妇声泪涟涟地诉说孤苦无助之情,令人震撼。全篇以口语化的语言,描写了贫家生活境况,使人不忍卒读。钱载《洪山女歌》:"洪山女,芋田掘泥,掘泥坐田里。……收芋唤还家,'当不煮吃,丈夫明当入市。'"诗人以洪山女的话入诗。平常的家常话,一经诗人熔铸,既显洪山女勤俭持家,又刻画出其体贴丈夫的心理。石方洛《尝新》:"新红米,初登场,一年再熟庆丰穰。(注:瓯地暖,稻有早晚两收)六月初,稻已香,陈筵先献祖先尝。落苏不落长豆长,以之为配征吉祥。哥招舅,弟曳郎,呼群罗饮大开觞。捋战二五声同扬,(瓯人二五不分音)浊酒三杯正下肠,锣声一响官来乡。(西柟溪粮,非官亲催不纳,谚云锣声响,完钱粮)催租小吏猛如狼,纷纷窜避逾垣墙。明朝搜括急输将,急输将,罄仓箱,十家九无隔宿粮。噫吁嘻,年年作息空勤忙,俗不崇俭丰也荒。"以当地民谚俗语入诗,如"以之为配征吉祥",是因为"瓯人呼肴核曰配,谓之以饲饭也"。另有"捋战二五声同扬",也是因为当地瓯人"二五不分音"。宗稷辰《赤脚婆谣》写道:"赤脚婆,海樵只见零陵多。(自注:杨海樵旧有赤脚婆零陵多句)不见吴江村妇养村汉,裸衣车水浇田禾。上赤两臂下赤脚,裙带不解湘纹拖。东家嫂,西家娥,车前齐唱节节歌。歌奈何?城中女儿安乐窝，三寸金莲一尺螺。乡里女儿受折磨，蓬头戴笠身披蓑。昼踏污泥夜宿草窠。生娃娃，背上驮。背上驮，如马骡。用尽气力姑犹呵，可怜只有挨日过。赤脚婆，泪滂沱，锦衣玉食大家女，须思田间赤脚婆。"此诗不仅以民谚入诗，还以农妇唱词构篇。诗人以她们自己的语言，写出村妇的勤勉，更突出社会的不公。

另外，清代"新乐府"田园诗的语言也体现出日益雅化的特色，这与诗人学识丰赡有关。如田雯自幼好学，并在诗歌创作中，熟练地引经据典，使其"新乐府"田园诗文采鲜明。他有首《牛宫辞》道："日将夕，牛来归。水莎饭牛牛不饥。黄昏牛卧蝙蝠飞，雨湿牛栏生苔衣。新筑牛宫添两扉，丈十加五土墙围。老牡秃速小犊肥，浮鼻过溪鸦鸣柳，挂书牛角一癯叟。"《诗经》有："日之夕矣，牛羊下来。"田诗首句即由之而来，生动传达诗人致仕后的闲适，也刻画出一派恬静的田园风光。朱琰是一位著名的学者，他曾论诗说："山林之作非尽寒俭而要以清雅为宗；馆阁之制非尽浓滞而要以华赡为贵。二者往往不能得兼，然而退居田野抒写性灵犹得称我心。"（朱琰《赐砚斋集序》）说明他倾向于用"清雅"的语言抒发情感，这也体现在他的《弹棉词》里。其诗曰："左持颜高弓，右操朱亥椎。鞠躬终日若痀偻，匀铺柳絮鹅绒飞。一弹再弹初就理，直至夜深弹不已。……"在上面这首诗里，诗人以"颜高弓""朱亥椎"等入诗，突出弹棉人的辛苦，也不失"清雅华赡"的风格。诗人郑珍"通许郑之学，为西南大师"。他有《玉蜀黍歌》，从中旁征博引多种古籍，有《西经》《竹书》《周官》《尔雅》《职方》等，详考玉蜀黍的由来，使诗歌有浓浓的书卷气。

二 "讽上"与"谕下"的政治功利性

《毛诗序》曰:"诗有六义焉,上以风化下,下以风刺上。"① 强调诗歌的政治功用,这也为历代诗人所认同。元稹曾说:"自风雅至于乐流,莫非讽兴当时之事,以贻后代之人,沿袭古题,唱和重复,于文或有短长,于义咸为赘剩。尚不如寓意古题,刺美见事,犹有诗人引古以讽之义焉。曹刘沈鲍之徒,时得如此,亦复稀少。近代惟诗人杜甫悲陈陶、哀江头、兵车、丽人等,凡所歌行,率皆即事名篇,无复依傍。余少时,与友人白乐天、李公垂辈,谓是为当,遂不复拟赋古题。"② 此论积极标榜以诗刺美见事,也说明在"新乐府"形成与发展过程中,"观风俗,知厚薄"的作用一直得以传承。清代诗人也发扬这一传统,创作了很多"新乐府"体田园诗。他们面向社会,关注田园芸芸众生,勇于发现问题,敢于为民请命。因此,他们的诗歌多显现"讽上"与"谕下"的政治功利性,这些清代"新乐府"体田园诗不仅详记政事,体察民瘼,还能高屋建瓴地提出建议,切中时弊,当于事理,有很高的实用性。

(一) 以诗讽政

清代诗人也在"新乐府"田园诗里批判政治弊端,希望改善民生状况,体现了直言谠论的风格。诗人姚椿曾自言其诗:"以讽喻为主,音节为辅。"说明他很重视诗歌的实际功用,故

---

① 郑玄:《毛诗故训传郑笺》,立本斋刻本,清道光七年(1827),第1页。
② 元稹:《元稹集》,中华书局,1982,第255页。

能联系现实政治,创作了很多"新乐府"体田园诗。在这些诗歌里,最典型的当属他的《水灾新乐府》组诗。姚椿在这组诗的序中说:"昔白乐天自序其新乐府,以为其词质而径,其言直而切,其事核而实,其体顺而肆。后之硕士无异词焉。予才远古人而意慕作者,狂斐之志不知所裁,姑述斯篇以示良友。道光三年孟冬十日。"诗人申明是效白居易"惟歌生民病"的精神而作,希望能以这组诗歌改良政治。为了更好地实现这一意图,诗人还在每首诗下都加了小注。如其九《胡桃锻》注:"哀株连也。"其十《桑皮纸》注:"刺酷刑也。"其十一《捉船行》注:"惧扰也。"其十三《粜平米》注:"讥常平无实惠也。"其十四《设粥厂》注:"望仁术也。"其十五《义仓谷》注:"叹生计也。"诗人以这些简要的小注,列出种种不合理行政现象,使诗歌体现明显的议政意图。如其三《望清官》:"正月逢三亥,湖田变成海。可怜今岁值奇荒,岂是天心竟无悔。县官闻道亦仁慈,其奈城狐掣肘之。为冀漕收浮大斛,不信民间一路哭。迟延逼迫望清官,清官此时难复难。邻邑文书闻早出,上官七月初三毕。"描写官绅勾结,致使救灾措施难以落实到位,老百姓并未得到实惠。所以诗人希望能有真正的清官出来,排除阻力,为民造福。其十五《义仓谷》:"古人备饥须积谷,今人积钱但食肉。富贵岂无食肉人,曷分余钱救茕独。常平仓后社仓继,官法敝来私又敝。曾闻儒者博施仁,新法犹求一分济,诸君苦论好事心,心不论事徒浮沉。古来仁富垂贤训,此是从来上户箴。"揭示社仓有名无实,只是官府敛财的工具,难以起到赈灾作用。这组田园诗体系完整,前后照应,完整清晰地表情述事,蕴藏着诗人炽热的人文关怀,对当政者也有劝谏之效。许瑶光《肥田瘦状行》(注:《三才图会》):

"种肥田不如告瘦状。"）："东家老翁种田肥，丰年饱暖荒年饥。西家无田倚刀笔，竖笔为是横笔非。县吏持牒下乡里，有田有租索费使。杀鸡款吏吏怒嗔，西家来劝吏欢喜。东家犒赠西家交，西家借贷东家米。东家日苦穷，西家日苦丰。纳粟窃冠带，昂然缙绅中。鬼伎何曲曲，虎视何熊熊。老翁遇之叹且羡，哀我犴狱谁为线。长年暑雨与祁寒，不如陷文之破砚。世间最苦是农民，知肥知瘦赖州县。"由诗中可知，民间讼棍与官府勾结，挑拨地方矛盾并从中大发横财。然而本分的农民却常受盘剥，以至衣食不继。诗人对这类现象很是愤慨，联想到谚语"种肥田不如告瘦状"，进而以之为题创作了这首诗篇，对贪官污吏予以针砭。

　　曾燠（1759~1831）有首《祭春牛词》，是借"打春牛"的劝耕习俗，咏叹军役之重。这首"新乐府"田园诗融思想性与艺术性于一体，具备深刻的哲理内涵，反映出诗人的政治批判意识。据清代《日下旧闻考》记载道："立春前一日，顺天府尹率僚属朝服迎春于东直门外，隶役舁芒神、土牛，导以鼓乐，至府署前陈于彩棚。立春日，大兴、宛平县令设案于午门外正中，奉恭进皇帝、皇太后、皇后芒神，土牛，配以春山，府县生员舁进，礼部官前导，尚书、侍郎、府尹暨丞后随，由午门中门入，至乾清门、慈宁门恭进。内监各接奏，礼毕皆退。府尹乃出土牛环击，以示劝农之意。"[1] 可见，诗人将此民俗入诗，是经过慎重选择的，一是"打春牛"为最高统治者所了解，容易发挥诗歌的讽喻作用；二是这一习俗与劝农有关，关乎封建统治的根本。其诗曰："祭春牛，吾语汝：年年穑事

---

[1] 于敏中等编纂《日下旧闻考·风俗》，北京古籍出版社，1985，第2345~2346页。

汝良苦，当亦须知内地为乐土。今年腊里暖烘烘，迎春郊外泥已融。汝无多着力，禾麦当告丰。岂若交河坚冻泽，二月东风未能释。营田使者但催耕，牛喘何人曾问及。况闻花门丑类滋，封狼生䝟䝟生罴。此辈在唐时，中国为之疲，府兵有地不得种，健妇把犁诗老悲。而今上将烦征西，冲寒万里皆八旗。亦需牛运粮，或以牛犒师。内地之牛了不知，尔惟日日勤东菑。饮尔于池中，饭尔于车下，尔之为乐何如也？却念边关考牧人，何时牛散桃林野。"诗中隆重描写活动过程，告诫统治者要言行一致，莫做官样文章，不能使劝农行为流于形式。诗人进而指出，须切实爱惜民力，珍惜农时，使老百姓有个和平安定的环境，并借"散牛桃林之野"的典故，警示统治者不要好大喜功、穷兵黩武。诗人能从"打春牛"民俗做出大文章，陈述安邦之道，以图纠正政治弊端，可见诗人用心良苦。

（二）以诗改良民风

清代"新乐府"田园诗能够密切联系实际，批判不良风气。为了增强诗歌的教谕效力，诗人动之以情，晓之以理，在作品里反复陈说。白居易曾阐释教化的作用说："代之浇漓，人之朴略，由上而不由下，在教而不在时。……故教化优深，则谦让兴而仁义作。"[1] 强调教化对社会风气的影响。清代"新乐府"田园诗也有很多警醒世人的作品，批评不合理社会现象，借事陈情，戒侈靡、警世风，有一定的教谕效力。如黄协埙的《罂粟瘴》注："悯烟祸也。"《里巫行》注："惩信鬼也。"《讼师叹》注："劝息争也。"希图改良陋习，引导民风。

---

[1] 白居易：《白氏文集》，《四部丛刊初编 集部》第45卷，上海书店，1989，第11~13页。

陈子范《芜湖新乐府》之《二毛子》注"刺洋奴也",是批判崇洋媚外之人。石方洛在其《且瓯歌·序》中说:"瓯江竹枝词,江都郭外峰(钟岳)魏塘戴玉生(文僡)两先生悉得百首。郭作言婉而讽,雅含风人之言;戴作多掌故,亦足备参考。二君各擅其胜矣。洛两游瓯江,先后十余载,遇骇见闻事,辄执土人询其义。爱仿东坡襄阳乐府体,参用杜甫《蜀中吟》意,得小歌三十有二,亦以偶所见及者,随口歌呼而已。至于振风厉俗,则我岂敢?"陈述此诗是受前人作品的启发而成,诗人自道:"至于振风厉俗,则我岂敢?"分明是正话反说的自谦之辞,更见此诗的针对性。徐嘉《下里曲》,"里居十年,见闻所及,怅然难语,拟香山秦中吟作下里曲"。是针对乡里见闻而作,希望能够协调民众行为。石方洛《子孙饭》道:"子孙饭,子孙饭,一日晨昏三进馔。人人碗底留红瓣,谓将遗付儿孙徐消散。一年三十六旬半,狼藉米珠几万万。一朝倘遇灾荒患,救得流民多少难?……暴殄天物物糜烂,物糜烂,劳劳犹为子孙盼,何弗黜华戒奢慢,有时莫待无时叹。"是批评民间无谓浪费的行为,倡导节约。钱仪吉《蚕开门》写道:"二月埽蚕蚁,三月伺蚕眠。四月蚕上箔,五月蚕开门。落山土地初献祠,邻曲女儿初笑嬉。今年去年叶贵贱,上浜下浜眠早迟。桑影初稀榆影繁,蛹香塞屋旋缲盆。新丝长落知何价,城中人来索蚕罢。"(注:逋租约以来年夏归田主者曰蚕罢帐)提纲挈领地说明"索蚕罢"陋习,慨叹蚕家的悲惨命运,批评债主的无情。其《租船》:"霜飞叶脱田场开,家家屋后新稻堆。平桥浅水遮不得,橹声隔岸租船来。有米斗石凭君量,或早投限如官仓。可怜无米怕开送(注:田主列逋户名闻于官曰开送),妇孺出应丁夫藏。东路田高西路下,西田仅半东田价。东田送租还让租，西田催租租则无。请君买田究终始，莫倚官人吓乡里。"诗中控诉狠心债主的催讨，希望民风能变得淳厚。正如钱仪吉自序："若夫讽喻之体偶一引申，然揆诸本意非敢以为美刺，故虽筱骖娱戏亦漫及焉，观者勿以为笑。"说明他的这类作品是观风之作，有其宣扬"风教"的功用。

清代"新乐府"体田园诗基本上是"因题成咏，自创新词"，摒弃险怪，趋向平易，具有纯朴浅切的艺术风格，和古乐府在感情色彩与风格特色上保持一致。同时，清代"新乐府"体田园诗也能继承汉乐府传统，"缘事而发，感于哀乐"，容纳庞杂的社会生活，从不同角度，真实反映了时代风貌，也与元、白新乐府"美刺讽喻"的精神血脉相通。清代诗人在"新乐府"田园诗里反复绎理陈情，以明白如话的语言，塑造生动的艺术形象，深入浅出地摅写性情，展现民间生活。这些作品所体现的创作经验和水平虽不能说后来居上，却也令人刮目相看，成绩斐然，值得我们研究借鉴。

第四节 "身处其中"与"他者"视角

清代田园诗的创作视角，也有其鲜明的艺术特点。诗人们以"身处其中"视角，即第一人称的方式，述说亲身经历，表达自我情感。此外，诗人们也常以另外一种视角，勾勒田园众生相，描述田园事物，代农立言。对这一视角，我们借用后殖民主义的名词，赋予其新的内涵，称为"他者"视角。两个视角既可独立存在，也可并行共现。诗人通过对这两个视角的分别运用，选择恰当的创作角度，结合田园环境，整合生活细节，谱写精彩的诗章。诗人还可组合使用这两个视角，突破时、空的限制，在一首诗歌里，勾勒多个场景，次序井然地展现田园百态，丰富了诗歌的内蕴。

一 "身处其中"视角

"诗者，志之所之也。在心为志，发言为诗，情动于中而形于言。"① 诗人采用"身处其中"的视角，更易传达自己的思想与情感。前代诗人也多曾使用过"身处其中"视角。如白居易《七德舞》道："元和小臣白居易，观舞听歌知乐意，乐终稽首陈其事。"在这首诗里，诗人就是以"身处其中"视角，描写自己的听乐感受。清代，以"身处其中"视角创作的田园诗也有很多。诗人们有很多时间是在田园度过。田园生活，不管苦还是乐，都在诗人心灵上打下了抹不去的烙印。在田园诗里，诗人出于艺术取向需要，以"身处其中"视角，描写自己的田园生活，表达人生感悟，体现正视自我的勇气。诗人以创作主体为核心，依托所历所感，细致入微地表白人生哲理，顺畅地剖析自我，传递心底的波澜起伏，这既是主观情绪表达的需要，也增加了作品真实性。这些田园诗还能密切结合诗人的生活感知，讲述其与田园事物的情感交流，将诗人瞬间的感触作永恒的定格。可见，这一视角，既能真实展现诗人气质个性与思想意识，也有助于全面描写诗人生活。

"身处其中"的视角，更易传达诗人的人生理想。他们也许无法改变社会现实，却可自由地咏唱内心向往。一些诗人不

---

① 郑玄：《毛诗故训传郑笺》，立本斋刻本，清道光七年（1827），第12页。

满于社会现状，在诗歌里贯注人生追求，整合心境与环境，表达人生追求，使思维摆脱当下，带有理想追寻的意味，也扩大了田园诗的艺术空间。这类作品可谓诗人心灵的呐喊，通过铺排景物，实写自己处境，而虚衬身外之境，反映出诗人守志不移的高尚品质。如陈壁是清初的一位遗民诗人，其《园中四时乐》，是以一组七律写景言志，以四时节令为序构建，颇为紧密。其《园中四时乐·春》："金谷枯樵战血腥，小园野景自生荣。阡原草沸成茵席，篱落花开拥锦屏。雨滴桃红池半碧，风翻柳绿眼俱青。百忧借此都排遣，一片春心满杜庭。"《园中四时乐·夏》："门外趋炎逼蕴隆，小园积雪冷崆峒。松头鸟啄莓苔绿，石穴鱼藏莲粉红。戏水悬丝栖萌渚，穿花挂杖弄鱼风。清凉散有寒心在，知性谁如失马翁。"《园中四时乐·秋》："时物凄凉叹火流，小园薄给亦何愁。衣单荷败擎堪剪，食尽芋丰根正收。月入寒潭清道骨，香飘仙桂泌丹丘。篱边更有陶潜菊，次第花开插满头。"《园中四时乐·冬》："寒气侵人酷似屠，小园斗室自堪趺。梅岗隔涧风遥障，水口当窗日透晡。南浦峰擎千里雪，东皋烟缊万家炉。闭门抱炉香余暖，其乐何如问老夫。"全诗虽取题为"园中四时乐"，但其实暗寓诗人不以易代变节之志。他以"一片春心满杜庭"，表达坚确的遗民之志。就算旁人趋炎附势，如同夏日热浪，诗人也不为所动。秋诗中全无"寂寥"之意，他衣荷食芋仍抱定初志。在对冬景的描述中，虽感"寒气侵人"，但诗人安居斗室，自得其乐。全诗一气呵成，以"身处其中"视角，道出甘于垅亩的心声，传达出执志不屈的人格坚守。

诗人以这一视角表述亲身经历，诉说人生艰辛，使这些诗篇带有个人小传性质。此类田园诗，一般取材于诗人的真实生活,记录下诗人人生经历中的重要一环。诗人也通过描述自己的遭遇,在一定程度上,展露社会变迁,还原时代沧桑。如黄宗羲《山居杂咏》:"锋镝牢囚取次过,依然不废我弦歌。死犹未肯输心去,贫亦岂能奈我何! 廿两棉花装破被,三根松木煮空锅。一冬也是堂堂地,岂信人间胜著多。"此诗讲出诗人的处境,他贫困交加,兼受牢狱之灾的胁迫。但诗人不以贫贱易志,坚持高洁的人格情操。吴历《避地水乡》:"二年身世叹如萍,两鬓相看白渐生。旧里悲秋惟蟋蟀,异乡愁雨共鹧鸪。南中见说收番马,京口犹闻拔汉旌。安得此时争战息,还家黄叶满溪迎。"清初战乱时,诗人为躲避兵灾,携家漂泊,东躲西藏,尝尽生活的艰辛,感叹年华在动荡中消逝。江湜《重入闽中至江山县述怀》云:"吾乡邻贼薮,念之客心折。苦忆离家时,城居欠安谧。泛舟吴淞水,移家混蓬荜。病妻为我行,宵纫巾与袜。弱妹为我行,盈箱置枣栗。旧友为我行,规以访贤达。有弟各恭兄,送我不能别。明知客途险,但劝慎风雪。愿携与偕去,正恐奉养缺。吾亲亦有诫,意与恒情别。世乱治吾心,大旨谓名节。其余琐俗事,脱略不暇悉。"太平天国期间,时局动荡,诗人身逢乱离,内心很是痛苦。倪长犀《闻布谷》:"乍听惊心在,桑田布谷声。只怜无旧业,岂敢度春耕。屡弟租难入,饥妻杼不鸣。惭君更相警,我欲愧浮生。"此诗是经济困窘的写照,诗人听到布谷的鸣叫,知道春耕的时候到了,但是自己连田产都没有,只能空呼负负。他以写实的手法,通过"身处其中"视角,表达对贫困生活的感受。

当社会较为安定富庶时,诗人的田园生活也颇为舒适。他们以"身处其中"视角,在诗歌里述说风雅之兴,描写对田园静逸的体会,尽情展现了田园生活的亮点。这些田园诗以诗人自我为核心，娓娓道出田园之乐，构建起诗意的生活空间。如余兰台《田家春词三首》其三："闲把鱼竿去，春流稳钓船。"金文城《村居》："何必入林密，村居兴亦浓。不妨帽簷侧，一任带围松。……"张问陶《田园居为吴榖人侍读题》其一："笑解朝衫学荷锄，草鞋欢跳鬓萧疏。童心宛似逃村塾，牛角何须挂汉书。"诗人不受世俗拘束，也摆脱了宦海风波，心情很是舒畅。此外，一些诗人描写与朋友交往的融洽，以"身处其中"视角，赞美友情的可贵。如钱泳《村店》："有酒不妨容我坐，隔篱正放碧桃花。"宋湘《与客话村居之乐三首》其一："村居风景好，一话涤心颜。"其二："村居风景好，再话感平生。"张问陶《夏日家居即事》其二："茶瓜留客午风清，话到桑麻便有情。"陈祖范《夏日闲居》其二："农谈随口答，书味称心研。"这几首诗描写诗人与良友相对，如沐春风。他们或把酒小酌，或聊田间收成，颇显田园生活之趣。也有些诗歌是表达对朋友的思念，以"身处其中"视角，传达出对友人的期盼。如钱宝琛《村居清明迟闻少谷不至》："乡风沿插柳，两板荜门开。曲突煨新火，高春响远雷。村童喧散塾，邻叟款传杯。瞥见鸟衔纸，庞公早晚回。"陈祖范《田间招友》："黄梅雨无多，潦后不嫌少。东皋遍移秧，岁事敢草草。田稚如婴儿，农夫以为宝。远风披拂之，颜色日娟姣。时启柴扉望，四际青未了。"诗中渲染乡居景致，诗人希望能与朋友共度良辰，他不时地到门外张望，期盼良朋速来，与己同赏美景。

　　清代田园诗不仅简单地展现诗人的喜乐悲欢，诗人还以"身处其中"视角，结合个人体验，在诗歌里表达人生感触。长期的田园生活，使诗人既和谐地融入乡野，也在深刻地反思自身生命存在价值，加深了对自我的了解和认知。诗人以"身处其中"视角进行创作,将内心思绪全面镕铸进诗歌,探讨田园人生的意义,述说对生活的深刻体悟,可谓诗人生活哲学的诗化,增加了诗歌的思想内涵。如陈斌《田舍作》其二:"为生各有道,力食以无饥。吾念吾家事,春风衣草衣。薄田恒不远,明月带锄挥。瓜果更相熟,何曾愿与违。"诗人在农村自耕自食,眼见瓜果成熟,心满意足,此外更无别想,抒发了知足常乐之理。郭凤《田间小立》道:"十日天公幸老晴,齐收菜把事深耕。针针刺水秧初插,落落翻泥牛自行。槐影欲圆午日正,桔槔易转水田平。屋傍也有闲田地,自悔儒冠误此生。"诗人放弃科举进身,甘于淡泊,深刻体会到乡村生活的乐趣。黎简《空村》:"独醉吾庐下,无机物亦欣。"他崇尚闲淡息机,诗中所道也并非是寻常道学陈词,而是对人生默加体察后,提炼总结出的宝贵经验。陈希恕《和陶诗西田获早稻》:"流光易云逝,人事集百端。新谷将告登,而我敢宴安。西畴旧有田,挈杖盍往观。子妇欣且慰,拾穗相与还。嗟彼行役者,车马风霜寒,非不惮劳苦,坐食良所难。我生行老迈,岂复荣禄干。偃息颓檐下,自顾赪我颜。努力事稼穑,息息常相关。缅怀荷蓧翁,旷然发长叹。"是从自己劳动生活取材,既不讳言村居的艰难,也传达出自食其力的快慰。总之,这一视角是从诗人自身角度,记录下诗人田园生活的方方面面,在清代田园诗的建构中,具有独特的艺术价值。

二 "他者"视角

诗人以"他者"视角,即旁观者的身份,对田园事物进行观察,结合农家境遇,在田园诗里,呈现田园百态。由于观察视角不同,诗歌的创作与表现方式,自然也与"身处其中"视角有很大差异。诗人采取"他者"视角,在把握田园风物时,可拉开适当距离,客观还原各式田园场景,塑造生动的农家人物形象,理性地评议田园事件。特别是当诗人身处异地时,一般都会产生对环境的陌生感。在逐步了解考察的过程中,诗人也通过"他者"视角,在诗歌里勾勒出多个场景,全面的记事抒情。这样,通过"他者"视角的灵活运用,清代诗人们展现出一幕幕色彩斑斓的田园生活图景。

农事是农民本色的表现,诗人以"他者"视角描写耕获劳作,很是符合农家人物身份。这些诗歌还原形形色色的劳动场面,富有乡野气息。首先,时序的更迭,会给田家生产以明显影响,也在田园诗里得以反映。清代诗人以"他者"视角,展现不同时期的农家生产,次序井然的描写农事。如鲍伟《插秧词》其四:"小暑栽秧没小苗,阿侬插莳敢辞劳。待得收成留稻种,纵无谷巢有柴烧。"描写农家按节候合理安排农事,适时劳作,精打细算。何绍基《刈麦》:"麦长望雨足,麦熟要晴干。晴余得小雨,刈获功可观。绣陇渐露土,黄云堆作团。儿童亦何事,争拾秉与秆。风晚刈少息,父老慰复叹。……"可见麦收的时节到来,麦子大面积的成熟,农民急忙持镰收割,男女老幼抓紧时间齐忙碌。另外,清代田园诗连续描写多项农事,更能展现农家的紧张劳碌。白居易有诗:"田家无闲月",这一事实亘古不曾改变。如苏加玉《插秧》:"刈麦犹未了,时雨催插秧。开河才罢役,田事并奔忙。"农民还未从挖河的疲劳中休息过来,就要赶着割麦、插秧。杨模《耕》:"万顷晴云刈麦,一川新雨栽秧。稚子伴凫驱犊,家人箪食壶浆。"农事繁重,令人们喘不过气来,小儿子也替人分忧,去原上放牛犊。金文城《耕罢》："耕罢古原上，归来绿杨洲。蓑衣不暇脱，先将去饭牛。"刚从田间耕地回来，来不及休息，先去喂牛。苏加玉《刈麦》："西乡少种麦，东乡多种麦。多少且勿论，日至刈孔亟。腰镰赴陇头，打晒偷雨隙。今年薄有秋，每亩不盈石。急公输夏税，能得炊饼吃。"诗人形象地刻画麦田劳作的场景。农谚曰："收麦谓偷。"以此入诗，更显割麦的紧张。钱泳《田家词》："赤鸡鸣，黄犬吠。新妇舂粱能早起。绿蓑衣，白纻裙，小姑种豆还耡耘。小满已过麦渐长，东邻西邻少来往。陌头担得黄云归，双鬓蓬松汗湿衣。新妇语姑夜炊饭，轧轧机声到平旦。"可知田家生计艰难，连妇女都要承担很繁重的农活，这首诗里，就可看到妇女种豆、锄耘的身影。

　　清代诗人也能以"他者"视角，感念民瘼，抨击社会不公。在一些田园诗里，诗人切实体察农民的感受和遭遇，能站在农民的立场上振笔鼓呼，可谓"文章不写半句空"。如尤桐《避地斜塘》、彭孙遹《野田行》、吴历《避地水乡》、孔尚任《经废村》等，都是写战争对农民生活的冲击；沙张白《农桑悔》、鲍伟《插秧词》等，写赋税之重对农民的盘剥；钱大培《观刈稻》从农事角度感叹农民生活状况。清初诗人郭棻有《获麦歌》："万顷黄云剪剪收，满车满簏满场头。东阡却爱西阡好，南陌争夸北陌稠。了了芒齐攒猬背，垂垂穗重摆刀鞘。猬背刀鞘忙妇子，来观真教田畯喜。两歧莫更羡渔阳，五穗谁将歌渭水。霹雳夜无鬼借车，崆峒尽有香生蕊。一麦三秋庆正赊，田家老叟漫咨嗟。今年春雨还霡霂，今年夏仲飞尘沙。青黄续断几斛麦，才道食新诟租哗。诟租不比来官府，田是屯庄隶营伍。计亩索钱麦作钱，箕舌不肯留糠土。来便群随牧马儿，遗穗一空寡妇苦。吁嗟乎，且莫歌，村头又听打传锣。兵来过,马来过,一片愁云压绿莎。"通过对农事的观察描述,隐现社会动乱中的农家苦。他长篇铺陈农事的辛勤,继而笔锋一转,大胆揭示圈地对农耕的冲击,感叹民生疾苦。鲍伟《插秧词》其一:"芒种才交小暑催,踏车声里劝农回。县官休道秧迟插,典尽春衣始换来。"此诗述中寓讽,联系现实政治,抨击赋税之重。夏炜如《刈麦》:"西风一昔来无迹,吹老千畦万畦麦。新黄艳艳头尽昂,浪痕不复连天碧。腰镰疾刈甚无缓,趁此炎官撑火伞。五月易雨难得晴,略停便怕飞蛾生。粜新且医眼前疮,里正昨夜来催粮。饼饵虽香莫妄煮,尺符一下奈何计。"由此诗可知,虽然粮食丰收,但马上就要交纳苛捐杂税,农民仍难获苏息。陈文述《插秧女》:"朝见插秧女,暮见插秧女。雨淋不知寒,日炙不知暑。两足如凫鹥,终日在烟渚。……"诗人突出插秧女的劳动场景,她们不顾雨淋日晒,非常辛苦。陆学钦(1763~1806)《田家》:"蓺麻麻未生,种麦麦乍苖。五日苟不雨,雀啅麻子竭。十日苟不雨,二麦不可活。"种麦时,久旱不雨,麦种难以成活,农民生计堪忧。另有《拟王仲初田家行》:"今年雨多麦秸烂,尽作泥沙弃田畔。"写麦收季节,大雨成灾,小麦尚未收割就烂在地里,令人痛心。上述这些田园诗,都是以"他者"视角,描写天灾人祸下的农村苦难生活。

诗人在异地游历过程中,以"他者"视角,有意识地记录沿途田园风貌。他们一路行来,采用速写的方式,精要简洁地描写异地景观,串联各式民俗风物,构成了一幅幅璀璨别致的田园图卷。诗人作为旅行者,所游历的是完全陌生的环境。面对纷至沓来的田园风物,诗人仍能在诗歌里安排的井然有序。这是因为诗人能根据自己的生活经验,很快从异地景观中理出头绪，抓住其中最有特色的亮点，在作品里再现田园图景。如朱葵之《闽行口号十首》、金孝柟《初八日进界口自此入徽州境道中寓目成咏作五言三十韵》、宗稷辰《巡河千里车中所见杂成五绝二十四首》、吴敬梓《全椒道中口占六首》，等等。诗人宝鋆出京至江南，沿途有很多田园诗，如其《晓过平原》《晏城》《由红花埠之宿迁》《苏州四绝句》《嘉兴府二绝句》《杭州杂诗》等诗歌，被门生李宪章誉为："三千驿路，驻节吟诗。十五国风，乘轺问俗。江南江北，尽入奚囊。浙东浙西，竞传彩笔。"可见他此行田园诗创作之丰。如其《任邱县境书所见》："瓦屋鳞差一律平，瓜壶豆菽告秋成。"诗人自注："屋皆平顶，上曝禾稼"，与诗歌内容结合，展现农家生产与生活景况，不失生动逼真。金孝柟《初八日进界口自此入徽州境道中寓目成咏作五言三十韵》中写道："共识家居好，还知里俗沿。晡餐供水饭，丰馔设盐鲜。擎伞村村赛，拟金队队肩。有官皆上水，无嫂不同年。海眼夸潭阔，雷针认穴穿（山有一穴中透者俗传为雷所穿）。估装嘲舫巨，醝载恶舢便（皆舟子常谈）。禁口催消烛（俗讹街口为戒口，舟子每戒张灯夜语），开滩漫数钱（每过滩辄有土人立水中妄索开港钱）。"此诗描绘入安徽境内后的见闻，如当地将干鱼呼为"盐鲜鱼"，祭赛周王时，有用纸伞的风俗。而诗人乘船时，也注意到安徽的乡谈，如挽夫自称"牵板官"，而呼舟人妇为"同年嫂"等，诗人虽未能久留详考，但这类诗仍有一定的民俗学价值，值得我们深入探研。

清代有很多诗人远离家乡到异地任职。他们在任内所作的一些诗歌，也是以"他者"视角，对辖区田园风貌进行书写。虽然边远地区相对落后，但民间文化一样有其存在价值，也引起了诗人的创作兴趣。如赵翼曾到贵州任地方官，他能够积极了解贵州风俗习惯，并在其任内所作的一些田园诗里，生动记述了贵州当地的民情风习。赵翼在《镇安土俗》中写道："俗有鬼神蚕放蛊，夜无盗贼虎巡街。"另有《苗人》："莫笑鬼方陋，淳如怀葛民。"便是描写苗民习俗。他还有首《镇安土风》："近边多㙟吏，按部半番酋。""侬姓还豪族，韦家说故侯。""跳月墟争趁，婴春俗善讴。""村妇无弓足，山农总帕头。""篱壁穿多穴，栏房隔作楼。""烧畲灰和土，接水木刳沟。""靛采蓝盈筣，禾收穗满簏。"或说妇女天然大脚，不似中原缠足成弓，或说"跳月""善讴"，写出土著能歌善舞的民族风情，或说"侬、韦"二姓是韩信后人，并予以考证："地多侬、韦二姓，侬则智高之后，韦则相传淮阴侯少子，萧相国以托南越王，其子孙散居蛮土，去韩之半以韦为姓者也。"等等，是地方民情的真实记录。钱唐诗人袁树曾任广东肇庆知府，体察到粤语的独特魅力，在其《方言》里，对粤语作饶有兴味的描绘："岭峤控百粤，山岳峙嶙峋。精气所钟萃，英杰恒超尘。堂堂仰时彦，可语还可亲。顾乃城郭判，发响殊不伦。相对互张口，云云如不云。驱遣惟恃指，叱咤空摇唇。躁极翻成笑，怒亦无可嗔。勉强记绷吊，依稀辨完秦。有如居哑国，充作无怀民。又若处聋俗，并不闻犬狺。因之悟天籁，吹万各相因。元音听自正，杂窍引亦伸。猿吟解呼侣，禽语共鸣春。分明皆会意，彼此互传神。方言随土噪，四声安得真。多事沈隐侯，强将韵缚人。"其诗中自注："潮人呼方为绷、赵为吊、袁为完、陈为秦"，生动展现粤语特点，可见这一方言的奥涩难懂。诗人来自浙江，乍听粤语自是不知所云。他在诗里风趣地写道："相对互张口，云云如不云。"还用"居哑国"

"无怀民""处聋俗"等一连串的妙喻,表达自己听不懂粤语时的尴尬,很是风趣。道光时期,闽浙总督孙尔准有《番社竹枝词》其二:"行歌按节共相舂,缥缈声传第几峰。晓梦醒时浑不辨,乍疑编磬与编钟。"这首诗写于孙尔准巡阅台湾时,日月潭边的居民早上舂米,铿锵悦耳之声如"编磬与编钟",诗人以"他者"视角,抒写了优美的"湖上杵声"。

三 创作视角的复合叠加

"身处其中"与"他者"视角的表现方式虽各有千秋,但二者组合在一起,也相得益彰,可起到殊途同归的作用。在同一首田园诗里,两个视角同时出现,互为媒介,既可剖析理解外部事件,也能深刻反思诗人自我。在诗人的精心安排下,两个视角互为延伸,在交流沟通中构建诗篇,将不同的素材,组织纳入作品里,既传达微妙的心理活动,也容纳繁杂的人文景观,使诗歌呈现更宏阔的意境。诗人多采用联想和移情的手法,灵活并用两种视角,融通两个视角的表述功能,增添了作品层次,摆脱个人生活的浅吟低唱,打破了传统书斋与田园生活间的隔膜,以更宽广的视野,客观审视田园百业,丰富了诗歌的内涵。

在一些清代田园诗里,两个视角思同此理,互为支撑。在二者合作的过程中,诗人巧妙融通了创作视角间的界限,达到共同,既有力地实现创作意图,也增添了诗歌的艺术张力。如钱有毂所作的《东邻翁》:"东邻翁,东豁居,长年种田一顷余。人勤田美岁亦稔,衣食粗足夸闲暇。今年食缺衣败絮,岁暮卖田没人顾。孰知田乃养命源,贵值得来贱售去,疑翁不贫或问翁,翁泪双流告君语:'四月栽新秧,日夕榉水牛足伤。五月塘车剧,千钱十佣尚肉食。六月河底干,凿土百计通泉源。七月蝗虫满田舞,处处祈神报官府。官府下乡供莫支,一日已费中人资。求宽徭役反成急,愿悉群情竟不知。蝗余十之一,多半秀不实。雨露曾沾早降霜,连根及穟啖牛羊。远方有米斗五百,倾资籴得来输仓。三冬无褐四壁净,儿女啼泣鸣饥肠。'吁嗟乎,多田翁,多田却何补。但知有田乐,不识有田苦,我不负田田负我。"此诗描写农家之苦,诗人的观察是"他者"视角,用旁观者的语气,展现"东邻翁"生活的落差。然后"东邻翁"的自白,是"身处其中"视角,对生活境遇的改变作解释和描述,这样既增加了真实感,也使诗人的笔触更显完整,深刻表达感念民瘼之情。鲁一同(1805~1863)有《履霜行》:"鸭鸣鸭鸭鸡朱朱,母鸡为鸭哺其雏。生儿不看,长成留与他人为奴。阿父出门,后母持家。儿来前,湖中草实多累累。朝出提筐,暮黑方来。归不敢告饥,汲水前溪涤溺器,为娇儿涤中衣。亡母位在堂,儿来焚香。房中呼不应,夺手中香。拉杂蹴踏之,'小子心不良。'九月苍苍,晨起履霜,往哭亡母墓旁。阿叔骑大马出门,勒马为儿下。不敢告阿叔,纷纷泪雨交堕。'往告汝父,汝父当自可。'父兮归来问阿母,一字未吐阿母怒目铮铮,作父大难'儿不苦',黑风打头天欲雨。"诗人以"他者"视角,交待创作背景,描绘"前妻之子"的凄惶形象。同时以"前妻之子"的口吻,即"身处其中"视角,观察述说"后母""阿叔"及父亲的言谈举止,生动刻画"后母"的蛮横狠毒和父亲的无奈。在此诗里,诗人采用双重视角,详实解说当事人境遇,表现前妻之子受虐的悲惨,同时,也体现出这一创作手段的艺术魅力。

"他者"视角与"身处其中"视角同时出现，也可使人生哲理的阐发更为详实真切。诗人们记录自己的社会交往，描写与他人的互动，在作品里融入不同人物，形成多个观察描述角度。一般情况下，诗人是用一个人物的视角，对田园事物深入剖析，作背景描述，再以另一人物的视角表达感悟，富有理趣。在作品构建上，是先由一个视角点出创作因由，再由另一个视角借题发挥，进行阐述，两者间仍是互相支撑的关系，任何一方都是不可或缺的要件，否则，另一方就成了无源之水、无本之木。诗人以这一艺术手段，描述事件，评判时局，增添了作品的真实性，也使诗歌曲折跌宕。如陈昆《客有谈雷击牛者感赋》："疾雷砰訇撼山丘，妇孺掩耳伏床头。雨止喧传有异事，田畔击倒乌犉牛。牛背分明文字有，非篆非籀非蝌蚪。稷神社鬼互猜详，后果前因曾识否？饥食原草渴饮泉，耕云耨月无人怜。生何以生死何死？一震之威至于此。南山有虎日噬人，雷兮雷兮闻不闻？"诗人构建了一个转述事件的"他者"视角，表示确有雷击耕牛之事。然后针对此事，诗人发表评论，认为雷电放着为害人间的南山虎不击，却击了有益民生的耕牛，实在是不知何故？言下自是讥刺世间不公。黄兆麟有《有客谈耒阳用兵之惨诗以记之》："寒沙搅空风浪浪，竹云堕户灯敛芒。虫声如诉挽凄凉，座中有客谈耒阳。耒阳自昔民俗良，赋有定额群输将。何来县官肆贪狼，溪壑难饱如箕张。牒逮编氓增钱粮，百不一从怒雷硠。鞭笞丁夫如鞭羊，鬻田卖犊泣仓皇。官差入村犹跄跄，须臾全家罹桁杨。愚民眘伏刁者强，呼天欲诉云茫茫。计穷势迫群跳踉，宰官大惧惊且恇。……急报逆匪屯井疆，乞持官符荡岩乡。蓦然貔貅来披猖，牙旗梢空云四苍。红尘如沸森戈枪，凶徒如鹜群遁亡。材官虎攫矜强梁，逢人弯弓等射獐。百跪求免身已僵，城门之火池鱼殃。悍卒纷纷恣剽抢，奴隶小民供壶浆。回头戈刃盈山庄，掳掠妻女加组缰。夫泣妇兮儿啼娘，哀声薄天天为荒。武将亲睹目若盲，杀人如麻殷潇湘。草变红茜迷村场，军门举盏群相庆。急陈大府疏岩廊，万户头颅供奏章。换作孔翎辉以煌，冤血凝为冠翠光。吁嗟小民何莠稂，激之生变良可伤。况乃玉石焚昆岗，海枯地裂翻沧桑。不见衡阳耒水旁，颓坦春来草不芳。鬼啼白昼云昏黄，伊谁草奏排天阊。乞赐宝剑含青霜，虎将毒吏一齐戕。激昂此意何时偿，姑浮大白浇愁肠。"所描写的事件发生于道光二十四年。当时湖南耒阳知县加征钱粮，激起民变。清廷派重兵前往镇压，大肆屠杀无辜百姓。这一事件发生时，诗人并不在湖南，故诗人写道："虫声如诉挽凄凉，座中有客谈耒阳。"以客人的"他者"视角，复述描写事件原委。诗中写道："耒阳自昔民俗良，赋有定额群输将。何来县官肆贪狼，溪壑难饱如箕张。……计穷势迫群跳踉，宰官大惧惊且惶。……"这些内容，虽出自诗人之笔，但都是以"客人"视角进行转述。然后针对此事，诗人以自己的语气作进一步评论。他指出，地方官诬陷百姓造反，实属荒谬，进而批判官军的残暴，对民众的苦难表示同情。张鸿基有《食鲥鱼歌》，也是以双重视角进行构建。此诗描写诗人正在款待宾朋，杯盘交错间，忽然"就中一客抵掌起，慷慨为言淮上水。'流离百姓半为鱼，漂泊千家等浮蚁。议蠲议赈犹迟迟，白骨沟渠未可知。顾此华筵一金值，何当分赐穷民炊。便难果遍灾黎腹，足救茅檐八口饥'。我闻此言长太息，小补骅骝竟何益。……爱物爱人皆有道，况为天灾救水潦。幸逢熙皞感调和，焉用区区伤独饱。客闻吾言乃返座，狂倾不管酒杯大。东流淮水正滔天，鱼盐自税扬州课。"淮河水灾，百姓流离，这一幕场景借由"客人"的"他者"视角，进行渲染描写。然后，面对"客人"罢宴赈济的主张，诗人表示反对，他以自己的语气，阐明立场原由。诗人认为，统治者漠视民瘼，即使眼下罢宴，所起的作用也是微乎其微，还不如忘却世事痛苦，在醉生梦死中寻欢作乐来得痛快。诗人的表白，实际是正话反说，反驳转进，正因为有异己因素存在，更显感情深沉。姜宸英《白鸭》道："君看水田双白鸭，黑嘴啄鱼相并嗥。水田当中孤鹤翔，欲飞不飞愁天长。"诗人先观察到了田间禽鱼，再指给"君看"，描写自己与他人的互动，巧妙阐发田园生活的乐趣。另有钱载的《洪山女歌》曰："洪山女，芋田掘泥，掘泥坐田里。我往见，芋叶青。今来见，芋头紫。及秋此收，及春行复种此。一女翻耙打荞麦，数女挽车戽池水。收芋唤还家，'当不煮吃，丈夫明当入市。'嗟哉我行人，我不如女勤止。"诗中刻画了洪山妇女的勤俭持家，并以"洪山女"的视角，展露她们的心理活动。随即笔锋一转，将"洪山女"与己对比，以"身处其中"视角感叹："嗟哉我行人，我不如女勤止"。谦虚地表示自己无功于民，却席丰履厚，言下不无内疚，也耐人回味。

　　清代田园诗多元的创作视角，也增添了作品的艺术魅力。诗人不仅塑造活生生的艺术形象，还赋予其观察描述的功能，从而在诗歌里形成多重表达角度，增添了述说层次，使作品更具艺术张力。诗人既能够熟练运用"身处其中"或"他者"视角，也能将二者叠加，通过对比、递进、并列等手段，将不同视角联系在一起，层层深入地剖析社会现象，充分表达内心情感。这样的视角运用，也使清代田园诗涵盖多个领域，浓缩了社会历史形势，丰富了思想内涵，进一步提高了诗歌的艺术价值。

结　语

　　本书结合清代政治、经济、文化、士风、诗风等，探寻清代田园诗歌的发展轨迹，揭示其思想内容和艺术形式方面的特点和价值，并作出尽可能允当的评价。

　　清代田园诗不仅表现诗人的心灵，还从一个特殊的角度，反映清代社会的风貌及其变迁。浦起龙说："史家只载一时事迹，诗家直显出一时气运。"① 清初，改朝换代的大动荡，给了诗坛巨大冲击。清初前期的田园诗，大多与此有关。清初后期的田园诗，则渐多歌咏太平之作，而诗人的社会责任感，则前后期一以贯之。清中叶的前期，政局稳定，社会安定，政治、思想、文化控制严酷，故这一时期的田园诗，多失意之情的消解。乾隆晚期至嘉庆年间，社会承平已久，开始走向衰落。这一时期，各种社会弊病逐渐发生。诗人出于社会责任意识，也写了大量补偏救弊、暴露黑暗、批评时政的田园诗歌。晚清内忧外患，兵祸相继，社会经济凋敝，百姓负担加重。"经世致用"思潮再起，诗风也大力张扬。田园诗歌更现斑斓的风采，较多对国家命运的关注。这些不同历史阶段的田园诗，除了自

---

①　浦起龙：《读杜心解》，中华书局，1961，第11页。

身的发展逻辑，也与社会历史密不可分，有其特殊的时代意义。

　　清代诗人秉承传统士人的社会责任感和与此相应的经世意识，奉行儒家"诗教"理论，发扬传统的以诗歌为现实服务的精神，积极参与乡村政治。在田园诗中，诗人结合清代农村社会特点，宣扬以儒家思想和道德为主的传统精神和人格品质，传播传统文化，以促进社会的发展。这也使得清代田园诗歌具有丰富的思想内涵和文化内涵。清代疆域辽阔，且随着社会的发展，许多此前不大为主流社会重视的地方，得到开发和经营，许多诗人出于种种原因到达那些地方，以当地的田园风情为题材，创作田园诗歌。这使得本来就以奇异斑斓著称的田园诗歌，更加多姿多彩。

　　在艺术形式方面，清代田园诗歌，较之此前的田园诗歌，也有显著的特色。有清一代，学术发达，如乾嘉之学，成就辉煌，受此尚学风气浸染，学问诗行于诗坛，田园诗中，遂有以农学为题材者。诗人以诗歌研究和传播农业科学技术，这些诗歌也反映了当时乡村农业、副业技术的最高水平。清代田园诗诸体皆备，呈现集大成状态，而以五古、七绝、"新乐府"这几种体裁最为常见。清代五古体田园诗多继承传统意义上的田园诗风格，以含蓄蕴藉者最为常见，而以学问为诗者，则富赡奥衍为大宗。新乐府体田园诗，则较多地继承了唐代新乐府运动的风貌，以朴素质直者为常见。七绝仍是清代田园诗的重要艺术形式，众多诗人利用这一体裁自由灵活的特点，速写式地描绘田园的一个个场景。清代七绝大型组诗频频出现，且多自注。诗歌和注释，往往珠联璧合，前者空灵畅达，风韵卓绝，后者富赡翔实，叙述明白。

总之，清代田园诗歌，不仅在数量上大大超过此前的同类作品，其思想、文化的深刻和丰富，所写田园范围之广阔，风情之奇丽，艺术风格之多样，也是超越此前的同类诗歌的。因此，清代田园诗歌，是清代诗歌中的一个重要部分，有不可忽视的价值。

参考文献

一 古籍

[1]《诗经》，十三经注疏本，中华书局，1980。

[2]《论语》，十三经注疏本，中华书局，1980。

[3]《孟子》，十三经注疏本，中华书局，1980。

[4]《礼记》，十三经注疏本，中华书局，1980。

[5] 班固：《汉书》，中华书局，1962。

[6] 范晔：《后汉书》，中华书局，1965。

[7] 司马光：《资治通鉴》中华书局，1956。

[8] 赵尔巽等：《清史稿》，中华书局，1977。

[9] 徐珂：《清稗类钞》，中华书局，1984。

[10] 刘勰：《文心雕龙》，人民文学出版社，1958。

[11] 彭定求等编《全唐诗》，中华书局，1960。

[12] 沈德潜编《古诗源》，中华书局，1963。

[13] 沈德潜编《唐诗别裁集》，上海古籍出版社，1979。

[14] 沈德潜编《明诗别裁集》，上海古籍出版社，1979。

[15] 沈德潜：《说诗晬语》，上海古籍出版社，1978。

［16］张应昌编《清诗铎》，中华书局，1960。

［17］邓之诚编《清诗纪事初编》，上海古籍出版社，1984。

［18］徐世昌编《晚晴簃诗话》，中国书店，1988年影印。

［19］郑方坤：《本朝名家诗人小传》，乾隆五十九年大酉山房刊。

［20］钱仪吉：《碑传集》，光绪十九年，江苏书局刻本。

［21］朱保炯、谢沛霖编《明清进士题名碑录》，上海古籍出版社，1980。

［22］江藩：《国朝汉学师承记》，光绪十二年万卷书室刊。

［23］张维屏：《国朝诗人徵略初编》，道光十年刊。

［24］李元度：《国朝先正事略》，四部备要本。

［25］李桓：《国朝耆献类徵》，湘阴李氏版。

［26］吴修：《昭代名人尺牍小传》，清光绪三十四年上海集古斋石印本。

［27］侯方域：《四忆堂诗集》，清宣统元年，上海扫叶山房石印本。

［28］钱谦益：《牧斋初学集诗注》，清乾隆年间春晖堂刻本。

［29］冯舒：《默庵遗集》，清光绪二十六年翁之廉校刻朱印本。

［30］吴梅村：《梅村诗集笺注》，清嘉庆十九年沧浪吟榭刊本。

［31］陈璧：《陈璧诗文残稿》，1981年据苏州大学古籍室馆藏旧抄本复印。

［32］吴嘉纪：《东淘吴野人先生诗集》，清嘉庆十九年一草亭重刊本。

［33］钱澄之：《藏山阁集》，清光绪三十四年排印本。

［34］朱彝尊：《曝书亭集笺注》，清嘉庆五年三有堂刻本。

［35］屈大均：《翁山诗外》，清宣统二年国学扶轮社铅印本。

［36］黄宗羲：《黄梨洲先生南雷文约》，清宣统二年石印本。

［37］陆世仪：《陆桴亭先生文集》，清康熙五十三年正谊堂刻本。

［38］杜濬：《变雅堂文集》，清同治九年刘维桢重校刻本。

［39］周亮工：《赖古堂集》，1979年上海古籍出版社影印清康熙刻本。

［40］归庄：《归庄手写诗稿》，上海中华书局编辑，1959年商务印书馆影印本。

［41］顾炎武：《亭林诗文集》，1928年扫叶山房石印本。

［42］宋琬：《安雅堂未刻稿》，清乾隆三十一年宋氏刻本。

［43］龚鼎孳：《定山堂遗书》，清光绪九年听彝书屋重刻本。

［44］魏裔介：《寒松堂全集》，民国上海文瑞楼石印本。

［45］尤桐：《尤西堂全集》，民国年间上海文瑞楼石印本。

［46］王夫之：《薑斋文集》，清同治四年湘乡曾氏金陵刻本。

［47］田雯：《古欢堂诗集》，清康熙刊本。

［48］沈荃：《一研斋诗集》，1915年刻本。

［49］陈维崧：《湖海楼全集》，清光绪十七年崟山铎署重刊本。

［50］郭棻：《学源堂集》，1935年铅印本。

［51］任源祥：《鸣鹤堂文集》，清光绪十五年重刊本。

[52] 钱芳标：《金门稿》，清康熙年间刻本。

[53] 顾如华：《六是堂诗选》，清光绪十八年汉川甑山书院刻本。

[54] 姜宸英：《苇间诗集》，清道光四年叶元垲重刻本。

[55] 王士禛：《带经堂集》，清乾隆十二年黄晟重修本。

[56] 彭孙遹：《松桂堂全集》，清宣统三年扫叶山房石印本。

[57] 吴历：《墨井集》，清康熙五十八年飞霞阁精刻本。

[58] 宋荦：《绵津山人诗集》，1980年上海古籍出版社复印清康熙刻本。

[59] 张英：《存诚堂诗集》，清光绪二十三年桐城张氏重刻本。

[60] 朱慎：《浮园诗集》，清康熙年间刻本。

[61] 倪长犀：《栎天阁诗存》，民国二十六年（1937）无锡铅印本。

[62] 沙张白：《定峰乐府》，清光绪二十四年江阴王氏重思斋刻本。

[63] 孙枝蔚：《溉堂集》，清康熙年间刻本。

[64] 汪懋麟：《百尺梧桐阁集》，1980年上海古籍出版社影印清康熙年间刻本。

[65] 潘耒：《遂初堂别集》，清康熙四十九年刻本。

[66] 唐孙华：《东江诗钞》，上海古籍出版社，1979。

[67] 张鹏翮：《遂宁张文端公全集》，清光绪八年刊本。

[68] 徐永宣：《茶坪诗钞》，1923年排印本。

[69] 顾贞观：《顾梁汾先生诗词集》，民国二十三年（1934）铅印本。

[70] 纳兰性德:《通志堂集》,上海古籍出版社,1979。

[71] 曹寅:《楝亭集》,上海古籍出版社,1978。

[72] 王懋竑:《白田草堂存稿》,清乾隆二十七年刻本。

[73] 汪绎:《秋影楼诗集》,清光绪二十三年铁琴铜剑楼刻本。

[74] 侯承恩:《松筠小草》,清乾隆年间写刻本。

[75] 李绂:《穆堂初稿》,清乾隆二年无恕轩王恕校刻本。

[76] 华希闵:《延绿阁集》,清光绪二十二年重刊本。

[77] 沈德潜:《沈归愚诗文全集》,清乾隆年间教忠堂刊本。

[78] 陈祖范:《陈司业诗集》,1926年挈云精舍排印本。

[79] 金农:《冬心先生集》,上海古籍出版社,1979。

[80] 厉鹗:《樊榭山房全集》,清光绪十年钱唐汪氏振绮堂刻本。

[81] 郑板桥:《板桥诗钞》,清乾隆年间刻本。

[82] 杭世骏:《道古堂文集》,清光绪十四年钱唐汪氏振绮堂补刻乾隆本。

[83] 彭启丰:《芝庭先生集》,清光绪二年刻本。

[84] 吴敬梓:《文木山房集》,民国二十年(1931)上海亚东图书馆铅印本。

[85] 杨度旺:《云逗楼集》,清光绪六年重刻本。

[86] 杨模:《寄闲诗草》,清乾隆年间听松草堂刻本。

[87] 狄黄鎧:《晚汀诗稿》,1925年潢水丛书铅印本。

[88] 汪士慎:《巢林集》,清道光十三年精刻本。

[89] 盛锦:《青崦遗稿》,清乾隆四十年采兰书屋刻本。

[90] 钱载:《萚石斋诗集》,光绪四年长兴王氏仁寿堂

刻本。

［91］袁枚：《小仓山房诗文集》，清乾隆年间刻本。

［92］国梁：《澄悦堂集》，清刻本。

［93］陆耀：《切问斋集》，清乾隆五十七年晖吉堂刻本。

［94］郭麐：《灵芬馆诗》，清光绪十年日本东京拥书城石印本。

［95］纪昀：《纪文达公遗集》，清嘉庆十七年刻本。

［96］蒋士铨：《忠雅堂全集》，清同治九年刻本。

［97］赵翼：《瓯北诗钞》，清乾隆末年湛贻堂刻本。

［98］钱大培：《餐胜斋诗稿》，清嘉庆五年莺湖琴鹤书庄刻本。

［99］吴省钦：《白华前稿》，清乾隆四十八年刊本。

［100］顾光旭：《响泉集》，清宣统二年无锡顾氏木活字印本。

［101］王汝璧：《铜梁山人诗集》，清嘉庆年间刻本。

［102］徐琳：《惺斋偶存诗集》，清道光二年芸晖阁刻本。

［103］翁方纲：《复初斋集》，清光绪三年李彦章校刻本。

［104］苏加玉：《蓼虫吟稿》，清嘉庆年间刻本。

［105］袁树：《红豆村人诗稿》，清乾隆二十七年刻本。

［106］李调元：《童山诗文集》，清嘉庆四年万卷楼刻本。

［107］包世臣：《安吴四种》，道光丙午年（1846）三月白门倦游阁藏版。

［108］沈初：《兰韵堂诗集》，清嘉庆年间刻本。

［109］周琳：《高山堂诗文集》，清嘉庆十一年刻本。

［110］裘曰修：《裘文达公集》，清嘉庆八年刻本。

［111］桂馥：《未谷诗集》，清乾隆六十年刻本。

［112］彭绍升：《二林居集》，清光绪七年刻长洲彭氏家集丛书本。

［113］彭绍升：《观河集》，清光绪四年本堂刻本。

［114］齐彦槐：《梅麓诗钞》，清道光二十五年刻本。

［115］吴翌凤：《与稽斋丛稿》，清嘉庆七年刻本。

［116］徐恕：《补桐小草》，民国十年（1921）松江铅印本。

［117］汪中：《容斋先生遗诗》，民国年间上海涵芬楼影印本。

［118］李书吉：《寒翠轩诗钞》，清嘉庆十九年刻本。

［119］孙贯中：《桐谿草堂诗》，清嘉庆年间刻本。

［120］韩廷秀：《双牖堂集》，清道光二十四至二十五年江浦韩氏刻本。

［121］张铉：《饮绿山房诗集》，清嘉庆十九年寸草园刻本。

［122］吴锡麒：《有正味斋骈体文》，清咸丰九年青箱塾刻本。

［123］《樱宁山房遗稿》，清道光二十四年刻本。

［124］黄定文：《东井诗钞》，清光绪十七年黄氏补足斋刻本。

［125］黎简：《五百四峰堂诗钞》，清嘉庆元年众香亭刊本。

［126］宋湘：《红杏山房诗钞》，清嘉庆二十五年刻本。

［127］黄景仁：《两当轩诗钞》，清嘉庆二十二年赵希璜刻本。

［128］杨芳灿：《芙蓉山馆诗稿》，清乾隆五十三年刻嘉庆

八年续刻本。

［129］唐仲冕：《陶山诗录》，清嘉庆年间刻本。

［130］张大经：《秋水村庄诗钞》，清嘉庆十六年刻本。

［131］言朝標：《孟晋斋诗集》，清光绪十年常熟刘叔刻本。

［132］方泂：《卜砚斋诗集》，清嘉庆二十年刻本。

［133］陈玉邻：《琴海集》，清光绪二十一年刻本。

［134］朱实发：《尺云轩诗略》，清嘉庆年间黄锡元刻本。

［135］陈斌：《白云文集》，清嘉庆十二年至道光四年刻本。

［136］曾燠：《赏雨茅屋诗集》，清道光三年刻本。

［137］孙原湘：《天真阁集》，清光绪十七年张氏南皋草庐重刊本。

［138］王廷楷：《青箱阁诗集》，1919年木活字印本。

［139］王昙：《烟霞万古楼诗残稿》，清光绪二十六年寒松阁刻本。

［140］焦循：《雕菰楼诗》，民国年间苏州文学山房木活字本。

［141］汤礼祥：《栖饮草堂诗钞》，清嘉庆年间刻本。

［142］张问陶：《船山诗草》，清嘉庆二十年刻本。

［143］钱泳：《梅花溪诗草》，清嘉庆二十四年履园精刊巾箱本。

［144］金文城：《翠娱楼诗草》，清嘉庆二十二年同川金氏刻本。

［145］陆学钦：《蕴真居诗集》，清光绪十三年陆宝忠刻本。

［146］阮元：《揅经室集》，清道光三年文选楼刻本。

[147] 冯云鹏：《扫红亭吟稿》，清道光九年扫红亭刻本。

[148] 黄虎文：《凤焦山馆诗草》，清道光四年刻本。

[149] 嵇文醇：《听春馆集》，清同治三年长沙锡山书屋刻本。

[150] 舒位：《瓶水斋诗集》，清嘉庆二十一年刻本。

[151] 尤维熊：《二娱小庐诗钞》，清嘉庆十七年刻本。

[152] 钱有谷：《蔗轩遗稿》，清道光年间履园刻本。

[153] 杨荣：《蜨庵诗钞》，清同治二年刻本。

[154] 朱文治：《绕竹山房诗稿》，清嘉庆二十三年刻本。

[155] 金孝柟：《寿宁堂遗稿》，清道光年间刻本。

[156] 蒋因培：《乌目山房诗存》，清道光二十三年浙江海宁杨氏述郑斋刻本。

[157] 张鉴：《冬青馆集》，民国四年（1915）吴兴刘氏嘉业堂刻本。

[158] 郭凤：《山矾书屋诗初集》，清嘉庆十四年刻本。

[159] 彭兆荪：《小谟觞馆诗文集》，清嘉庆十一年刻本。

[160] 朱珔：《小万卷斋诗文集》，清光绪十一年嘉树山房重刻本。

[161] 陈德调：《存悔堂诗草》，1933年黄侗铅印本。

[162] 孙尔准：《泰云堂集》，1917年孙氏重刻本。

[163] 黄景濂：《友莲诗稿》，清道光七年刻本。

[164] 严元照：《柯家山馆遗诗》，清嘉庆二十二年刻本。

[165] 王衍梅：《绿雪堂遗集》，清道光二十年刻本。

[166] 毛国翰：《麋园诗钞》，清光绪十六年长沙王氏刻本。

[167] 陈文述：《颐道堂文钞》，清嘉庆二十二年刻本。

[168] 包世臣：《小倦游阁文稿》，1917年华阳王氏菊饮轩据包氏原稿铅印本。

[169] 梁章钜：《退庵诗存》，清道光十二年刻本。

[170] 钱宗颖：《瓯香书屋诗钞》，民国四年（1915）听邠馆刻本。

[171] 胡承珙：《求是堂诗集》，清道光十三年刻本。

[172] 顾鸿生：《海霞诗钞》，清嘉庆二十一年南陔草堂刻本。

[173] 姚椿：《通艺阁诗续录》，清咸丰五年刻本。

[174] 史善长：《秋树读书楼遗集》，清道光十六年胜溪草堂刻本。

[175] 刘开：《刘孟涂集》，清道光六年檗山草堂刻本。

[176] 张维屏：《松心诗录》，清咸丰四年赵惟濂校刻本。

[177] 朱葵之：《妙吉祥室诗钞》，清光绪十年朱丙寿刻本。

[178] 陆费瑔：《真息斋诗钞》，清同治九年履厚堂陆氏刻本。

[179] 钱仪吉：《定庐集》，1914年刻本。

[180] 钱宝琛：《笃素堂诗稿》，清同治七年刻本。

[181] 柳树芳：《养馀斋诗集》，清道光二十七年吴江胜谿草堂刻本。

[182] 陈三陛：《评月楼遗诗》，民国九年（1920）刻本。

[183] 袁翼：《邃怀堂全集》，清光绪十三至十四年刻本。

[184] 宗稷辰：《躬耻斋诗钞》，清咸丰九年九曲山房刻本。

[185] 沈学渊：《桂留山房诗集》，清道光二十四年刻本。

[186] 陈希恕:《灵兰精舍诗选》,1922年铅印本。

[187] 刘大容:《醉吟草》,清咸丰年间刻本。

[188] 翁心存:《知止斋诗集》,清光绪三年刻本。

[189] 季芝昌:《丹魁堂诗集》,清同治四年紫琅寓馆刻本。

[190] 吴文镕:《吴文节公遗集》,1962年扬州古旧书店据清咸丰年间吴氏原刊油印本。

[191] 彭蕴章:《彭文敬公全集》,清同治七年苏州刻本。

[192] 张敬谓:《等闲集诗钞》,清光绪十九年长海学院刻本。

[193] 龚炜:《亦青山馆诗钞》,清道光十九年刻本。

[194] 朱倬:《辛壬癸甲吟草》,清同治三年刻本。

[195] 王嘉禄:《嗣雅堂诗存》,清道光二十六年刻本。

[196] 华文桂:《闲吟处诗钞》,清道光十五年刻本。

[197] 陈竺生:《陈松瀛先生遗集》,民国二十二年(1933)铅印本。

[198] 魏源:《古微堂全集》,清光绪四年淮南书局刻本。

[199] 何绍基:《东洲草堂诗钞》,清同治六年刊光绪间补刊本。

[200] 鲍伟:《疏野堂集》,清咸丰六年刻本。

[201] 沈兆霖:《沈文忠集》,清同治八年刻本。

[202] 龚汝霖:《娜嬛小筑诗存》,清同治十一至十三年刻本。

[203] 冯询:《子良诗录》,清同治二年广州城西宝华坊刻本。

[204] 沈濂:《莲溪吟稿续刻》,清咸丰六年秀水沈氏始言

堂刻本。

［205］黄文琛：《思贻堂诗集》，清咸丰元年至同治二年刻本。

［206］陆模：《枕琴山馆诗稿》，清光绪二十四年刻本。

［207］汪士铎：《悔翁诗钞》，清光绪十年合肥张氏味古斋刻本。

［208］张步瀛：《醉墨轩遗稿》，民国二十三年（1934）重印敬资堂木活字本。

［209］侯桢：《古杼秋馆遗集》，清同治十二年古杼秋馆木活字本。

［210］张金镛：《躬厚堂集》，清同治三年至光绪九年刻本。

［211］何绍基：《知足知不足斋诗存》，清同治六年刻光绪间补刊本。

［212］鲁一同：《通甫类稿》清咸丰九年刻本。

［213］齐彦槐：《梅麓诗钞》清道光二十五年刻本。

［214］吴翌凤：《与稽斋汇稿》清嘉庆七年刻本。

［215］秦凤辉：《兰芬斋诗集》1922年铅印本。

［216］李书吉：《寒翠轩诗钞》，清嘉庆十九年刻本。

［217］钟峻：《敬承堂忆存》，清同治十三年（1874）木活字本。

［218］朱伸林：《古月轩存诗汇稿》，清光绪十年琴川书屋刻本。

［219］杨彝珍：《移芝室全集》，清光绪十七年（1891）刻本。

［220］郑珍：《巢经巢诗钞》，清咸丰四年（1854）刻本。

[221] 黄兆麟：《古㯓山房遗稿》，中华书局聚珍版，1922。

[222] 姚济：《一树梅花老屋诗》，民国七年（1918）松韵草堂排印本。

[223] 曾元澄：《养拙斋诗存》，1924年铅印本。

[224] 宝鋆：《佩蘅诗钞》，清咸丰九年刻本。

[225] 潘遵祁：《西圃集》，清光绪二十三年（1897）刻本。

[226] 张鸿基：《传砚堂诗录》，清同治七年（1868）刻本。

[227] 黄炳堃：《希古堂全诗》，黄宝编校，1931年刻本。

[228] 严恒：《听月楼遗稿》，清光绪二十八年（1902）上海小长芦馆石印本。

[229] 吴昆田：《漱六山房全集》，清光绪三十年（1904）刻本。

[230] 沈毓桂：《鲍隐庐诗文合稿》，清光绪二十二年（1896）上海铅印本。

[231] 冯桂芬：《梦奈诗稿》，清光绪二年（1876）冯氏刻本。

[232] 华翼纶：《荔雨轩诗集》，清光绪九年刻本。

[233] 何兆瀛：《心盦诗存》，清同治十二年武林刻本。

[234] 王大经：《哀生阁集》，清光绪十一年姑苏鈵芳斋刻本。

[235] 陈昆：《小桃溪馆诗文钞》，清同治十一年盛山书院刻本。

[236] 董平章：《秦川焚馀草》，清光绪二十七年容斋

刻本。

[237] 秦焕：《水竹轩诗钞》，1927年中华书局聚珍仿宋版铅印本。

[238] 徐时栋：《烟屿楼诗集》，清同治六年虎胛山房刻本。

[239] 张光藻：《北戍草》，清光绪二十二年刻本，1980年上海古籍书店复印。

[240] 孙衣言：《逊学斋诗钞》，清光绪年间印同治三年重刻本。

[241] 汪承庆：《墨寿阁诗集》，清光绪二十年刻本。

[242] 方濬颐：《二知轩诗钞》，清同治五年刻本。

[243] 张尔耆：《夬斋诗集》，1914年刻本。

[244] 徐凤鸣：《一经轩诗存》，清光绪二十四年云间木活字本。

[245] 彭玉麟：《彭刚直公诗稿》，清光绪十七年苏州刻本。

[246] 金和：《秋蟪吟馆诗钞》，1914年铅印本。

[247] 江湜：《伏敔堂诗录》，清同治元年至二年刻本。

[248] 金玉：《犹存草堂诗》，1914年中华图书馆铅印本。

[249] 程鸿绍：《有恒心斋集》，清同治十一年休宁吴文楷刻本。

[250] 王必达：《养拙斋集》，清光绪二十年刻本。

[251] 沈寿榕：《玉笙楼诗录》，清光绪九年至十年自刻本。

[252] 胡凤丹：《退补斋诗文存》，清同治十二年鄂州退补斋刻本。

[253] 许玉瑑：《诗契斋诗钞》，1912年刻本。

[254] 洪良品：《龙岗山人诗钞》，清光绪五年刻本。

[255] 耿苍龄：《荑庵退叟诗胜》，清光绪三十年石印本。

[256] 刘履芬：《古红梅阁集》，清光绪六年苏州刻本。

[257] 方昌翰：《虚白室诗钞》，清光绪十三年皖城刻本。

[258] 赵铭：《琴鹤山房遗稿》，民国十一年（1922）刻本。

[259] 李慈铭：《越缦堂集》，1939年中华书局聚珍仿宋版铅印本。

[260] 张鸣珂：《寒松阁诗》，清光绪十至三十年刻本。

[261] 杨葆光：《苏庵集》，清光绪九年杭州刊本。

[262] 沈禄康：《春壶残滴》，1920年素行堂铅印本。

[263] 翁同龢：《瓶庐诗稿》，民国八年（1919）刊本。

[264] 柳以蕃：《食古斋诗录》清光绪十九年刻本。

[265] 丁丙：《松梦寮诗稿》清光绪二十五年刻本。

[266] 徐嘉：《味静斋集》，民国十二年（1923）中华书局聚珍仿宋版本。

[267] 李龄寿：《鲍斋遗稿》，清光绪二十二年五亩园刻本。

[268] 张之洞：《广雅堂诗集》，清光绪二十三年刻本。

[269] 邱履平：《归来轩遗稿》，1926年排印本。

[270] 王锡晋：《怡云堂诗集》，清光绪九年长社署刻本。

[271] 杨文莹：《幸草亭诗钞》，1919年钱塘杨氏勘采堂铅印本。

[272] 陈豪：《冬暄草堂遗诗》，1916年刻本。

[273] 顾森书：《篁韵庵诗钞》，清光绪三十二年刻本。

［274］李超琼：《鸿城集》，清光绪二十年石船居胜稿丛书本。

［275］孙显：《妙香居小草》，1915年铅印本。

［276］周善祥：《潜庐诗存》，1919年刻本。

［277］刘心珂：《玉通诗选》，清光绪二十七年木活字印本。

［278］石方洛：《待牺集》，清光绪三十年刻本。

［279］陶方琦：《湘麋阁遗诗》，清光绪十六年湖北刻本。

［280］匡飞仪：《菁莪轩诗稿》，清光绪十五年上海珍艺书局铅印本。

［281］袁昶：《渐西村人初集诗》，清光绪二十年避舍盖公堂刻本。

［282］徐敦穆：《宝笏楼诗钞》，清宣统三年太仓少园刊本。

［283］朱铭盘：《桂之华轩集诗》，1934年泰兴郑余庆堂铅印本。

［284］何维栋：《十六观斋遗集》，1925年铅印本。

［285］庄宝澍：《懒翁诗词》，1934年武进庄俞铅印本。

［286］王庆善：《也侬诗草》，清光绪二十七年刻本。

［287］范当世：《范伯子诗集》，清光绪三十四年刻本。

［288］陈得善：《石坛山房全集》，民国二十三年（1934）铅印本。

［289］黄协埙：《鹤窠村人初稿》，1918年同光书局排印本。

［290］陈锐：《褒碧斋集》1929年排印本。

［291］范钧：《孟和诗草》，清光绪十六年梁溪华氏文苑阁刻本。

[292] 顾锡汾：《柳影楼诗稿》，清光绪三十年铅印本。

[293] 汪贡：《蜗隐庐诗钞》，清光绪三十四年铅印本。

[294] 陈子范：《陈烈士勒生遗集》民国六年（1917）排印本。

[295] 金泽荣：《沧江稿》。

[296] 王闿运：《湘绮楼全集》，清宣统二年上海国学扶轮社重刻石印本。

[297] 许珏：《复庵遗稿》，许同范等编辑，1922年排印本。

[298] 陈三立：《散原精舍诗》，民国二十五年（1936）商务印书馆排印本。

二 近人著述

[1] 逯钦立编《先秦汉魏晋南北朝诗》，中华书局，1983。

[2] 原故宫博物馆编《清代文字狱档案》，上海书店，1986。

[3] 吴宏一：《清代诗学初探》，台北学生书局，1986。

[4] 王英志：《清人诗论研究》，江苏古籍出版社，1986。

[5] 钱仲联主编《清诗纪事》，江苏古籍出版社，1987。

[6] 刘世南：《清诗流派史》，台湾文津出版社，1995。

[7] 钱仲联等编《中国文学家大辞典》，中华书局，1996。

[8] 孙之梅：《钱谦益与明末清初文学》，齐鲁书社，1996。

[9] 孙立：《明末清初诗论研究》，广东高等教育出版社，1999。

[10] 张健：《清代诗学研究》，北京大学出版社，1999。

[11] 马卫中：《光宣诗坛流派史论》，苏州大学出版社，2000。

［12］李世英、陈水云：《清代诗学》，湖南人民出版社，2000。

［13］赵杏根：《乾嘉代表诗人研究》，韩国新星出版社，2001。

［14］李剑波：《清代诗学主潮研究》，岳麓书社，2002。

［15］王英志：《袁枚评传》，南京大学出版社，2002。

［16］朱则杰：《清诗史》，江苏古籍出版社，2000。

［17］严迪昌：《清诗史》，浙江古籍出版社，2002。

［18］刘诚：《中国诗学史 清代卷》，鹭江出版社，2002。

［19］成崇德：《清代西部开发》，山西古籍出版社，2002

［20］潘承玉：《清初诗坛：卓尔堪与〈遗民诗〉研究》，中华书局，2004。

［21］周邵：《清诗的春夏》，中华书局，2004。

［22］陈玉兰：《清代嘉道时期江南寒士诗群与闺阁诗侣研究》，人民文学出版社，2004。

［23］傅璇琮、蒋寅总主编，蒋寅分编《中国古代文学通论 清代卷》，辽宁人民出版社，2005。

［24］李剑波：《清代诗学话语》，岳麓书社，2006。

［25］清代诗文集汇编丛书编纂委员会编《清代诗文集汇编》，上海古籍出版社，2009。

三 学位论文

［1］谢遂联：《范当世诗歌研究》，暨南大学硕士学位论文，2001。

［2］张莲：《清初诗人施闰章研究》，苏州大学硕士学位论

文，2005。

［3］肖红的：《宋琬诗歌研究》，山东大学硕士学位论文，2005。

［4］赵娜：《好奇狂客风云歌诗——洪亮吉诗歌研究》，内蒙古大学硕士学位论文，2006。

［5］程美华：《孙原湘诗歌研究》，华东师范大学博士学位论文，2006。

［6］孔敏：《施闰章诗歌研究》，华中科技大学硕士学位论文，2007。

［7］于慧：《清代嘉庆道光之际诗歌研究》，山东师范大学博士学位论文，2007。

［8］张丽华：《清代乾嘉时期唐宋诗之争流变研究》，苏州大学博士学位论文，2008。

［9］李文静：《清初遗民诗人阎尔梅研究》，苏州大学硕士学位论文，2008。

［10］刘延霞：《舒位诗歌初探》，山东师范大学硕士学位论文，2009。

［11］刘崎岷：《王豫〈江苏诗征〉研究》，浙江大学硕士学位论文，2009。

［12］宁夏江：《清诗学问化研究》，暨南大学博士学位论文，2009。

四　期刊论文

［1］陈祥耀：《评价清诗的几个问题》，《福建师大学报》（哲学社会科学版）1984年第1期。

［2］徐永端:《清诗简论》,《苏州大学学报》1984年第2期。

［3］王步高:《历代田园诗略论》,《温州师院学报》(哲学社会科学版)1988年第4期。

［4］沈检江:《清代诗坛的纷争和中国古典诗歌的终结》,《学习与探索》1992年第6期。

［5］梁守中:《一位被冷落了的爱国诗人——读梁信芳〈螺涌竹窗稿〉与〈归吾庐吟草〉》,《中山大学学报》1997年第4期。

［6］魏玉川:《论中国近代诗歌的爱国主题》,《唐都学刊》1998年第1期。

［7］张兵:《遗民与遗民诗之流变》,《西北师大学报》(社会科学版)1998年第4期。

［8］黎明:《论中国古代田园诗的生态美》,《广州大学学报》(综合版)1999年第3期。

［9］张兵:《清初遗民诗创作的社会文化环境与遗民诗群的地域分布》,《西北师大学报》(社会科学版)1999年第4期。

［10］张兵:《清初山左遗民诗群的分布态势与创作特征》,《西北师大学报》(社会科学版)2001年第3期。

［11］闵宗殿:《关于清代农业灾害的一些统计——以〈清实录〉记载为根据》,《古今农业》2001年第1期。

［12］闵宗殿、李三谋:《明清农书概述》,本文为2001年出席在北京召开的中日韩农史学术讨论会所提交的报告。

［13］杨素萍:《从〈诗经〉到陶诗看田园诗的发展与成熟》,《淮南师范学院学报》2002年第1期。

［14］周秀荣:《从文人雅趣到泥土气息——唐宋田园诗之

比较》，《湖北社会科学》2003 年第 5 期。

［15］闵宗殿：《古老的备耕民俗——迎春》，《古今农业》2004 年第 1 期。

［16］罗时进：《陈璧诗在清初的特殊意义——解读一位被遗忘的遗民诗人》，《中国韵文学刊》2004 年第 3 期。

［17］刘蔚：《宋代田园诗的演进与分期》，《文史哲》2004 年第 6 期。

［18］王哲平：《豪华落尽现真淳——论"道"在中国古代山水田园诗中的审美映现》，《广西大学学报》（哲学社会科学版）2006 年第 2 期。

［19］李晓畹：《古代田园诗中的人文精神》，《探索与争鸣》2007 年第 8 期。

［20］刘蔚：《论宋代经济对田园诗的影响》，《江西社会科学》2008 年第 12 期。

［21］周秀荣：《唐代田园诗兴盛原因之探析》，《湖北师范学院学报》（哲学社会科学版）2009 年第 4 期。

［22］刘丽：《重新评价清初京师贰臣诗人的文学地位》，《河北学刊》2010 年第 2 期。

［23］伏涛：《考据与诗歌关系在乾嘉诗坛之"三水分流"》，《苏州大学学报》（哲学社会科学版）2010 年第 5 期。

［24］陈向春：《中国古典诗歌"主题研究"述评与省思》，《文史哲》2010 年第 5 期。

［25］邓大情、李泽纯：《论〈乌鲁木齐杂诗〉中的农事诗》，《农业考古》2010 年第 4 期。

［26］李鹏：《论乾嘉时期的咏史组诗热》，《山西师大学报》（社会科学版）2011 年第 5 期。

后　记

　　转眼间，博士学习临近毕业。回顾自己在苏州大学的读博经历，可谓是前所未有的充实。

　　在 2009 年收到苏州大学古代文学专业的博士录取通知书后，家人和我自然是高兴的，但也充分意识到博士学业的繁重。

　　入学后，我努力做到以勤补拙，既尽可能全面地收集文献，也随时提高自己的理论素养。我每天早上早早起床，洗漱已毕，阅读一到两个小时的书籍，然后到食堂吃早饭，再赶到古籍室，刚好八点半，开始一天的资料搜集工作。这样的生活，基本持续了一年的时间。

　　作为我的研究方向，清代田园诗也是我很感兴趣的一个领域。在中国诗歌体系中，田园诗有着古老的历史和旺盛的生命力。田园诗和最早产生的歌谣诗章等艺术类型同生并长，至清代又伴随着中国古典诗歌的结束而终结。清代田园诗的创作群体里，不仅有文人墨客，也有帝王将相。如康熙就写过《题耕织图》等以田园生活为题材的诗歌，尚在藩邸的胤禛看到后，也创作过类似题材的作品。

　　我写的《清代田园诗研究》，几位教授看到后，从格局及资料的充实等方面，提出了很多宝贵的意见，从学业上予以我多方鼓励。

在这里，也感谢我的各位校友同学，与你们相处的日子虽然短暂，但也为我的校园生活提供了很多美好的回忆。

图书在版编目(CIP)数据

清代田园诗研究／李志国著.－－北京：社会科学文献出版社，2019.5
 ISBN 978-7-5201-4471-1

Ⅰ.①清… Ⅱ.①李… Ⅲ.①古典诗歌-田园诗-诗歌研究-中国-清代 Ⅳ.①I207.22

中国版本图书馆 CIP 数据核字（2019）第 047385 号

清代田园诗研究

著　　者／李志国

出 版 人／谢寿光
责任编辑／周志宽　李建廷
出　　版／社会科学文献出版社·人文分社（010）59367215
　　　　　地址：北京市北三环中路甲29号院华龙大厦　邮编：100029
　　　　　网址：www.ssap.com.cn
发　　行／市场营销中心（010）59367081　59367083
印　　装／三河市尚艺印装有限公司

规　　格／开　本：787mm×1092mm　1/16
　　　　　印　张：21　字　数：243千字
版　　次／2019年5月第1版　2019年5月第1次印刷
书　　号／ISBN 978-7-5201-4471-1
定　　价／128.00元

本书如有印装质量问题，请与读者服务中心（010-59367028）联系

版权所有 翻印必究